LOUVADO SEJA O PESADELO

Título:
Louvado Seja o Pesadelo

Autor:
Paulo Faria

Revisão: Nuno Quintas

Capa: Joana Carvalho

Imagem de capa © Paulo Faria

ISBN
978-989-9159-70-9

Depósito Legal n.º ???????

Paginação: Aresta Criativa – Artes Gráficas

Impressão e acabamento:
??????
para
Minotauro
fevereiro de 2024

MINOTAURO, uma chancela de Edições Almedina, S.A.
Avenida Emídio Navarro, 81, 3D
3000-151 Coimbra
e-mail: editoras@grupoalmedina.net

LOUVADO SEJA O PESADELO

PAULO FARIA

MINOTAURO

Para o meu avô António

Louvado seja o pesadelo, que nos revela
que podemos criar o inferno.
JORGE LUIS BORGES

Não é indiferente a maneira como se morre.
Há momentos em que o mundo inteiro,
toda a beleza do mundo,
depende de um sim *ou de um* não.
ADOLF RUDNICKI

Mulheres de cabelo escuro
(passo a vida a encontrar os cabelos dos outros)
têm o sol na cabeça
(no duche)
e antes que ele adormeça
(no frigorífico)
nasce-lhes nas mãos a lua
(no caixote do lixo).
(O que me surpreende)
tenho curtos os cabelos
(é que toda a gente parece)

mas vou deixá-los crescer
(mais calma do que eu)
do pescoço aos tornozelos
(apesar de mais calva)
com eles te hei-de prender.
(Sinto-me sempre em baixo)
reluzem os meus cabelos
(e já nada brota em mim)
porque dentro a alma me brilha
(sei que quando morrer)
vou cobri-los com mantilha
(hão-de crescer para o fundo da terra)
para em segredo os manter.
(Os dias são muito longos)
mesmo quando fico triste
(os dias são muito curtos)
vejo os cabelos que crescem
(não fomos feitos para a vida)
mas sei que tu pressentiste
(não fomos feitos para a morte)
as coisas que me entristecem.

INÊS FARIA

1

Seis dias. Tenho seis dias para escolher entre viver até ao fim e morrer enquanto ainda me cabe a mim decidir. Seis dias para escolher entre tentar manter-me à tona tanto tempo quanto possível, agarrado aos destroços da memória, ou fazer as pazes com o passado, despedir-me de todos e deixar-me ir ao fundo para abrir caminho à História. Seis dias para escolher entre o pai e o avô. Seis dias para escolher entre a morte lenta e a saída de emergência. Não haverá nova oportunidade para escolher. Sei que em breve os caminhos se irão tornar intransitáveis, que as bifurcações se irão converter em becos sem saída, que o trilho se irá estreitar até me emparedar. Em menos de nada, darei por mim encurralado a um canto. Não tenho muito tempo. Seis dias.

Não sei ao certo quando percebi que o momento decisivo se aproximava a passos largos, que o chão me fugia já debaixo dos pés. Talvez tenha sido naquele dia, há cinco meses, em que fui à caixa multibanco ao lado do cabeleireiro, a caminho do supermercado, e meti o cartão na ranhura e introduzi o código no teclado e escolhi a opção «pagamento de serviços/compras» e depois fui seleccionando os números para preencher os quadrados em branco, «entidade», «referência», «montante», segurando na mão esquerda o papelinho onde copiara estes dados do *email* da EPAL, para ser mais fácil. Carreguei na tecla verde para confirmar tudo e, de imediato, apareceu no ecrã um bonequinho com ar triste, mais o aviso «dados da factura incorrectos». Soltei um impropério, repeti cuidadosamente todos os passos da operação, para não me enganar outra vez, confirmei de novo com a tecla verde e, numa escassa fracção de segundo, o bonequinho melancólico reapareceu. Ou então foi naquele dia em que te vi entrar em casa, Amália, encharcada da chuva, e te disse: «Olá, meu amor, que bom ver-te, estas três horas fixaram tanto a queimar.» Talvez tenha sido nesse dia. Soube então, instintivamente, que seria aqui, longe de casa, na Polónia, nos lugares do massacre, que procuraria a resposta. Aqui, nesta terra que nunca até hoje visitara, que foi palco do horror que toda a vida procurei entender. Um horror tão grande que reclamou, talvez, toda a minha empatia, todas as minhas emoções, sem deixar espaço para outras tragédias, tornando-me surdo a outros clamores. Um horror provocado por homens que partilhavam os teus sonhos de pureza rácica, avô. É este lugar do massacre que constitui, afinal, o laço mais forte entre nós os dois. Um lugar onde outros deram forma palpável aos teus ideais, declinando-os em sofrimento e em cadáveres, muito sofrimento e pilhas colossais de cadáveres, um lugar onde sempre estive em espírito sem nunca ter estado em corpo. E é aqui que terei de desvendar, entendi-o naquele dia, o mistério supremo: como morrer.

O Holocausto é um lugar conhecido que visito pela primeira e última vez. Tudo aqui me é estranho, tudo aqui me é estranhamente familiar. O Holocausto é um lugar de traição. É o lugar da traição por excelência. Condensa em si todas as traições. É fácil trair a memória do Holocausto. É fácil os descendentes das vítimas, dos carrascos e dos que assistiram de braços cruzados traírem a memória do Holocausto. Vim aqui para dar forma à minha traição, porque me sinto encurralado e a traição, no meu caso, é inevitável. Mas ainda posso decidir a forma dessa traição. Por enquanto, ainda está nas minhas mãos. Não o estará por muito mais tempo.

O Holocausto é uma cicatriz numa zona da pele a que os meus olhos não têm acesso, que só a custo alcanço com os dedos. Uma cicatriz entre as omoplatas, que me dói e me incomoda e cria pus, mas que só vejo se alguém a fotografar e me enviar a imagem. E, quando isso acontece, não reconheço a minha própria pele, a imagem parece-me saída de um dos compêndios de Medicina, repletos de fotografias de enfermidades horrendas, que o pai abandonara lá em casa depois do divórcio e que a mãe nos deixava folhear como livros de histórias infantis. Rostos queimados, pénis inflamados, disformes, purulentos, chagas abertas, como de pessoas torturadas. Aqui, na Polónia, o Holocausto é-me tão irreconhecível e tão familiar como a minha própria pessoa, a pessoa em que me transformo agora a passos largos. Tu falavas do «perigo asiático». Hitler queria conter o «perigo asiático», dizias. «As hordas asiáticas.» Éramos tão pequenos que não percebíamos o que querias dizer. Ríamo-nos, eu e a Leonor, quando ficávamos a sós. E fazíamos piadas sobre as «hordas asiáticas». Gostávamos tanto de ti, avô Adriano. Foste a única luz na nossa infância doente. Eras convictamente nazi. Enterrámos o nazismo debaixo dos escombros da Europa, mas continuamos cheios de medo das hordas que nos batem à porta. As hordas asiáticas, as hordas africanas, as hordas sul-americanas. Se o teu nazismo era o medo do outro, continua vivo, avô. Ele está no meio de nós, como se diz na missa.

Ao dobrar a esquina para a rua Stawki, a rua da Umschlagplatz, que agora percorro, vi no cruzamento uma placa a dizer que ali se lutou e morreu durante a revolta do gueto. Mas é claro que o prédio onde está afixada a placa, um mono dos anos 60 ou 70, não é o mesmo onde se lutou e morreu durante a revolta do gueto, esse outro prédio já não existe e nem sequer o traçado das ruas é igual. Naquele dia, em Lisboa, diante da caixa multibanco, recolhi o cartão da ranhura, afastei-me, dei lugar ao rapaz que, já impaciente, esperava atrás de mim para levantar dinheiro, tirei o telemóvel do bolso, abri o *email* da EPAL, depois o PDF anexo, comparei a referência multibanco com os números que copiara para o papel, enganara-me a copiar dois algarismos, mantive o PDF aberto, esperei que o rapaz se afastasse, tornei a meter o cartão na ranhura, repeti todos os passos da operação, já enervado, comparei cuidadosamente os números no ecrã do telemóvel e no ecrã do multibanco, embora inquieto, receoso de exceder o tempo concedido pela máquina e ver surgir a mensagem «excedeu o tempo permitido para esta operação», no fim premi de novo a tecla verde para confirmar, o bonequinho triste reapareceu com o seu sorriso talvez irónico. Recolhi o cartão, atravessei a rua, fiquei muito tempo parado no jardinzito, junto ao quiosque. A pensar no meu pai. O meu pai a remeter-se ao silêncio, calado no meio de nós, nas festas de Natal, nos aniversários dos netos, ele que sempre falara tanto. O envelope em que ele escreveu «Para o Carlos, c/ mil parabéns pelos seus 41 anos. Pai». Letras trémulas, caligrafia irreconhecível, maiúsculas traçadas a medo. E tudo escrito sobre um manto grumoso de corrector branco, aplicado pela Manuela, porque fora preciso emendar uma e outra vez os erros que ele ia cometendo, recomeçar, corrigir. Esperei que o multibanco ficasse livre, atravessei novamente a rua, dessa vez consegui fazer o pagamento à primeira.

Paro diante do monumento da Umschlagplatz, do lado oposto da rua Stawki. Fico um bom bocado encostado à parede, a habituar-me ao que vejo, sem me aproximar. Agora faço assim, meço bem as coisas antes de me acercar delas. As coisas e os lugares, conhecidos ou desconhecidos, deixaram de ser simples coisas e lugares. O mesmo sucede com as pessoas. Passaram a ser pequenos enigmas, suaves armadilhas, cantos de sereia que me iludem para depois, sem aviso, me pregarem rasteiras. Não acontece sempre, longe disso. Por enquanto, se me mostrar prudente e desconfiado, ainda consigo evitar a grande maioria dos alçapões. Mas sei que eles se cavam a meus pés, e tenho medo. Vi em Lisboa fotografias deste monumento. Agora que o contemplo aqui, parece-me pequeno e desabrigado, quase insignificante. Três paredes brancas a formarem um rectângulo, aberto num extremo. A Umschlagplatz era certamente enorme, era onde as pessoas esperavam antes de as meterem à força nos comboios, e cada comboio levava três, quatro, cinco mil pessoas, o monumento ocupa apenas uma fracção do lugar, é simbólico. Leio na *Wikipédia* que a forma do monumento pretende simular um vagão de mercadorias. Não está ninguém lá dentro. As pessoas passam sem olhar, apressadas ou vagarosas, a caminho das suas vidas. Atravesso finalmente a rua, sento-me no banco de pedra. Há um banco de pedra corrido, a toda a volta das três paredes. Leio vagarosamente os nomes próprios judaicos e polacos aqui gravados, reparo que estão por ordem alfabética. Entre dois nomes femininos, Joanna e Klara, encontro o meu nome, em versão polaca: Karol. Tomo nota deste pormenor no meu caderno de viagem atafulhado de papéis soltos, dobrados, que ameaçam cair de entre as páginas. Não só não está aqui ninguém como me dá a sensação de que, mesmo que esperasse o dia inteiro, ninguém iria entrar e sentar-se ao meu lado. Talvez seja melhor assim.

Eras alto, magro, muito direito. Numa fotografia que o pai nos tirou a todos no Monte Estoril, em frente ao *Volkswagen* carocha branco que comprou depois de voltar da guerra, estavas tão direito, atrás de mim e da Leonor, com as mãos nos nossos ombros, que a avó Adélia dizia sempre, ao ver a imagem: «Parece que o Adriano engoliu uma bengala.» A princípio, ao ouvir isto, eu imaginava-te literalmente com uma bengala enfiada garganta abaixo, varado de dor, uma dor que suportavas em silêncio, sem um ai. Estavas sempre perfilado, como numa parada, pronto a marchar contra um inimigo qualquer. Olhavas o mundo de cima para baixo, com ligeiro desdém. Mas olhavas-nos, à tua maneira contida, com um imenso amor. Eu era o varão, o filho homem que não tiveras e por quem tanto ansiaras. Era um sonho feito de carne e osso. Era o continuador da raça. Era, para ti, a pessoa mais importante do mundo. Até a Amália entrar na minha vida, nunca mais fui para ninguém a pessoa mais importante do mundo.

Talvez eu tenha decidido fazer esta viagem naquele sábado em que me deixei dormir contigo até às duas da tarde, Amália. Assim que a perspectiva de me tornar sexagenário ganhou forma, cinquenta e sete anos, cinquenta e oito anos, cinquenta e nove anos, a sombra da demência precoce do meu pai começou a acossar-me, como se uma contagem decrescente se tivesse iniciado. Foi com sessenta e poucos anos que o declínio dele se tornou indisfarçável, e antes disso os sinais precursores eram já bem visíveis para os mais atentos. Fixou-se em mim esta imagem: o meu pai a pedir a reforma antecipada, beneficiando do tempo de serviço na tropa, que contou a dobrar, e a abandonar de imediato a rotina diária e os horários rígidos que sempre tinham pautado a existência dele, a deixar-se dormir a sono solto, até ao meio-dia e meia, até às duas da tarde, confundindo o pequeno-almoço e o almoço numa só refeição, ao acordar. De um modo simplista, disse a mim próprio que aqui haviam residido os alvores da derrocada paterna. Como se ceder ao cansaço e obedecer aos ditames do corpo fosse o princípio do fim. Como se a Alzheimer acontecesse quando o corpo toma conta da nossa vida. Como se a Alzheimer fosse uma espécie de rendição em face do inimigo. Foi esta a racionalização que arquitectei para mitigar a ameaça hereditária. Enquanto acordasse cedo, tudo estaria bem. Enquanto acordasse cedo, estaria a salvo da queda. Portanto, acordava sempre cedíssimo e acordava-te logo, Amália, obrigava-te a levantares-te da cama para irmos tomar o pequeno-almoço ao café da esquina, mesmo ao fim-de-semana, principalmente ao fim-de-semana, e, quando tu resmungavas, tentando prolongar o sono mais um pouco, eu enervava-me, implorava-te, fazia chantagem contigo. Mas naquele sábado, há três meses, acordei e olhei para o telemóvel e eram oito da manhã e tu estavas a ressonar e eu puxei-te para baixo o braço que tinhas atrás da nuca, porque sei que assim deixas imediatamente de ressonar, como se fosses uma boneca sofisticada e cara, e depois não me lembro de mais nada, só me lembro de acordar novamente e de não saber que horas eram e de me levantar e de ir à casa de banho e de pensar que não ia conseguir urinar por estar com uma valente erecção, coisa que já não sucedia havia muito, muito tempo, erecção essa que desapareceu num abrir e fechar de olhos mal pus os pés nos ladrilhos frios da casa de banho. E lembro-me de pensar: «Frio.» E depois mais nada.

Deixo-me ficar muito tempo sentado no banco de pedra, dentro do monumento. Levanto-me, ando para trás e para diante, torno a sentar-me. Sabe bem a pedra fresca, está tanto calor. Será sempre assim tão quente o mês de Julho na Polónia? Torno a fechar os olhos, abro-os de novo. Não sei que horas são. Ninguém. Leio as frases na lápide escrita em inglês, a única que entendo. Há tantos nomes inscritos na pedra, por ordem alfabética, vou lê-los a todos, um por um. Até seria engraçado encontrar o meu nome em versão polaca, deixa ver se faz parte da lista. Ei-lo: «Karol», entre Joanna e Klara. Anoto este pormenor no meu caderno de viagem, não deixa de ter a sua piada. Duas gralhas brincam no parque de estacionamento, nas traseiras de um prédio, para onde desagua o extremo aberto desta Umschlagplatz em ponto pequeno, deste vagão de pedra aqui ancorado. Uma das gralhas foge a esvoaçar, a outra persegue-a, grasnam, desaparecem atrás do monumento, regressam. Procuram comida no meio dos carros estacionados, com gestos sacolejantes de pequenos dinossauros carnívoros. Sirvo-me do texto em inglês para decifrar palavras soltas na lápide em polaco. «Zydow» significa «judeus». «Gueto» escreve-se «getta». «Smierci» deve ser «morte». Confirmo no telemóvel, é mesmo. Ainda sou capaz, ainda consigo. O suor escorre-me pelas axilas e ensopa-me a camisola. De vez em quando, passa um eléctrico a menear-se nas calhas. Mas tenho dificuldade em pronunciar a palavra *Umschlagplatz*, em escrevê-la.

Copio-a letra a letra para o caderno de viagem, fecho o caderno, repito-a de mim para comigo. Torno a abrir o caderno, para ver se me enganei. Digo: «Umchgladplatz.» Digo: «Umchgdplatz.» As pessoas dobram a esquina, novos e velhos, sem darem por mim. É como se eu já não existisse.

Estou aqui para te dizer adeus, avô. Estou aqui para atar as pontas soltas, para encaixar as coisas no seu devido lugar, antes que tudo acabe, de uma maneira ou de outra. Antes que tudo arda. Antes que tudo se apague. Nasceste em Tavira, a minha mãe contava as histórias das tuas proezas atléticas da infância e da juventude, coisas a que ela obviamente não assistira, mas que tu ou os teus pais lhe tinham contado tantas vezes quantas as necessárias para lhas tatuarem na memória. Em garoto, tu e os teus amigos faziam gala em atravessar a ponte romana pelo lado de fora do parapeito, com os pés apoiados no estreito rebordo de pedra, as mãos agarradas ao gradeado de ferro, suspensos sobre a água, a desafiar o perigo, a fazer caretas à morte. Eras um nadador exímio. Quando vinham os dias de sol, faltavas à escola com os teus amigos, iam até à ria, despiam-se, amarravam a roupa à cabeça, numa trouxa, entravam na água, nadavam com a cabeça de fora, cruzavam a barra, passavam o dia na praia da ilha de Tavira. No regresso, tornavam a amarrar a roupa à cabeça, para não se molhar, entravam na barra a nado, vestiam-se, cada qual regressava a sua casa. A minha mãe contava sempre a história da vez em que, tendo sofrido um percalço causado por uma onda, chegaste a casa ao cair da noite com a roupa ensopada e o teu pai te esbofeteou sem uma palavra. E também a história da vez em que, num dia de tempestade, tu e um amigo, por mais que tentassem, não conseguiam entrar na barra, porque o mar vos puxava para o largo. Até que, desesperados, num último esforço, prestes a desfalecer, conseguiram vencer a corrente e alcançaram o areal da ria e saíram da água e deixaram-se cair e perceberam que tinham acabado de morrer e de nascer de novo. Mais tarde, quando descobri

Ruy Belo, soube que ele era um nadador exímio e destemido, que certa vez quase morreu por afogamento, e li a «Fala de Um Homem Afogado». Tenho a certeza de que nunca leste Ruy Belo, não era uma escrita que te interessasse. Não gostavas sequer de poesia. Não sabias quem era Ruy Belo, o nome não te dizia nada. Mas a verdade é que havia entre vocês os dois este laço, quase irrelevante, absolutamente fortuito, e que muito me agradava, sem que eu soubesse ao certo porquê: ambos eram excelentes nadadores, ambos só por um triz não morreram afogados, ambos tinham com o mar e com as ondas uma relação orgânica que eu nunca tive e que, sei-o agora, nunca terei.

Escrevi duas vezes na mesma página do caderno de viagem, com escassas linhas de intervalo, o nome «Karol» e a indicação de que surge na lápide entre Joanna e Klara. Praticamente a mesma frase, repetida como se eu a tivesse copiado. Porquê? Faço de conta que não entendo. Devo ter-me distraído. Mentir, mentir sempre, até não dar mais.

Saio da Umchlagplat, viro à direita, procuro o laboratório que me indicaram logo de manhã. Foi num lugar que me pareceu ser um centro de saúde. Tinha uma cruz vermelha no vidro da porta de alumínio, entrei, havia pessoas à espera, sentadas em cadeiras ao longo das paredes, mulheres de bata branca a despontarem de trás de um balcão. Perguntei se faziam testes da covid, a funcionária não falava inglês, desculpou-se, perguntou à colega sentada ao lado, também não, pediu-me que esperasse, falou ao telefone, sorriu para mim. Pensei: «Vão chamar a minha mãe», desviei-me para deixar passar uma outra funcionária, que empurrava um biombo branco com rodas, apareceu uma mulher mais velha, ruiva, falou comigo, pensei: «A minha mãe vem já», a mulher pegou no meu mapa de Varsóvia e traçou uma cruz com uma esferográfica e escreveu: «Synevo Lab», e disse: «Muito perto da *Unschlagpat*», eu disse obrigado e saí para a rua e fiquei a olhar para a cruz no mapa, ouvi alguém a chamar-me, virei-me, era a mulher ruiva, perguntou-me: «Are you sick?», pressenti o perigo, disse: «Just tired», ela disse: «Not just tired», sorri, compus o rosto, perguntei se o laboratório Synevo era longe, ela disse-me que era melhor apanhar o eléctrico, eu disse que preferia ir a pé, afastei-me sem olhar para trás. Saio da Umshplatz, percorro o passeio, cá estão as placas na calçada a marcar o limite do gueto, «Mur Getta/Ghetto Wall 1940-1943», vi imagens na Internet, letras e números de metal embutidos em cimento, mas as placas não assinalam o traçado integral do muro, representam apenas pequenos troços, aqui é um recanto do antigo muro, em frente a um supermercado, entre canteiros de flores, dois ângulos rectos. Evito pisar estas palavras vertidas em metal, como quem evita pisar uma sepultura. Depois penso: «Varsóvia inteira é uma sepultura, o gueto inteiro é uma sepultura.» E penso: «Varsóvia é a cidade certa para se morrer.» Mesmo assim, abstenho-me de pisar as placas. Ao lado há um painel com a planta da cidade em relevo, o gueto também em relevo, sobreposto, de metal amarelo, uma saliência a indicar onde estamos, um texto explicativo e uma fotografia da época. Um portão que havia neste lugar em 1942, soldados alemães armados até aos dentes, judeus a cruzar o portão em fila indiana, carregados com grandes trouxas. Um dos soldados tem duas granadas de mão entaladas no cinto. Por um breve instante, lembro-me das fotografias dos *checkpoints* por onde os palestinianos são obrigados a passar todos os dias para irem trabalhar em solo israelita. Sufoco este pensamento. Toco com a ponta do dedo na planta dourada do gueto, que parece uma folha de ouro suspensa sobre a mancha negro-azulada da cidade. Avanço, não encontro o laboratório, perdi-me, o meu mapa está errado ou então a funcionária do centro de saúde enganou-se a marcar a cruz. Pergunto pelo laboratório Synevo à mulher do quiosque dos jornais e revistas. Ela indica-me onde fica, não percebo o inglês dela, ela repete a explicação, paciente, torno a não perceber, ela sai do quiosque pela porta lateral e aponta-me, o laboratório fica mesmo atrás do quiosque, ao lado do supermercado. Dez minutos depois, já com o teste da covid marcado para este sábado, saio para o passeio. Os moradores desfilam nas suas idas e vindas, carregados com as compras, pisam sem as olharem as placas no chão a assinalar o limite do gueto. Reparo que, no painel explicativo, entre a chapa de metal esculpido da cidade em relevo e o respectivo suporte, há pequenos seixos rolados cravados na fresta, que as pessoas aqui deixaram em jeito de homenagem.

Daquela vez em que te vi chegar a casa e te disse: «Estas três horas fitaram tanto a quebrar», a frase saiu-me com a maior das naturalidades, como outra frase qualquer, por geração espontânea, sem que eu soubesse ao certo de onde viera, onde se formara, exactamente como sucede com todas as frases que dizemos. Mas, mal acabei de a pronunciar, senti o mesmo que sentira uns dias antes, quando passei horas e horas sentado diante do computador, a rever um texto, e, depois de terminar a tarefa, exausto, sem dar por isso, copiei a versão mais antiga da *pen* para o disco, substituindo a mais recente, em vez de fazer o inverso, que era o que pretendia, e o computador perguntou-me se queria substituir o ficheiro com o mesmo nome e eu fiz clique no quadradinho do «sim» e, de imediato, percebi a asneira que fizera e percebi que o erro era irreparável e que todo o trabalho daquela tarde estava perdido e senti uma náusea horrível, um vazio enorme. E dizer-te aquela frase absurda deixou-me igualmente agoniado e não tive reflexos para disfarçar. Quando, uns largos segundos depois, te disse: «A-ha, enganei-te bem» já se passara demasiado tempo, e fi-lo sem convicção. E tu não respondeste: «Que engraçadinho», nem: «És parvo?», como seria natural, ficaste calada, e decorridos uns minutos arranjei um pretexto qualquer e fiz-te uma cena e gritei contigo por causa do gato e só parei quando gritaste também e depois começaste a chorar, e então saí de casa e bati com a porta e não atendi os teus telefonemas e só voltei de noite, depois da hora do jantar.

Há dias em que só existes tu, avô. Há dias em que só existes tu, o meu pai, a minha mãe e a Leonor. Há dias em que só existes tu e o Holocausto. O Holocausto como culminar e origem de toda a violência do século XX, do século XXI. Há dias em que só existe a Amália. Li inúmeros livros sobre o Holocausto ou que tinham como pano de fundo o Holocausto, li coisas sobre o assunto desde que me fiz gente, uma biblioteca inteira, milhões e milhões de palavras alinhadas em milhares e milhares de páginas, contos, romances, diários, biografias, memórias, testemunhos, ensaios, banda desenhada, álbuns fotográficos, e vi ainda todos os filmes que pude sobre o tema, ficção e documentários, acumulei um acervo caótico de pormenores, sem critério, com a minha voracidade habitual. O tema obcecou-me desde muito cedo. Como se residisse no Holocausto a chave para entender o mundo, a História humana, os meus semelhantes. Sei agora que, sem disso me dar conta, estudei o nazismo e o Holocausto para te entender, avô. Desconfio que, se tivesses nascido na Alemanha, e não em Portugal, terias sido um dos executores do Holocausto. Sei que este exercício a que me entrego, este jogo de suposições, tem o seu quê de desonesto. Ninguém deve ser julgado pelo que talvez tivesse feito. E não me cabe julgar-te, avô. Quero apenas pôr-te no centro das coisas e entender-te antes de me despedir de ti. Trouxe comigo nesta viagem um acervo de materiais relativos às tuas convicções políticas de juventude, tudo aquilo a que consegui deitar a mão, documentos que guardei no disco do portátil, artigos que imprimi, brochuras, textos escritos por ti e pelos teus apaniguados, coisas que me lembro vagamente de já ter lido, de que conservo uma recordação nebulosa. Tentarei lê-los de fio a pavio nesta terra, guardei-os para a Polónia. Tentarei deslindá-los, organizá-los, resumi-los. Quando eu morrer ou perder o uso da memória, ninguém se lembrará de ti. Será como se nunca tivesses existido. O teu fanatismo não aproveitará a ninguém, não servirá de sinal de aviso. Tenho seis dias para te arrancar das profundezas da memória e te deslocar para o campo da

História. Mas não prometo nada, avô, porque sinto tudo a fugir-me entre os dedos.

Em Lisboa, fiz uma lista de lugares do massacre a visitar na Polónia. Hoje é terça-feira, ontem, ao final da tarde, aterrei aqui, em Varsóvia. Marquei para domingo o meu voo de regresso a Lisboa. Tenho seis dias para decidir como vai ser e quanto tempo vai durar o resto da minha vida. Tudo o que vir nestes lugares, todas as conversas que aqui tiver serão decisivas para traçar o meu rumo. Principalmente, é claro, as conversas que tiver comigo próprio. Descobri que existe um monumento no *bunker* da Mila 18 ao consultar um *site* chamado Dark Tourism. Li tanta coisa sobre o Holocausto pelos anos fora, tantos livros, e foi preciso visitar esse *site* há duas semanas para descobrir isto. Turismo de nicho, para amantes de emoções fortes e obscuras. No separador dedicado a Portugal, o Dark Tourism aconselha a Quinta da Regaleira, em Sintra, com o seu poço iniciático. E a Capela dos Ossos, em Évora. O monumento da Mila 18, segundo o Dark Tourism, fica perto da Umesplatz, vi uma fotografia no computador, um montículo relvado no meio de prédios altos, no lugar onde antes se erguia o número 18. Comprei no supermercado uma garrafa de sumo com gás, *Schweppes*, sabor a limão, vou bebericando, fecho a tampa hermeticamente para o gás não sair, rodo-a com toda a força até não dar mais, à medida que caminho ouço o líquido amarelo a chocalhar no bolso lateral das calças, ploc-ploc-ploc. São horas de almoçar, tenho fome, mas prefiro não almoçar, hei-de almoçar mais tarde, logo se vê. Numa visita à Holanda com um grupo de peregrinos da Capela do Rato, a Rita e a Amália visitaram o campo de Westerbork, e a Rita ficou escandalizada, porque algumas pessoas, finda a visita, se viraram umas para as outras e perguntaram, arregaçando a manga com o dedo estendido para mostrar o relógio de pulso num gesto teatral, como que a sublinhar que já vão sendo horas: «Então, onde é que se almoça?» Tenho fome, mas sinto a presença da Rita, o olhar da Rita pousado em mim, ouço as palavras com que ela me contou esta história, «aqueles gajos só queriam comer». Hei-de almoçar quando não aguentar mais, quando sentir tonturas, aquele mal-estar e aquele tremor frio a avisar que agora sim, é mesmo preciso comer, senão caio para o lado. Por enquanto, caminho. Resistir, resistir aos ditames do corpo, domesticá-lo enquanto puder, manter ao largo o animal feroz que ronda, que fareja a porta e as janelas, atirar-lhe tudo o que tiver à mão, mentiras, ilusões, fantasias. Westerbork ou Westerbok? Ou Westebork? Chego à rua Mila, viro à direita, são prédios de apartamentos do pós-guerra, pelo meio há pracetas, jardins, espaços verdes. Procuro o número 18. Cá está o 17, e este é o 19, o número 18 tem de ser mais ou menos em frente, do outro lado da rua. Não, afinal aqui é o 6, na porta de vidro diz «Centrum Medyczne», deve ser um centro hospitalar, já não estou a perceber nada. Tento encontrar qualquer coisa que se assemelhe à fotografia que vi do monumento, um carreiro a direito por um relvado que ia dar a uma pequena elevação, as torres de apartamentos por trás. Meto entre os prédios, espreito à esquerda e à direita, arrepio caminho. Nada. Vejo adiante duas velhinhas num jardinzito, sentadas num banco, junto de um lago redondo com repuxo, à sombra das árvores, vou ter com elas, pergunto-lhes se falam inglês, sabendo perfeitamente que não falam, elas olham-me sem perceber, ligeiramente desconfiadas, tiro do bolso a factura do supermercado, elas acompanham os meus gestos com o olhar, escrevo «Mila 18» no verso, estendo-lhes o papel, elas debruçam-se e lêem, uma delas desata a falar em polaco, faz gestos com as mãos a apontar na direcção que tenho seguido, não entendo nada, ela sabe certamente que não entendo uma palavra, mas ainda assim não deixa de explicar em pormenor, agradeço, mergulho a mão na água do lago para me refrescar, caminho para o lado que ela indicou, chego à esquina, a rua Mila é cortada por uma avenida enorme, feia e barulhenta, percorrida por eléctricos, chama-se Jana Pawla II, não pode ser aqui, volto para trás, sento-me num banco de jardim em frente ao centro hospitalar, está tanto calor. Escrevo o meu nome a esferográfica no rótulo da garrafa, «Carlos 2021», engano-me, «Qaros 2001», o rótulo é lustroso, o bico da esferográfica desliza, a tinta não agarra, foi por isso que me enganei, risco, tento outra vez, agora sim, está bem, foi por a esferográfica deslizar no rótulo lustroso que me enganei a escrever, foi só por isso, só por isso, só por isso. Caminho a passos largos para um mundo em que todas as pessoas falarão comigo em polaco.

Mila 18 pertencia à Manuela, a nova mulher do pai, a antiga amante, a inimiga, «aquela puta», como a minha mãe lhe chamava. Era proibido eu e a Leonor gostarmos «daquela puta», tudo o que não fosse desprezo por ela, de preferência com laivos de chacota, seria visto pela nossa mãe como o pior dos insultos, uma traição imperdoável. A simples condescendência era uma autêntica afronta. A nossa função era espiar a Manuela e fazer relatórios circunstanciados à nossa mãe, depois dos fins-de-semana ou das férias escolares em casa do nosso pai. «O que é que ela tinha vestido?» «O que foi o jantar?» «Estava bom?» «O quê, não havia comida que chegasse para se servirem pela segunda vez?» «Conta lá melhor o que o teu pai lhe disse quando chegou a casa.» Ler *Mila 18* com onze anos foi uma transgressão. Era um livro «daquela puta», um romance que ela própria escolhera numa livraria ou que alguém lhe oferecera, um livro que ela folheara, que lera nas esplanadas, na cama, durante horas, longas horas, certamente, porque o romance era colossal, um autêntico tijolo. Não disse nada à minha mãe, omiti essa informação durante os interrogatórios, nos regressos a casa, não podia confessar que, no meio dos milhares de livros que compunham a biblioteca do meu pai, escolhera precisamente aquele. Não podia confessar que me deixara atrair pela capa, o desenho de uma mão a atirar um *cocktail molotov*, com a mecha acesa, pelo nome exótico do autor em grandes letras, Leon Uris, não podia confessar que vira a assinatura da Manuela na página de guarda, naquela sua caligrafia muito redonda, e que, mesmo assim, não fechara o livro, começara a ler, que me deixara cativar por uma história que estava em sintonia com os gostos literários «daquela puta». Não podia confessar que grande parte do gozo da leitura residiu precisamente aí, em saber que estava a ler o romance da inimiga, o livro proibido, o livro de cabeceira da «puta». Não podia confessar que, numa intriga familiar em que toda a gente já traíra toda a gente, era natural que eu próprio tivesse vontade de provar o sabor da traição. E não podia confessar que me sabia muito bem. Agora, como na minha infância e adolescência, a traição, sempre inconfessável, volta a assentar arraiais em mim. Talvez nunca me tenha abandonado, porque foi herança familiar, foi sonho e utopia, foi modo de vida e mecanismo de defesa e celebração e festa de aniversário e houve traições para ocultar traições até que a morte nos separe, houve traições na nossa terra natal e traições na nossa terra de acolhimento, traições na terra prometida e na terra amarga do exílio.

Foste uma das poucas luzes que brilharam na nossa infância, avô. Quando chegavas a nossa casa, corríamos ao teu encontro, eu e a Leonor, e metíamos-te as mãos nos bolsos do casaco. Andavas sempre de casaco e gravata. E tu deixavas, sorridente. Permitias-nos aquela pequena intimidade física, aquela suave devassa da tua pessoa, tu, sempre tão composto, à primeira vista tão distante. Num dos bolsos, trazias sempre uma barra de chocolate *Coma com Pão*, da *Regina*. Enquanto te revistávamos os bolsos, dizias, em tom ameno: «Não trago nada, hoje não trago nada.» E sorrias. Sabíamos que estavas a mentir, era um jogo só nosso. Fazias-nos sentir especiais. Mais ninguém nos fazia sentir especiais.

Sei perfeitamente quando percebi que o tempo de que dispunha para tomar decisões estava contado. Não foi quando entrei em casa e fechei a porta e não reparei que o *Fidel* se esgueirara para a escada do prédio e depois passei a tarde inteira a percorrer o apartamento para trás e para diante, à procura dele, a ouvi-lo miar desesperadamente, miados estridentes, ora mais longínquos, ora mais próximos, a abrir os roupeiros, a espreitar debaixo dos armários, a chamar por ele, já aflito, sem que em momento algum me ocorresse abrir a porta da rua, até que um vizinho tocou à campainha e fui abrir e o gato se precipitou para o interior e eu fiquei a olhar para o vizinho, sem saber o que dizer. Não foi quando escrevi num texto, por duas vezes, em parágrafos diferentes, «presidente do indicativo», e só apanhei o erro *in extremis*, na última revisão, antes de o documento seguir para a editora. Não foi quando, a caminho da sessão de fisioterapia, que andava a frequentar por causa das dores no ombro e no pescoço, atravessei a rua calmamente e pousei o pé no lancil do passeio e escorreguei e caí de bruços, sem me proteger, sem amparar a queda com as mãos, bati com a cara em cheio numa saliência da calçada, uma pancada brutal, como uma martelada no rosto, e desatei a sangrar do nariz e da boca, num jorro ininterrupto, e pensei: «Parti os dentes», e ergui o rosto e um homem perguntou-me: «É preciso chamar uma ambulância?» Não foi no dia em que subi a escada rolante do metro e senti alguém a empurrar-me por trás e, ao chegar a casa, percebi que me tinham roubado o porta-moedas.

Mila 18 era um romance banal. Adorei. Há bodegas que, em determinados momentos, cumprem uma função importante na nossa vida. Há coisas banais e sem brilho que escancaram portas e servem de patamares para ir mais além. O herói era um judeu polaco de trinta e tal anos, Andrei, capitão do exército. Junto a uma estrada rural, bordejada de árvores, carrega a cavalo com os seus ulanos sobre os *panzers* alemães, em Setembro de 1939. Como resistir a este romantismo com os meus onze anos, os joelhos cheios de crostas, sem nunca saber onde pôr as mãos? Como resistir à palavra «ulanos»? Os *panzers* vomitam fogo, o cavalo morre, atingido por estilhaços, Andrei é cuspido da sela, levanta-se, quer continuar a combater, desata a pontapear o animal caído, grita-lhe: «Ergue-te! Ergue-te!», até os camaradas o arrastarem dali. Esta imagem ficou-me gravada no espírito. Imaginei-me na pele de Andrei. Sob a ocupação alemã, ele passa a viver no gueto de Varsóvia. Foi a primeira vez que ouvi falar do gueto de Varsóvia. O romance continha um mapa do gueto, ocupando uma página inteira, com os nomes das ruas mais importantes. O gueto pareceu-me muito pequeno. Andrei tem uma companheira polaca, «ariana», Gabriela, que o visita no gueto. Há cenas de sexo entre os dois, não muito explícitas, mas o bastante para me abalarem cá no íntimo. *Mila 18* foi importante na minha educação sexual. Os adultos não falavam de sexo, é claro, nem a minha mãe nem o meu pai nem a Manuela, mas a atmosfera tresandava a sexo, arquejos atrás da porta, quando o meu pai e a minha mãe se fechavam os dois no quarto, «aquela puta», «aquela gaja», a Manuela escandalizada com as Doce na televisão, quando uma delas se agachava em palco, de saltos altos, e executava um movimento pélvico ostensivo, «mas que ordinárias», muito corada, o meu pai dizia, sonso: «Não percebo qual é o mal...», a Manuela ofegava: «Ó António, deixa-te de comédias!» *Mila 18* forneceu-me uma matéria-prima distante e exótica para organizar em segurança as minhas primeiras fantasias. Também por isso não podia falar do romance à minha mãe. Também por isso relia certos trechos de noite, às escondidas da Manuela, às escondidas da Leonor e do meu pai. Há no romance uma judia casada que teve o primeiro orgasmo na meia-idade, com o amante. Nunca me passara pela cabeça que uma mulher pudesse fazer sexo sem ter prazer. Acho que foi a primeira vez que vi a palavra «orgasmo» escrita nas páginas de um livro. Há um casal de jovens namorados judeus que participam nos preparativos da revolta. Andrei empresta aos namorados a chave do seu apartamento exíguo, num prédio do gueto, para eles irem para a cama um com o outro. *Mila 18* foi uma poderosa válvula de escape, não parava de alimentar os meus devaneios eróticos. Os namorados participam na revolta do gueto e depois fogem pelos esgotos. À espera do grupo deles, do lado «ariano», está Gabriela com uma camioneta. Eles emergem da boca de esgoto em pleno dia, sujos e lívidos, um por um, sob o olhar estupefacto dos transeuntes, e saltam para a caixa da camioneta. Gabriela pergunta ao rapaz por Andrei, ele abana a cabeça e ela percebe que Andrei ficou do outro lado do muro, a combater, e que nunca mais o irá ver. Também esta cena me ficou gravada para sempre na memória. Com onze anos, respirei nas páginas de *Mila 18* um sopro épico que teve o condão de iluminar os meus dias. O Holocausto, longínquo, romanceado, bastante edulcorado, dissipou por instantes a neblina da minha infância.

Vejo um grupo de jovens sentadas num banco, à porta do centro hospitalar, vinte e tal anos, talvez trintonas, observo-as com atenção, depois aproximo-me delas, pergunto se falam inglês, uma diz que não, outra não responde, outra faz assim-assim com a mão. Pergunto pelo monumento aos combatentes da Mila 18, a que disse assim-assim traduz para as outras duas, põem-se de pé, estão cheias de vontade de me ajudar, mas não sabem do que falo, uma delas fuma e mantém-se ligeiramente afastada, enxota o fumo com a mão aberta. Já em desespero de causa, abro no telemóvel o *site* do Dark Tourism, talvez haja ali algum pormenor que elas reconheçam, leio em voz alta a descrição do monumento, a que entende inglês assim-assim vai traduzindo para as outras duas, o monumento fica no lugar do *bunker* onde morreram os últimos resistentes da revolta do gueto, a certa altura ela debruça-se sobre o aparelho e lê para consigo e traduz para polaco a par e passo, dispensando a minha intermediação, viro o telemóvel para ela e o texto dá uma cambalhota no ecrã e passa para a horizontal, dou pancadinhas no aparelho para endireitar as frases, ela espera, passados uns segundos torna a acontecer o mesmo, podia passar-lhe o telemóvel para a mão, mas não o faço, entregar-lhe o telemóvel seria abdicar definitivamente do controlo sobre o mundo, mesmo que fosse por breves momentos, ainda não estou pronto para isso, ainda não decidi se quero abdicar. Elas trocam impressões, olham em volta, desconsoladas, pedem desculpa, a que entende inglês assim-assim diz-me: «Nós não somos de Varsóvia, não conhecemos bem essa história.» Atravesso a rua, meto por entre dois prédios, será aqui?, há verdura, arvoredo, uma praceta nas traseiras dos edifícios, talvez seja aqui, deparo com um jovem com um cão grande e negro pela trela, «sim, falo inglês, mas o meu cão não gosta de estranhos», enrola no punho fechado a grossa trela entrançada, assim que falo novamente o cão tenta atirar-se a mim, ladra, desvairado, ele segura-o, «o monumento é em frente ao museu judaico», o cão desata a chorar, como é possível um cão chorar assim, com as lágrimas a correrem-lhe pelo focinho abaixo, percebo logo que o rapaz se está a referir ao memorial aos combatentes do gueto, também vi fotografias na Internet, não, não é esse monumento, não é o «grande», é um montículo coberto de erva, o cão chora tanto, está tão triste, gostava de lhe fazer uma festa, «não se aproxime, olhe que ele morde», o rapaz recua, parece zangado, «vá-se lá embora, siga para esse lado», precisamente a direcção oposta àquela em que tenho estado a procurar, «vá andando, siga até ao fundo da rua», aparece uma mulher, fala com o rapaz, se ao menos eu conseguisse avisá-los de que o cão está a chorar, o cão ladra, salta, o rapaz faz força, refreia a arremetida do bicho, agradeço, afasto-me, está muito calor, o sumo faz-me ploc-ploc no bolso das calças, o álcool faz-me ploc-ploc na mochila, coitado do cão.

Depois de *Mila 18*, comecei a ler livros acerca do Holocausto, cada livro trazia outro, este trazia outro, e outro, e assim por diante. Mas nem me passou pela cabeça tirar o curso de História, estudar o Holocausto de modo sistemático, metódico, entrar para a academia. Preferi não me comprometer. Preferi as leituras errantes do autodidacta, a indisciplina do obcecado que só tem de responder perante si próprio. Talvez por uma espécie de pudor que me dominou durante muitos anos, uma certa aversão a partilhar com terceiros as coisas que me interessavam, que me atraíam. Talvez, mais ainda, pelo medo cénico de ser avaliado, de prestar provas. Pelo pavor de escrever e dizer banalidades sobre as coisas importantes, sobre um tema assim, tão avassalador. Também pelo facto de ter demorado uma eternidade a encontrar a minha voz, o meu olhar. Cresci, casei--me, nasceu a Camila, conheci a Amália, divorciei-me da mãe da Camila, casei com a Amália, nasceu a Rita, e eu fui sempre lendo livros e vendo filmes sobre o Holocausto, como se na minha vida estivessem sempre presentes as vítimas e os carrascos e as testemunhas passivas desta tragédia. Partilhei com a Amália e com as miúdas algumas destas vozes, Primo Levi, que lhes li em voz alta, *O Filho de Saul*, que fomos ver os quatro ao cinema. Mas a maioria das vozes chegaram-me em livros escritos em francês e em inglês, e guardei-as só para mim. O tal pudor de falar com terceiros sobre o Holocausto, mesmo com os mais próximos, assemelhava-se ao pudor de quem guarda um segredo familiar vergonhoso. Talvez, sem que me desse conta, fosse precisamente isso.

Sobre o conflito entre israelitas e árabes, por comparação, debrucei-me pouco. Vi filmes, claro, *Foxtrot*, de Samuel Maoz, *Líbano*, do mesmo Maoz. Li um livro de banda desenhada, *Chroniques de Jérusalem*. Li as reportagens nos jornais. Mas nunca me senti, nesses momentos, sugado para o olho de um furacão, como quando lia ou via no ecrã as narrativas relativas ao Holocausto. O conflito israelo-árabe estava irremediavelmente contaminado pelo sectarismo do meu pai, que detestava Israel. Os Israelitas eram fantoches da América, e isso bastava para ele lhes ter uma aversão que roçava o desprezo e o ódio. Ele não usava a palavra «fantoches», evitava certos chavões. E nunca dizia «os Judeus», dizia sempre «os Israelitas». «Pois», dizia, «houve as câmaras de gás, é claro, rebeubéu-pardais-ao-ninho, já todos sabemos, mas aqueles Israelitas são uns criminosos.» E seguia-se uma longa catilinária anti-Israel. O meu pai não era sequer pró-palestiniano. Era apenas antiamericano até à medula. A minha mãe imitava-o, com menos poder argumentativo e ainda mais verrina. Falar com o meu pai sobre Israel dava sempre discussão. Falar com o meu pai sobre a América dava sempre discussão. Da primeira vez que conversámos ao telefone depois do 11 de Setembro, ele mostrou-se cada vez mais impaciente e tenso pelo facto de eu não fazer coro com os seus comentários do género: «Os Americanos estão fartos de matar gente em todo o mundo, agora queixam-se», até que, furioso, me atirou: «Já que gostas tanto dos Americanos, porque é que não vais viver para a América?» E desligou-me o telefone na cara. O conflito entre Israelitas e Palestinianos era um terreno tão minado, com um relevo tão agreste, que não me sentia capaz de o percorrer, não me sentia sequer capaz de reflectir acerca dele. Faltava-lhe a terrível e sinistra limpidez do Holocausto.

Percorro a rua Mila na direcção que o rapaz do cão me indicou, lá estão as velhas a quem perguntei há pouco o caminho, afinal não estão sentadas junto a um lago com repuxo, é um parque infantil, com escorrega e baloiços, era capaz de jurar que vi um lago redondo e que ouvi o marulhar da água, era capaz de jurar que a água me escorreu da mão encharcada, pouco importa, desvalorizar, desvalorizar, dizer a mim próprio que tudo aconteceu a outra pessoa, a outro eu, há aqui uma absoluta pacatez, um silêncio espesso, quase não passam carros, há prédios altos de apartamentos, sempre iguais, rampas de acesso às garagens, dois campos de futsal, lado a lado, cercados por uma rede alta de arame, miúdos a jogar à bola, equipados a rigor, até que do lado esquerdo surge um murete, um renque de ciprestes atrás, e, pelas frestas que há na verdura, entrevejo o monumento que procurava. Não se entra pela rua Mila, entra-se pela Stanislaw Dubois, a transversal, os nomes são importantes, anoto tudo. Andei a perguntar a toda a gente pelo número 18 da rua sem perceber que o número 18 de 1943 já não tem nada que ver com o número 18 de 2021. Tudo aqui foi arrasado até às fundações, tudo foi reconstruído de raiz, depois da guerra. Ao contrário do que eu julgava, o monumento nos escombros do número 18 de 1943 não fica ao lado do número 18 actual. Fica no princípio da nova rua Mila, ao lado do número 2 actual, em frente ao número 1 actual. O número 18 actual fica lá longe, na outra ponta da rua, onde eu não cheguei sequer, porque desisti e voltei para trás ao deparar com a avenida ruidosa. Há nesta cidade dos mortos uma desarrumação irremediável, é consolador ver-me ao espelho nesta numeração aos solavancos das casas, nesta duplicação dos números das portas, entidades que deveriam ser únicas. Aqui, como começa a suceder em mim, as coisas emaranham-se sob uma fachada de normalidade. Em Lisboa fui ganhando tempo, consegui manter a aparência de pacatez quotidiana, consegui disfarçar. Mas não serei capaz de prolongar este estado de coisas durante muito mais tempo. Os números das portas irão trocar de lugar uns com os outros, não serei capaz de encontrar o que procuro, depois não saberei ao certo sequer o que procurava.

Tocou o telefone logo de manhã, lá em casa. A minha mãe atendeu. Era a avó Adélia, a mãe dela. Acordara ao teu lado, avô, tentara acordar-te, não conseguia. A minha mãe entrou de rompante no nosso quarto, avisou-nos, a mim e à Leonor, do que se passava, saiu sozinha. Deu a entender que estavas morto. Não me lembro da frase que utilizou. A Leonor foi ao teu funeral, eu não, embora ela tenha somente mais três anos do que eu. A minha mãe disse que «os funerais não são para crianças». Aconselhou-se com o meu pai, aposto, como fazia sempre que tinha uma dúvida, e ele deve ter-lhe dito para não me levar. E aposto que ele lhe disse esta frase, tal qual, que ela depois reproduziu: «Os funerais não são para crianças.» Discordo. Uma criança já se sabe despedir, já sabe dizer adeus, e um funeral é isso mesmo: um adeus. Ficou a faltar-me qualquer coisa, avô. Não morreste, eclipsaste-te sem mais nem menos. Pela primeira vez, começo a achar que talvez tenha sido melhor assim. Foi em Março de 1975, tinhas setenta anos. A minha mãe dizia muitas vezes que, se tivesses tido a sorte de morrer exactamente um ano antes, não terias assistido aos dois acontecimentos que mais te magoaram na vida: o 25 de Abril e o divórcio dela. E dizia também, como ainda hoje o diz, que tinhas tido uma morte abençoada, e que queria morrer como tu. E eu, que nunca até hoje pensara na morte, entrego-me como a minha mãe à morbidez deste exercício comparativo macabro e concluo que, por uma vez, ela tem toda a razão.

Iniciou-se em mim um processo que nada poderá travar. Ou talvez o processo se tenha iniciado há muito tempo e só agora se tenha tornado visível. É o fim da memória. Vou esquecer-me de tudo. Das palavras, dos rostos, dos nomes. Vou baralhar tudo, vou confundir datas e lugares, o familiar irá tornar-se irreconhecível. Os que amo passarão a ser estranhos, um após outro. De tudo o que aprendi, de tudo o que vi e senti, só o que deixei escrito irá perdurar. O mesmo acontece, neste preciso momento, em torno de mim, com a maior das naturalidades, sem tragédia, discretamente, deixando na sua esteira a violência mais feroz. Como quase sempre, a tragédia, mais do que nos factos em si, reside na coincidência que os faz cruzarem-se, criando assim um novo facto compósito, um híbrido mais ameaçador, mais sinistro. Quis o acaso que o fim da minha memória individual vá coincidir, caso eu lhe permita seguir o seu livre crepúsculo, com o fim da memória viva do Holocausto no mundo. E o fim da memória viva do Holocausto pode ser o sinal de partida para novos Holocaustos.

A minha mãe contou-me uma vez que, depois de se divorciar, tu lhe disseste uma frase que a deixou siderada: «Não se esqueça. O seu marido, nem que seja o último homem na terra, já não existe para si.» Nunca soubeste de nada do que se passou entre os meus pais depois do divórcio, avô, mas este reparo, tão certeiro, tão premonitório, significa que, no fundo, entendeste tudo. Conservaste até ao último dia a tua plena argúcia. A minha mãe contou-me também que, depois de receber o telefonema da mãe dela, se enganou no caminho, ao volante do carro, tão angustiada ficou com a possibilidade de teres morrido. Como se, de repente, já não soubesse qual o percurso para casa dos pais. Como se, involuntariamente, protelasse o momento em que se veria confrontada com a verdade. Como se tivesse perdido a memória e o mundo fosse um lugar virgem, por descobrir. E quando lá chegou, à casa de Benfica, era verdade, com efeito. Estavas morto, tinhas sofrido um ataque cardíaco fulminante. Mas, contou-me ela, tinhas um ar tão sereno que parecias ainda adormecido, apenas adormecido.

Entro no monumento da Mila 18, os ramos dos ciprestes formam um arco por cima do acesso, um corredor de sombra e de frescura, dentro do recinto o sol bate com força. Também aqui não há um único visitante, estou só. Também aqui sinto que, mesmo que me deixe ficar horas a fio, não irá aparecer ninguém. O monte é mais imponente do que me parecera na fotografia, há uma escada de acesso ao topo, quinze degraus quando subo, ao descer conto dezasseis, torno a subir, treze, anoto no caderno de viagem, quantos eram? O caderno de viagem, tumefacto e empanturrado de papéis, que contém a história do meu último ano e meio de vida e agora parece desejoso de a regurgitar, de a derramar pelo chão, como se pressentisse a minha decadência e se desse conta da inutilidade iminente de tantas anotações, tantos papéis a assinalar lugares e viagens e dias e horas e ideias. Leio as explicações à entrada do monumento, gravadas num bloco de pedra talhado em forma de pirâmide, o monte é feito do entulho que aqui ficou depois da revolta do gueto, puseram uma camada de terra por cima, plantaram relva. Tão altas, tão assépticas, as torres de apartamentos à volta. Tão nítidas no céu de cartolina azul, as nuvens. Tão limpo, tão bem cuidado, este lugar, a relva bem cortada, não há lixo, não há *graffiti*, não há ruído de trânsito, não se ouve música, uma redoma invisível parece proteger este recanto da cidade. Debaixo do monte, no *bunker* da cave, há mais de cem corpos. Ninguém sabe ao certo quantos. Sem querer, penso noutros mortos sepultados sob ruínas, tantos e tantos cadáveres sob os escombros de prédios atingidos por mísseis, algures em Gaza, levados em macas por multidões naquelas imagens televisivas tão sacolejantes, tão feias, tão distantes, os gritos dos homens, o choro exagerado das mulheres, quase postiço, quase teatral, os adolescentes com camisolas sebentas do Real Madrid ou do Manchester United a olhar para a câmara com ar estupefacto. Não sei se ainda vou a tempo de resgatar esses mortos do meu alheamento, da minha estranheza. Não sei se ainda vou a tempo de me familiarizar com os mortos palestinianos. Percorro a lista de nomes na pedra escura, os mortos cuja identidade se apurou neste lugar. Só conheço o nome do comandante, Mordechai Anielewicz. Só conheço um retrato dele, parece ser uma fotografia da adolescência, esbatida e desfocada, como se já então ele estivesse muito longe de nós. Telefono ao Tiago, ele atende-me da Holanda, explico-lhe onde estou, descrevo-lhe o que vejo. Ele diz-me: «Conheço bem essa impressão que estás a descrever, a estranheza de encontrar esses lugares desertos. Já senti isso várias vezes, a grande expectativa de ir à procura de um lugar especial, embora relativamente obscuro, a emoção da busca, depois chegar lá, não ver vivalma e pensar: "Ui, acho que sou o único que alguma vez se interessou por isto." Aconteceu-me com o lugar onde assassinaram o Olof Palme. Fui a Estocolmo, decidi ir à procura do lugar onde o mataram, tinha lido muito sobre o assunto, respeito muito a figura dele, mas a verdade é que nunca cheguei a perceber se fui dar ao lugar certo. Acho que sei onde o crime aconteceu, parece-me que encontrei o recanto exacto, mas não está lá nada, nenhuma placa, nenhum memorial, não pude confirmar. Depois, fui visitar a campa dele. Aí, tenho a certeza de que a encontrei, fica no adro de uma igreja, um jardinzito no centro da cidade, há várias sepulturas, entre elas a dele e da mulher, foram sepultados juntos. Mas não estava lá absolutamente ninguém. Vi uma pessoa a passear o cão, como se nada fosse, transeuntes ao longe, um grande silêncio. Se estivesse lá uma multidão a acotovelar-se, claro que ficava furioso: "Porra, não é possível, montes de gente..." Apetecia-me logo dar meia-volta, ir-me embora. Mas a ausência de pessoas é intrigante, é estranha. A multidão irrita-nos, a ausência de pessoas assusta-nos um pouco. Começamos a ser assaltados por interrogações. Serei só eu que acho este lugar memorável? Será que eu devia estar aqui sequer? Será que, no fim de contas, isto é mesmo importante?» Digo-lhe que a estranheza de que ele fala, a estranheza um pouco sinistra da solidão absoluta, se acentua por causa dos mortos que habitam sempre estes lugares. Sim, porque os lugares de memória são sempre a morada dos mortos. A sós com eles, ficamos sem saber o que lhes dizer, como nos dirigirmos a eles, aos mortos tão próximos e tão distantes, que viveram e morreram numa língua que não dominamos. O que dizer a Olof Palme e à mulher? O que dizer aos homens e às mulheres sepultados neste *bunker*? O que dizer aos mortos palestinianos que jazem debaixo de um prédio, em Gaza?

Durante muito tempo, anos e anos, sonhei que fazia esta viagem à Polónia. Sonhei que escrevia um romance sobre o Holocausto, lançando mão de tudo o que sabia sobre o tema e de tudo o que descobrisse na viagem. Que criava uma narrativa elaborada, que viajava no tempo, metendo-me na pele de uma vítima, de um carrasco ou de uma testemunha passiva do Holocausto. Sonhei até que encontrava por mero acaso um sobrevivente e que ele me contava a sua história. Mas fui adiando esta viagem, fui deixando que outras viagens se atravessassem no caminho. Agora já não há sobreviventes que me possam contar a sua história. Os poucos sobreviventes que ainda há eram crianças em 1945 e não tardarão a morrer. E sei agora que não vou escrever livro nenhum. Que já não sou capaz de escrever seja o que for. A simples leitura de um texto começa a custar-me. Sublinho os livros obsessivamente, volto atrás muitas vezes. Procuro no dicionário palavras cujo significado julgava conhecer. Releio os livros sobre o Holocausto que sempre me acompanharam como quem visita os velhos amigos, aqueles cujas frases-feitas e cujas histórias já sabemos de cor, aqueles em cuja companhia podemos ficar em silêncio. Os materiais que trouxe comigo relativos à tua pessoa serão a minha última leitura, avô, a minha última descoberta.

Sei bem quando decidi que chegara o momento de viajar até aqui, à Polónia, que não podia adiar mais esta jornada derradeira. Foi naquele sábado, há três meses, em que, pela primeira vez desde a minha juventude, me deixei dormir até tardíssimo e acordei e fui à casa de banho e senti os ladrilhos gelados sob a planta dos pés. Quando regressei ao quarto e me estendi na cama e olhei para ti, Amália, não te reconheci. Pensei em chamar-te, em avisar-te de que estava uma mulher ali deitada, uma desconhecida, depois achei melhor não. Fiquei muito quieto, fechei os olhos e tentei adormecer outra vez. Quem vi deitada ao meu lado foi uma velha que abriu muito a boca e, de olhos fitos em mim, agitou a língua entre os lábios num movimento lúbrico, de filme pornográfico.

Não posso dizer ao Tiago, é claro, que tenho muito para conversar com Mordechai Anielewicz, porque pondero suicidar-me e ele fez isso mesmo: suicidou-se. Suicidou-se para escolher a sua própria morte, para não deixar que o matassem. Suicidou-se porque uma ameaça horrível e inexorável estava prestes a fincar-lhe as garras na carne. Talvez seja obsceno interpelar os mortos do Holocausto e falar com eles tu cá, tu lá e perguntar-lhes o que sentiram e pedir-lhes conselho, agora que sinto uma ameaça horrível e inexorável prestes a fincar-me as garras na carne. Ou talvez nada haja aqui de obsceno. Pondero, problematizo, interrogo-me, é sinal de que ainda não perdi o fio à meada. Posso sempre dizer o mesmo que Art Spiegelman respondeu quando lhe perguntaram se não achava de mau gosto escrever um livro de banda desenhada acerca do Holocausto: «Não, não acho. Auschwitz é que foi de mau gosto.» Sei bem que uma doença degenerativa e um massacre de proporções avassaladoras são coisas bem diferentes. Mas a morte é tão horrivelmente solitária que não olho a meios para mitigar essa solidão. Quando se chega ao limiar da morte e se pondera o salto no vazio, temos tudo a aprender com quem sentiu essa vertigem antes de nós. E se é certo que Art Spiegelman podia sempre estribar-se na sua condição de filho de dois sobreviventes do Holocausto para legitimar o seu direito a falar com os mortos e em nome deles, eu tenho-te a ti, avô. És o meu avô nazi, o Holocausto é uma tragédia cá de casa. Diz-me então, Mordechai Anielewicz, com a tua cara de adolescente e a tua camisa branca de grandes colarinhos e o teu ar de desafio, onde é que foste buscar a coragem para te matares.

Abandono o monumento da Mila 18, arrepio caminho. Não quero ver o grande monumento aos revoltosos do gueto nem visitar o Museu POLIN, que conta a História dos judeus polacos. Em jejum, se me meto num lugar fechado, arrisco-me a desmaiar. Procuro respostas, procuro ajuda em tudo o que vejo, em tudo o que me vem à cabeça. Sinto uma angústia horrível, negra, estou disposto a tudo para me salvar. Estou disposto a interrogar as pedras, a procurar sinais na copa dos ciprestes, no número de vezes que me engano a soletrar *Umschladpatz*. Enquanto crescia, ouvi dizer vezes sem conta que o conflito no País Basco não tinha solução. Que havia demasiados ressentimentos acumulados, demasiado ódio de parte a parte. A numeração desta rua é no sentido leste-oeste, encontro à direita o número 14, depois o 16, depois o 18. Que o conflito na Irlanda do Norte não tinha solução. Que havia demasiados ressentimentos acumulados, demasiado ódio de parte a parte. Não sei como era a numeração em 1943. Seria ao contrário? Agora, o País Basco parece pacificado, a Irlanda do Norte também. O número 18, depois o 16, depois o 14? Será que, na rua Mila, o passado e o presente correm em sentidos opostos ou será que correm no mesmo sentido, o passado ligeiramente atrasado em relação ao presente? Se eu soubesse, talvez residisse aqui o meu sinal. O que é preciso para pacificar a Palestina? A Palestina corre em sentido oposto ao País Basco e à Irlanda do Norte ou está somente um pouco atrasada em relação a estes lugares do massacre? Talvez o facto de eu ainda ser capaz de formular estas interrogações constitua um sinal, uma resposta. Tudo o que suceder nesta terra será decisivo. Mordechai Anielewicz, como seria de esperar, não me respondeu. Sorri para mim na fotografia, prazenteiro, sem ressentimento, sem ódio.

Naquele sábado, há três meses, deitado na cama, ao teu lado, tornei a voltar-me para ti, abri os olhos e reconheci-te. E percebi que, durante alguns minutos, não soubera quem tu eras. E percebi que, dentro de algum tempo, pouco importa quanto, seis meses, um ano, três anos, não saberei quem és, Amália, com uma diferença decisiva. É que não me darei conta de que não soube quem tu eras. Tudo se passará num lugar exterior a mim, fora da minha consciência. E decidi então vir até à Polónia. Estou num comboio com outros quatro ou cinco mil deportados, Amália, rumo ao desconhecido, um desconhecido sinistro, e não sei o que fazer. Estamos aqui trancados, cem pessoas dentro deste vagão de mercadorias, não há maneira de sair. Daqui ninguém foge. Vamos para Leste, vamos para Norte, vamos para longe do mar, vamos para onde nos mandam, para onde nos levam à força. Somos deportados ou refugiados. Os deportados de ontem são os refugiados de hoje. É grande a tentação de me deixar ir, de acreditar que, no fim de contas, não será tão mau como parece. É grande a tentação de acreditar que alguma forma de esquecimento me irá proteger. Que a própria demência se encarregará de me embotar, mergulhando-me numa espécie de torpor ou sonambulismo. Mas no vagão viaja o meu pai, sentado a meu lado, nas tábuas nuas, com a boca torta, a escorrer baba pela comissura dos lábios. E, quando chega o momento de comer, meto-lhe uma colherada de sopa por um lado da boca, mas ele não reage, e a sopa escorre-lhe pelo queixo do lado oposto, e tenho de lhe limpar a face com o guardanapo e recomeçar. E ele olha-me fixamente e eu não sei o que se esconde atrás dos olhos dele, não sei o que ele vê nem o que sente, não sei se sofre, se tem medo, se preferia morrer, se se arrepende de não ter fugido a tempo ou se tudo lhe é já indiferente, se tudo o que o rodeia está já mergulhado num nevoeiro impenetrável.

Não faço a mais pálida ideia. De vez em quando, ele parece acordar da sua sonolência e desfere pancadas em redor, às cegas, tentando ferir as pessoas à sua volta. Tornou-se violento, ele que nunca batera em ninguém, que nunca nos bateu em crianças. A memória definha e deixa na sua esteira uma nuvem de emoções confusas, sem nada a que se agarrem, um espasmo que reage instintivamente, procurando destruir tudo ao seu alcance, defendendo-se já nem sabe ao certo de quê. E no comboio viajas também tu, avô, estendido nas tábuas, muito direito, como se tivesses engolido uma bengala, morto enquanto dormias, lúcido até ao fim. Na véspera de morreres, disseste à minha mãe: «Não se esqueça de me trazer o carro amanhã de manhã, às dez em ponto.» E aqui sentado, no meio de tanta gente que se acotovela, tenho de escolher qual de vocês serei. Qual das mortes irei abraçar. Os deportados, no Holocausto, não sabiam ao certo o que os esperava. E mesmo aos que sabiam restava sempre a esperança de um milagre, que lhes permitia, talvez, agarrarem-se à vida. Ao partirem para os campos de refugiados, os palestinianos não sabiam quanto tempo ali iam permanecer nem como seria a sua existência naqueles lugares. Mas eu vi o meu pai, em minha casa, a tentar comer a sopa com o garfo, e sei que não há esperança, que não haverá milagres. Não houve milagres no Holocausto. O Holocausto foi o fim dos milagres. Não há milagres na Palestina. Trouxe uma embalagem inteira de comprimidos para dormir que comprei na farmácia junto a casa, aquela a dois passos da igreja, onde já nos conhecem e nos tratam pelo nome, usando a tua receita e o teu cartão da ADSE, Amália. O álcool, como eu já calculava, não seria difícil de comprar nesta terra. Já tratei do assunto. E agora, nesta cidade-cemitério, neste país-cemitério, tenho de decidir como é que vou morrer. Tenho de decidir se volto para junto de ti, Amália, para fenecer aos poucos juntamente com a minha memória, ou se a minha viagem termina aqui, no lugar do massacre, no lugar onde a História está prestes a começar. Faltam seis dias.

2

O gueto de Varsóvia era minúsculo. Espalho pelo chão fragmentos, excertos, elementos do caderno de viagem, como os meninos da fábula que vão deixando cair pedacinhos de pão para encontrarem o caminho de regresso a casa. O gueto de Varsóvia era muito maior do que eu sempre imaginei. Ontem à noite falei contigo ao telefone, Amália. «Estou aqui, em casa dos meus pais.» A diferença é que não o faço deliberadamente. A Maya Deren senta-se numa poltrona florida em frente à grande janela, por entre as sombras recortadas à tesoura pelo sol. Há coisas que só se aprendem com o corpo, com os músculos, com a respiração. «Comecei a desmanchar a casa, finalmente.» Os papéis caem ao chão, as folhas soltas, as páginas arrancadas, as lembranças, o vento leva-as, vejo-as levantar voo pelo canto do olho. A Umchlatzlag ficava no extremo norte do gueto. Senta-se, flecte uma perna por baixo do rabo e apoia-se na perna, exactamente como faz a Rita ao sentar-se num sofá. Não há casa a que regressar. Há um fragmento do muro que ficou de pé, descobri no Dark Tourism. *Tramas do Entardecer*. Exactamente como. «É assim que as pessoas dizem. Desmanchar a casa.» Os passarinhos comem o pão, o vento leva os papéis. Realizadora e protagonista. Adormece e então começa a ver-se a si própria, multiplicada, como num sonho. Tomei nota do nome da rua, ulica Zlota, a rua Zlota, número 62. São os pais que levam os meninos para os abandonar na floresta. Decidiste fazer a curta-metragem para uma das cadeiras do mestrado com base nas *Tramas*. «Tantas vezes nestes oito anos me disseste que começasse, que não adiasse mais.» Procuro a rua Zlota no mapa que a Adeta me deu lá no hotel. Porque não têm comida para lhes dar, não têm amor para lhes dar, não têm tempo para lhes dar. Eu nem sequer sabia que tinha existido uma cineasta, uma mulher chamada Maya Deren. Dobrei o mapa em oito. «Vinha até cá, cheia de vontade de meter mãos à obra, tirava da estante um dos livros do meu pai para ver se valia a pena guardá-lo ou se era para vender ou doar, um livro ao acaso, dizia a mim própria que, no meio de tantos milhares de livros, era indiferente por onde começar.» Pediste-me que visse a curta da Maya Deren, disseste que precisavas da minha ajuda, insististe, não precisaste de insistir muito. Debruço-me para apanhar alguns papéis, mas logo desisto. «O que importava era começar por uma ponta qualquer.» Oito rectângulos delimitados pelos vincos das dobras do papel, ora salientes, ora côncavos. Os pais querem ficar sozinhos, e os filhos estão a incomodar, a comida é um pretexto, a falta de comida é um pretexto. «Abria o livro, lia as primeiras linhas, sentava-me no sofá, na casa silenciosa, continuava a ler.» A Schlaglatz fica no rectângulo superior esquerdo. A curta da Maya Deren abalou-me, impressionou-me, fiquei a pensar naquilo. Procuro a rua Zlota ali perto, nesse mesmo rectângulo. Porque é que escolheste esse filme? Isso foi o que mais me abalou. «Quando dava por mim, tinham-se passado duas ou três horas.» Não a encontro. Será que já te deste conta de alguma coisa, Rita? Desço, cruzo o vinco e passo para o rectângulo imediatamente abaixo. «Olhava em volta, agradava-me ver que nada mudara, que estava tudo na mesma.» A rua Zlota não aparece. A fina teia que teci para me proteger estará a esgaçar-se? Os meus olhos e o meu dedo estendido voltam para cima, para norte. Disse-te que tinha gostado, não me alonguei nos elogios, disse-te que depois falávamos. As palavras bailam na folha, umas na horizontal, outras na vertical, outras oblíquas, ao sabor da orientação geográfica das ruas. Que tinha de ver a curta outra vez. Cada vez que abro o caderno voa mais um fragmento do meu passado, das minhas viagens, dos meus dias. Não consigo fixar os nomes nesta língua estranha, mal leio o nome de uma rua e passo ao seguinte apercebo-me de que me esqueci do nome anterior, volto atrás, recomeço várias vezes. «Marcava as páginas do livro com o que tivesse à mão, um lápis, uma factura da luz antiga, uma pilha do comando da televisão.» Se alguém recolher os papéis, as facturas, os cartões vai compreender quem sou, quem fui? Nem todas as ruas do mapa estão identificadas, há ruas sem nome. «Deixava o livro em cima do sofá.» Penso: «Deve ser isso. Não escreveram aqui o nome da rua Zlota.» «Sabia que ninguém lhe ia mexer, porque já não morava ninguém nesta casa.» Continuo a procurar. «Levantava-me do sofá, saía de casa, trancava a porta.» Para disfarçar, para me iludir, para fingir que ainda segurava as rédeas, não descansei enquanto não descobri um pormenor sobre a Maya Deren que tu desconhecesses. «Quando chegava junto de ti, sabia que o meu olhar te dizia, sem serem precisas palavras, que ainda não tinha sido daquela vez que metera ombros à tarefa de desmanchar a casa dos meus pais.»

Nas tuas fotografias de juventude, percebe-se que cultivavas o físico, avô. Eras um belo homem, aquilo a que no teu tempo se chamava «uma estampa». Com o cabelo puxado para trás, besuntado de brilhantina, e o olhar concentrado, penetrante, tinhas ares de vedeta do cinema mudo. Nunca sorrias nas fotografias, como se isso fosse indigno de ti, como se tivesses um estatuto a preservar, e um sorriso ou uma gargalhada te pudessem diminuir. Havia dois retratos tirados na praia, que eu e a Leonor não nos cansávamos de contemplar, deliciados, como quem descobre um segredo indecoroso. Usavas um daqueles fatos-de-banho masculinos dos anos 30, de corpo inteiro, com alças. Nasceste em 1904, devias ter trinta e tal anos. Numa das fotografias, prenderas aos ombros as alças do fato. Na outra, sempre a encarares a lente a três quartos, numa pose calculada, enrolaras à cintura a parte de cima do fato, convertendo-o nuns calções de banho e expondo assim o tronco musculado. O tecido era de malha, simultaneamente flácido e justo, muito revelador. Em ambas as fotografias, saltava à vista o contorno dos teus órgãos sexuais. Parecias um *David* de Miguel Ângelo com um pénis avantajado, a quem tivessem vestido uns calções molhados, de tecido pingão, num esforço canhestro para disfarçar as partes íntimas, mas, em vez disso, realçando-as de modo obsceno. Aliás, grande parte do fascínio que aquelas duas imagens exerciam sobre mim e a Leonor emanava do ar sereno e natural com que te exibias, para atestares a tua virilidade. Creio que te vias na pele de um exemplar puro da raça lusitana. O que te resgatava do mais vulgar exibicionismo era a expressão do teu rosto, em que parecia transparecer, mesmo naqueles retratos de juventude, a vaga amargura de quem sente que qualquer coisa se perdeu e não volta mais.

Torno a desdobrar o mapa, procuro de novo a rua Zlota, encontrar a rua Zlota neste mapa é agora a tarefa mais importante de todas, a tarefa mais importante de sempre, transponho outra vez a dobra com o dedo estendido, vou descendo, descendo. O calor, o cheiro do táxi. Tenho de conseguir, tenho de ser capaz, tenho de ganhar mais algum tempo, o dedo escorrega-me pela folha abaixo, de que é que estou à procura? Da rua Zytnia Zytnia Zytnia, cá está, Zytnia, não é assim tão longe, afinal de contas, deixa ver como é que se vai para lá. A rua não se chama Zytnia, porra… como é o nome? Começa por *z* mas não é Zytnia, o caderno, o caderno, escrevi no caderno. A napa fresca dos assentos do táxi. Zlota, é Zlota. Pronto, encontrei, é aqui em baixo, na base do segundo rectângulo, muito perto da estação central de comboios, não a posso perder. O dedo, ponho o dedo em cima do nome, se afastar o dedo não torno a encontrar a rua, não posso tirar o dedo, preciso da esferográfica, meto a mão no bolso, tiro-lhe a tampa só com uma mão, os papéis vão caindo, agora traço um círculo à volta do nome, tiro o dedo do mapa, traço o círculo sem tirar os olhos do nome, Zlota, pronto, já está. Ontem, o taxista que me trouxe do aeroporto ao final da tarde fez caminho por lá, agora lembro-me, as coisas vão e vêm, vão e vêm. Apontou-me um edifício muito grande, envidraçado, moderno, explicou-me que era a gare principal, havia um magote de pessoas à frente da entrada, era uma manifestação, um protesto, perguntei-lhe o que era aquilo, ele respondeu-me que eram sem-abrigo à espera de comida ou de medicamentos, olhei melhor, reparei que eram homens e mulheres com a pele curtida do sol e do frio, o rosto violáceo, o olhar fechado, a roupa andrajosa, como os manifestantes de todas as cidades do mundo. Vi despontar sem mais nem menos um mamarracho altíssimo, pontiagudo, um foguetão prestes a levantar voo rumo ao espaço, e o taxista disse-me que era o Palácio da Cultura e da Ciência, depois explicou-me que foi um presente que Estaline ofereceu a Varsóvia nos anos 50 e disse que lá dentro há dois cinemas, duas salas de teatro, um salão de congressos, três cinemas, muitas lojas, vários salões de congressos, cinco salas de teatro, que a vista panorâmica lá do alto é muito bonita, apontou-me as pessoas no terraço, «estão ali os turistas», disse-me que há um edifício igual em Moscovo, três ou quatro vezes maior, quando lhe perguntei se já estivera em Moscovo respondeu-me que não, cinco vezes maior. Coisas a baloiçar, penduradas do espelho retrovisor, um terço, seria um terço? Já posso tirar o dedo de cima do nome da rua Zlota, percebo agora que a rua Zlota fica junto da estação central de comboios, junto do tal monstro estalinista, na parte mais moderna da cidade, bem mais a sul, tão longe da Umlagplatz, mas custa-me a crer. Parece tudo tão perto n'*O Pianista*, de Polanski. Penso não pode ser, depois penso se calhar não é esta rua, se calhar há engano. Conto os quarteirões no mapa entre a Umschlagtz e a rua Zlotnia, são treze ou catorze, confirmo tudo no *site* do Dark Tourism. Ainda sou capaz de me orientar, ainda sou capaz de encontrar o que procuro.

É assim mesmo, não há dúvida, o pedaço do muro do gueto fica lá longe, a catorze quarteirões em linha recta do lugar onde estou. Nos filmes as coisas não são maiores do que a vida, nos filmes as coisas são muito mais pequenas. Depois penso que viveram aqui metidas bem mais de quatrocentas mil pessoas e percebo que o gueto de Varsóvia era minúsculo, era muito maior na realidade do que aquilo que sempre imaginei, mas era minúsculo, porque na memória as coisas são muito mais pequenas do que na realidade. Não sei se na minha memória ainda resta espaço que chegue para este enorme gueto de Varsóvia que acabo de descobrir. A Faixa de Gaza é minúscula. A Faixa de Gaza é enorme. Quantas pessoas ali vivem? Uma vez disseram-me que é o lugar do mundo onde a densidade populacional é maior. Maior do que no gueto de Varsóvia? Quem mo disse foi um homem que lá tinha estado, e contou-me que não vira árvores na Faixa de Gaza. Li que não havia no gueto de Varsóvia uma única árvore. Que as crianças mais pequenas do gueto de Varsóvia não sabiam desenhar uma árvore, porque nunca tinham visto nenhuma. Haverá árvores na Faixa de Gaza? Haverá terrenos baldios na Faixa de Gaza? Tem de haver, não pode deixar de haver, mas a verdade é que não sei. Vi dezenas, centenas de fotografias tiradas no gueto de Varsóvia. Vi mais imagens do gueto de Varsóvia do que da Faixa de Gaza. A Faixa de Gaza é para mim um borrão, um mistério. Precisava de mais tempo para novas errâncias, novas contas de somar e dividir, novas aritméticas, para transformar em coisas palpáveis as imagens vagas que construí, mas o tempo foge-me foge-me foge-me. Clique clique, o terço a baloiçar no retrovisor, a contar os minutos para o fim. Sem árvores, sem espaço para respirar não há reconciliação possível. Se a memória se apagar não há reconciliação possível.

Eras professor do Colégio Militar, avô, em jovem tinhas sido professor do Liceu Pedro Nunes. Ensinavas línguas, inglês, francês e alemão. Não eras o primeiro licenciado da família, o teu pai tinha formação universitária, não sei ao certo em quê. Apresentavas-te sempre assim: professor do Colégio Militar, com toda a força desse estatuto. Fazias questão de vincar que não eras «um qualquer», como dizias. Por toda a casa de Benfica havia objectos com o emblema do Colégio Militar, o desenho da barretina com a pala, o francalete e o penacho. Copos, pratos, medalhas. Sei que desejavas que eu ingressasse no Colégio Militar, mas a minha mãe opôs-se. Ou antes, a minha mãe perguntou ao meu pai o que ele achava, e o meu pai opôs-se, e a minha mãe disse-te que não podia ser. Sei que foi para ti um pequeno desgosto. Talvez um grande desgosto. Ensinaste-me os rudimentos do inglês e do francês, aprendi o resto nos teus livros, que folheava nas longas tardes dos fins-de-semana. Não tiveste tempo de me iniciar no alemão. Morreste antes de poderes começar.

Fiquei num hotel chamado Castle Inn, na Cidade Velha, mesmo em frente ao castelo, que não é castelo nenhum, é um palácio, talvez em tempos houvesse um castelo e o nome tenha ficado, a memória a dar o nome ao lugar. Falei contigo esta manhã, deitado na cama, Amália. «Nem imaginas a quantidade de coisas que deitei fora ontem, em casa dos meus pais.» Telefonei à minha mãe do hotel, eu que nunca lhe telefono, e disse-lhe que estava em Varsóvia. Fiquei no último andar, numas águas-furtadas, um quarto pequeno, cheio de ângulos e recantos, todo forrado com papel de parede, um padrão de cálices de vinho vazios, uma quadrícula negra sobre fundo branco e em cada rectângulo dois ou três cálices em diferentes posições, ora dois cálices afastados um do outro, ora dois cálices meio sobrepostos, ora dois cálices meio sobrepostos e um outro ligeiramente afastado, coisas a que lanço mão para erguer a barricada, o dique, a represa que mete água por todos os lados. «Estou morta de cansaço, mas, agora que comecei, não vou parar.» Nunca lhe telefono, fico à espera dos telefonemas dela. Quero morrer. A casa de banho tem um desnível traiçoeiro no limiar da porta, do lado de dentro, não chega a ser propriamente um degrau. Às vezes, quando o telemóvel toca e vejo o nome dela no ecrã, abstenho-me de atender. «A princípio, custou-me imenso.» Uma mão atravessada de largura e um dedo de altura, com uma aresta viva, parece de propósito para magoar. Não quero morrer. Ela manda-me mensagens de voz, que faço questão de não ouvir. Quero o meu gato. «Foi como se mergulhasse num mundo novo e ao mesmo tempo conhecido.» Cheguei ao quarto, descalcei-me, fui à casa de banho, pus ali o pé, pisei a aresta viva, magoei-me. Quando atendo, sei que me vou enervar. «Uma coisa horrível.» Da vez seguinte, como já me esquecera, tornei a pôr o pé em cheio na aresta e magoei-me de novo e soltei um palavrão. Quero fazer festas no pêlo do meu gato. «Mas pensei: "Se paras, já não consegues recomeçar."» Cada pequeno percalço deste género passou a ser por mim cuidadosamente dissecado. Quero ver o *Fidel* a lamber a barriga. Quando me pergunta pela Rita, a minha mãe quer saber se por acaso o namorado, o Zamir, lhe bate. Sou agora um investigador, um polícia a recolher indícios incriminatórios e circunstâncias atenuantes a respeito de mim próprio. «Acho que, se visses como a casa está, ficarias orgulhoso de mim.» «Nestas coisas, nunca se sabe.» «Estou a arranjar espaço para novas coisas na minha vida, na nossa vida.» Afasto o telemóvel do ouvido e não respondo. Tento sempre ilibar-me, mas, à medida que as semanas passam, torna-se cada vez mais difícil. «Estou a arranjar espaço para ti. Mais espaço para ti.» Sei que em seguida ela vai dizer mal de alguém, de um sobrinho, de uma amiga, da mais recente empregada romena ou moldava, com aquela maldade concentrada e distraída que se aprende em criança e que passa a ser a nossa segunda pele. Quero ver o meu gato a dormir. «Já ocupavas imenso espaço na minha vida, quero que ocupes mais.» Todos os incidentes, mesmo os mais anódinos, têm agora cambiantes ameaçadores.

Instalado na capital, casaste-te com uma herdeira rica de Lisboa, a minha avó Adélia. Eras já trintão, foi um casamento relativamente tardio, para a época. Também ela já dobrara o cabo dos trinta, o espectro de ficar solteirona começava a assombrá-la. Não te apaixonaste, como é evidente. Querias assentar, ter filhos. E ela tinha dinheiro e, sem ser uma beldade, também não era nenhum estafermo. Meteste-te em negócios, fizeste investimentos, arranjaste sócios. Ouvi falar de um projecto de criação e venda de coelhos. Tu, a criares coelhos. Quem diria. Escusado será dizer que todos os teus negócios correram mal, todos os teus investimentos deram asneira da grossa. Os teus sócios saíram-se bem, tu ficaste com as dívidas por pagar. Eras completamente desprovido de sentido prático. Gostavas de vestir a pele de um fidalgo de antigamente, um aristocrata desapegado das coisas materiais. Um grande senhor, que não se rebaixa a contar tostões. A minha mãe adorava contar-nos que, ao fim de um ano ou dois de casamento, a mãe dela foi ao Montepio, na Baixa, e pediu que lhe trouxessem o cofre. Havia libras de ouro ali guardadas, o garante do seu bem-estar, legadas em herança, juntamente com os prédios em Lisboa, pela tia e madrinha, que não tivera filhos. Quando a tua mulher abriu o cofre, os cartuchos de libras estavam reduzidos a metade. Ela apressou-se a vedar-te o acesso às contas bancárias e ao cofre do Montepio. Passaste a viver do teu ordenado de professor, acabaram-se os investimentos, os sonhos de riqueza. Depois de morreres, a avó Adélia contou-nos, a mim e à Leonor: «Uma vez, o Adriano disse-me: "Não me casei contigo por causa do dinheiro. Casei-me contigo porque gosto de ti."» Chorou muito ao dizer-nos isto, a tua mulher, ela que não era pessoa de grandes emoções. Não pude deixar de reparar, no entanto, que, a fazer fé na memória dela, não lhe disseste: «Casei-me contigo porque te amo.» Limitaste-te a uma fórmula mais comedida: «porque gosto de ti». Passaste a vida a traí-la, mas soubeste oferecer-lhe, com essas frases, um consolo que ela pudesse partilhar com os netos. E abstiveste-te da mentira descarada e pouco verosímil que tornaria aquela declaração quase grotesca, diminuindo-te. Eras um grande senhor, dominavas a arte das meias-verdades. Fazias gala em mentir com elegância. Fazias gala em trair com classe.

Paro no passeio à saída do monumento da Mila 18, levo aos lábios a garrafa de *Schweppes* com o meu nome no rótulo, a garrafa que me chocalhou no bolso este tempo todo desde que a comprei no laboratório, à saída do supermercado, inclino a cabeça para trás e levanto a garrafa, dou-lhe pancadinhas com a outra mão para as últimas bocas me escorrerem para dentro da gota, deito-a fora numa papeleira, ouço o ruído cavo do plástico a bater na superfície dura, a fazer ricochete, olha que porra, não acertei na papeleira, a garrafa caiu-me aos pés, curvo-me, apanho-a do chão, deito-a fora novamente, agora, sim, já está, afasto-me. O melhor é apanhar um eléctrico para ir até ao fragmento do muro, volto à alameda Jana Pawla II, tão feia, tão barulhenta, é aqui que eles passam, vi-os há bocado, não dá para ir a pé até à rua Zlota, basta olhar para o mapa, nem pensar, arriscava-me a cair para o lado de fraqueza, seria como meter-me no museu. Não, não quero parar num restaurante qualquer para almoçar e depois descer até lá calmamente, nem pensar, ainda nem há uma semana cortei o cabelo, sujo-me todo a comer, as pessoas ficam pasmadas a olhar para mim, dêem-lhe uma colher de sal, preciso de saber como é que me sinto ao pé do fragmento do muro, dêem-lhe uma colher de veneno, preciso de saber se aquele é o lugar certo para pôr fim a isto caso decida morrer em Varsóvia.

«Levei sacos e sacos de lixo para baixo, fui não sei quantas vezes ao ecoponto.» Sei que, sem mais nem menos, a minha mãe me vai dizer que em pequeno eu era o menino mais lindo de Lisboa, que nos eléctricos e nos autocarros toda a gente olhava para mim como se me quisesse comer ou raptar e que ela pensava nem pensem, este bebé é meu. «Deitei fora a colecção inteira do *Público*, desde o primeiro número até ao dia da morte da minha mãe.»

Sei que vou afastar o telemóvel do ouvido e respirar fundo para não dar um berro. «Eu ou a Sueli tínhamos de levar aos meus pais os jornais do dia, o *Público* e *A Bola*, todos os dias, sem falta, nem que fosse às sete da tarde.» Sei que, no momento em que aproximar de novo o telemóvel do ouvido, ela estará a dizer que, quando o meu pai voltou da guerra de África, eu a abraçava sem mais nem menos e lhe dizia mãe, gosto tanto de ti. «Para o fim, eles já nem liam os jornais, já nem os abriam. A minha mãe fazia as palavras-cruzadas, mais nada.» Sei que, mal ouça isto, vou afastar novamente o telemóvel do ouvido e vou ouvir a voz dela lá longe, a crepitar no aparelho. «Depois da morte da minha mãe, o meu pai disse-me: "Não compres mais os jornais." E eu pressenti que era uma questão de semanas ou meses até ele morrer. Mas depois abafei esse pressentimento. A morte das pessoas que amamos apanha-nos sempre de surpresa, Carlos. Nunca estamos à espera. Nunca estamos preparados.»

Tu e a avó Adélia moravam num prédio da avenida da Liberdade. Uma casa antiga, de que me lembro muito vagamente. Recordo o meu pai a tocar piano, na sala, a fazer um brilharete para os sogros, lançando mão dos conhecimentos adquiridos nas lições que a mãe o obrigara a frequentar em criança, nos Açores, as aulas de piano que ele tanto detestava. Recordo uma chuva de aplausos, talvez, vozes a dizer: «Muito bem!» Nada mais. A casa que realmente te conheci foi um apartamento em Benfica, num lugar de uma fealdade irredimível. Um prédio em L, sem garagem, dando para uma praceta de terra batida, sempre repleta de filas de carros estacionados, e, nas traseiras, para uma ruela esconsa, sem passeios, juncada de detritos. Na escada, cheirava sempre vagamente a lixo. O apartamento era enorme, as paredes eram forradas até um metro e meio de altura com azulejos incrivelmente inestéticos, a disposição das divisões obedecia ainda à ordem social em vias de extinção. A casa dividia-se em duas partes, ligadas por um longo corredor, a dos patrões e a da criadagem. Esta última era composta pela enorme cozinha, com dois quartos anexos, para as criadas internas. Agora que penso nisso, faz impressão que, no final dos anos 60, ainda se construíssem apartamentos assim em Lisboa. E fazia impressão o contraste entre a fealdade moderna e agressiva do prédio e o ar desajeitado e temeroso das vossas mobílias antigas e dos bibelôs mutilados. A vossa mudança do prédio da avenida da Liberdade, logo demolido para dar lugar a um paralelepípedo revestido de vidros escuros, para aquele subúrbio, uns quatro ou cinco anos antes do 25 de Abril, foi o sinal definitivo de que tu e a avó Adélia tinham já deixado de pertencer ao centro das coisas, tinham sido relegados para a periferia, para a irrelevância. Depois de morreres, no quarto de viúva da avó Adélia, lembro-me de ouvir a música que um vizinho punha a tocar em altos berros no gira-discos. Era um jovem que eu nunca vi, mas a quem a minha mãe se referia como «a besta do puto aí do lado». O disco que ele punha a tocar, horas a fio, era uma compilação de marchas militares e hinos nazis. A avó Adélia, sempre a remexer nas suas gavetas repletas de chaves e de bugigangas, surda que nem uma porta, não dava por nada. Aquele ruído de fundo, longínquo e abafado, não lhe dizia respeito. O mundo sempre fora para ela um ruído de fundo, longínquo e abafado, que não lhe dizia respeito.

Dormi com a janela do quarto do hotel aberta por causa do calor, ouvi gente aos gritos na praça, depois calaram-se. Depois, ouvi vozes ao longe. No escuro da noite, com as luzes apagadas, o quarto tornou-se belo, porque a luz dos candeeiros públicos batia no tecto inclinado e traçava um desenho bizarro, e então pareceu-me que estava numa casa da cidade do Dr. Caligari. Tenho medo. Dormi despido, acendi a luz, levantei-me para ir à casa de banho, tive medo de que me vissem das janelas do prédio em frente, estuguei o passo, pisei a aresta viva no limiar da porta, magoei-me outra vez, fiquei muito tempo agarrado ao pé a reconstituir os meus passos, a dizer a mim próprio que aquele percalço era natural, podia acontecer a outra pessoa qualquer. Tenho tanto medo. No quarto ao lado, uma rapariga gemia muito alto a fazer sexo, pensei em telefonar-te para fazermos amor, Amália, depois vi que eram duas da manhã, não te quis acordar, a rapariga gemia demasiado, sempre foste silenciosa. Tenho medo do ridículo, tanto medo do ridículo. Acordei de madrugada com os berros das gralhas, com os camiões a descarregar produtos para os restaurantes, tornei a adormecer, acordei com os berros dos restaurantes, fui à janela todo nu, havia uma gralha na janela em frente, acenou-me com a mão, esta gente vê tudo e nada faz, é sempre assim, o Dr. Cagliostro puxa os cordelinhos. Mas sofrer de Alzheimer nem chega a ser ridículo, é ainda pior. Gritei no duche a plenos pulmões por causa da água gelada, por causa da água a escaldar. Não vira ninguém dentro do hotel, à parte a recepcionista, a Adeta. Pensei: devo ser o único hóspede, a rapariga do quarto ao lado foi imaginação minha. Toda a gente gosta de ver os outros a fazer figuras de urso, a cair de cu, a estampar-se ao comprido. Gritei no duche a plenos pulmões para chamar as pessoas, ver se aparecia alguém a bater-me à porta, perguntando-me se estava tudo bem. Talvez a rapariga do quarto ao lado, ainda nua, igual a ti, Amália, igual a ti naquela fotografia da praia em que tinhas dezassete anos, de biquíni, antes de eu te conhecer, com a barriga tão lisa, a pele tão macia. Uma pessoa a cair de cu é um acontecimento sem antes nem depois. Reparei que tentaram remediar a aresta viva com massa para suavizar o desnível, mas entretanto a massa secou e soltou-se e já só resta um vestígio numa das pontas. A Alzheimer traz em si todo o antes e todo o depois, ninguém gosta de ver, toda a gente desvia o olhar. Ninguém bateu à porta do meu quarto, ninguém me perguntou se estava tudo bem.

Foi no cinema que descobri que tinha havido uns fulanos chamados nazis e que essa palavra era uma espécie de anátema.

Foi no filme *Música no Coração*. Este parecia estar eternamente em cartaz, ano após ano, num cinema do Monte Estoril. Passávamos lá as férias de Verão, no apartamento que tu compraras com a avó Adélia, avô, e era certo e sabido que nos levavas ao cinema, a mim e à Leonor, e nos deixavas na sala para vermos *Música no Coração*, enquanto esperavas por nós, a ler o jornal, numa esplanada em frente. Devo ter visto o filme umas sete ou oito vezes, até o saber quase de cor. A nossa cena preferida era, de longe, aquela em que os nazis, depois de interrogarem as freiras, saíam do mosteiro a correr e saltavam para dentro dos carros negros, de chapa cintilante, parados à porta, para irem no encalço da família Von Trapp. Quando os motoristas rodavam as chaves na ignição, os motores tossicavam, mas recusavam-se a pegar, e os oficiais nazis esbracejavam e davam gritos, loucos de raiva. Dentro do mosteiro, a madre superiora virava-se para as freiras, e estas, de sorriso comprometido e maroto, exibiam, escondidos debaixo dos hábitos, os cabos das baterias que tinham arrancado à socapa dos carros dos nazis, para salvarem os Von Trapps. Na plateia, toda a gente se ria. Aprendi nesse filme que os nazis eram temíveis. Que usavam belos uniformes. Que não eram especialmente inteligentes, já que se deixavam enganar por umas freiras de província, elas próprias não muito argutas. Não eram, portanto, tão temíveis como isso. Que os nazis seduziam os jovens rapazes com os seus belos uniformes e a sua retórica guerreira, mas que, lá no íntimo, um coração puro nunca deixava de o ser. E que o bem triunfava sempre. No fundo, *Música no Coração* dizia-nos que, se nunca crescêssemos e ficássemos eternamente crianças, os nazis não nos podiam fazer mal. Um dia, em casa, alguém me deu a entender, discreta mas firmemente, que, apesar dos uniformes vistosos, nunca devia, nas brincadeiras, vestir a pele de um oficial nazi. Foi em *Música no Coração* que vi pela primeira vez uma suástica. Quando a tentei desenhar, enganei-me inevitavelmente, e os braços da cruz ficaram virados do avesso. Quando acertei, à terceira ou quarta tentativa, escondi a folha, amachuquei-a e deitei-a fora, porque percebera já que havia naquela cruz qualquer coisa de sinistro, com o seu formato dinâmico e arrojado, principalmente se a inclinássemos sobre o seu eixo, como se estivesse em movimento. Percebera vagamente, não sei ao certo como, que, na presença daquela cruz, o bem não triunfava sempre. E que o facto de ser criança não salvara ninguém. Tu nada dizias a respeito dos nazis, avô. Mantinhas-te em silêncio, esfíngico e enigmático. Percebia-se que não te agradava o rumo que o mundo tomara. Muito espicaçado pela Leonor, falavas do «perigo asiático», das «hordas amarelas». E era tudo. Nunca te ouvi falar de Israel. Nunca te ouvi falar da Palestina. Nunca te ouvi dizer a palavra «judeu».

Telefonas-me quando estou na paragem, à espera do eléctrico, Amália. Sei que, quando tornar a aproximar o telemóvel do ouvido, a minha mãe estará a acabar a frase em que diz: «Quando o teu pai voltou da guerra, deves ter pensado: "Mas o que é isto? Aparece aqui um homem sem mais nem menos e rouba-me a minha mãe? Quem é este?"» Hoje quero muito continuar a viver. «O meu pai era uma pessoa muito complicada, a minha mãe também.» Sei que ela vai acrescentar: «O teu pai sempre me disse: "Tive de comprar o meu filho com brinquedos. Fui para a guerra quando ele tinha nove meses, voltei quase dois anos e meio depois, ele não me conhecia."» Quero ver o *Fidel* a olhar pela janela como uma velha de antigamente. «O teu pai levava-te à rua, comprava-te um brinquedo, voltavas para casa feliz da vida.» «Viviam num mundo estranho.» Sei que não vou dizer uma palavra, que me vou entrincheirar num silêncio de pedra fria. «Só agora, ao abrir os armários, ao mexer nas coisas deles, é que me apercebo.» A voz dela chega-me em fragmentos, entrecortada, lacunar, como nos manuscritos dos membros dos *Sonderkommandos* de Auschwitz-Birkenau que estes homens enterraram perto dos crematórios, em latas e frascos, antes de morrerem. «Se calhar, todas as vidas, assim devassadas, assim viradas do avesso, parecem estranhas.» *Vozes sob a Cinza*, trouxe o livro comigo. Quero falsificar as assinaturas da Camila e da Rita nos impressos do pedido de renovação anual do passe Navegante Família. «Mas a verdade é que temos vontade de viver a todo o preço. Temos vontade de viver porque estamos vivos, porque o mundo inteiro está vivo, e tudo o que é agradável, tudo o que se liga a outra coisa qualquer liga-se, antes de mais nada, à vida. Sem a vida, é [...]. Eis a pura verdade. Sejamos claros, se alguém me perguntasse: "Porque é que [...]", eu respondia-lhe [...]: "É [...]."» Esta é a voz de um homem chamado Zalman Lewental. «Não se podia deitar nada fora aqui em casa. Nada.» Quero entrar contigo no café de manhã e dizer ao empregado: «O costume.» A voz da minha mãe chega-me como a voz de alguém que já morreu. «Sim, estou aqui, em casa dos meus pais, a arrumar.» Dantes, dizia a mim próprio que me ia arrepender de tudo isto quando ela morresse. «Nem imaginas as coisas que tenho encontrado. É como se estivesse a reviver toda a minha vida, toda a minha infância e adolescência, pela mão destes objectos.» Quero sentar-me contigo na mesa para lermos o *Correio da Manhã* do café, o jornal sebento e cheio de nódoas de gordura das torradas dos outros. Mas agora sei que vou morrer antes dela. «Coisas que nunca imaginei que ainda existissem. A ideia deles era que tudo podia servir, tudo podia dar jeito, um dia. Pertenciam à geração da guerra, da pobreza atrás da porta.» Agora, a voz dela parece-me a voz entrecortada de alguém vivo, ouvida por alguém que está prestes a morrer. «E tudo era portador de memórias.» Folhas degradadas pela humidade, frases truncadas, aos solavancos, cheias de hiatos. «Um simples papelinho escrito por mim ou pela minha irmã, uma lista de compras. Um desenho feito num guardanapo de papel. Guardavam tudo. Esta casa parece o túmulo de um faraó no Vale dos Reis. Só agora me dou conta disso. Estes objectos todos eram as coisas de que os meus pais precisavam para enfrentar a morte, para se sentirem preparados para enfrentar a vida no Além. E eu sou igual, Carlos. Sou igualzinha a eles. Mas vou mudar. Prometo que vou mudar. Prometo que já mudei. Não vou levar desta casa um só objecto para a nossa, um só livro, um só bibelô. Nada. Podes regressar descansado. Quando tiver desmanchado esta casa, vou começar a livrar-me da tralha que acumulei na nossa.» Quero montar o tripé da máquina fotográfica em frente à cama quando estivermos sozinhos e tirar-te fotografias toda nua, de pernas abertas, a chuchar no dedo.

Lá vem um eléctrico, será que pára onde eu quero? Pergunto a uma rapariga que está na paragem, aponto para o mapa, «não é deste lado, tem de apanhar o eléctrico do outro lado, em sentido contrário», faz-me gestos, estende o braço, como que a enxotar-me, será que ela não entendeu? «Quero ir para aqui», aponto para um dos esquemas afixados na paragem, os percursos das várias carreiras que passam aqui, ela olha-me fixamente, depois desvia o rosto, entretanto o eléctrico pára, abrem-se as portas, ela entra, eu entro atrás dela, acho que ela não percebeu, quero sair numa praça chamada Rondo ONZ, daí vou seguir a pé até ao fragmento do muro, ela não entendeu patavina, agora finge que não me vê, mexe no telemóvel, faz de conta que não é nada com ela, quero ir para sul, estou dentro do gueto, tenho mortos debaixo dos pés e quero ir para sul, tenho de ir para sul.

Antes de viajar até aqui, à Polónia, tentei arranjar contactos neste país, pessoas que me pudessem ajudar a descobrir mais sobre os lugares do massacre. A Maya Deren abre a porta de casa com a chave que tira da malinha. Arranjei três endereços de *email* de outros tantos polacos, gente talvez disposta a falar comigo. Sobe a escada até ao primeiro andar, entra no quarto. O Ignacy, a Malgorzata, o Bogumil. Há um disco a tocar no gira-discos, ela levanta a agulha, pousa-a no suporte, desliga o gira-discos. Sempre fiz assim nas minhas viagens. Desce a escada, senta-se na poltrona florida em frente à janela. Porque havia de ser diferente desta vez? Adormece e tudo volta ao princípio, em repetições sucessivas. Só porque esta viagem é a última, só porque talvez seja uma viagem de sentido único, uma ida sem volta, não quer dizer que deva abandonar os rituais que sempre cumpri. De cada vez que ela torna a entrar em casa há sequências e planos que se repetem com subtis variações e se tornam cada vez mais enigmáticos. Antes pelo contrário, a condição derradeira desta jornada é mais uma razão para cumprir à risca esses rituais. Quando vi o filme pela primeira vez no *YouTube* foi como se deparasse com um retrato horrivelmente límpido do mal que sinto a tomar conta de mim. Esta é a viagem mais importante de todas as que alguma vez fiz. Não falo das imagens em si, é claro, não vejo pessoas a levarem a mão aos lábios e a tirarem uma chave de dentro da boca como faz a Maya Deren, ao levantar os lençóis da cama não vejo uma faca do pão pousada na cama junto à almofada, como ela vê. É a viagem às minhas origens e ao meu fim. Mas vejo as coisas como no filme da Maya Deren, as formas, os contornos, as texturas, as repetições, o silêncio, tudo metido em algodão, tudo viscoso, tudo longe e perto ao mesmo tempo.

Merda, este eléctrico vai para norte, precisamente no sentido contrário àquele que eu pretendia, estou a afastar-me da ulica Zlatan, porque é que a rapariga não me avisou? Porque é que estão todos a olhar para mim? Se calhar acham que eu tenho alguma coisa escondida debaixo do casaco. A rapariga sabe que eu não devia estar aqui dentro, sabe que, embora eu quisesse seguir para sul, avanço agora para norte. Não pára de mexer no telemóvel, será que está a mandar mensagens aos outros passageiros? Será que o que estou a pensar são palavras que acabei de dizer em voz alta? Aquela velha também não tira os olhos do telemóvel, será que a miúda acabou de a alertar? Uma bomba escondida debaixo do casaco. Um colete de explosivos. Disfarça, Carlos, disfarça, nada de gestos assustados, nada de esgares de irritação, continua a olhar em frente, tens muitos pares de olhos cravados em ti. Será que acabei de dizer o que estou a pensar e eles ouviram e compreenderam? Acham que me quero suicidar e levá-los a todos comigo. Não posso correr o risco de os assustar, eles são bem capazes de unir esforços para me expulsar do eléctrico, basta que se sintam ameaçados, basta que percebam que eu não sei onde estou, basta que eu abra a boca e tire a chave que trago pousada na língua, basta que percebam que a lei está do lado deles, são capazes de correr comigo ao pontapé pela porta fora, são capazes de me cuspir na cara, são capazes de perguntar se me sinto bem, mas em polaco, para eu não entender nada. Acham que eu sou um bombista-suicida. Mas sabem que não poderei resistir.

Ontem entrei no quarto do hotel com as paredes forradas de cálices de vinho vazios, acedi de imediato à rede *wi-fi*, queria ver se já tinha recebido resposta aos três *emails* que mandei à pressa de Lisboa pouco antes de o avião levantar voo. Até há poucos meses nem me passava pela cabeça comparar a voz da minha mãe ao telefone com a voz de um membro do *Sonderkommando* de Auschwitz-Birkenau, não me atrevia a misturar os vivos e os mortos, o passado e o presente, o distante e o próximo, tudo metido em caixas, em gavetas, em arquivadores. O Ignacy, a Malgorzata, o Bogumil. O Holocausto era intocável, estava metido numa redoma, protegido de toda e qualquer comparação, era exterior à História, à vida, não fazia parte sequer do passado, vivia apenas na memória, servia para explicar o presente, mas não se reflectia em espelhos no mundo de hoje, não era atravessado por uma luz que o refractasse e decompusesse e projectasse nas paredes dos nossos dias. Três pessoas a quem posso perguntar como é que se vive nesta cidade do Holocausto, a quem posso perguntar os livros que leram e os filmes que viram sobre o assunto, os que mais os marcaram. Mas agora essa redoma estilhaçou-se e caminho por cima dos cacos e vale tudo e tudo pode ser uma bóia de salvação, e o Holocausto passou a ser uma matéria-prima de que me sirvo igual a outra qualquer, e percebo o que aconteceu na minha vida e o que sucedeu no Holocausto como nunca até hoje o percebera e percebo como o Holocausto se apoderou de todos nós e moldou o mundo inteiro, mas de repente há um pestanejar e um mau contacto e as coisas à minha volta estremecem e a minha própria voz chega-me sob a cinza, crivada de hiatos, como se eu afastasse o telemóvel do ouvido e as palavras não formassem um todo coeso. Três pessoas junto de quem posso completar a minha educação sobre o Holocausto enquanto ainda sou capaz. Telefonei à minha mãe porque queria que ela dissesse à Regina que estou em Varsóvia. Quero aprender tudo o que puder antes que as coisas se comecem a dissolver. Ao fim de meio minuto de conversa, depois do espanto inicial e de me dizer: «Ai, que bom, estás a viajar, estás a divertir-te», ela anunciou-me: «Vou já telefonar à Regina, a contar-lhe a novidade. Ela vai gostar de saber.» Como um velho empenhado em aprender um ofício que, sabe-o muito bem, não poderá exercer por já não ter tempo. Com uma grande diferença. É que o ofício que desejo aprender é a morte e ainda terei tempo de o exercer. Basta que conclua que já não me habita aquilo de que fala Zalman Lewental no seu manuscrito sob a cinza: a vontade de viver a todo o preço.

Vivias obcecado com a tua linhagem, avô, com o teu apelido aristocrático, de velha cepa nobre. Alcaçova. Assim mesmo, sem acento. A nossa mãe repisava que havia os Alcáçovas, um ramo alentejano da mesma família, porém manchado de bastardia. Tu pertencias à linhagem pura, legítima, os Alcaçovas. E era aquele pormenor decisivo e à primeira vista insignificante, a ausência do acento agudo, que fazia a diferença, que permitia distinguir entre os verdadeiros representantes da raça e os trânsfugas. Fazias parte de uma casta de eleitos que não se vergavam aos ditames da gramática convencional, que haviam inventado uma gramática só sua: escrevias «Alcaçova», mas lias «Alcáçova». Tal como no caso das tuas proezas físicas de juventude, nunca te ouvi gabar-te de viva-voz do teu sangue nobre. Cabia à nossa mãe fazer de porta-voz e arauto das tuas reivindicações e pergaminhos. Tu eras um monarca que não se rebaixava à reles gabarolice dos plebeus. Industriaras a tua filha para propagar a tua lenda, ao passo que tu próprio te limitavas a vincar, com gestos subtis, os teus princípios. Quando a Leonor entrou para a escola primária, e depois eu, as professoras escreviam o nosso nome na capa das sebentas, «Leonor Alcáçova Silveira», «Carlos Alcáçova Silveira». E, é claro, punham o acento agudo em Alcáçova. Tu pedias-nos os cadernos escolares logo no início do ano lectivo e, sacando da tua caneta de tinta permanente, sem uma palavra, riscavas o acento com expressão desdenhosa e ligeiramente irritada. Passávamos a levar para a escola aqueles cadernos mutilados, com o erro gramatical a saltar à vista de toda a gente, obrigando-nos a explicar as circunstâncias daquela bizarria. A minha professora, a Luísa, uma comunista dos quatro costados, mulher ora amorosa, ora tresloucada, que tinha ataques de fúria e gritava impropérios ao mínimo contratempo, não perdeu a oportunidade de troçar das tuas manias, avô, como se se desforrasse de um inimigo ao vê-lo caído. Por interposta pessoa, ainda por cima. O 25 de Abril ocorrera havia pouco tempo, não se faziam prisioneiros, havia muitos agravos para vingar, muita raiva acumulada. Uma vez em que eu e a Leonor nos sentámos lado a lado no pequeno refeitório para almoçar, irritados com uma contrariedade qualquer, de que já me esqueci por completo, ambos com cara de caso, a Luísa assomou à porta e, muito alto, para toda a gente ouvir, exclamou: «Olha os Alcaçôvas com o burrinho amarrado! Olha os Alcaçôvas de trombinha!» E pôs-se a chamar as outras professoras, apontando-nos e repetindo os dichotes, fazendo questão de pronunciar o nosso apelido com aquela tónica literal, a acentuar a penúltima sílaba: Alcaçôva. Detestei-a, é claro, mas também te detestei um pouco a ti, avô, por nos expores àquele ridículo. E detestei um pouco a Leonor, porque sermos dois em nada aliviava a humilhação, antes pelo contrário. Tornava-a pior ainda. Podia ter-me apegado às tuas manias aristocráticas, tê-las usado na lapela para me distinguir dos outros. Rejeitei-as por inteiro, escrevo sempre «Alcáçova». E, quando publiquei o primeiro romance, não usei o teu apelido no meu nome literário. Mas a verdade é que, quando as minhas filhas nasceram, fiz questão de lhes transmitir esse nome de família, para que não se perdesse. Sei bem que isso te agradaria muito, apesar do acento agudo no segundo *a*, a marca da bastardia, do sangue impuro, que incluí expressamente quando as registei. Quando eu morrer, ou antes ainda, quando a minha memória se esfarelar como pão molhado, ninguém se lembrará de nada disto, ninguém quererá saber disto para nada.

A rapariga vai sair do eléctrico na próxima paragem, já a vejo perfilada em frente à porta, já guardou o telemóvel no bolso de trás das calças, mas não posso sair juntamente com ela, parecerá que a estou a perseguir, ela ainda é capaz de dar um grito ou de pedir socorro, então é que me tramo mesmo, então é que me despedaçam ou se riem todos de mim, tenho de ficar aqui dentro só mais um pouco, só mais uma paragem, saio na próxima, depois peço ajuda, agora resta-me sentar-me e esperar, na pior das hipóteses o eléctrico chega ao fim da carreira e toda a gente sai e dou por mim aqui sozinho e vem o guarda-freio e diz «acabou» e manda-me sair com maus modos ou então com uma voz cansada e doce.

Se algum dos três tiver a minha idade, o Ignacy, a Malgorzata ou o Bogumil, posso perguntar-lhe se em criança viu na televisão uma série chamada *Os Quatro do Blindado e o Seu Cão*. Na vereda de lajes de cimento junto à moradia aparece a morte, uma figura vestida de negro com um rosto-espelho. Dez minutos depois de eu ter telefonado à minha mãe do quarto de hotel, ela telefonou-me por seu turno a dizer-me que já telefonara à Regina, que lhe dera o meu número e que ela me ia ligar, porque, embora estivesse em Portugal, precisava de vir até aqui e queria saber como se faz o teste da covid para viajar. Uma série polaca que passou em Portugal a seguir ao 25 de Abril, em 1975, o ano em que os meus pais se divorciaram e a minha mãe passou a ser a amante do meu pai. A Maya Deren persegue a morte repetidamente sem nunca a conseguir alcançar, embora ela própria corra desalmadamente e a morte se limite a caminhar em passo firme. A Regina ligou-me um quarto de hora depois. Na palma da mão aberta, a Maya Deren estende para a câmara a chave de casa que acaba de tirar da boca, e a chave transforma-se na enorme faca do pão, de lâmina longa e agressiva. Três pessoas que percorrem nos seus afazeres quotidianos e corriqueiros os lugares onde em tempos houve as ruas e praças que vejo em fotografias a preto-e-branco tiradas em 1941, cheias de gente de ar assustado e exausto, prestes a morrer. Três pessoas que me olharão nos olhos, que me irão obrigar a dizer ao que venho, o que desejo, o que tenho para lhes dar. Vi nestas imagens do filme o retrato fiel dos meus dias, como se a Rita, sem querer, tivesse intuído a natureza do meu sofrimento. Três desconhecidos que me irão talvez revelar a verdade evidente da minha situação, a verdade que tenho debaixo do nariz e que não consigo ver. As velocidades relativas dos objectos desfasaram-se agora para mim. Talvez caiba a um desconhecido a palavra decisiva que tudo ilumina. E nas mãos das pessoas, sem mais nem menos, certos objectos transmutam-se noutros. Anotei no meu caderno o título original da série polaca da minha infância, *Os Quatro do Blindado e o Seu Cão*, para me socorrer da cábula quando a pergunta vier a talhe de foice: *Czterej pancerni i pies*. Vejo estas imagens deformadas, estes efeitos bizarros, como se olhasse de dentro de um vagão de mercadorias, de dentro da caixa de uma camioneta, de dentro de um autocarro apinhado, a caminho do Leste, a caminho do Sul, a caminho do interior, a caminho do deserto. São imagens intrigantes, talvez belas, mas assustam-me. Quando se viaja para um desconhecido ameaçador, dir-se-ia que tudo o que vemos conspira para nos destruir.

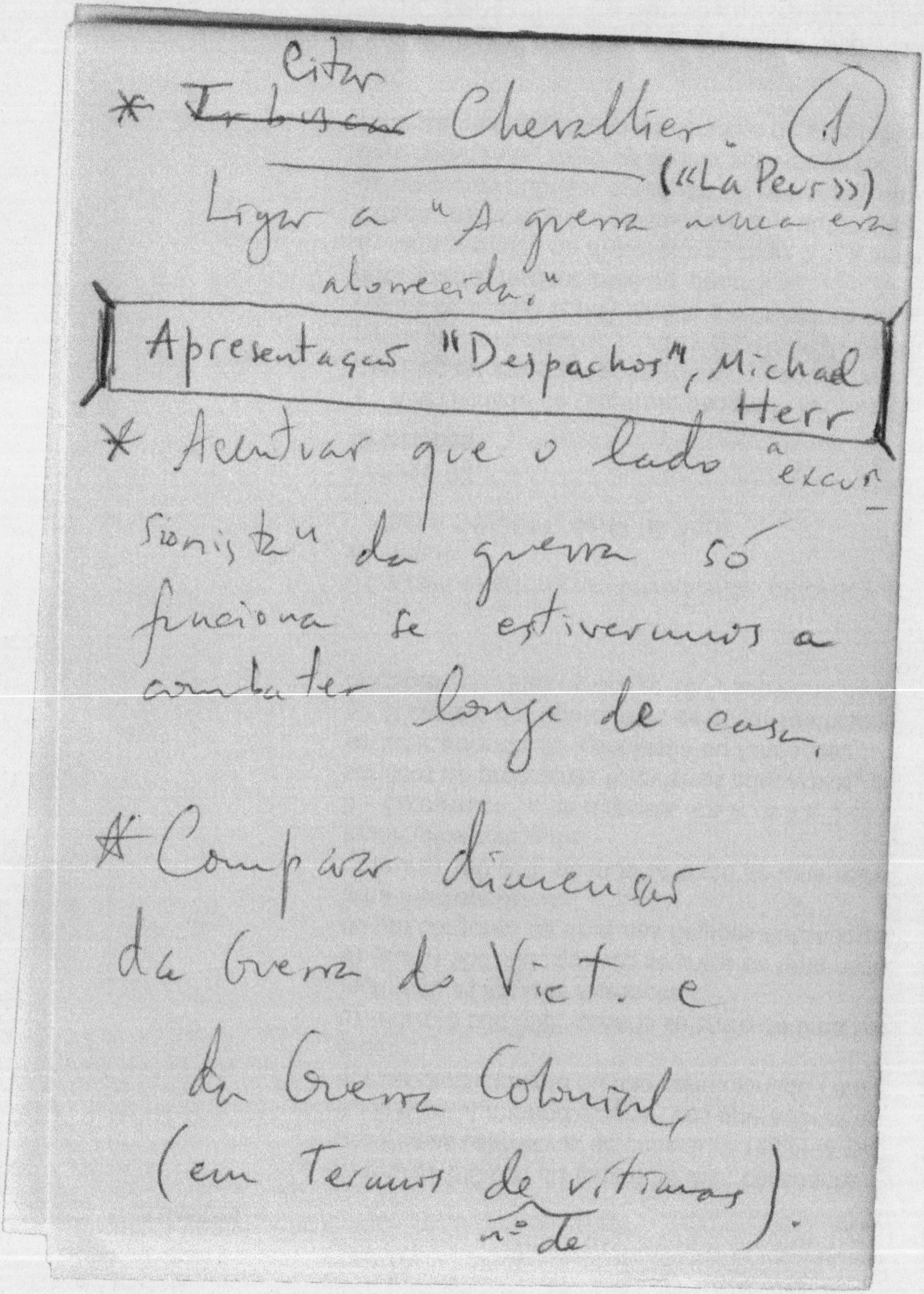

* ~~Ir buscar~~ Citar Chevallier. (1)
(«La Peur»)
Ligar a "A guerra nunca era aborrecida."

Apresentação "Despachos", Michael Herr

* Acentuar que o lado "excursionista" da guerra só funciona se estivermos a combater longe de casa.

* Comparar dimensão da Guerra do Viet. e da Guerra Colonial, (em termos de nº de vítimas).

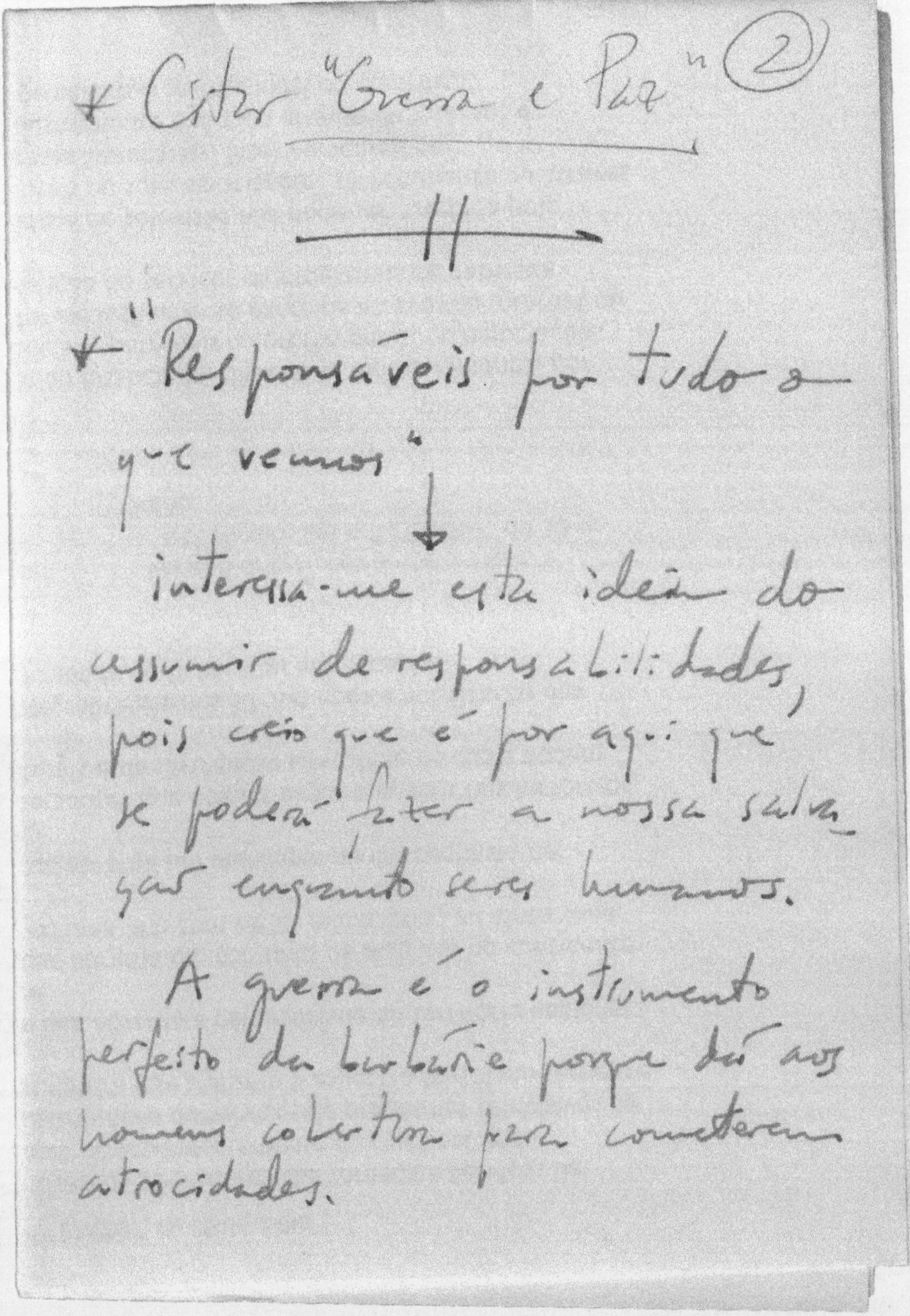

2

* Citar "Guerra e Paz"

* "Responsáveis por tudo o que vemos"

interessa-me esta ideia do assumir de responsabilidades, pois creio que é por aqui que se poderá fazer a nossa salvação enquanto seres humanos.

A guerra é o instrumento perfeito da barbárie porque dá aos homens cobertura para cometerem atrocidades.

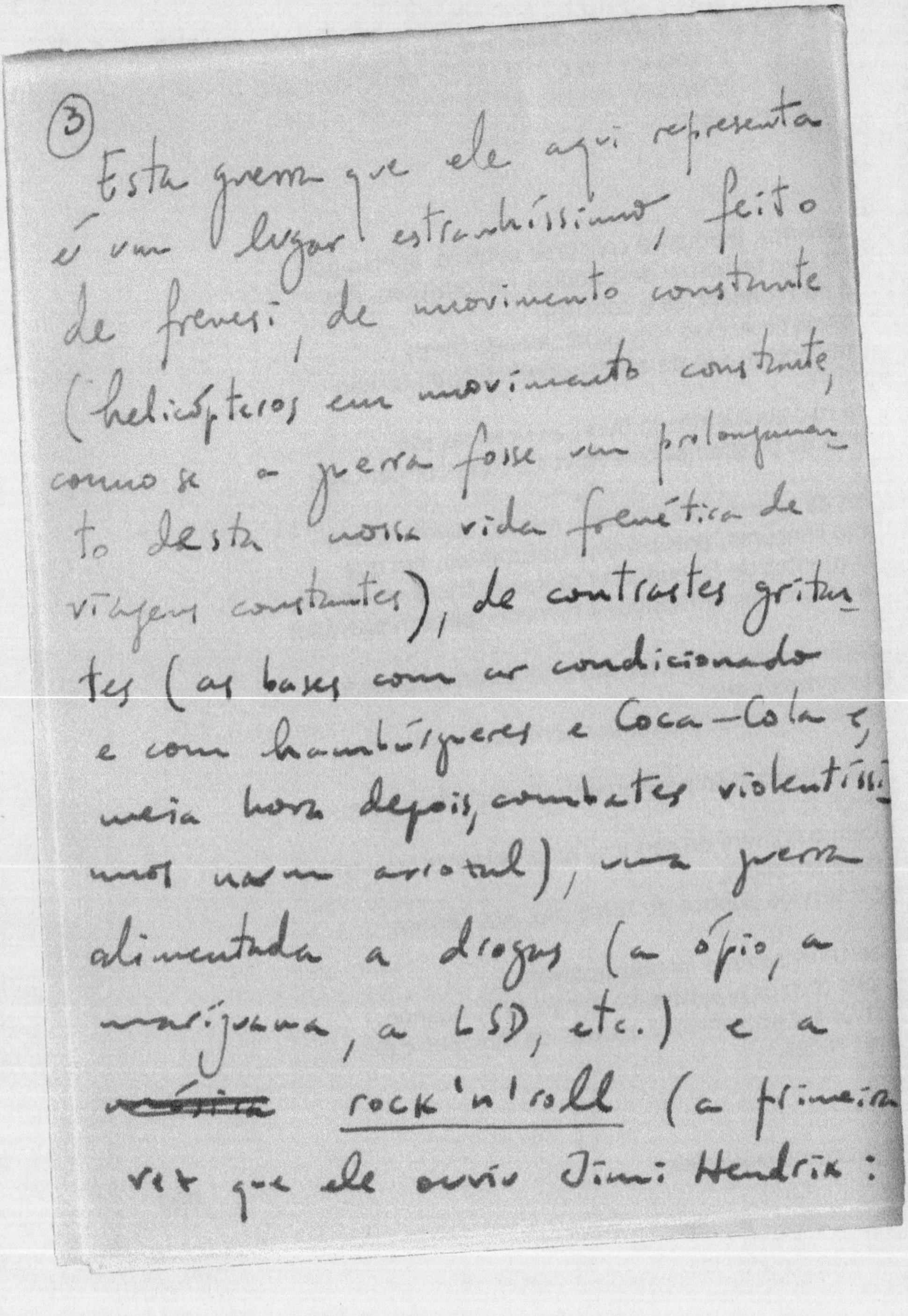
③ Esta guerra que ele aqui representa
é um lugar estranhíssimo, feito
de frenesi, de movimento constante
(helicópteros em movimento constante,
como se a guerra fosse um prolongamen-
to desta nossa vida frenética de
viagens constantes), de contrastes gritan-
tes (as bases com ar condicionado
e com hambúrgueres e Coca-Cola e,
meia hora depois, combates violentíssi-
mos num arrozal), uma guerra
alimentada a drogas (o ópio, a
marijuana, o LSD, etc.) e a
~~música~~ rock'n'roll (a primeira
vez que ele ouviu Jimi Hendrix:

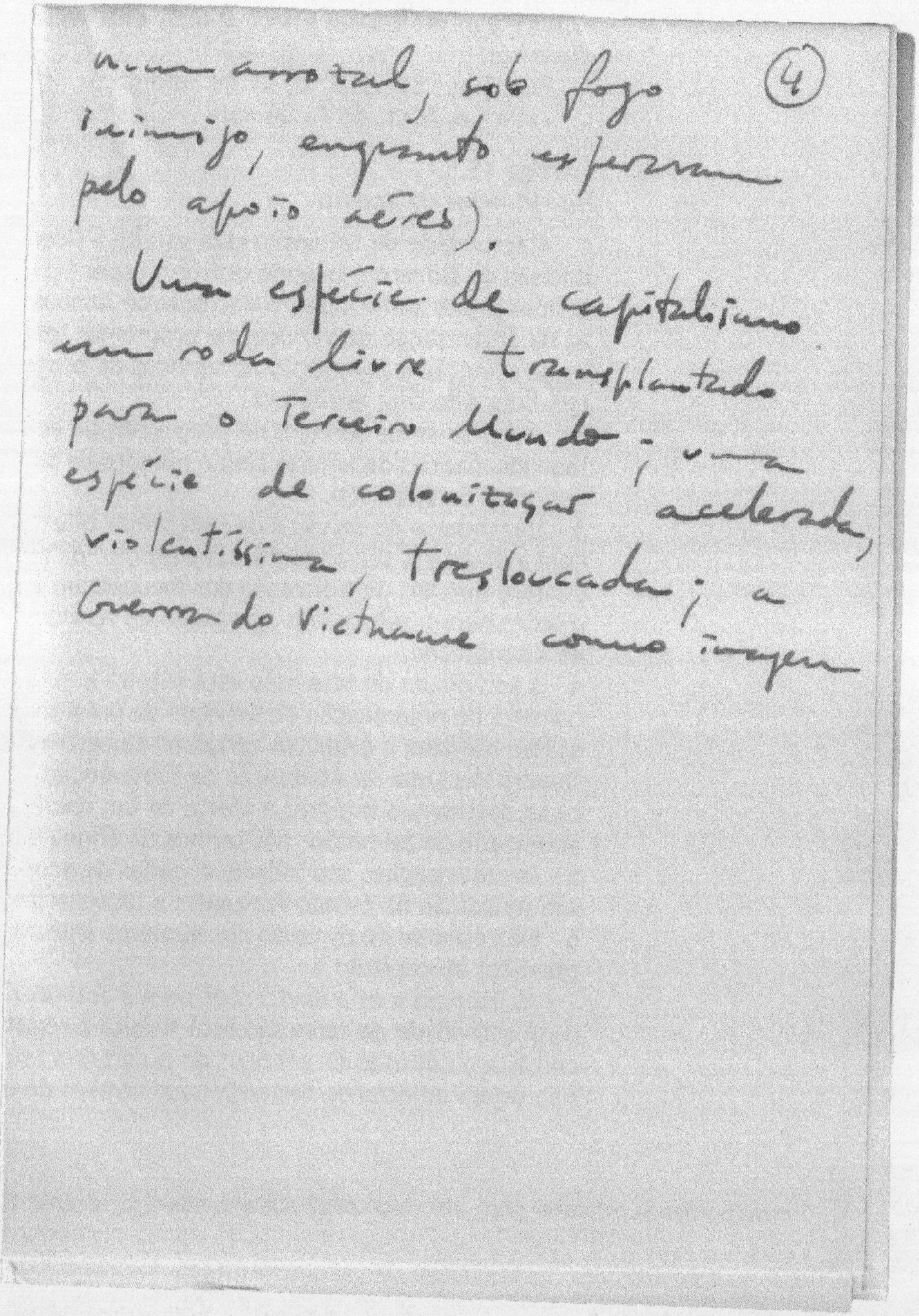

num arrozal, sob fogo (4)
inimigo, enquanto esperavam
pelo apoio aéreo).
Uma espécie de capitalismo
em roda livre transplantado
para o Terceiro Mundo; uma
espécie de colonização acelerada,
violentíssima, tresloucada; a
Guerra do Vietname como imagem

Já não falava com a Regina havia muito, muito tempo. Veio viver para a Polónia com vinte e tal anos, nos anos 60, com o primeiro marido, que fugiu à Guerra Colonial, mais tarde divorciou-se dele, casou-se com um polaco, o Marek. Depois do divórcio, a minha mãe pôde reatar as relações com as amigas da infância e da juventude, que o meu pai a proibira de ver, ou antes, com quem ela se apressara a cortar relações para ir ao encontro dos desejos do meu pai, e a Regina e o Marek passaram a jantar regulamente em nossa casa nas visitas a Portugal. Eu e a Leonor aguardávamos ansiosamente esses jantares, como aldeões de uma terra isolada e modorrenta a quem anunciam que, dentro de dias, vão aparecer os saltimbancos. Lembro-me bem do Marek, muito alto, muito frágil, de olhos claros, o cabelo loiro e ralo, a falar em voz meiga, trocando sempre, como se fizesse de propósito, o feminino e o masculino dos nomes em português. Parecia absolutamente incapaz de fazer mal fosse a quem fosse, indefeso perante as descargas de artilharia e os campos de minas do mundo. Mas, ao mesmo tempo, parecia dotado da tenacidade dos fracos, de um certo alheamento de eremita ou de santo, a quem nenhuma lama pode salpicar, e deslizava pela sala, silencioso e amável, imune à chacota constante da Regina, que se abatia sobre ele como uma chuva de vergastadas. «Então, Marek, vamos embora ou ficas aí pendurado na árvore de Natal?» Fatalmente, depois do jantar, ele pedia para ir à casa de banho e trancava-se à chave por dentro e depois não conseguia destrancar a porta, e a Regina punha-se a gritar-lhe instruções em tom sarcástico do lado de fora: «Olha, se não conseguires abrir, não faz mal, dormes na banheira, tomas banho e depois deitas-te, se tiveres uma aflição vais à retrete, é mesmo ao lado!», e o Marek debatia-se com a fechadura durante meia hora, «Encosta o ombro à porta e roda a chave!», «O que é *encosta*?», enquanto eu e a Leonor sufocávamos o riso, embriagados por aquela atmosfera de festividade pagã que nos era dada a respirar fugazmente, o mundo de pernas para o ar, uma mulher a enxovalhar um homem com toda a naturalidade. Mesmo nessas alturas, embora saísse da casa de banho corado que nem um tomate, o Marek exibia uma expressão desarmante e enternecedora de mártir desatento, um pouco esquecido da sua fé e das razões que o haviam levado ao cadafalso, punha na Regina os olhos piscos e cheios de amor e dizia: «Não conseguia abrir o porta.» Lembro-me de a Regina contar que os pais do Marek tinham em casa um magnífico piano de cauda, comprado ao preço da chuva a um contingente de soldados russos que regressavam a casa depois da guerra, uma fila interminável de camiões a abarrotar de despojos trazidos da Alemanha. O Marek já morreu, mas pensei que talvez a Regina, tendo vivido tantos anos na Polónia e falando polaco na perfeição, fosse portadora de uma história sobre o Holocausto, ouvida da boca de um sobrevivente ou de uma testemunha, ou que conhecesse alguém que o fosse. Logo às primeiras frases, dei-me conta de que ela estava completamente surda. «O meu sogro, quando falava da guerra, dizia assim.» Dei por mim a pensar que, suicidando-me aqui, morrerei antes dela. Suicidando-me aqui, morrerei antes da minha mãe. Ontem, na Cidade Velha, percorri uma ruazita pacata e cruzei um arco onde havia uma lápide discreta com a data «1.VIII.1944» e a palavra «Barykada». Lembrei-me do que a Regina costumava dizer sobre o pai do Marek. Uns passos adiante, num pequeno supermercado, comprei duas garrafas de meio litro de uma bebida alcoólica à base de *vodka* chamada *Soplica*, uma de limão e menta, a outra de ginja. «Dizia assim: os Alemães eram terríveis, fizeram muitas maldades.» Li na Internet que é doce. Trago as garrafas dentro da mochila para o que der e vier. «Só tinham uma vantagem: iam despachando os judeus.» E os comprimidos para dormir, também. «Era uma excelente pessoa, o meu sogro. Uma jóia de pessoa.» As garrafas são de plástico, não há o risco de se partirem. E ria-se, depois cortava a gargalhada de repente. Vinte e oito por cento de álcool. Nunca se percebia se ela estava a falar a sério ou não. Espero que seja o bastante para fazer efeito. Nunca se percebia em que é que ela acreditava genuinamente. Talvez devesse ter comprado mais garrafas. Talvez ela não acreditasse em nada.

Só anteontem, na véspera do voo, me decidi a encetar as diligências necessárias para arranjar contactos aqui na Polónia. A verdade é que, até ao último momento, hesitei em meter-me no avião. Tive medo, tenho muito medo. Despedi-me de ti, Amália, como de costume, como se estivesse de partida para uma viagem igual às outras, foram tantas as ocasiões em que parti assim sozinho e tu ficaste em casa. Imitei os gestos, as palavras das outras vezes. Nunca fomos muito ternurentos nem muito piegas, houve sempre entre nós um calor sereno, uma paixão sem gestos bruscos, cadenciada, regular, mas sem monotonia, uma coisa a um tempo arrebatadora e previsível, como as ondas a baterem na costa, vistas do alto da arriba, incessantes e hipnóticas. Puxei pela memória, despedi-me de ti como sempre, disse-te Adeus, tu disseste Toma cuidado, eu disse-te Telefono-te à noite para fazermos amor, tu não disseste nada, sorriste para mim, eu perguntei-te Queres?, tu disseste Sim, tu sabes que sim, beijei-te, peguei na mala, saí. Lancei mão das fórmulas habituais, tentando que nada soasse a falso. Nunca te traí. Esta minha viagem ao Holocausto é a minha primeira traição deliberada.

Os Quatro do Blindado e o Seu Cão passava-se na Segunda Guerra Mundial e era sobre os quatro tripulantes polacos de um tanque *T-34*, mais o pastor-alemão que os acompanhava para toda a parte. Os alemães eram muitíssimo broncos e pareciam cegos e surdos, incapazes de ouvir os passos furtivos dos polacos, que os atacavam pelas costas, os agarravam pela garganta, os puxavam para trás e os matavam com uma só facada no peito, deixando-os depois cair pesadamente, como sacos de batatas. Não se percebia como é que os nazis, tão lorpas, tinham invadido e subjugado meia Europa. Eu e a Leonor gostávamos da série, mas lembro-me de pensar: «Não me enganam.» Tínhamos muito medo de nos deixarmos enganar.

O gozo da série consistia, em parte, nisto: acharmos que víamos à transparência do que nos queriam mostrar, afirmarmos uma certa superioridade sobre as mentiras a traço grosso dos outros. «A televisão não me engana. Os pais não me enganam. Sei muito bem o que se passa atrás das portas fechadas.» Este cinismo era monótono, cansativo, e, quando a maré vazava, deixava à vista uma grande falta de imaginação, uma certa ingenuidade feroz, a terra queimada dos desesperados. A mesma terra queimada onde agora regressei, passados tantos anos. A mesma terra queimada de onde, se calhar, nunca saí.

Já atravessei a rua? Já estou na paragem do lado oposto? É um eléctrico que lá vem? Será que pára na Rondo ONZ? O lugar para onde quero ir chama-se assim? Vejo o eléctrico a abrandar? É o 17? Será que vai para lá? Os meus dedos? Tenho as unhas assim tão compridas e tão sujas? Será que me deixam entrar no eléctrico com as unhas assim? As pessoas que saem do eléctrico rodeiam-me, dão-me encontrões, porquê? Como é que estarão as unhas dos meus pés? Será melhor descalçar-me e ver? Dará tempo? Tento avançar, as pessoas empurram-me, será que repararam nas minhas unhas? Cerro os punhos para ninguém me ver as pontas dos dedos? As portas do eléctrico fecharam-se? Fiquei do lado de fora? Pego no telemóvel e finjo que estou a falar com alguém? Começo a caminhar para sul, em direcção à paragem seguinte, sem olhar para trás? Meto os dedos na boca e tento limpar o sarro das unhas com os dentes? Quem me chamou?

«Tão estranhas, as vidas dos meus pais, vistas de longe, a esta distância. O meu pai recusava-se a dormir numa cama cujos lençóis não tivessem sido passados a ferro. Não queria ouvir falar de doenças. As doenças eram para esconder. Achava que os doentes e os deficientes deviam ficar fechados em casa, não deviam sair à rua. Deviam esconder-se, para morrer sozinhos, como fazem os animais feridos. Os defeitos físicos eram como defeitos morais. Encontrei as

BANCO DE MOÇAMBIQUE
EA49795626
QUINHENTOS
METICAIS
500
16 DE JUNHO DE 2011
O GOVERNADOR
BANCO DE MOÇAMBIQUE
500
EA49795626

BANCO DE MOÇAMBIQUE
500
QUINHENTOS METICAIS
A FALSIFICAÇÃO DA MOEDA É PUNIDA NOS TERMOS DA LEI

lentes de contacto da minha mãe, estou a arrumar a casa de banho. Não sei o que faça àquilo. Deito fora, não é? A minha mãe não via um boi à frente do nariz, mas o meu pai não a deixava usar óculos. Nem pensar em deixar que a vissem de óculos. Ela andava por todo o lado de braço dado com ele, para não se estampar ao comprido no chão. Só quando apareceram as lentes de contacto é que o problema se resolveu. Para os meus pais, o espaço público devia ser um lugar asséptico, de uniformidade tirânica, de pureza quase racial. Havia uma grande culpa das mulheres em ficarem feias com a idade, dos homens em perderem a força. Eu herdei isto. Tenho os antebraços flácidos da idade, e então não uso camisolas de alças nem camisolas de manga curta. Nunca. Mas encontrei aqui em casa roupa antiga da minha mãe, blusas de seda que ela usou em nova, e vesti uma blusa de manga curta. Sinto que certas coisas deixaram de ter importância. Quando chegares, no domingo, vou-te esperar ao aeroporto com os braços à mostra. Queres?»

Tinha quinze ou dezasseis anos, a minha mãe chamou-me, fomos ter com a Regina ao prédio onde moravam os pais dela, próximo do Marquês de Pombal. «Ela precisa de ajuda para carregar uns tarecos, os pais mudaram-se, amanhã começam a demolir o prédio.» Prédio antigo, decrépito, sem elevador, paredes encardidas, eu já lá tinha ido umas quantas vezes. Os inquilinos tinham sido expulsos um por um, até só restarem os pais da Regina, os últimos a darem o braço a torcer. Clarabóia partida à martelada por operários a mando do senhorio, chovia a cântaros na escada, como no *Blade Runner*, quando o jovem Harrison Ford sobe até ao apartamento cheio de marionetas vivas onde a Daryl Hannah-replicante o espera, disfarçada de bailarina infernal. Subimos, a porta do apartamento estava aberta de par em par, entrámos. Casa deserta, na penumbra, já não havia móveis nem tapetes nem candeeiros. Nas paredes das inúmeras divisões recortavam-se as marcas geométricas dos quadros que ali tinham estado anos e anos, rectângulos claros nas paredes bronzeadas. A minha mãe chamou: «Regina, estás aí?» Ela apareceu, à luz de uma lâmpada nua suspensa do tecto, a abotoar a camisa. Viu-me ao lado da minha mãe, arregalou os olhos, logo se recompôs e disse com toda a naturalidade: «Olha, vieste com a tua mãe. Não sabia. Por pouco não vias as mamas de uma quarentona. Também não fazia mal, mas fica sabendo que já foram melhores.» A minha mãe deu uma gargalhada nervosa, a Regina acendeu um cigarro. Com enorme estrondo, pôs-se a arrastar de divisão em divisão um escadote aberto, parando debaixo de cada fio eléctrico e subindo os degraus para desatarraxar a lâmpada, sempre de cigarro entalado nos dedos ou nos lábios, a cuspir baforadas de fumo. Eu e a minha mãe seguíamo-la, cada qual carregando na mão um caixote onde íamos acumulando os poucos objectos que ainda se viam aqui e além, mais as lâmpadas que a Regina ali pousava. Progredíamos de quarto em quarto, deixando atrás de nós um negrume impenetrável. Mal a Regina desatarraxou a última lâmpada, as trevas desceram sobre nós e, quando os meus olhos se habituaram à escuridão, vi a brasa do cigarro dela a brilhar, muito encarnada, no fundo negro. Naquele momento, ecoaram passos no prédio vazio e ouviu-se a voz do Marek à porta do apartamento, a chamar no seu português silabado: «Re-gi-na… Re-gi-na… onde estás?» E ela, para nós, num sussurro: «Não digam nada, não se mexam. Deixa ver se ele nos encontra.» E, com uma crepitação suave, apagou o cigarro contra a parede.

Ainda não te contei nada do que se passa comigo, Tiago. Telefonei-te anteontem a pedir-te que me arranjasses contactos aqui na Polónia, tens alunos e colegas de toda a Europa aí em Groningen, já me falaste de italianos, de alemães, até de portugueses. Falaste-me até de um colega palestiniano. Disseste que ias pensar, assim de repente não te ocorria ninguém. Ontem saí de casa, fiquei parado no cais da estação de metro, São Sebastião, linha vermelha, deixei passar o tempo, disse a mim próprio: Ainda é cedo, qual é a pressa? Sentei-me num banco do cais, deixei que várias composições chegassem e partissem, na esperança de um percalço que me fizesse perder o voo. A linha de metro cortada, impossível apanhar um táxi àquela hora, um monumental engarrafamento de trânsito. Tinha a secreta esperança de que me telefonasses, Amália, de que me dissesses: Volta para casa, amor, temos de conversar. De que me dissesses: Já percebi o que se passa contigo, sei tudo. Veio outro metro, toda a gente saiu, as pessoas que estavam no cais encheram as carruagens, ficaram à espera de que o maquinista se mudasse de uma ponta para a outra da composição, e foi nesse momento que me telefonaste, Tiago, perguntaste-me onde é que eu estava, respondi instintivamente que estava no metro, a caminho do aeroporto. Disseste-me que andavas cheio de trabalho, mas que ias agora tratar do que eu te pedira. A conversa foi breve, senti-me tentado a cortar-te a palavra, a dizer: Olha, agradeço, mas já não vale a pena, afinal já não vou viajar. Mas não o fiz, reteve-me um certo pudor, o receio do teu silêncio estupefacto na outra ponta da linha, seguido da pergunta: O quê? Mas o que é que se passa? Não disseste que já estavas no metro? Agradeci-te, despedi-me de ti. Pensei: Ainda posso voltar para trás, ainda posso desistir. Entrei na primeira carruagem ao mesmo tempo do que o maquinista, no preciso momento em que soou o aviso da partida. Em todas as paragens da linha vermelha, de pé junto à porta, com a mala entalada entre as pernas, pensei: Vou sair, vou voltar para trás, chego a casa, meto a chave à porta, a Amália vai ficar espantada por me ver, depois vai-me dar a mão, vai-me dizer: Eu cuido de ti. Em todas as paragens deixei que a porta da carruagem se fechasse, pensei: Saio na próxima. Mas só saí na estação terminal, Aeroporto, avancei quase a contragosto, a arrastar os pés, como se uma força exterior a mim me puxasse, passei o controlo de segurança, demorei-me nas lojas *duty free* a ver os perfumes, a borrifar os pulsos com os frascos para amostra, procurei num dos ecrãs o número da porta de embarque, a hora da partida aproximava-se, quando lá cheguei vi a amálgama de pessoas sentadas e de pé diante do pequeno balcão em torno do qual as assistentes de bordo se afadigavam, a remexer nos teclados e nos aparelhos, a montar as baias extensíveis. Mantive-me à parte, na orla do grupo, como se não fosse nada comigo, como se tivesse ido até ali somente para assistir àquele ritual. Senti o telemóvel a vibrar-me no bolso, peguei-lhe, vi que recebera em CC um *email* teu para a Alina, Tiago, uma doutoranda polaca tua, para nos pores em contacto um com o outro, e logo em seguida explicaste-me por *WhatsApp* que acabaras de falar com ela ao telefone e que ela era uma força da Natureza e que já estava a mexer os cordelinhos em Varsóvia para ir ao encontro dos meus desejos. Que ela me iria certamente pôr em contacto com alguém interessante. Escassos minutos depois, recebi uma nova mensagem tua a indicar-me o *email* do Ignacy, um jornalista de uma revista de esquerda chamada *Krytyka Polityczna*, que conheceste num seminário algures na Europa. «Manda-lhe um abraço meu», escreveste-me. Depois veio um *email* da Alina para mim e para a Malgorzata, do Arquivo de História Oral de Varsóvia, a pôr-nos em contacto, seguido de um *email* da Alina só para mim a dizer-me que a Malgorzata, que esperava já um *email* da minha parte, disponibilizara entretanto o contacto de um «entusiasta de História», um professor assistente de História Contemporânea da Universidade de Varsóvia, o Bogumil, que aguardava também uma mensagem minha. E, embora em tom simpático, a Alina não deixou de me espicaçar educadamente, dando a entender nas entrelinhas que eu pusera em marcha forças que me ultrapassavam, que perturbara a tranquilidade de pessoas naturalmente prestáveis, mas muito ocupadas, e que tinha agora a obrigação de me mostrar à altura das expectativas criadas. Pareceu-me estranha a necessidade (da Alina?, da Malgorzata?, de ambas?) de sublinhar que um professor universitário de História é um entusiasta de História. Pensei melhor e não achei nada estranho, porque o mundo está cheio de pessoas que se estão nas tintas para o que fazem no emprego, que exercem a sua profissão sem ponta de empenho, um profissional entusiasta é bem capaz de ser digno de nota. E foi então, no momento em que uma das assistentes de bordo atrás do balcãozito ligou o microfone e fez ouvir a sua voz nos quatro cantos do aeroporto, anunciando que dentro de momentos se ia dar início ao embarque dos passageiros para o voo TAP número tal e tal com destino a Varsóvia, foi então que senti um alívio repentino, uma espécie de leveza, e percebi qual a força que me puxara até ali, até junto da porta de embarque, que me impedira de arrepiar caminho e de voltar para casa. Pensei: Tudo isto, esta chuva de *emails* e de mensagens, estas solicitações que se abatem sobre mim, que eu próprio desencadeei e que agora me parecem um tudo-nada incómodas, um tudo-nada invasivas, estes pormenores que me vão sendo revelados a respeito de perfeitos desconhecidos que em breve deixarão de o ser, tudo isto constitui aquela febre de que fala Zalman Lewental, a vida a fervilhar no mundo inteiro, a vida que me dá vontade de continuar vivo pelo simples facto de estar vivo e de querer continuar ligado à vida, custe o que custar. E então senti um grande optimismo e disse a mim próprio: Vais escrever um *email* e mandá-lo a estas três pessoas antes de entrares no avião e depois vais voar para Varsóvia e verás que corre tudo bem, e a decadência e a morte podem esperar. Comecei a escrever a mensagem, escrevi que me interesso pela memória individual e colectiva. Que me interesso pela História da Segunda Guerra

Mundial, pelo Holocausto. Escrevi que é a primeira vez que visito a Polónia. Pedi desculpa por o contactar assim, tão em cima da hora. Ouvi um novo aviso no sistema sonoro a chamar os passageiros para Varsóvia. Acrescentei que sou escritor. As pessoas comprimiam-se na fila, ignoravam as distâncias de segurança pandémicas marcadas no chão, no afã de serem as primeiras a entrar no aparelho, os passageiros da classe executiva já desapareciam na manga. Escrevi que gostava de ter uma conversa sobre sobre sobre… sobre o quê? Que gostava de ter uma conversa sobre a História e a actualidade da Polónia, pronto. Com uma calma espantosa, que a mim próprio surpreendeu, virei costas à porta de embarque, sentei-me no chão, encostado a um pilar de betão armado, espreitei de trás da coluna, restavam umas vinte pessoas na fila, pensei: Não preciso de me afligir, o avião não descola sem mim, chamam sempre os passageiros atrasados. Escrevi: «Assunto: Carlos Silveira.» Tirei a tampa da *Bic* preta, copiei à mão o endereço da Malgorzata do *email* da Alina para o meu caderno de viagem, depois escrevi o endereço dela à frente de «Para», conferi letra a letra, alto lá, falta aqui um ponto, tornei a conferir, carreguei na flecha voltada para a direita, o *email* seguiu, depois copiei o texto, carregar uns segundos, «selecionar tudo», mas porque é que isto já vem com acordo ortográfico?, que se lixe, para o caso tanto faz, o *email* é em inglês, «Última chamada para o voo TAP número tal e tal com destino a Varsóvia, com partida na porta tal e tal, os passageiros devem dirigir-se de imediato…», colei o texto tal qual numa nova mensagem, em inglês nem sequer é preciso fazer alterações consoante o género do destinatário, é tudo igual, escrevi o endereço do Bogumil, que entretanto copiara para o caderno de viagem, o melhor é copiá-los todos de seguida, tornei a escrever o assunto, alterei o nome no corpo do texto, «Dear Bogumil» em vez de «Dear Malgorzata», sem me apressar, verificando tudo duas ou três vezes, enviei. Copiei novamente o texto, se calhar nem era preciso, isto deve memorizar, premi «compor», repeti toda a operação com mil cuidados, mandei um *email* com o mesmo texto para o Ignacy, ouvi o aviso nos altifalantes, «Última chamada para o voo TAP número tal e tal com destino a Varsóvia, chama-se o passageiro Carlos Silveira à porta de embarque número tal. Última chamada...», apareceu a barra preta na base do ecrã do telemóvel, à esquerda «a enviar...» em letras brancas, à direita «cancelar» em letras azuis, um segundo depois mudou para «enviado» a branco, «anular» a azul, deixei que tudo isto se dissolvesse, levantei-me, sacudi os fundilhos das calças, dirigi-me à porta de embarque com uma calma a roçar a euforia, a roçar o histerismo, não se via vivalma diante da porta de embarque, somente as jovens de uniforme azul atrás do balcãozito, lenços ao pescoço, a olharem-me um pouco incrédulas por eu caminhar pausadamente, sem pedir desculpa com os olhos, por ser o último dos últimos passageiros, estendi o cartão de embarque e o cartão de cidadão a uma delas, que me olhou com cara de poucos amigos, a manga de embarque estava deserta, «Boa tarde», «Boa tarde, bem-vindo a bordo, boa viagem», uma certa frieza por trás da simpatia profissional, de certeza que preferiam ver-me aflito, afogueado, a suar em bica, a pedir desculpa pelo atraso, enfrentei os olhares cortantes dos passageiros, o avião estava à cunha, meti a mala na bagageira, obriguei duas pessoas a levantarem-se e a esperarem de pé na coxia enquanto ocupava o meu lugar, junto à janela, «Tem de pôr o cinto, se faz favor», olhei para o ecrã do telemóvel uma última vez antes de o desligar, «Olhe, se faz favor, não se importa de apertar o cinto de segurança?», e percebi que o *email* para o Ignacy batera na trave e voltara para trás, «endereço não encontrado», tinha escrito «polytyczna» em vez de «polityczna». E percebi que no fim de contas me enganara a escrever o *email* para o Bogumil, o texto começava com «Dear Bogumil», mas duas linhas abaixo surgia «Dear Malgorzata», a saudação que eu me esquecera de apagar, e não fui capaz de entender como é que aquilo tinha acontecido. E percebi que enviara também à Alina um *email* com este mesmo texto, a apresentar-me, a expor o motivo da minha viagem como se ela fosse uma das pessoas com quem me ia encontrar na Polónia e não a tua doutoranda, Tiago, a viver em Groningen. Para cúmulo, enviara-te um *email* igual a ti, Tiago, encabeçado por «Dear Ignacy». Percebi que tinha borrado por completo a pintura, que tinha feito figura de parvo. Pior, que tinha feito figura de velho senil que não sabe a quantas anda. Percebi que te tinha alertado para o meu estado, que seria obrigado a explicar-me, a desculpar-me. As precauções, a atenção concentrada, a calma postiça, nada disso me protegera. Se não estivesse encurralado junto à janela do avião, sem espaço para me mexer, se não me tolhesse ainda uma réstia de pudor, um medo residual do ridículo e do absurdo, teria desatado aos gritos naquele momento, teria cravado as unhas na cara e rasgado lanhos nas faces até fazer sangue, teria aberto a braguilha e tirado a picha para fora e desatado a masturbar-me, teria passado por louco ou por desordeiro, teria ido às últimas consequências, teria armado escândalo, teria obrigado o avião a parar em plena pista só para me deixarem voltar para casa, para junto de ti, Amália, para te contar este medo que me devora, para te pedir ajuda, para te pedir amor. Mas não tive coragem. Fazer isso seria romper os laços com o vago consenso em que assenta a vida, seria escavacar a imagem que tenho de mim próprio, seria desligar-me do mundo que sempre conheci, e ainda não estava preparado, ainda não estou preparado, talvez amanhã, talvez daqui a umas horas. Fazê-lo seria vestir por antecipação a pele de um louco, de um inimputável, de alguém roído pela demência precoce. Não estava preparado. Não sei quando estarei preparado.

O Tiago é o meu irmão. Meio-irmão, em bom rigor, filho do meu pai e da Manuela. Mas, no caso dos irmãos, só se pode ser ou não ser. Não há irmãos pela metade. Conheço irmãos de pai e mãe que deixaram de o ser, porque já nada os liga, à parte as recordações da infância, tão próximas, mas, ao mesmo tempo, tão remotas. São pessoas que partilharam quase tudo, mas isso aconteceu

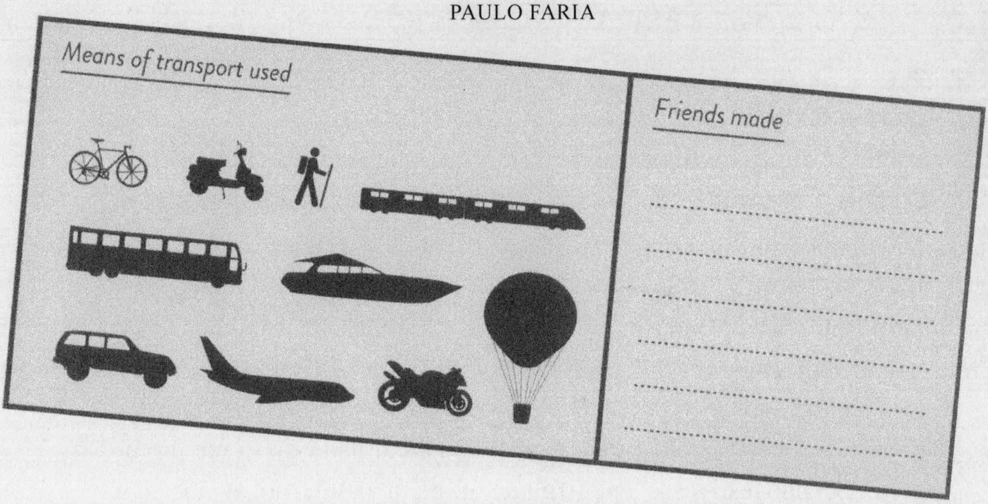
Means of transport used
Friends made

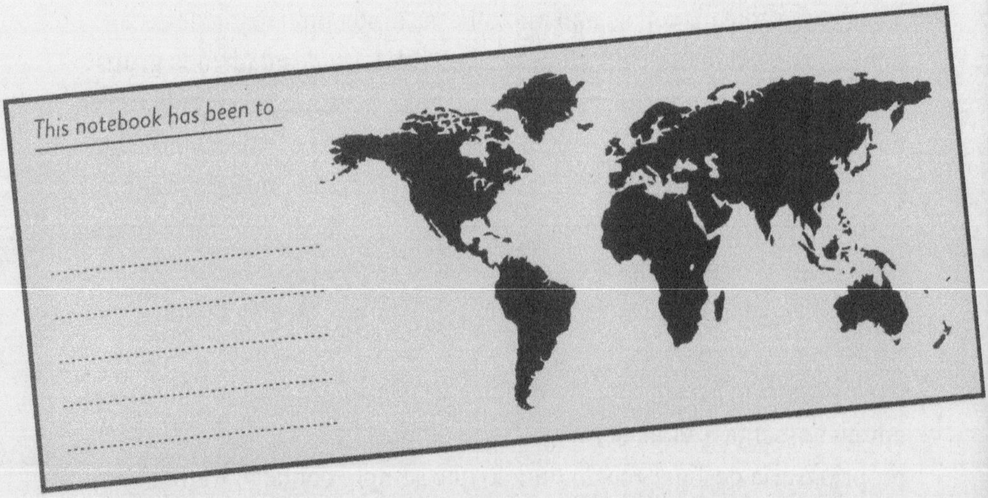
This notebook has been to

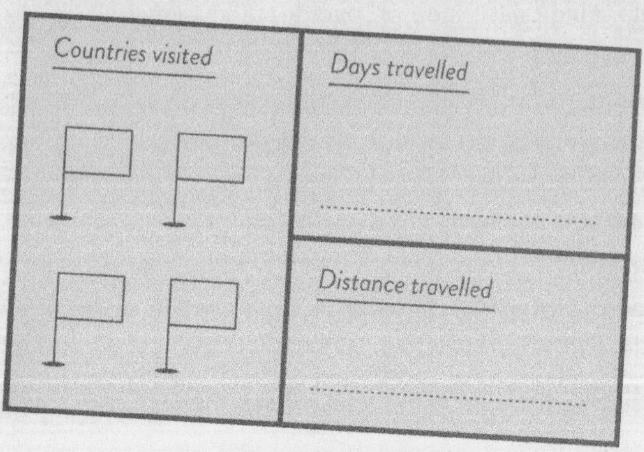
Countries visited
Days travelled
Distance travelled

numa outra vida. Já não são sequer meios-irmãos. Ao passo que os irmãos a sério, sabemo-lo, irão ficar connosco até ao fim, e podem até ser filhos somente do mesmo pai ou da mesma mãe. Ou podem até não ser do nosso sangue. Não brinquei com o Tiago em pequeno, a diferença de idades era intransponível, onze anos é imenso tempo. Mais tarde, quase não falávamos um com o outro, a desarrumação na minha cabeça era demasiado grande para eu me ligar a ele. Podíamos ter continuado assim, distantes, os nossos caminhos a divergir até a distância ser irremediável. Mas depois, naquela juventude decisiva em que tudo se define, eu a caminho dos trinta anos, ele a caminho dos vinte, houve qualquer coisa que nos aproximou, o sentido de humor, os gostos, as maneiras de pensar, o cinema. Digamos que eu e o Tiago decidimos ser irmãos um do outro. Decidimos confiar um no outro como só dois irmãos podem confiar um no outro. Muitas vezes, sermos irmãos de alguém é uma decisão que tomamos sem darmos por isso. Nada contei ainda ao Tiago sobre o mal que me devora. Não sei se serei capaz de lhe contar. Não sei se quero fazê-lo, sequer. Talvez seja essa a prova decisiva para saber quem são os nossos irmãos. Os irmãos são as pessoas a quem contamos tudo. Os irmãos são as pessoas a quem pedimos que fiquem connosco até ao fim. Talvez eu não tenha irmãos, afinal. Vou agora descobrir, aqui na Polónia.

Não fixei o nome do teu colega palestiniano, Tiago. A família dele vive em Gaza, os pais, os irmãos, os tios, os primos. Tem quinze irmãos. «Um absurdo», comentaste. E disseste-me: «De uma das vezes em que o Hamas lançou *rockets* sobre Israel e os israelitas ripostaram, bombardeando Gaza, perguntei-lhe se a família estava bem. E ele disse-me: "Não foi nada de especial. Estas confusões costumam durar alguns dias, depois a coisa acalma e volta-se a uma certa normalidade." Fiquei siderado. Ele já interiorizou que o quotidiano, ali, é assim. Só se os bombardeamentos durarem muito tempo ou forem muito violentos é que há motivo para preocupação.» Não fixei o nome do teu colega. Talvez não mo tenhas chegado a dizer.

No gueto de Varsóvia, as pessoas também se habituaram a uma certa normalidade.

«Há uma coisa que te quero dizer, Carlos.» Na curta, a Rita quer entremear planos de *Tramas do Entardecer* com planos filmados por ela própria, um filme dentro de outro filme. É tarde, passou-se muito tempo, fiquei horas a fio na paragem do eléctrico, à espera, cheio de fome. A Regina quase não me ouvia, de tão surda, ainda por cima ao telefone. Uma rapariga ao meu lado estava a comer uma maçã, senti o aroma forte da maçã, tão intenso que a boca se me encheu do sabor da maçã, deixei-me ficar ao lado dela a ouvir o estalar da maçã de cada vez que ela a mordia, mexia no telemóvel e ia comendo a maçã, pensei: Olha, ela descobriu que tem duas mãos, depois ela deitou o caroço para o chão e limpou os dedos às calças, só então reparei que era uma velha, afinal não era uma jovem, tinha o rosto marcado das rugas, chegou um eléctrico e ela apanhou-o, eu fiquei ali junto ao caroço de maçã caído no passeio, sujo de terra, não arredei pé, envolto no travo da maçã, devo ter perdido a noção do tempo. «Lembras-te daquela vez em que levámos a minha mãe ao hospital?» Muito a custo, aos berros, a repetir cada frase três ou quatro vezes, expliquei-lhe as regras a respeito dos testes da covid para quem viaja até aqui, à Polónia. No quarto do hotel, depois do duche, vi no telemóvel a primeira cena que ela me mandara. Agora saio do eléctrico, caminho pela Jana Pawla II entre arranha-céus altíssimos, que me dão vertigens e me deixam zonzo quando me inclino para trás e lhes tento alcançar o pináculo com os olhos. «Chegaste a casa, não me encontraste, telefonaste-me, expliquei-te a situação.» O meu telemóvel é bera, tem pouca memória, a imagem parava constantemente. A Regina perguntou-me então: «Diz-me cá, Carlos, o que é que foste fazer aí a Varsóvia? Queres saber coisas sobre o levantamento de Varsóvia, é?» «Foste ter a casa dos meus pais, levantámos a minha mãe do chão, metemo-la no carro, levámo-la às urgências.» Sentada à escrivaninha, na casa de Bolonha, com o rosto reflectido num espelhinho suspenso da parede, a Rita abre o computador portátil, em cujo ecrã começa a passar *Tramas do Entardecer*. Esmagam os poucos monos estalinistas que ainda resistem aqui e além, cinzentos e bisonhos, à espera de vez para morrerem. A conversa transformou-se rapidamente num monólogo da parte dela, entremeado por frases curtas que eu ia gritando. «Ficámos horas e horas em São José, à espera, radiografias, TAC, análises.» Em cima do tampo da escrivaninha reconheci, dentro de um frasquinho de vidro transparente, uma minúscula bonequinha *quitapenas*, a única sobrevivente de um conjunto, oferta do Tiago para as sobrinhas num Natal distante, «hechas a mano en Guatemala, comercio justo, muñecas quitapenas o quitapesares». Apesar do calor, sopram remoinhos impetuosos de vento no sopé destes monstros envidraçados, dando-me encontrões. «O Holocausto? Há um museu, sim. Nunca lá fui. Depois tens toda a zona judaica, mas agora é tudo moderno, do ponto de vista turístico não tem interesse.» As bonecas a quem a Rita e a Camila, cumprindo fielmente o que tinham lido no papelinho com as instruções, confiavam as suas tristezas e temores antes de adormecerem para assim os dissiparem magicamente, guardando depois as bonecas debaixo da almofada. A Regina perguntou-me se viera sozinho, eu disse que sim, que a Amália e as minhas filhas estavam ocupadas. «A Rita ia para Bolonha de madrugada, ia morar para longe de nós, pela primeira vez íamos ficar longe da nossa filha durante muito tempo, tínhamos combinado jantar fora, para nos despedirmos dela, foi preciso desmarcar tudo, comemos um croquete com ela na cafetaria, nem sequer a pudemos levar ao aeroporto.» Excepto ao domingo, o dia de descanso das fadas maias, a fazer fé nas instruções. Quando era pequeno, no Monte Estoril, onde tu e a avó Adélia tinham a casa de férias, avô, o vento soprava assim entre as torres de apartamentos e eu sentia-o a empurrar-me e a embrulhar-se em mim e tinha muito medo de que uma rajada me levasse pelos ares. «Então faz um pouco de vida nocturna, se achares piada. Estás na Cidade Velha? Estás bem situado, isso costuma ser animadote.» Noutros tempos, eu teria telefonado de imediato à Rita a fazer-lhe sugestões, reparos, a dar-lhe alvitres sobre a cena que acabara de ver, dando-me ares de realizador experiente, eu que nunca realizei filme nenhum. Tentei em vão arrancar à Regina memórias da cidade onde ela viveu tanto tempo. «No carro, ao regressarmos a casa, às tantas da noite, eu disse-te que tinha tido um pensamento medonho acerca da minha mãe: "Porque é que as pessoas não morrem discretamente?"» Naquela época, vocês tinham criadas negras, cabo-verdianas, porque nos anos 70 se esgotara a reserva de moças do campo a chegarem à cidade para «servir», como se dizia. «Varsóvia não tem grande coisa para ver, porque ao fim e ao cabo estava toda destruída, como tu sabes. A Cidade Velha é uma cópia, uma mera cópia. Tem lá uns restaurantezecos com piada, onde eu às vezes até ia almoçar. Mas não se come bem, nem por sombras, não há nada a fazer. Já viste o Palácio da Cultura?» Ter-lhe-ia dito que a boneca *quitapenas* não se vê bem, que ela deveria pô-la em destaque, que deveria filmar um grande plano para a revelar aos olhos dos espectadores. «Foi essa a minha frase, assim mesmo.» E nem tu nem a tua mulher eram capazes de viver sem alguém que vos servisse, porque era essa a maneira mais evidente de afirmarem a vossa pertença a uma estirpe superior, a uma raça de eleitos. Respondi que sim, mas só por fora. Mas prefiro ficar calado a esse respeito. Acrescentei que seria difícil não o ver, mas a piada perdeu-se, ela não ouviu. «Mas, agora que penso nisso, sei que foi um momento de fraqueza da minha parte, andava muito cansada.» Havia os amos e os criados e não havia nada de permeio, e só havia duas alternativas possíveis, que se excluíam ferozmente uma à outra: pertencer à raça dos amos ou à raça dos criados. «Aquilo está completamente modificado, agora é só escritórios, tem uma vista sobre Varsóvia, lá do alto, mais nada. De resto, não tem interesse nenhum. Olha, não te chateio mais, adeus.» Chega, já não sou capaz, abri mão do meu ascendente sobre a Rita, sei agora que ela sabe muito mais do que eu sabia com a idade dela. «Foi uma crueldade muito grande dizer aquilo.» Tentei prendê-la, impedir que ela desligasse, queria que ela me explicasse como é que veio aqui parar, repeti a pergunta quatro vezes. E ai de quem não soubesse ao certo a qual destas raças pertencia. Sei que há nela qualquer coisa da Maya Deren, uma leveza que nunca pude fazer minha, porque sempre arrastei os pés pelo chão, sempre enchi os bolsos com o lastro dos seixos, tão bonitos quando os apanhei no leito dos rios, tão banais depois de secos. «Eu tinha uma relação difícil com a minha mãe, tu sabes, Carlos.» «Ah, como é que eu fui aí parar? Fui com o meu primeiro esposo, que tinha a mania que era comunista, mas não era nada. Só tinha a mania do partido… percebes?» A minha mãe conta sempre que, antes de entrar para o curso de Medicina, onde conheceu o meu pai, quis ser hospedeira do ar na TAP, e que tu lhe disseste: «Olha, filha, se queres ser puta, há maneiras melhores.» Os papéis inverteram-se, por muito que ela ainda não se tenha dado conta, agora sou eu que preciso que ela me explique *Tramas do Entardecer*, preciso que ela me dê com a sua curta-metragem respostas às minhas perguntas, à minha angústia, preciso que ela me aponte o caminho. «Com o meu pai, a minha relação era diferente.» Não percebi, mas não dava para pedir que ela entrasse em pormenores. Servir os outros era sempre ser puta. «Nunca diria isso acerca dele.» No filme, a Maya Deren sobe a escada da moradia, que desata a baloiçar para cá e para lá como se fosse um navio em plena tempestade, a cuspi-la de um lado para o outro. «Ele emigrou para fugir à Guerra Colonial, e eu fui com ele para França. Estávamos em Paris a trabalhar e pedimos bolsas de estudo. E fomos para aí.» «Nunca, garanto-te.» Preciso que a Rita me dê a mão e me ajude a equilibrar-me. E tudo era visto sob o prisma da dominação, sempre com cambiantes sexuais. Senti a Regina a escorregar-me entre os dedos, a voz dela carregou-se de uma certa relutância, teimei, perguntei porquê a Polónia. Servir os outros era sempre servir os outros sexualmente. «E também isso me custa, esta consciência.» Como sucedia com as criadas, com quem ias para a cama por sistema. «Porque é que te estou a dizer isto, meu amor?» «Ah, sim, podíamos ter ido para a União Soviética, podíamos ter ido para a Jugoslávia, mas avisaram-nos de que lá os estudantes passavam fome, porque a bolsa era muito baixa... havia várias hipóteses. Acabámos por escolher a Polónia, por acharmos que era mais civilizado. Imagina...» Mas, quando chegou a vez das criadas cabo-verdianas, parece-me bem que já eras demasiado velho para essas proezas. «Porque quero que esqueças essas minhas palavras, se conseguires.» Não pudeste «pôr-te» nelas, como tu dizias. A Regina riu-se. «Não quero que ninguém morra discretamente.» Não pudeste «pôr-te» nas «pretas», como também dizias. «A vida é mesmo assim. Dá sempre tudo errado.» «Ninguém, meu amor.» Riu-se outra vez e desligou.

Ainda antes de entrar para a faculdade, o Tiago começou a ver mal. Descobriu-se que sofria de ceratocone e que teria de ser submetido a um transplante de córnea nos dois olhos. Já nem me lembro como soube da notícia, mas não lhe dei a importância devida. Não me apercebi da gravidade da situação. Havia em mim uma grande indiferença pelos outros, um véu a separar-me deles. Ou talvez fosse apenas uma absoluta incapacidade de exprimir as emoções, mesmo as mais elementares, e, portanto, uma fuga deliberada a todas as situações que me exigissem um compromisso emocional. A que vinha juntar-se uma outra absoluta incapacidade, a das pessoas jovens e saudáveis de entenderem o que é a doença. Talvez ainda não tivesse decidido cá no íntimo ser irmão do Tiago. Talvez ainda não soubesse bem o que implicava ser irmão de alguém. Há coisas que demoramos uma vida inteira a aprender. A verdade é que não lhe telefonei para lhe perguntar como é que se sentia, nem antes nem depois da operação. Não o visitei no hospital, nem antes nem depois da operação. E a verdade é que ele nunca, nem sequer por meias-palavras, nem sequer com o olhar, me censurou esta aparente indiferença. Talvez ele tenha decidido ser meu irmão antes de eu ter decidido ser irmão dele. Talvez ele, com os seus olhos doentes, tenha visto então no meu íntimo aquilo de que eu próprio, na altura, não me apercebi. E talvez me tenha perdoado a minha fraqueza, como só os irmãos sabem fazer. Sem drama, sem cenas, sem uma palavra. O verdadeiro perdão é silencioso, não se deixa enredar em palavras. E a operação correu bem, os enxertos não foram rejeitados, o Tiago recuperou plenamente a visão. Fala com toda a naturalidade da cirurgia, dos dias que passou no hospital. Talvez saiba que, entre irmãos, nada há a perdoar.

No Natal, pedias a um pasteleiro teu conhecido que fizesse furos num enorme bolo-rei, por baixo, a intervalos regulares, para lá enfiar uma boa dúzia de brindes, bonequinhos de plástico, animais, pequenas figuras. À primeira vista, o bolo-rei era igual aos outros. Quando o cortavas com mil cuidados, cada fatia continha, afinal, na sua gruta, uma surpresa. Mas também sabias ser severo. Uma vez, compraste-nos uma bola de futebol e levaste-nos até um grande jardim que havia perto do apartamento de Benfica. Eu e a Leonor inventámos duas balizas, começámos a fintar-nos furiosamente, em corridas frenéticas, tentando marcar golos um ao outro. Éramos duas equipas em confronto, cada qual formada por um só indivíduo. Ambos queríamos vencer, para que nos ungisses como triunfadores. O desafio ganhou contornos de combate singular. Levantaste-te do banco onde lias o jornal, tiraste o monóculo, chamaste-nos. Aproximámo-nos, vermelhos que nem tomates, por causa do esforço, convencidos de que nos ias elogiar, incentivar. Logo percebemos que estavas muito zangado. Disseste-nos que o futebol era um desporto colectivo. Que o individualismo era o pior dos defeitos. Que nos tinhas dito para passarmos a bola um ao outro, que não querias aquele «disparate». Disseste-nos: «Ficam aí de castigo, sentem-se os dois na relva.» Chamaste um miúdo desconhecido que se aproximara, na esperança de jogar connosco. Estendeste-lhe a bola: «Joga à bola», disseste-lhe. «Podes jogar à tua vontade. Estes meninos portaram-se mal, estão de castigo.» Ficámos ali sentados, furiosos, a ver o miúdo, que, eufórico, desatou a dar pontapés na bola, enquanto tu, imperturbável, lias o jornal, com o monóculo a faiscar ao sol. O individualismo, a tendência para pôr o «eu» acima do «nós», era o pior dos defeitos. Claro que, para ti, o «nós» era a nação, a raça. E eu, a que «nós» me posso agarrar? Haverá algum «nós» que me possa valer, onde eu me possa diluir para mitigar o que aí vem? Quem faz parte deste «nós», se é que existe? Eu e tu, Amália? Eu, tu e as miúdas? O Tiago faz parte deste «nós»? E os mortos? O meu pai, e tu, avô? Em que é que os outros, os vivos e os mortos, me podem valer? Em que é que os outros podem mitigar o individualismo feroz que a ameaça do sofrimento me impõe?

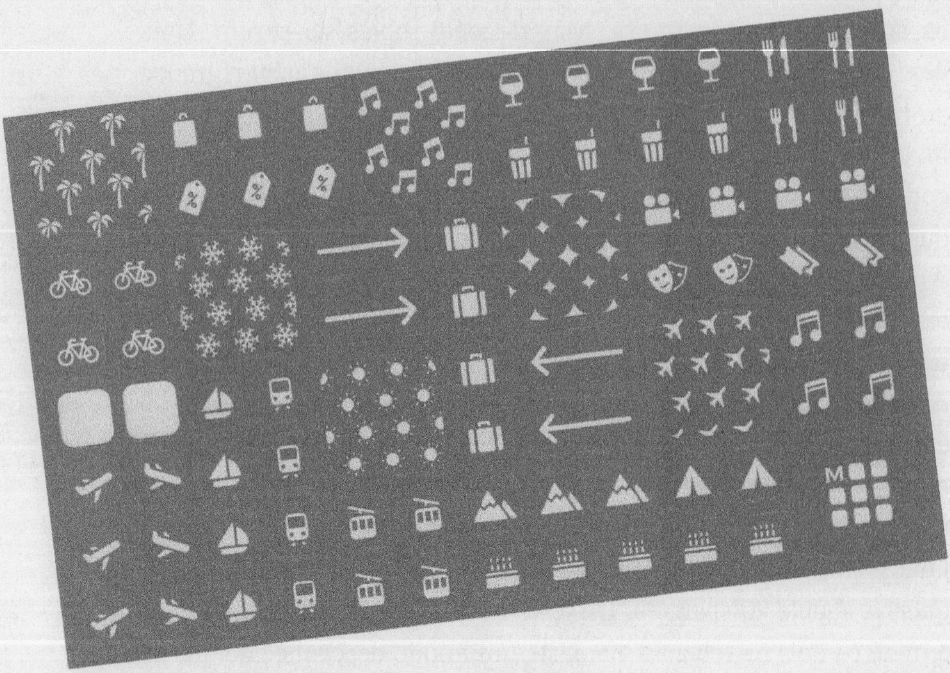

Lembro-me perfeitamente da tal noite em que, no carro, vindos do hospital, onde a tua mãe ficara internada, Amália, te viraste para mim e me disseste: «Porque é que as pessoas não morrem discretamente?» E disseste mais. Usaste uma fórmula para criticar a tua irmã e o modo, no teu entender exagerado, como ela reagia aos sobressaltos, grandes e pequenos, resultantes dos problemas de saúde dos vossos pais. «Não dramatizemos as coisas simples e simplifiquemos as coisas trágicas.» Também queres que eu esqueça esta máxima? Também a renegas? Agora que vai começar a minha lenta descida ao fundo do poço, durante quanto tempo vais sufocar esse teu desejo, que exprimiste com tanta espontaneidade naquele dia, no carro, de veres as pessoas à tua volta morrerem discretamente? Durante quanto tempo é que vais perfilhar essa tua aversão a dramatizar as coisas? Como é que se desdramatiza a Alzheimer da pessoa que amamos? Desdramatizar a Alzheimer da pessoa que amamos é tão absurdo e tão insultuoso como desdramatizar o Holocausto. É tão absurdo e tão insultuoso como desdramatizar a catástrofe humanitária quotidiana em Gaza.

Num dos últimos episódios d'*Os Quatro do Blindado*, um oficial russo juntou-se aos quatro polacos quando o tanque já rompia pela Alemanha dentro. A princípio, eles não gostaram do intruso. Não havia alusões a Katyn nem à maneira como os russos deixaram que os alemães massacrassem os polacos durante a sublevação de Varsóvia, nem por sombras. Aqueles quatro polacos eram um grupo coeso, já se conheciam havia muito tempo, tinham partilhado muitos momentos difíceis, não gostavam daquele estranho no meio deles, só isso. *Os Quatro do Blindado* era uma série de propaganda pura e dura, nada de complexidades históricas, nada de cambiantes subtis, nada de sugerir a existência de brechas na fraternidade entre os povos dos países socialistas. Depois de umas quantas peripécias em que o russo se revelou corajoso e calmo, os quatro polacos passaram a simpatizar com ele, acolheram-no como um igual. Entraram os cinco, pé ante pé, numas galerias subterrâneas, depararam com uma passagem armadilhada, deixada pelos nazis em retirada. Havia arames estendidos entre o tecto, o chão e as paredes, a formarem uma teia, atrás da teia estava uma mina suspensa do tecto, eles cortaram os arames, o russo esgueirou-se pela abertura, os polacos ficaram a segurar os arames cortados, retesando-os na mesma posição para a mina não explodir. O russo pôs-se a desarmar a mina, muito devagar, com mil cuidados, cantando e assobiando para dissipar a tensão. A ponta do arame cortado cravou-se na polpa do polegar do operador de rádio loiro, tal a força com que ele a agarrava, e o sangue rebentou e correu em fio. O operador de rádio era o mais inteligente dos quatro polacos, o meu preferido. Havia outro meio trangalhadanças, o palhaço de serviço. O russo desarmou a mina, todos suspiraram de alívio, o operador de rádio largou o arame, meteu o dedo na boca e chupou o sangue com uma gargalhada. Saíram para o ar livre, ouviu-se um tiro e o russo caiu de costas. Os polacos abrigaram-se, dois deles encurralaram o atirador, obrigaram-no a render-se. Ajoelharam-se em volta do russo estendido na terra, puseram-lhe um casaco dobrado debaixo da nuca, à laia de almofada, ficaram em silêncio, de lágrimas nos olhos. O russo disse em voz sumida: «Na minha terra, diz-se: "Morrer a cantar."» E pôs-se a cantar, depois morreu. Eu e a Leonor ficámos estupefactos. Desatei a chorar, porque gostava muito do russo e não estava à espera daquilo. Até então, em todos os episódios, só tinham morrido alemães.

Ontem, quando entrei no quarto do hotel pela primeira vez, acedi ao *wi-fi* do Castle Inn e consultei o *email* antes de ver a cena do filme da Rita. Na caixa de entrada havia uma mensagem automática do Ignacy, dizendo que ele está fora do escritório até à próxima quinta-feira. Nesse dia, em princípio, estarei em Lublin. Mas voltarei para Varsóvia no sábado, talvez dê para me encontrar com ele nesse dia, ou então no domingo de manhã, logo ao pequeno-almoço, antes de apanhar o avião para regressar a Lisboa. Se é que vou regressar a

Lisboa. Se é que vou cumprir o plano que tracei para estes seis dias. Se é que ainda sei ao certo qual foi esse plano. Vim em busca de esperança ou em busca do lugar certo para morrer? Escrevi um *email* ao Ignacy a dar conta do meu hipotético roteiro de viagem, para que ele o lesse logo que possível, sabendo que, passados uns segundos, iria cair no meu *email* uma resposta automática idêntica à anterior, «out of office». De resto, nada, nem da Malgorzata nem do Bogumil. Nenhum deles parece muito interessado em conversar com quem julgam ser um mero diletante vindo de Portugal. Depois, estendido na cama, no silêncio do quarto, rodeado de cálices de vinho vazios nas paredes, cantei uma canção da minha infância, «O Pato», de Vinicius de Moraes, um dos *singles* que o meu pai trouxe da guerra, porque me lembrei do russo: «Na minha terra, diz-se: "Morrer a cantar."» Mas tive de parar a meio, porque me esqueci de uma parte da letra e, por muito que me esforçasse, não me consegui recordar. E não quis procurar a letra na Internet, porque esse gesto, outrora tão banal, seria agora mais uma forma de rendição.

Há imenso trânsito na Jana Pawla II, quatro faixas para cada lado, tenho tanta fome, mais a linha do eléctrico no meio, oito faixas para cada lado, vinte faixas ao todo, Jana Pawla é João Paulo, é o papa, ainda sou capaz, ainda me lembro das coisas, ainda uno os pontos, ainda recorto pelo picotado, pergunto pela rua Zlota, rua Zlata, rua Znato, as pessoas não respondem, ninguém quer saber, de repente vejo à minha direita, longe e perto ao mesmo tempo, um troço de muro de cor ocre, antigo e carcomido, muito alto, colado a um prédio, é isto, é o muro do gueto, é aqui, afinal sempre é aqui, caminho a direito para lá, mas não dá para passar, há uma rede metálica, o troço do muro está no meio de um pátio, há um grupo de rapazes e raparigas sentados em bancos de betão, olham todos para mim, sacudo a rede, isto não abre, como é que se passa para o outro lado, a rede chocalha, faz barulho, uma mulher vem ter comigo, estava de pé em frente aos jovens, a falar com eles, «Aqui não há passagem, tem de dar a volta», parece que tem duas granadas de mão entaladas no cinto, como o soldado alemão da fotografia, às vezes penso nas pessoas que conheci e que já morreram, gente que conheci mal, que conheci por alto, que não cheguei verdadeiramente a conhecer, os rapazes e as raparigas estão todos a olhar para mim, «Tem de dar a volta», ela aponta para a direita, a direita dela, que é a minha esquerda, que é a direita dela, o muro lá atrás é alaranjado, deve ter uns cinco ou seis metros de altura, era impossível alguém saltar por cima, as pessoas morrem de mansinho e deixam em nós somente duas ou três imagens, uma ou duas frases, às vezes nem isso, na tal fotografia o soldado alemão parecia sorrir por baixo do capacete. Lá está o muro, tão alto, é o muro do gueto, é o Muro de Berlim, é o muro em volta da Faixa de Gaza. Quando se constrói um muro assim, as pessoas que ficam do outro lado do muro perdem a sua natureza humana, deixamos de as ver, deixamos de as ouvir, era impossível saltar por cima do Muro de Berlim, é impossível saltar por cima do muro em volta da Faixa de Gaza, é impossível eu saltar por cima deste muro do gueto, tenho de dar a volta pela direita desta mulher, que é a minha esquerda, que é a direita dela. Não há irmãos pela metade.

Quanto tempo é que o nosso amor vai demorar a transformar-se noutra coisa qualquer, num sucedâneo, Amália? A verdade é que não existe uma coisa chamada «o nosso amor». Há o meu amor por ti e há o teu amor por mim. Um e outro, sem serem independentes, obedecem a uma lógica própria. Um deles pode acabar sem que o outro acabe. Um deles pode transformar-se numa coisa diferente enquanto o outro fica intacto. Quanto tempo vai passar até que eu, amando-te, comece a detestar-te e a temer-te, como testemunha da minha decadência? Quanto tempo é que este meu ódio/amor/medo levará a transformar-se num sentimento qualquer cuja forma e cujo conteúdo desconheço, uma coisa que talvez não seja sequer um sentimento? E o teu amor por mim, em que é que se irá transformar? Haverá amor sem desejo sexual, sem sexo? Que raio de amor será esse, em que não faremos amor ao telefone um com o outro? Quando eu me transformar num ser assexuado, irás proteger-me, irás cuidar de mim, claro. Mas irás talvez desejar que tudo acabe depressa, para que a minha presença incómoda não venha desfear a recordação dos bons momentos que passámos juntos, para que aquele ser de fralda em que me terei transformado, aquele sucedâneo de mim não venha poluir as tuas memórias de nós. Percebo agora porque é que nunca me debrucei sobre o conflito israelo-palestiniano, porque é que não comprei livros sobre a génese do Estado de Israel. Não queria conviver com as imagens da brutalidade israelita, os ataques terroristas e os assassínios que acompanharam a fundação de Israel, a expulsão dos palestinianos das suas terras. Não queria que essas imagens complexas e cheias de claro-escuro viessem poluir as minhas memórias perfeitas do Holocausto.

Depois de muito pesquisar, descobri um blogue em inglês chamado «Gabinete de Curiosidades Humanas», em que, sob a categoria «lugares», havia uma entrada acerca da moradia no número 1466 da North Kings Road, em Hollywood, a dois passos do Sunset Boulevard. Foi ali que a Maya Deren viveu com o segundo marido, Alexander Hammid, foi ali que ambos filmaram *Tramas do Entardecer*. O texto era datado de 2012, a casa estava à venda por um milhão de dólares. Havia fotografias a cores, imagens estranhas, banhadas de uma luz uniforme, como que saídas das páginas de uma revista de decoração, a mobília e os objectos impecavelmente arrumados e limpos, o exterior asseado. Mandei a hiperligação à Rita, aliviado por ter descoberto um pormenor sobre a Maya Deren que ela desconhecia. A Rita respondeu-me: «Assim arrumada e limpa, a casa não tem encanto nenhum.» E depois: «Isto não é lugar que a morte quisesse visitar.» E alguns minutos depois: «Mas obrigada por procurares, paizinho. Muito interessante. Manda-me sempre estas coisas.» Pressenti nestes encorajamentos qualquer coisa de semelhante às palavras de incentivo de uma terapeuta perante os esforços pífios de um doente incapacitado, depois de, num primeiro impulso irreflectido, lhe ter feito uma crítica destrutiva. Dói-me a maneira como agora confundo os gestos de amor da Rita com actos de comiseração ou piedade. Dói-me que, remetido à defensiva, eu meça as palavras das pessoas que mais amo, em busca de intenções ocultas. Dói-me esta aridez que tomou conta de mim e que talvez tenha estado sempre comigo, uma distância de segurança, um asseio clínico, uma luz fria que a morte não se apressará a visitar.

Bato em retirada, dobro a esquina para a direita, entro no primeiro portão, que está aberto, vejo dois adolescentes diante da entrada do edifício, conversam um com o outro, vou ao encontro deles, um homem de meia-idade, careca, barra-me a passagem, estou tão cansado, tenho tanta fome, ele não me deixa avançar, mas o muro do gueto fica lá adiante, nas traseiras deste edifício, o que é que ele quer? «Ghetto», diz ele, «ghetto wall», e eu digo que sim, claro, dou um passo em frente, mas ele quer obrigar-me a dar meia-volta, toca-me no braço, levanta a voz, quer que eu o acompanhe, como se me desse ordem de prisão, não me quer deixar entrar no gueto ou então não me quer deixar sair do gueto, já não sei ao certo se este chão que piso ficava dentro ou fora do gueto, perdi a noção do espaço, ele não se cala, fala-me em polaco, vai dizendo «ghetto wall» no meio das frases, os adolescentes olham com atenção, agora já são quatro ou cinco, querem ver o que isto vai dar, um deles é uma rapariga, tem um espelho no lugar do rosto, se eu não me mexer e se não disser uma palavra talvez este homem me deixe em paz, talvez se desvie do caminho e então poderei ir no encalço dela. E então poderei ir no encalço da morte. Quem fica atrás do muro, confinado pelo muro, cercado pelo muro tem a morte por companheira, sempre. Quando os vivos nos emparedam e deixam de nos ver é como se já estivéssemos mortos.

Tinhas muitos livros, avô, em francês e em inglês, alguns em alemão. Manuais escolares, gramáticas, guias de aprendizagem. Um ou outro clássico. Mas, principalmente, uma infinidade de romances de cordel, em inglês, literatura barata, edições de bolso americanas com capas incríveis, desenhos fantásticos, de cores garridas, que eu passava horas a contemplar. Histórias de detectives, histórias de *cowboys*. Aquilo a que agora se chama *pulp fiction*. A minha mãe, talvez tentando desculpar-te, dizia que lias pelo mero prazer de te exercitares no uso da língua inglesa. Que as histórias, os enredos, te eram mais ou menos indiferentes. Isto desde cedo me intrigou. Não seria preferível exercitares-te com os melhores escritores, com a literatura mais nobre? Com Shakespeare, com Milton, com Dickens? Como é que se pode ler com gosto um livro cujo enredo nos é indiferente? Talvez não estivesses disposto a deixar-te surpreender, só isso. As capas, de um mau gosto exuberante, fascinavam-me. Havia uma especialmente deliciosa. Uma mulher de cabelo preto, seminua, com rosto de vedeta de Hollywood, envolta em véus e transparências, dançava naquilo que parecia ser uma taberna da Antiguidade. Havia bárbaros embriagados, barbudos, de ar feroz, esparramados nos bancos compridos, a rodeá-la, erguendo os copos, cingindo outras mulheres pela cintura. A mulher de cabelo preto só tinha olhos para um general romano que, em primeiro plano, sentado a uma mesa, de capacete e couraça, manto vermelho aos ombros, a olhava por sua vez, imperturbável, sóbrio. *Sign of the Pagan* era o título. E o subtítulo: *A spectacular novel of Attila the Hun and the last days of the Roman Empire*. Tentei ler o romance, desisti ao fim de umas quantas páginas. Massudo, uma prosa aborrecida. O mistério da capa bastou-me. Julgo entender agora o que te atraía nestes livros, avô. Mulheres sedutoras, homens viris. E os bárbaros, sempre o perigo das hordas bárbaras às portas do império, os bárbaros que é preciso repelir antes que violem as nossas mulheres e destruam a nossa civilização. O império ameaçado, uma sensação embriagante de cataclismo prestes a acontecer. Os bárbaros já no meio de nós, sentados nas nossas tabernas, nas nossas casas, a misturarem-se connosco, a contaminarem-nos. Ou talvez fosse ainda pior. Aquela odalisca que dançava diante do general romano talvez fosse, ela própria, uma bárbara, e nesse caso o perigo tornava-se ainda maior, a tentação ainda mais irresistível. E a única maneira de sufocar uma tentação irresistível é exercer uma violência desenfreada sobre nós próprios. Ou, em alternativa, sobre os outros.

A única maneira de sufocar a tentação irresistível de viver a qualquer preço, de fralda, numa atmosfera a cheirar a merda de velho misturada com o odor enjoativo das toalhitas para bebés, sem desejo sexual, sem horas do dia e sem dias da semana, sem a companhia dos livros e dos filmes, a única maneira de fugir a uma vida doravante análoga ao enredo dos teus romances de cordel, avô, um não-enredo repetitivo e desinspirado, é exercer sobre mim próprio a violência desenfreada do suicídio.

O polaco trangalhadanças arrastou pelo braço, aos encontrões, um adolescente alemão, muito loiro. Tinha sido ele a disparar sobre o russo. O trangalhadanças abriu a culatra da espingarda do rapaz, exclamou: «Era a última bala, ele não tinha mais nenhuma!» O operador de rádio cresceu para o rapaz, de metralhadora em punho, pareceu que o ia matar. O adolescente ergueu o braço e exclamou: «Heil Hitler!» E o operador de rádio abanou a cabeça, passou a mão pelo rosto, com ar enojado, e não o matou. Eu e a Leonor ficámos desiludidos e furiosos. Queríamos que o polaco de cabelo loiro vingasse a morte do russo. Queríamos ver fechar-se o ciclo da violência. Pensei: «Se isto tivesse acontecido na realidade, ele matava o rapaz. Não me enganam.» Recusávamos toda a possibilidade de clemência, de perdão. A clemência e o perdão pareciam-nos gestos frágeis, provisórios, pouco naturais. Perdoar implicava expor-nos, implicava ficar em silêncio. Obrigava-nos a imaginar um futuro junto da pessoa a quem perdoávamos a ofensa. E obrigava-nos a pedir perdão, porque o perdão é sempre mútuo, caso contrário não passa de um simulacro. Não éramos capazes. E não nos agradava ver os outros a fazer coisas de que não éramos capazes. «Não me enganam.»

Agora já sei como se vai até ao muro do gueto, o porteiro do liceu acabou por me explicar, no fim de contas entendi-me com ele, tudo se resolveu, só não fui capaz de chegar à fala com a rapariga do rosto espelhado, corri no encalço dela, como a Maya Deren, ela caminhou à minha frente em passo firme, mas ainda assim não fui capaz de a apanhar. O porteiro do liceu pregou-me uma rasteira, por pouco não me estatelei, mas depois fizemos as pazes, acho que ficámos amigos. Decidi sentar-me naquela esplanada, além, do lado oposto da rua Zelota, mesmo em frente ao número 62, antes de ir até ao muro do gueto, a fome era tanta que não aguentei mais, achei que ia desfalecer. Apontei para a sopa encarnada e suculenta que uma mulher comia, sentada duas mesas ao lado, disse à empregada que queria igual. A empregada disse: «Kitchen soup, ukrainian», eu disse que sim. Só então me apercebi de que aquilo era um restaurante de comida ucraniana, «Kuchnia Ukrainska», comi a sopa, era excelente, com cebola picada, ovo escalfado, batata cozida, frango a esfiapar-se, tomate, condimentos, a mesma sopa que comiam nas pausas da matança os rapazes ucranianos que guardavam Treblinka, para onde foram levados os judeus do gueto de Varsóvia, os rapazes ucranianos que enxotavam os judeus à coronhada para dentro das câmaras de gás, os rapazes ucranianos que ligavam o motor do tanque russo que servia para matar as pessoas com monóxido de carbono. Talvez não mereçam palavras duras, estes rapazes ucranianos, se tinham vinte anos em 1942 então tinham dez anos em 1932, é possível que com essa idade tenham comido os irmãos para sobreviver à fome estalinista, eram gente traumatizada, brutalizada, calejada, não merecem as minhas ironias amargas oitenta anos depois, a sopa era excelente e alimentou-me, e o resto são pessoas encurraladas pela História, tão humanas, sem grandes hipóteses de escolher o seu caminho, ou então escolhendo o caminho mais fácil, como tu, avô. Não passaste fome em criança, não viste ninguém a morrer vagarosamente à fome, não comeste os teus irmãos para sobreviver, tinhas mais caminhos ao teu dispor do que os rapazes ucranianos de 1942 e mesmo assim escolheste o caminho mais fácil. Radicalizaste-te. O caminho mais fácil para um rapaz que nasceu em 2000 na Faixa de Gaza não será radicalizar-se? Enquanto comia a sopa, vi no telemóvel uma nova sequência da curta que a Rita me mandara. Sentada na cama, descalça, ela mastigava convictamente pastilha elástica enquanto fitava a parede em frente. Em voz-*off*, ela própria lia um texto em italiano, cujo conteúdo não entendi bem. Sobre a mesa-de-cabeceira branca havia apenas um objecto, que se destacava no tampo vazio e que a dado momento teve direito a um grande plano. Era a bonequinha *quitapenas* dentro do seu frasco de vidro. Ela já não precisa de mim para nada, percebeu sozinha sem eu lhe dizer que era importante fazer um grande plano da boneca. A minha presença começa a ser redundante, as minhas palavras tornam-se supérfluas, os meus conselhos, inúteis. Em breve não servirei para nada.

Quando já era quase adulto, a minha mãe contou-me uma vez que, depois de se divorciar do marido português, com quem se exilara na Polónia, a Regina passou, aos trinta e tal anos, por uma fase de «loucura». Ele seguiu o seu caminho para outras paragens, ela ficou em Varsóvia, a fazer um doutoramento que, no fim de contas, nunca concluiu. E começou a participar em festas nas quais se praticava sexo em grupo, parecidas com aquelas cujas descrições li mais tarde, nos romances de Kundera. A minha mãe disse-me que o Marek também participava nessas festas, fora assim que a Regina o conhecera, aliás. E que a Regina lhe confessara: «O Marek foi o homem que ficou quando toda a gente se tinha ido embora.» Achei tudo isto fascinante. A Regina, com os seus modos altivos de filha-família, a entregar-se, na sua terra de acolhimento, ao mais completo deboche, num grito de libertação sexual. O Marek, com aquele seu ar de completo choninhas, de quem não partia um prato, de quem pedia licença para tudo, até para dar um traque, a chafurdar em orgias. E o amor estranho e com laivos sadomasoquistas que assim nascera entre eles, e que nada pudera dissolver. Quando a festa acabou e a Regina olhou à sua volta, só restava o Marek. E assim, por falta de comparência de todos os restantes, ele tornou-se o companheiro dela para o resto da vida. Mas o mais fascinante e desolador não era isto sequer. Havia naquelas palavras da Regina, naquela confissão feita à amiga de infância, «O Marek foi o homem que ficou quando toda a gente se tinha ido embora», uma clarividência sinistra, uma terra queimada sem remissão, uma recusa antecipada da mais elementar esperança, um cinismo que ainda agora me parece quase tóxico, quase contagioso. Há pessoas que são elas próprias lugares do massacre.

Dez anos depois de ti, avô, morreu a tua mulher, a avó Adélia. Dessa vez, quem telefonou à minha mãe, de manhã, bem cedo, aflita por não ser capaz de despertar o corpo adormecido, foi a D. Mabília, a empregada interna. Já não a conheceste, não era do teu tempo, foi a última representante da longa linhagem de criadas que sempre vos serviram, uma mulher de sessenta e tal anos, uma criatura devota e muito simplória, de uma honestidade à prova de fogo, sem ponta de malícia, profundamente desinteressante. Dessa vez acompanhei a minha mãe, já era um homenzinho. Entrámos no quarto da avó Adélia, atravancado com a mobília Art Déco comprada para o vosso casamento. Uma mobília dos anos 30 num apartamento suburbano junto à estrada de Benfica. Nunca soube o que achavas daquela mobília. Talvez, como eu, a achasses horrorosa. Ou talvez não tivesses, pura e simplesmente, opinião a respeito dela. A avó Adélia estava deitada na cama, muito esticada, percebeu-se logo que estava morta. A D. Mabília fitava-nos, de olhos arregalados, como se pedisse desculpa por aquela desgraça. Acho que a Leonor não estava presente, não me lembro dela na ocasião, talvez estivesse em casa do nosso pai. Não sei porque é que não esperámos pelos funcionários da agência funerária para que eles tratassem do corpo. Dei por mim dentro do quarto, a porta fechada, a sós com a D. Mabília e com a avó Adélia. Coube-nos a incumbência de a vestir. Foi a primeira vez que vi um cadáver, avô. Ouvi a voz da minha mãe ao telefone, do outro lado da porta, a dar a má notícia não sei a quem. O telefone ficava no átrio de entrada do apartamento. A D. Mabília escolheu um vestido no pesado roupeiro, que parecia um carro blindado da Grande Guerra, cheio de arestas. A avó Adélia tinha a boca muito aberta, o maxilar inferior descaído sobre o peito. Fechei-lhe a boca a medo, o maxilar tombou de novo com um ruído pastoso. Cheirava mal. «Se ela fica assim, daqui a bocado não se lhe consegue fechar a boca», avisou a D. Mabília de ar aflito, como o portador de uma má notícia, o jantar queimou-se ou rebentou a guerra. Estendeu-me um lenço de seda, passámo-lo por baixo do queixo da avó Adélia, atámo-lo com força no alto da cabeça, até a boca fechar. As pontas do lenço, enormes, descaíram, ela parecia a Vovó Coelha num desenho animado. Os dentes de baixo fincaram-se no lábio superior, mas não me atrevi a mexer-lhe no rosto. Foi preciso despir-lhe a camisa de dormir. Virámo-la de lado, parecia uma tábua. Estava de fralda. Para o fim, dormia de fralda. Eu e a D. Mabília entreolhámo-nos, ela perguntou-me com os olhos: «O que fazemos, menino?» E eu abanei a cabeça e respondi em voz alta: «Vai assim.» Agora que penso nisso, talvez a minha mãe, sem o saber, tenha tomado a decisão certa. Ainda bem que não te vi morto, avô, mirrado, de boca aberta, a cheirar mal. Eclipsaste-te da minha vida sem chegares a morrer, a meus olhos ficaste para sempre muito direito, impecavelmente penteado, com aroma a brilhantina, a verruga na face. Pronto a enfrentar o perigo amarelo.

Anda comigo, avô, vamos ver o muro do gueto, é por aqui, um portão de acesso ao interior deste quarteirão de prédios anódinos dos anos 50 ou 60, entramos neste pátio estreito entre fiadas de janelas, ali ao fundo há uma passagem, um corredor por baixo do prédio, vês? Tem o número 62 numa placa, o porteiro do liceu apontou para aqui antes de me atirar ao chão com uma última pancada, um último insulto, ou talvez fosse um abraço, uma palavra de despedida, uma jura fraterna, vislumbram-se muros, verdura, mais janelas, há no corredor estreito a frescura da pedra, agora viramos à direita, e, entalado entre duas cercas metálicas, mais alta a da direita, mais baixa a da esquerda, eis aqui o muro do gueto. Está colado ao prédio à nossa esquerda, um prédio branco, quatro andares mais um terraço coberto, um edifício limpo, bem conservado. O jardim das traseiras do rés-do-chão é delimitado pelo muro do gueto e pela cerca metálica à nossa esquerda. Os moradores podem sair cá para fora sempre que lhes apetecer, dar uns passos no pequeno relvado a que não temos acesso, tocar no muro do gueto onde há uma hera enorme ali agarrada. A cidade cresceu em volta deste vestígio, colou-se a ele, escondeu-o, cercou-o, cobriu-o desta verdura que se agita e sussurra, fez dele um objecto pacato, neste recanto que parece isolado de tudo. Que tal, avô? Impressionante, mesmo assim, não achas? Impressionante precisamente por ser tão acolhedor, tão quotidiano, tão despido de dramatismo. Mas a verdade é que o ar doméstico que aqui se respira faz recuar para longe de nós os outros muros junto dos quais havia e há sentinelas armadas que disparavam e disparam para matar sobre quem deles se aproxima, o Muro de Berlim, o muro de Gaza. Olha, a janela do apartamento do rés-do-chão está aberta, ouve-se um berbequim, alguém trabalha atrás da vidraça, carpinteiro ou serralheiro. Ou então é o dono da casa a fazer *bricolage* nas horas vagas. Mas não se vê ninguém, os vivos e os mortos escondem-se por igual. E o som do berbequim é suave, torna tudo ainda mais caseiro. Por acaso não tens um seixo no bolso do casaco, ou tens, avô?

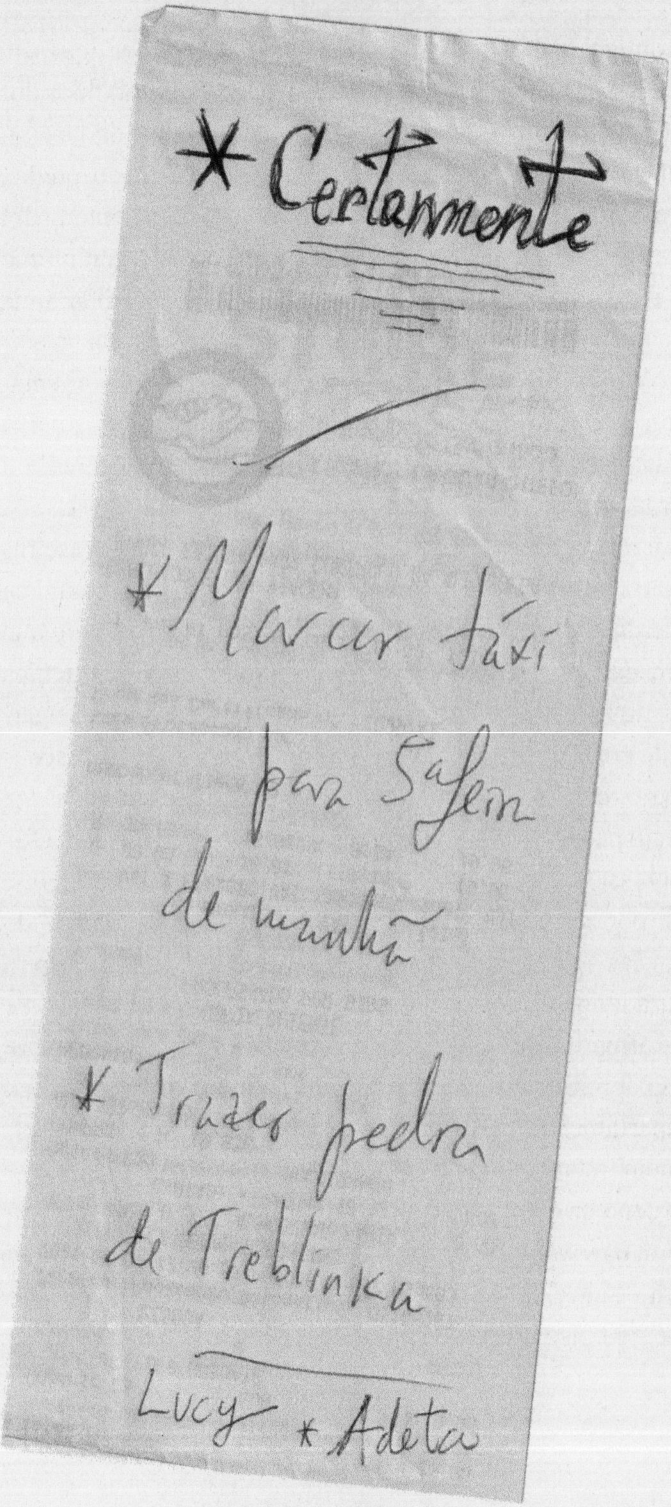
* Certamente
* Marcar táxi
para 5a feira
de manhã
* Trazer pedra
de Treblinka
Lucy * Adeta

O meu pai tinha muita dificuldade em estabelecer relações entre factos distantes no tempo ou no espaço, era quase incapaz de transpor barreiras ideológicas ou emocionais para traçar linhas que permitissem associar ou comparar acontecimentos aparentemente díspares ou antagónicos. Não havia para ele nenhuma relação entre a censura prévia e a existência de polícia política durante o Estado Novo, sob cuja ditadura ele vivera tanto tempo, e a censura prévia e a existência de polícia política na URSS. Não havia para ele nenhuma relação entre o culto da personalidade em torno de Salazar e o culto da personalidade em torno de Estaline. Não havia para ele nenhuma relação entre os traumas dos veteranos do Ultramar, como ele, e os traumas dos retornados do Ultramar. Não havia para ele nenhuma relação entre a Guerra do Vietname, travada pelos americanos, e a Guerra do Afeganistão, travada pelos russos. Napoleão Bonaparte disse uma vez que o cérebro dele era muito organizado, como um armário com inúmeras gavetas: «Quero tratar de um assunto, abro essa gaveta. Fecho a gaveta, assunto encerrado. Quero tratar de outro assunto, abro essa outra gaveta. Quando quero dormir, fecho todas as gavetas e adormeço logo.» O meu pai era exactamente assim. Foi por isso que a Alzheimer o derrubou com tanta facilidade, tão precocemente. Não foi por ele acordar tarde, por se entregar ao sono, por ceder aos apelos do corpo. Foi porque, na mente dele, as ideias e as convicções e os conceitos, desligados uns dos outros, deambulavam a sós, e a Alzheimer, como um guarda na sua torre de vigia, junto ao alto muro a cercar um território ocupado, pôde abatê-los calmamente, um após outro, em pouco tempo, à medida que se aproximavam, incautos, da zona de morte. O meu cérebro é como o do meu pai. Eu sempre resistira a associar o muro do gueto de Varsóvia ao muro da Faixa de Gaza, mantivera-os cuidadosamente separados, proibira-os de falarem um com o outro. Foi preciso chegar aqui à Polónia e a Alzheimer começar a despejar no chão o conteúdo das minhas gavetas para as coisas se misturarem e, talvez tarde de mais, eu começar a ligá-las, a associá-las num cerzir desesperado.

Depois de morreres, avô, os teus livros ficaram nas estantes da casa de Benfica, a que eu e a Leonor deixámos de chamar «a casa dos avós» e passámos a chamar «a casa da avó Adélia». Eu folheava-os, lia fragmentos aqui e além, ao sabor dos meus apetites. A arrumação foi-se perdendo. Quando dei por isso, os livros estavam todos misturados. Perdida no meio destas largas centenas de volumes, descobri uma grossa brochura em alemão, de grande formato, muito manuseada, um pouco coçada e com orelhas. Na capa, invadindo também a lombada e a contracapa, um mapa da Alemanha entre as duas guerras, com as suas divisões administrativas, bandeirinhas encarnadas cravadas por todo o lado, cada qual com um número inscrito a negro. O mapa era um pouco ameaçador, porque as fronteiras alemãs pareciam falésias recortadas, íngremes, a assomar do chão, num efeito tridimensional. Como se a Alemanha se elevasse acima das terras circundantes, como se olhasse de alto as redondezas, dir-se-ia uma praça-forte inexpugnável. Em volta da Alemanha, para oeste, para leste, para norte e para sul, havia na capa e na contracapa uma extensão cinzenta, sem distinção entre terra firme e mar, algumas vagas linhas negras entrelaçadas, nada mais. Os outros países, os outros lugares, era como se não existissem. Eram um amplo espaço vazio à espera de ser conquistado, que só ganharia forma e contornos precisos quando a Alemanha se apoderasse dele. O título era quase indecifrável, escrito em caracteres góticos, angulosos, recortados a x-acto: *Aufbau, Gliederung und Anschriften der H. J.* Eu não sabia alemão, não fazia ideia do que significava o título, as fotografias que o livro continha não me despertaram interesse algum. Edifícios. Salas vazias. Ginásios. Balneários. Abrindo a capa, vi na primeira página, ao alto, a tua assinatura inconfundível, miúda e esmerada. Em rodapé, uma frase impressa em letra manuscrita, inclinada, de leitura muito difícil, terminando em reticências. A cores, o desenho

de uma bandeira a drapejar ao vento. Três listas horizontais, encarnado, branco, encarnado. Uma águia negra, de asas abertas, segurando nas garras da pata esquerda um martelo negro e, nas garras da pata direita, uma longa espada branca, em riste, prestes a ferir. No peito da águia, a branco, inclinada sobre o seu eixo, a cruz gamada.

Não tens um seixo no bolso do casaco, avô? Claro que não, porque é que havias de ter? Queria deixar aqui um seixo, no muro do gueto. Faltam tijolos no revestimento do muro, aqui e além, as pessoas deixaram seixos em jeito de homenagem nestes buracos oblongos. Não me ocorreu trazer um seixo de Portugal. Há um mês, quando fizemos arrumações lá em casa, decidi deitar fora os seixos coloridos que enchiam uma taça, na mesa da sala. Apanhara-os em regatos de montanha, no Gerês, quando ali passei férias com a mãe da Camila, há tantos anos. Decidi livrar-me de tudo o que me parecia supérfluo, pus-me a pensar o que dirão as minhas filhas daqui a uns tempos, quando depararem com objectos que tinham para mim valor sentimental, mas que para elas não passarão de tralha, de avantesmas a ocupar espaço, de enigmas sem interesse: «Porque é que o pai guardou isto?» Lembrei-me dos teus livros, avô, que acabaram, com raras excepções, vendidos a peso a um homenzinho que foi lá a casa com uma grande balança e que sugeriu um preço, e a minha mãe disse que sim, na verdade teria aceitado um preço qualquer, no fundo só se queria ver livre daquele amontoado de trastes, ninguém queria ler os teus livros de Simon Templar, ninguém queria ler *Sign of the Pagan*. A verdade é que não tenho nenhum seixo para aqui deixar, avô.

Consulto o mapa, apercebo-me de que neste lugar estou do lado de fora do antigo gueto. Estou do lado «ariano», do lado dos vivos.

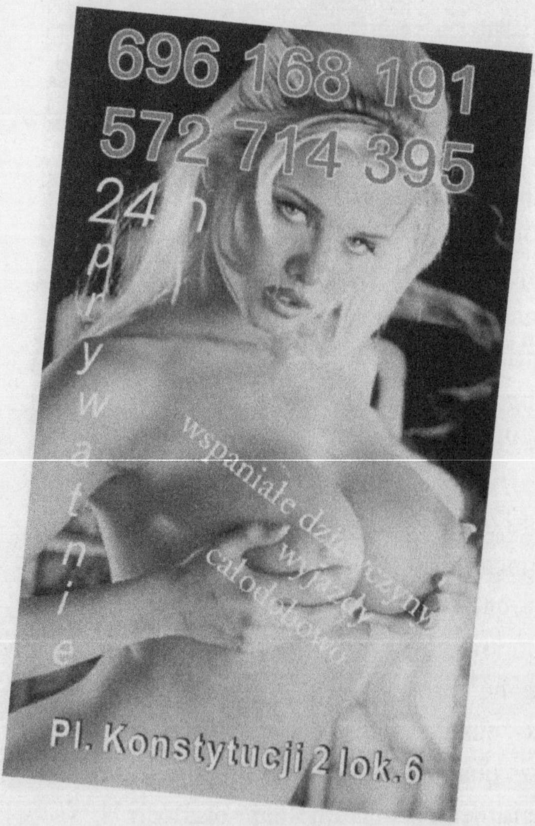

Por enquanto, permaneço do lado dos vivos. Eu, que em viagem nunca tiro fotografias com o telemóvel nem as partilho com ninguém, não resisto, tiro uma foto e mando-a à Hélia, minha colega de curso de Biologia, a única com quem me mantive em contacto. Escrevo-lhe: «Junto ao muro cresce uma... *Gingko biloba*. Dá para acreditar? Tão bonito.» Depois ponho-me a pensar: é *gingko* ou *ginkgo*? Pesquiso, enganei-me. Merda, enganei-me. Podia apagar a mensagem, mas a Hélia está *online* e já leu, os dois vistos já ficaram azuis. A árvore é ainda pequena, da minha altura, não foi plantada há muito tempo. Folhas em leque, carnudas, como delicadas bolachas verdes. A Hélia responde: «Lindíssima entre as árvores. Associo à memória. A beleza e a boa-nova surgem em lugares improváveis.» Ou não reparou no erro ou não me quis envergonhar. Anoto no caderno para não me enganar novamente: *Ginkgo bonoba*. Um pingo de sangue cai na folha do caderno, depois outro. Não tens mesmo um seixo no bolso, avô?

Quando a avó Adélia morreu, trouxe discretamente para casa a tal brochura em alemão assinada por ti, avô, tendo na capa o mapa da Alemanha entre as guerras e, na folha de guarda, a cruz suástica. Salvei-a da destruição, salvei-a de ser vendida a peso juntamente com o resto dos teus livros. Meti-a na estante, durante muitos anos deixei-a ali sem lhe mexer, sem a folhear. Como um objecto venenoso, radioactivo, em que fosse arriscado mexer. Nunca pensei em deitar fora a brochura, claro. Mas preferia não lhe tocar. Trouxe-a comigo nesta viagem. Ontem, pela calada da noite, tirei-a da mochila, pus-me a folheá-la como se a descobrisse pela primeira vez. Senti-me fascinado e vagamente horrorizado. Na mesma página, avô, a tua assinatura e o estandarte com a suástica. Entre duas páginas havia um envelope grande em que eu nunca reparara ou a que nunca dera atenção. Papel antigo, amarelecido dos anos. Tinha escrito por fora, à máquina, «Dr. Alcaçava». A caneta de feltro verde, alguém, quase certamente tu, emendou o erro, traçando um «o» acima do terceiro «a». Por baixo, também à máquina, lia-se, sublinhada, a palavra «Lissabon». Dentro do envelope, um grande cartão impresso em caracteres góticos com um espaço em branco onde se lia novamente o teu nome, desta vez, porém, manuscrito, traçado a caneta de tinta permanente. Só o erro se mantinha: «Herr Dr. Alcaçava». Mesmo sem saber alemão, não me foi difícil perceber que se tratava de um convite para assistires ao congresso anual do Partido Nazi, em Nuremberga, em Setembro de 1935. Quem o assinava era Rudolf Hess. Aos poucos, as peças começam a encaixar-se no seu lugar, avô.

Estou a sangrar do nariz, é do calor, é dos nervos, sento-me no chão, inclino a cabeça para trás, engulo, o sangue corre-me pela garganta abaixo, é doce. O porteiro do liceu deu-me uma cabeçada quando me abraçou. Repara, avô, neste recanto onde me sentei, entre a vedação metálica do quintal e o muro do gueto, fico ao abrigo dos olhares de quem passa ali ao fundo, fico ao abrigo dos olhares dos moradores. Não se vê ninguém às janelas, aliás. Se quisesse, podia engolir os comprimidos e beber discretamente a *Soplica*, ninguém daria por nada. Mas ainda não chegou o momento. Se o dia de hoje era importante para perceber o que fazer, não sei qual terá sido o veredicto. Continuo às escuras, sem saber qual o caminho mais fácil. Ou antes, qual o caminho menos árduo. Faço o mesmo do que tantos homens antes de mim, afinal. Faço o mesmo do que tu. Procuro o caminho menos árduo. Fujo à dor. E, por enquanto, a dor maior ainda é acabar com isto tudo. Por enquanto, continuo no comboio, avô, contigo e com o meu pai, a caminho do Leste, a caminho do Sul, a caminho do deserto. Faltam cinco dias para chegarmos ao destino.

3

Sempre que alguém nosso conhecido ou até uma figura pública adoece gravemente ou morre, procuramos razões. Queremos distanciar-nos daquela pessoa, interpor entre ela e nós próprios um fosso decisivo, os hábitos de vida, a hereditariedade ou a fatal conjunção de ambos que a conduziram à catástrofe. Um qualquer factor determinante a que possamos atribuir o fim mais ou menos súbito e que nos tranquilize, por acharmos que não somos assim. A nós nunca acontecerá o mesmo, somos imunes a tais mazelas. No fundo, procuramos responsabilizar os outros pelo mal que os acomete. A culpa foi deles, e, por muita compaixão que sintamos, não é nada connosco. O marido daquela tua grande amiga morreu de ataque cardíaco fulminante, Amália, ela acordou de manhã e encontrou-o no sofá da sala, em frente à televisão ainda ligada. Mas era gordíssimo, comia que nem uma enfardadeira, nunca ia ao médico, fumava que nem uma chaminé. Eu não fumo, como pouco, vou ao médico, pensei: «Não é nada comigo.» O filho de uma amiga da minha mãe, com quem brinquei em criança, morreu com quarenta e tal anos, à espera de um transplante de fígado. Mas fora viciado em heroína durante muitos anos, desde a adolescência. Eu nunca toquei em drogas, pensei: «Não é nada comigo.» Os teus pais adoeceram e morreram, Amália, mas já eram muito velhinhos, oitenta e muitos, noventa anos. Eu tinha cinquenta e poucos, pensei: «Não é nada comigo.» Mas agora chegou a minha vez, e os outros vão dizer: «Ah, Alzheimer precoce. Mas o pai dele sofreu do mesmo, não foi? E a avó paterna também, se não estou em erro. Nada a fazer, as coisas são o que são.» Tentamos não participar no sofrimento dos outros. Ninguém quererá participar no meu. A demência do meu pai e da minha avó tranquilizará toda a gente. Esta informação circulará de boca em boca e, ao inteirarem-se destes meus antecedentes, desta minha hereditariedade nefasta, as pessoas sentirão o alívio de ver uma bomba-relógio desarmadilhada. Sentirão o alívio das explicações lógicas e dos epílogos inevitáveis. Não é nada com elas.

Preocupo-me tanto com as minhas filhas, agora que o fim se aproxima, não sei se as eduquei bem, seja lá o que isso queira dizer. Não sei se lhes dei as armas para sobreviverem, para serem felizes. Procuro convencer-me de que posso partir descansado, de que elas ficarão bem, de que nada mais me resta fazer por elas, de que o meu tempo acabou. Preocupo-me especialmente contigo, Camila, que não fizeste estudos superiores, que tens um emprego mal pago, assistente de bordo, que és irascível e temperamental, que achas sempre que a razão está do teu lado. Pediste-me uma vez que te emprestasse um bom livro, porque precisavas de te «cultivar». Emprestei-te *A Metamorfose*. Disseste-me ao telefone que estavas a ler o livro com o Bartolomeu, à noite, antes de dormirem. Passaram-se meses, dois ou três. O Bartolomeu não me parecia o género de rapaz que gostasse muito de leituras. Perguntei-te várias vezes se já tinhas acabado. Foste jantar a nossa casa com o Bartolomeu e trouxeste finalmente o livro. Disseste que só tinhas lido os dois primeiros capítulos, que te faltava o terceiro. Que o Bartolomeu não te acompanhara na leitura. Deduzi que ele tivesse adormecido ao ouvir-te ler, porque me lembrei daquela vez em que vimos um filme lá em casa e ele adormeceu, esgotado do trabalho e do ginásio, ao fim de vinte minutos. No final do jantar, com os pratos sujos à nossa frente, li em voz alta o terceiro e último capítulo d'*A Metamorfose*, como fazia com outros livros quando vocês eram pequenas. Como fazia o meu pai quando eu era pequeno. Tu e o Bartolomeu, a Rita e a Amália, todos me ouviram em silêncio absoluto. Como eu ouvia o meu pai quando era pequeno. Convenci-me de que o vosso silêncio era interessado. Não sei ao certo se o silêncio com que eu ouvia o meu pai era interessado. Não sei sequer se era silêncio, porque dentro da minha cabeça havia uma gritaria ensurdecedora. Quando cheguei à parte em que Gregor Samsa morre, com a maçã podre cravada nas costas, reparei que choravas silenciosamente. As lágrimas correram-te pelo rosto até ao final da história. Nada disse, continuei a ler, mas fiquei muito feliz por te ver comovida com a triste sorte de Gregor Samsa. Se Kafka te comove, é porque tens bom coração, um bom coração sensível às desventuras de pessoas que só existem nas páginas de um livro escrito há cem anos, num mundo em que não existia quase nenhuma das coisas que hoje te dão prazer. Depois do jantar, sentaste-te no sofá com o Bartolomeu, com a Rita e com a Amália, a ver televisão. Guardei *A Metamorfose* na estante, junto aos outros livros de Kafka, que, sei-o bem, nunca lerás. Sabes que os judeus foram mortos de modo sistemático durante a Segunda Guerra Mundial, mas a palavra «Holocausto» não te diz grande coisa. «Shoah» muito menos. Conheces o termo «nazi», mas não sabes ao certo em que datas começou e terminou a Segunda Guerra Mundial. Hitler é para ti uma figura nebulosa, vagamente sinistra, vagamente cómica. Passados quase cem anos, Hitler é um homem do meu tempo, não do teu. A culpa de não saberes o que significa a palavra «Holocausto» é provavelmente minha. É demasiado tarde para te ensinar certas coisas, terás de as aprender sozinha. Mas gosto de ti assim como és, estouvada e pueril. Tens uma cadela *pitbull* que adoras, a *Tchurra*. Contaste-me uma vez que, quando sais à rua e a deixas sozinha em casa, acendes a televisão e sintonizas um canal chamado Dog TV. Imagens em câmara lenta de cães que correm na praia, ao vento, que saltam para apanhar um disco. Música repousante. Entrei na sala para me despedir de ti e do Bartolomeu. Queria deitar-me, estava cansado. Vocês estavam a ver uma série de TV-realidade chamada *Botched*, sobre pessoas que se submeteram a operações plásticas, a quem a coisa correu mal e que agora querem emendar o percalço. Mamas descomunais, descaídas ou assimétricas, narinas que não deixam passar o oxigénio, cartilagens que é preciso obliterar e substituir por lascas das costelas flutuantes. Eras tu que seguravas o comando, foras tu a escolher o programa. Fiquei a ver uns minutos, de pé, encostado à ombreira da porta, achei tudo aquilo grotesco, de uma fealdade irredimível. Mas o teu prazer evidente perante aquelas imagens não me incomodou. Tens bom coração, comoves-te com Gregor Samsa sem nada saberes sobre Kafka, senti, talvez num assomo de presunção, que não falhei, que há esperança, que te dei o mais importante, que tudo o resto se pode construir em cima desse teu coração puro. Já deitado na cama, pensei em Ottla Kafka, a irmã mais nova de Franz Kafka, a preferida dele, de quem ele fala na *Carta ao Pai*, elogiando-lhe a obstinação, a sensibilidade, o sentido de justiça, a inquietação. E dei por mim a achar que estes qualificativos se aplicam também a ti, Camila, por muito que fervas em pouca água e arremetas a eito sem pensar duas vezes. Mas sei que, quando Kafka escreveu aquelas palavras sobre Ottla, o fez em circunstâncias normais, num mundo pacato e mais ou menos regrado, sem que lhe passasse pela cabeça que, vinte anos depois, a bondade e o sentido de justiça da irmã iam ser postos à prova muito além do imaginável. E desejo apenas que nunca sejas chamada a demonstrar a tua bondade e o teu sentido de justiça em tempos excepcionais. Eis tudo o que desejo, Camila: que vivas num lugar do mundo onde não te seja exigido que demonstres a cada passo a tua bondade e o teu sentido de justiça. Em Theresienstadt, Ottla foi uma das pessoas que se ofereceram para acompanhar mil e duzentos órfãos de Byalistok na viagem para o desconhecido. O comboio foi para Auschwitz, e todos foram gaseados à chegada. Agora, mesmo que quisesse, sei que já não seria capaz de te ler novamente em voz alta de fio a pavio o terceiro capítulo d'*A Metamorfose*. Sou do tempo de Hitler, e o meu tempo acabou.

O dia nasce em Varsóvia pela janela do meu quarto.

4

Faltam cinco dias. Hoje, vou a Treblinka. Talvez regresse de Treblinka. Espero regressar de Treblinka. Há um comboio às 9h40, a Adeta viu ontem os horários no computador da recepção e anotou--os a esferográfica no meu mapa, no quadrado superior direito, sobre a malha das ruas brancas e dos quarteirões cinzentos, ao lado do pequeno rectângulo que representa a estação Warszawa Wilenska, na margem oposta do Vístula, e foi então que desatei outra vez a sangrar do nariz, ela queria chamar uma ambulância, pedi-lhe por tudo que não, que não chamasse, levou-me à casa de banho ao lado da recepção, lavou-me a cara com modos maternais, com o seu ar de camponesa, usou uma toalha molhada, amarfanhada no punho fechado. Olhos vivos, testa baixa, cabelo preto. Um ar despachado, bonacheirão, sem grandes pruridos nem requintes. Talvez seja a isso que chamo «ar de camponesa». Perguntou-me onde é que eu tinha andado naquele dia, como quem ralha com um garoto, expliquei--lhe, ela disse: «O quê? Andou isso tudo? Um homem da sua idade? Não admira este acidente...», e eu teria dado tudo por uma erecção naquele momento, para rebater aquele reparo quase trocista, «um homem da sua idade?», uma erecção causada pelas mãos dela no meu rosto, pelos olhos dela, pelo seu ar de camponesa, e não lhe teria mostrado a erecção, Amália, não teria feito nada, desejava uma erecção só para mim, mas não veio, Amália, nada feito. Ela molhou a toalha com saliva e limpou-me a cara, o sangue seco, a soltar palavras de consolo como se falasse com um cachorro ou com um gatinho, sem ver em mim um homem, sem ver em mim um perigo, uma ameaça, uma tentação. Anotou os horários dos comboios para o regresso. A viagem demora uma hora e vinte minutos. O mapa ficou todo sujo de sangue.

No quarto, a folhear a tua brochura em língua alemã, avô, sujei-a também com sangue. O primeiro pingo encarnado, enorme, naquelas páginas amarelecidas, incomodou-me muito, protegi o nariz instintivamente com a mão, mas depois perdi o respeito àquele papel antigo e fui deixando um rasto de sangue na minha esteira. Era um manual sobre a hierarquia, a logística e a organização territorial da Juventude Hitleriana, datado de 1934. Na página de rosto, por baixo do título e dos subtítulos, li o nome de Baldur von Schirach, o comandante supremo da Hitler-Jugend. Havia anotações a lápis na tua letra miniatural, em que até então eu mal reparara. Palavras sublinhadas, pontos de interrogação, significados que escreveste nas margens, certamente depois de consultares um dicionário: «Zucht»/ /«disciplina», «Drohnen»/«ameaça», «Auslandschulung»/«excursão». Dúvidas gramaticais: uma palavra sublinhada, «bleiben», e a pergunta: «Porque não tem *zu*?» Chavetas, expressões a caneta de feltro verde: «trabalho social», «carros de transporte». A tua caligrafia, sempre cuidada, mas muitas vezes estranhamente ilegível. Havia mapas com as várias regiões do *Reich*, *Ost*, *Nord*, *West*, *Mitte*, *Sud*, cada qual subdividida numa miríade de circunscrições territoriais mais pequenas. Tabelas infindáveis, prolongando-se por páginas e páginas. Palavras e números como exércitos alinhados numa imensa parada, a perder de vista. Reconheci os nomes de cidades que nunca visitei, que conheço apenas dos livros de História: Danzig, Erfurt, Göttingen, Spandau. No final do volume havia mais de uma dúzia de folhas desdobráveis de papel-bíblia, organogramas detalhados em letra miúda, que só se conseguiam ler à lupa, pirâmides formadas por rectângulos cuidadosamente hierarquizados, ligados por uma teia de linhas, o maior em cima, os restantes cada vez mais pequenos, as folhas espraiando-se sobre a cama em dobras sucessivas, seis dobras, oito dobras. Claro que, quando tentei dobrar novamente estas folhas, não fui capaz. Eram como as bulas dos medicamentos que vêm nas embalagens, uma vez desfraldadas é impossível tornar a dobrá-las do mesmo modo, as dobras e contradobras baralham-se fatalmente. Atafulhei tudo ao acaso, o papel besuntado de sangue, no meio das páginas. Agora, quando me preparo para sair do quarto, vejo que o sangue secou, está negro. Tento abrir a brochura, a lombada estala, solta-se das páginas um pó escuro que é sangue esfarelado. Certas páginas ficaram tão empastadas de sangue, coladas umas às outras como tranças de fios de esparguete malcozido, que, se as tentar abrir, irão rasgar-se em pedaços.

Pedi à Rita que me explicasse como é que descobriu a Maya Deren, porque não sou capaz de lhe perguntar se nota em mim alguma coisa de bizarro, se eu ainda sou o mesmo homem, se está preocupada comigo. Ela pareceu estranhamente calma a respeito da curta, apesar de me dizer que o prazo está a queimar, que o filme tem de estar pronto na sexta-feira, que só consegue fazer filmagens de manhã ou às tantas da noite, que tem as tardes todas ocupadas com o laboratório teatral de um tal Marco Martinelli, mas tudo isto numa descontracção suspeita, com ar de quem aprendeu a relativizar, que é coisa de crescidos, de velhos. Disse-me: «Descobri a Maya Deren num texto que tive de ler para entrar no mestrado. Havia três livros obrigatórios, um deles era sobre a História do cinema, e no PDF, porque eu saquei o livro num daqueles *sites* ilegais, havia uma parte em que dizia que a fundadora do cinema *underground* americano era uma realizadora dos anos 40 chamada Maya Deren. Achei curioso, porque foi a primeira referência a uma realizadora que vi num livro sobre cinema. É impressionante, nunca se fala sobre mulheres como realizadoras de cinema, é raríssimo. Decidi logo ir pesquisar e gostei muito. Primeiro vi o *Tramas do Entardecer*, que era o filme referido no texto, e o mais conhecido. Estava no quarto, às escuras, acho que vi para aí uns três filmes dela seguidos, e senti-me assustada. Mesmo no computador, no ecrã pequeno, senti medo, fiquei muito tempo a pensar naquelas imagens, naquele pesadelo. Quis perceber como é que seria viver aquela experiência na primeira pessoa. Cheguei a andar pela rua com a chave de casa dentro da boca, em cima da língua. Passei dias inteiros sem falar, sem dizer uma palavra, porque me fascinou o facto de o filme ser mudo e de a força estar toda na imagem, unicamente na imagem. Vesti-me de preto, como a Maya Deren no filme, calcei umas sandálias como as dela. Dormi com a faca do pão debaixo da almofada. Trouxe algas castanhas da praia e cobri-me com elas. Tudo para tentar compreender, pai.»

Hoje vou a Treblinka e sinto-me bem. Hoje as coisas estão no seu lugar. Hoje as páginas em branco do meu caderno não se enchem de garatujas, as palavras não se escrevem sozinhas, os atacadores das botas foram fáceis de atar, não me enganei na data, não sangrei do nariz, telefonei-te logo de manhã e perguntei-te pelos gatos, Amália. Pedi-te que te levantasses da cama e que fosses até à cozinha e que abrisses o frigorífico e pegasses numa saqueta de comida fresca, para os gatos irem ter contigo a correr, chamados pelo crepitar do invólucro de plástico, e pedi-te que segurasses a saqueta ao alto, para eles verem, e que te demorasses a abri-la, para eles miarem muito alto e eu os ouvir pelo telefone. Pedi-te que te sentasses na cadeira baixa de palhinha que comprámos numa feira e que está junto ao fogão e que os deixasses treparem por ti acima e esfregarem-se em ti e darem-te marradas e miarem desesperadamente e pedi-te que escondesses a saqueta no bolso do roupão e dissesses: «Não tenho comida, não tenho nada para os meninos.» Pedi-te que me descrevesses os olhares intrigados e tristes deles, os olhares acusadores dos animais injustiçados, os gestos desajeitados das patas estendidas a tentarem imitar a preensão dos dedos humanos. Pedi-te que lhes desses então de comer, para reparares a pequena ignomínia a que os submeteste a meu pedido.

Examinei as fotografias da tua brochura, avô, à medida que a ia folheando e besuntando de sangue. Uma profusão de imagens a preto-e-branco, espalhadas pelo volume. As fachadas de inúmeros edifícios, mansões, palacetes, moradias. Eram evidentemente as sedes da Juventude Hitleriana de cada região. Tudo impecavelmente arranjado, os relvados bem cortados, as sebes aparadas, as árvores podadas. Nem uma folha morta no chão, nem uma coisa fora do lugar. Um castelo no alto de um penhasco, no meio da floresta, em Thüringen, segundo dizia a legenda. Era na Turíngia, de certeza, pensei. Um casarão imponente à beira de um lago. A fotografia aérea de um enorme palácio na curva de um rio. Quase nunca se viam pessoas diante das fachadas. Em algumas fotografias dos interiores havia jovens fingindo-se atarefados, a fazerem pose para o retrato. Nos serviços administrativos de uma sede, dois rapazes a escrever à máquina, outro a falar ao telefone. Todos de uniforme. Suásticas nas braçadeiras, suásticas em adornos, na parede. Uma oficina de modelismo, rapazes de fato-macaco e boné a construírem enormes modelos à escala de couraçados. Um deles debruçado sobre o estirador, com expressão grave, a examinar o alçado de um navio de guerra. Na esmagadora maioria das fotografias, porém, viam-se divisões estranhamente desertas, como casas abandonadas à pressa pelos moradores. Como lugares cujos habitantes tivessem morrido num grande cataclismo, longe dali, deixando intactos os seus haveres, à espera de um regresso que não iria ocorrer. Ou como casas cujos moradores tivessem sido expulsos à pressa, deportados ou exilados de um dia para o outro, e que, momentaneamente vazias, esperassem a qualquer instante a chegada de novos ocupantes, talvez eles próprios refugiados, expulsos de outros lugares. Um armazém de material desportivo. Tudo irrepreensivelmente arrumado, as luvas de boxe suspensas aos pares de um longo cabide, as bolas de ginástica numa pirâmide cuidadosa, as maças enfileiradas junto ao rodapé, perpendicularmente à parede. Um dormitório, os beliches com as camas feitas, os armários fechados. Sobre as mesas dos gabinetes, as ferramentas da burocracia pré-digital: os pesa-papéis, os mata-borrões, os carimbos de borracha nos seus suportes. Havia naquelas divisões vazias uma impressão de ausência tão palpável que tinha qualquer coisa de doloroso, de sinistro. Emanava daquelas imagens um silêncio ameaçador. Eram lugares que recusavam a vida em todas as suas declinações. Um enorme refeitório com toalhas brancas a cobrir as mesas, cada qual tendo no centro uma pequena jarra com um ramo de flores. Um vazio opressivo, sufocante, como se a presença de pessoas nas imagens fosse supérflua, desaconselhável até. Como se as pessoas pudessem desfear os contornos geométricos das coisas. Uma casa de banho com uma longuíssima prateleira a meia-altura, espelhos na parede. Sobre a prateleira, a intervalos rigorosamente regulares, copos iguais, transparentes, contendo cada qual uma escova de dentes. Todas as escovas com os pêlos voltados para o mesmo lado. Todas, sem excepção, inclinadas para a direita, exactamente no mesmo ângulo. Nos espelhos não se reflectia rosto algum. Tudo agora manchado de sangue seco, tudo agora inacessível entre as páginas coladas.

Verifiquei o *email* antes de sair do hotel, para aproveitar o *wi-fi*, para aproveitar o tempo que me resta. Tinha uma mensagem da Malgorzata, escrita ontem, ao final da tarde, dizendo-me que assim, tão em cima da hora, não lhe era possível marcar um encontro comigo. Que tinha a agenda preenchida durante toda a semana. Talvez uma conversa por *Zoom*, sugeriu, para a semana que vem. Mas o tom era seco e não muito convidativo. Era como se, na mensagem que enviei antes de embarcar, houvesse já qualquer coisa de rarefeito, e a Malgorzata achasse que não valia a pena perder tempo com alguém que talvez já não faça parte deste mundo para a semana que vem. Pelo sim, pelo não, mandou-me o endereço de *email* do

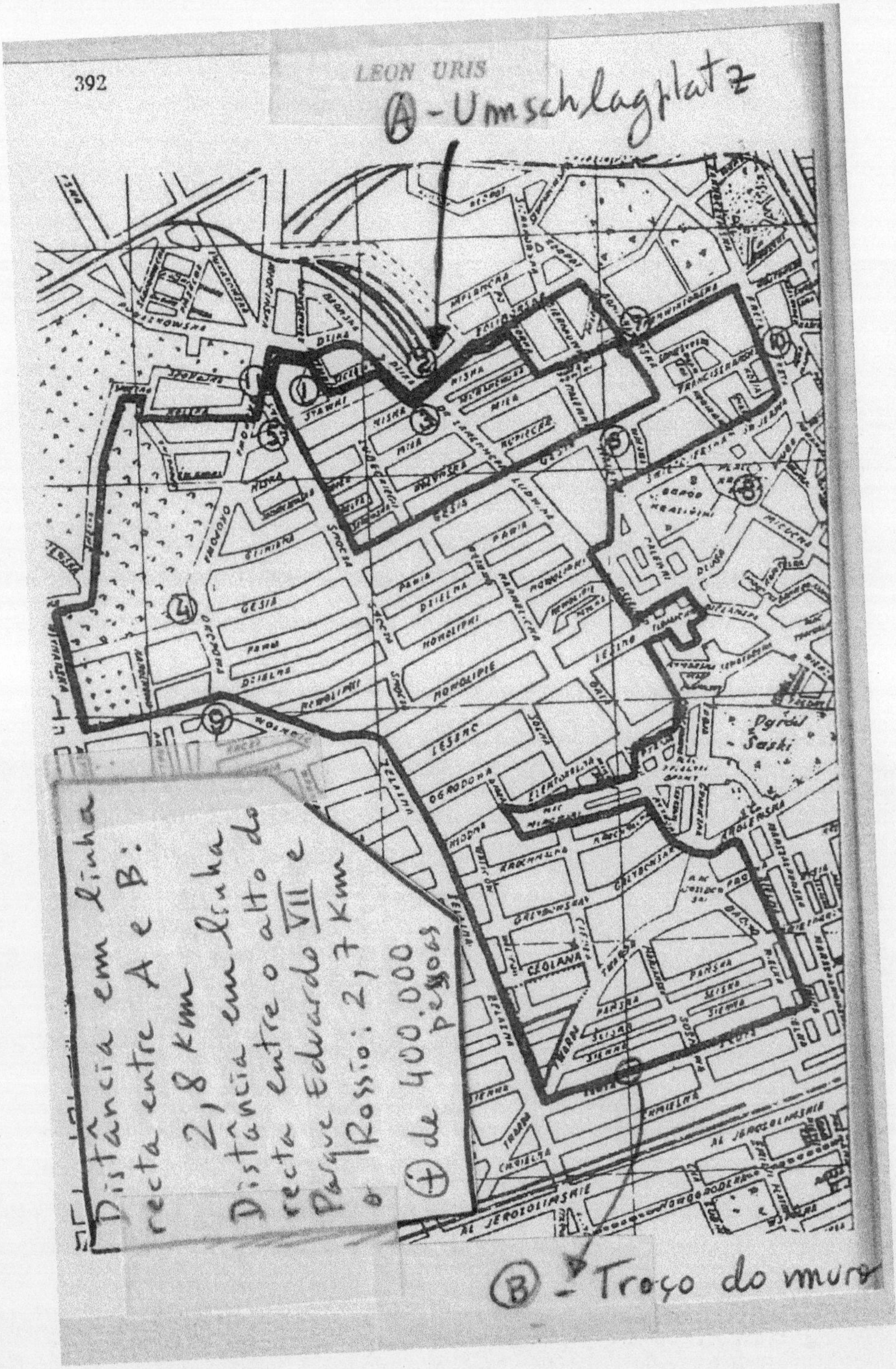
392
LEON URIS
Ⓐ - Umschlagplatz
Distância em linha recta entre A e B: 2,8 km
Distância em linha recta entre o alto do Parque Eduardo VII e o Rossio: 2,7 km
± de 400.000 pessoas
Ⓑ - Troço do muro

Bogumil, o historiador prestável, embora, escreveu, tivesse quase a certeza de que a Alina já o fizera. Pediu-me que tivesse em mente, porém, que o Bogumil é um especialista na História de Varsóvia. Que, se o meu interesse era o Holocausto, o melhor seria ir ao Museu POLIN. Como se a História de Varsóvia só tangencialmente se cruzasse com o Holocausto. Como se fosse possível e até aconselhável compartimentar o sofrimento, reparti-lo em categorias mais ou menos estanques. Sem dar por isso, ela acabou por vincar aquilo que é, afinal, o âmago do sofrimento humano: a nossa incapacidade para contarmos uma história multifacetada da dor. A imensa solidão de quem sofre.

Decidi mandar um novo *email* ao Bogumil explicando que estou num hotel da Cidade Velha, que hoje vou a Treblinka e que parto amanhã para Lublin, para visitar Majdanek e Sobibór, mas que posso alterar os meus planos em função da disponibilidade dele. A Adeta é de Lublin, disse-me que a cidade é lindíssima. Disse-me que no tempo do comunismo as pessoas não tinham inveja umas das outras, porque todas tinham o mesmo, carros iguais, casas iguais, roupa igual. Mas que agora é melhor, vive-se melhor, respira-se melhor. Molhou a toalha num fio de água da torneira, esfregou-me o lábio superior para me limpar o sangue e disse-me isto. Fiquei sem saber o que mais me fez pensar, o que mais me prendeu à vida: alguém acreditar que existiu em tempos um passado em que a inveja fora erradicada ou esse mesmo alguém achar mais acolhedor e mais humano um presente em que as pessoas podem dar largas à inveja e ao resto dos seus defeitos. É por isto que me sinto bem, é por isto que alimento o projecto de viajar até Lublin. Para encontrar a cidade lindíssima onde nasceu a camponesa que acredita ter havido um tempo sem inveja. O desespero e a euforia alternam em mim como demãos de tinta a secar. Hoje é a vez da euforia. Não sei quanto tempo vai durar.

No comboio para Malkinia tiro da mochila um livro sobre o Holocausto chamado *Those Were the Days*, depoimentos de carrascos e de testemunhas passivas da matança, que comprei e li há muitos, muitos anos. Kurt Franz, aquele que veio a ser o último comandante de Treblinka, a quem mais tarde coube desmantelar o campo, conta o dia em que, em meados do Verão ou no início do Outono de 1942, ali chegou pela primeira vez. Reparo que sublinhei com marcador vermelho e régua esta expressão: «em meados do Verão ou no início do Outono de 1942». Ele explica que abandonou a estação de Malkinia a pé e caminhou até ao campo. Foi ao ler este depoimento, há tantos anos, que fiquei a saber que a estação de uma terrinha chamada Malkinia seria o destino certo para visitar Treblinka. O *site* do Dark Tourism serviu apenas para confirmar esse dado. Reparo que as páginas do livro estão manchadas de humidade, as margens marmoreadas de amarelo. No *Google Maps*, a estação de comboios de Malkinia fica a sete quilómetros e meio de Treblinka. A pé, demora-se uma hora e meia. Kurt Franz conta que chegou ao campo de Treblinka ao anoitecer e que deparou com uma balbúrdia inconcebível, cadáveres por toda a parte, tumefactos do calor. «Julgo recordar que estavam todos tumefactos do calor.» Sublinhei também esta frase a marcador e régua da primeira vez que li o livro. Fui mexendo neste livro ao longo dos anos, relendo páginas aqui e além. Acho que as manchas de humidade não têm progredido. A humidade meteu-se nas páginas quando guardei o livro na estante, saturou-as, fez os seus estragos e depois atingiu-se um ponto de equilíbrio, um estado estacionário da degradação. Nos corpos das pessoas não é assim. Eu era jovem quando comprei este livro e, talvez sem o saber, queria perceber como é que as pessoas recordam o passado. Franz prestou este depoimento em 1960, dezoito anos depois do sucedido, em tribunal. Quando li o livro pela primeira vez, há trinta e tal anos, pareceu-me evidente que ele tentava simular uma memória turva dos acontecimentos, por meio destas subtis imprecisões deliberadas. Meados de Verão ou início do Outono? Os cadáveres estavam mesmo tumefactos do calor?

Já escurecera quando ele chegou ao campo de extermínio, a noite caíra, Franz podia alegar que não se via bem. Não podendo negar a sua presença em Treblinka, podia sempre lançar cortinas de fumo. Leio na margem, escrito pelo meu punho, há tantos anos: «O mal absoluto é negarmos as nossas memórias como Pedro negou Cristo, por cobardia.» Lembro-me perfeitamente de sublinhar no texto estas expressões, de escrever na margem este comentário. Viajo de comboio para Treblinka e sinto-me vivo e jovem outra vez. No rodapé da página, leio ainda, na minha caligrafia de juventude: «Olharmos para o que aconteceu há dezoito anos com os olhos de há dezoito anos é negarmos a nossa própria humanidade.» E penso: «Olharmos para o que agora acontece no mundo com os olhos de há dezoito anos, de há cinquenta anos, de há cem anos é negarmos a nossa própria humanidade e a dos outros.»

«Li um ensaio da Maya Deren chamado *Cinematography: The Creative Use of Reality*... deixa cá ver de quando é... espera... é de 1960, tenho aqui o PDF, acabei de te mandar para o *email*, se tiveres tempo aí na Polónia até podes ler... Gostava muito que lesses para me dizeres o que achas. Não concordo com todas as ideias dela, há uma recusa muito radical do realismo no cinema e na arte. Ela acha que, quando apareceu o sonoro, o cinema se deixou subjugar pela literatura, pela palavra, pela ideia tradicional de narrativa. Acha que o cinema foi asfixiado enquanto arte visual. Por isso é que todos os filmes dela são mudos. Propositadamente. Estou a ler em italiano o livro de entrevistas do Truffaut com o Hitchcock, e esta ideia também aparece por lá. A ideia de que o cinema, ao deixar de ser mudo, passou a estar subordinado à literatura. Só não me lembro de qual deles exprime este ponto de vista, se é o Truffaut numa pergunta ou o Hitchcock numa resposta. *Tramas do Entardecer* é de 1943, a Maya Deren só não fez um filme sonoro porque não quis. No tal ensaio, ela diz coisas interessantíssimas. Diz que no cinema é preciso pôr de parte a ideia da imagem enquanto produto final e apoteose do processo criativo. Diz que os filmes, embora compostos por imagens, são acima de tudo objectos temporais. Que o gesto criativo, no cinema, ocorre numa dimensão temporal. E é isso que eu quero, esta ideia agrada-me muito. Quero manipular o tempo. O tempo e o espaço.»

No meu livro, com as páginas manchadas de humidade, Kurt Franz conta que, naquela primeira noite em Treblinka, fez uma inspecção ao campo e verificou que certos guardas ucranianos tinham posto as armas de parte e se divertiam com raparigas. Na medida do possível, diz, pôs ordem na confusão. Sem ordem, a mortandade estava comprometida. Não podia ser. O título do livro é tirado do álbum fotográfico de Treblinka que este homem compôs, com fotografias de bordo serrilhado, como as de antigamente, tal qual como as fotografias que a minha mãe prendeu nas páginas dos dois álbuns com imagens da Leonor e de mim em bebés. Usavam-se uns cantinhos de cartão e plástico transparente para não colar as fotografias directamente nas páginas de cor negra. Numa das várias páginas do álbum de Franz reproduzidas no livro lê-se, escrita a branco sobre o fundo negro, entre as fotografias, a frase «Schöne Zeiten…»: «Bons tempos…» O álbum não contém fotografias macabras, apenas imagens de são convívio entre os oficiais. Contém imagens do pequeno jardim zoológico que havia no campo, com jaulas para raposas, apanhadas nos bosques em volta. Vejo estas fotografias e sinto nas narinas o cheiro fortíssimo, almiscarado, das idas ao jardim zoológico da minha infância. Também há uma fotografia do enorme cão de Kurt Franz, que ele treinara para atacar os prisioneiros, rasgando-lhes os órgãos genitais. Franz nasceu em 1914. Tinha vinte e oito anos em 1942. Com vinte e oito anos, é fácil percorrer sete quilómetros e meio em hora e meia. Eu já não sou capaz. Faltam cinco dias. Talvez faltem menos. Depende. À minha revelia, o cheiro almiscarado nas narinas quando revejo as fotografias das raposas aprisionadas em Treblinka puxa-me para a vida.

No hotel, ontem à noite, reparei que a tua brochura continha somente uma fotografia de actividades ao ar livre da Juventude Hitleriana. Num descampado, com uma floresta ao fundo, dez ou doze raparigas, adolescentes de quinze ou dezasseis anos, todas vestidas de igual, sapatilhas pretas, peúgas brancas pelo tornozelo, calções escuros, muito curtos, camisolas brancas de alças. Formavam duas filas, frente a frente, cada qual dando as mãos à jovem em face de si. Acima dos braços delas, que, dava para perceber, se agitavam para fazer as vezes de uma cama elástica, uma outra rapariga estava suspensa em pleno ar, de bruços, muito direita, os braços estendidos para diante. Tinha duas longas tranças, presas com grandes laços de cor clara. As duas raparigas que formavam o último par da fila dupla, as mais próximas do fotógrafo, seguravam já as mãos da que ia sendo impelida pelo ar. Dali a um ou dois segundos, esta ia dar um salto mortal e aterrar a pés juntos. Corpos musculados, avô, corpos perfeitos, tonificados, ágeis, flexíveis. Como o teu corpo naquelas fotografias tiradas na praia. Carne pronta a ser dilacerada na guerra, esfacelada pelas bombas, pelas balas, sepultada debaixo dos escombros das casas em ruínas. Aquelas raparigas, avô, sem o saberem, estavam a exercitar-se para morrerem melhor. Quantas das jovens daquela imagem terão sobrevivido à Segunda Guerra Mundial? No fundo, nenhuma. Porque ninguém sobrevive a uma guerra assim. Era isto que sonhavas para mim, avô? Uma irmandade de cadáveres? Há pouco tempo disseste-me assim, Amália: «Estou tão velha, tão acabada. Em nova, era tão bonita.» E depois: «Em jovens, todos éramos bonitos.»

O comboio é moderno, verde, amarelo e cinzento, novinho em folha, até brilha. Nem um *graffiti*, nem um risco. Há uns dias, ainda em Portugal, sonhei com esta viagem de comboio. Sonhei que encontrava estrangeiros a caminho de Treblinka, um grupo de jovens turistas, rapazes e raparigas. Sonhei que trocávamos um olhar e que reconhecíamos de imediato uns nos outros a nossa condição de forasteiros. Sonhei que um deles me dizia: «Vem sentar-te connosco», e que conversávamos durante a viagem, que explicávamos uns aos outros os motivos da nossa visita àquele lugar. Sonhei que, ao contrário dos restantes, quando chegava a minha vez, eu não era capaz de explicar os meus motivos. Sonhei que, à chegada a Malkinia, todos apanhávamos o mesmo táxi para Treblinka. Sonhei com assentos de napa, com o brilho metálico de carruagens antigas, mas os bancos são de veludo verde, num padrão que faz lembrar as escamas de um dinossauro de desenho animado para crianças do primeiro ciclo. Nas estações, o comboio apita, mas não apita como os comboios de antigamente, como os comboios dos filmes, apita em soluços eléctricos, parece uma composição do metro de Lisboa ou de outra cidade qualquer, as portas deslizam e fecham-se, automáticas, depois arrancamos. Passa o revisor com um aparelhómetro na mão, a engenhoca faz «pi» no código de barras do meu bilhete, ele não diz palavra e segue adiante. Sonhei que o revisor me picava o bilhete com um daqueles alicates antigos que usavam para esse fim, recortando no rectângulo de papel um círculo perfeito ou talvez serrilhado. Sonhei com o ruído seco desse mastigar mecânico. O comboio cruza uma passagem de nível, há carros parados à espera atrás da cancela, uma fila interminável que se perde entre as árvores. Entrevejo esta imagem nos dois ou três segundos que o comboio leva a devorar aqueles metros. Mais adiante, noutra passagem de nível, nem um só automóvel à espera. Vejo prados de papoilas, barreiras acústicas, muitas delas com *graffiti*, «Legia 1916». Pus-me a contar as estações, um pauzinho por cada estação, o quinto pauzinho cruza na diagonal os quatro anteriores, distraio-me, perco-lhes a conta. Olho em volta, há na carruagem um grande painel com o esquema detalhado da rede ferroviária polaca, bastava consultá-lo, não era preciso contar as estações uma por uma. O facto de me ter distraído agrada-me, é bom sinal, significa que os pormenores irrelevantes do mundo continuam a prender-me a atenção. Agrada-me principalmente ter-me dado conta de que me distraí, de que perdi a concentração. Quem percebe que se perdeu ainda sabe qual o caminho a percorrer. Vejo desfilar florestas e charcos escuros.

«Não sei muito sobre a vida da Maya Deren. Só sei que era de uma família de judeus ucranianos, de Kiev. Os pais emigraram para a América quando ela tinha cinco anos e levaram-na consigo. Fugiram dos *pogroms*, antes da Segunda Guerra. Ela chamava-se Eleonora, Maya foi o nome artístico que escolheu depois. Sei que estudou dança, nota-se na maneira como se move, na linguagem corporal dela. Li um texto que citava as memórias de amigos e conhecidos dela, e um poeta dizia que ela parecia uma camponesa russa, baixa e entroncada. E a Anaïs Nin, que a conheceu bem e até entrou num filme dela, pelo menos, falava da "sensualidade do corpo de camponesa" da Maya Deren. Mas a verdade é que eu não sei lá muito bem o que é um corpo de camponesa. Basta seres baixa e entroncada para teres um corpo de camponesa?» Quando a Rita me disse isto, lembrei-me logo da Adeta e do que eu pensara acerca dela umas horas antes. Foi como se a Rita me tivesse lido os pensamentos, como se tivesse escutado as conversas que tive comigo próprio. Foi como se ela tecesse uma teia de palavras e ideias vagamente familiares para me prender à vida. «Se calhar chamavam-lhe camponesa por ela ser russa. Se calhar, para certas pessoas no Ocidente, todos os russos e todos os ucranianos, mesmo que fossem intelectuais, mesmo que fossem cineastas, nunca deixavam de ser camponeses. E todas as mulheres que se prezassem tinham de ser sensuais.»

Antes de adormecer ontem à noite, avô, fotografei as primeiras páginas da tua brochura com o meu telemóvel. Mas como, se a essa hora a brochura já estava toda suja de sangue? Não o terei feito em Lisboa, antes de guardar a brochura na mala de viagem? Esta dúvida ameaça enegrecer o dia de hoje, que parecia perfeito, sadio. Varro-a a custo para debaixo do tapete. O que importa é que ontem,

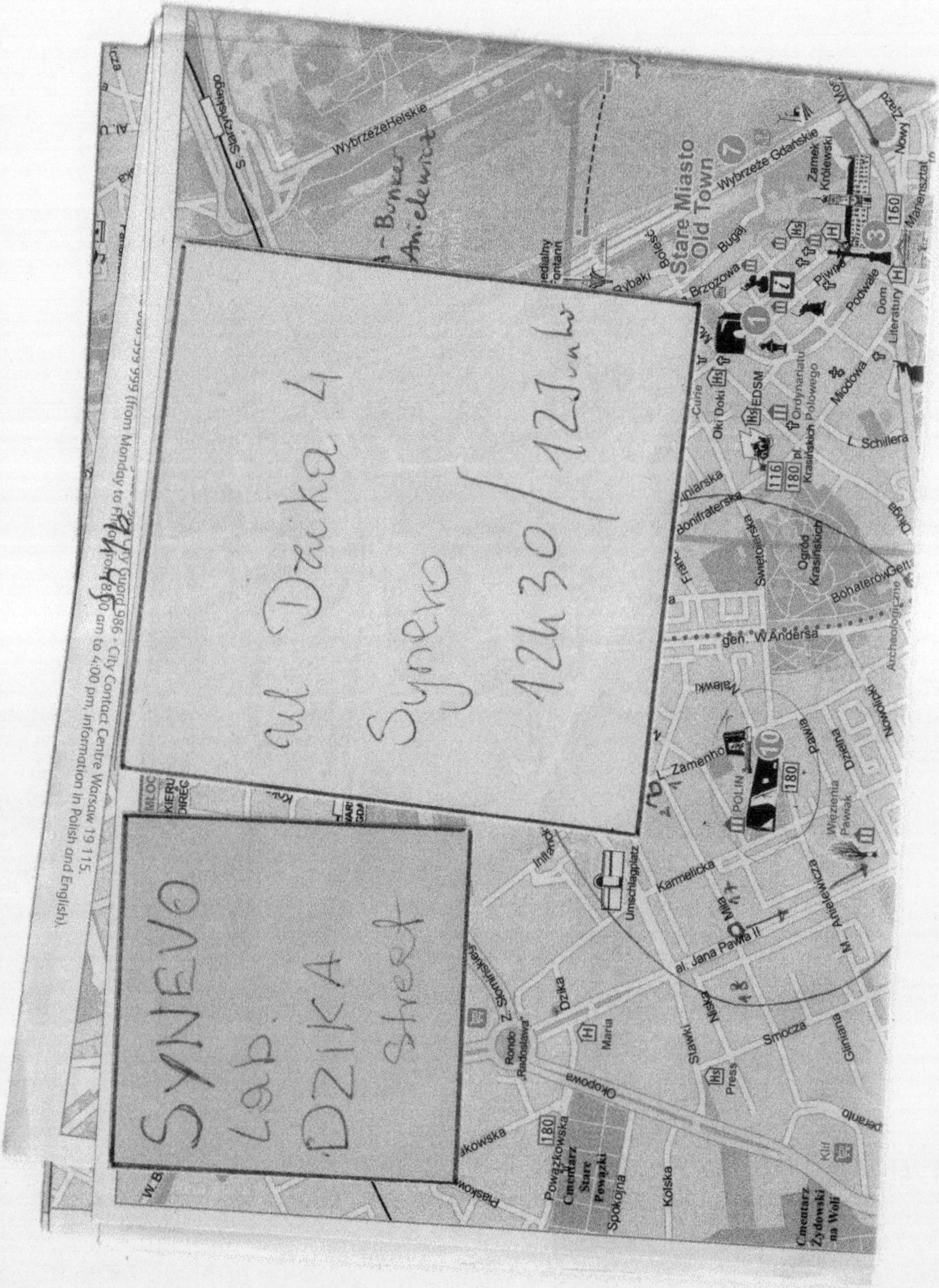
SYNEVO
Lab
DZIKA
street
ul Dzika 4
Synevo
12h30

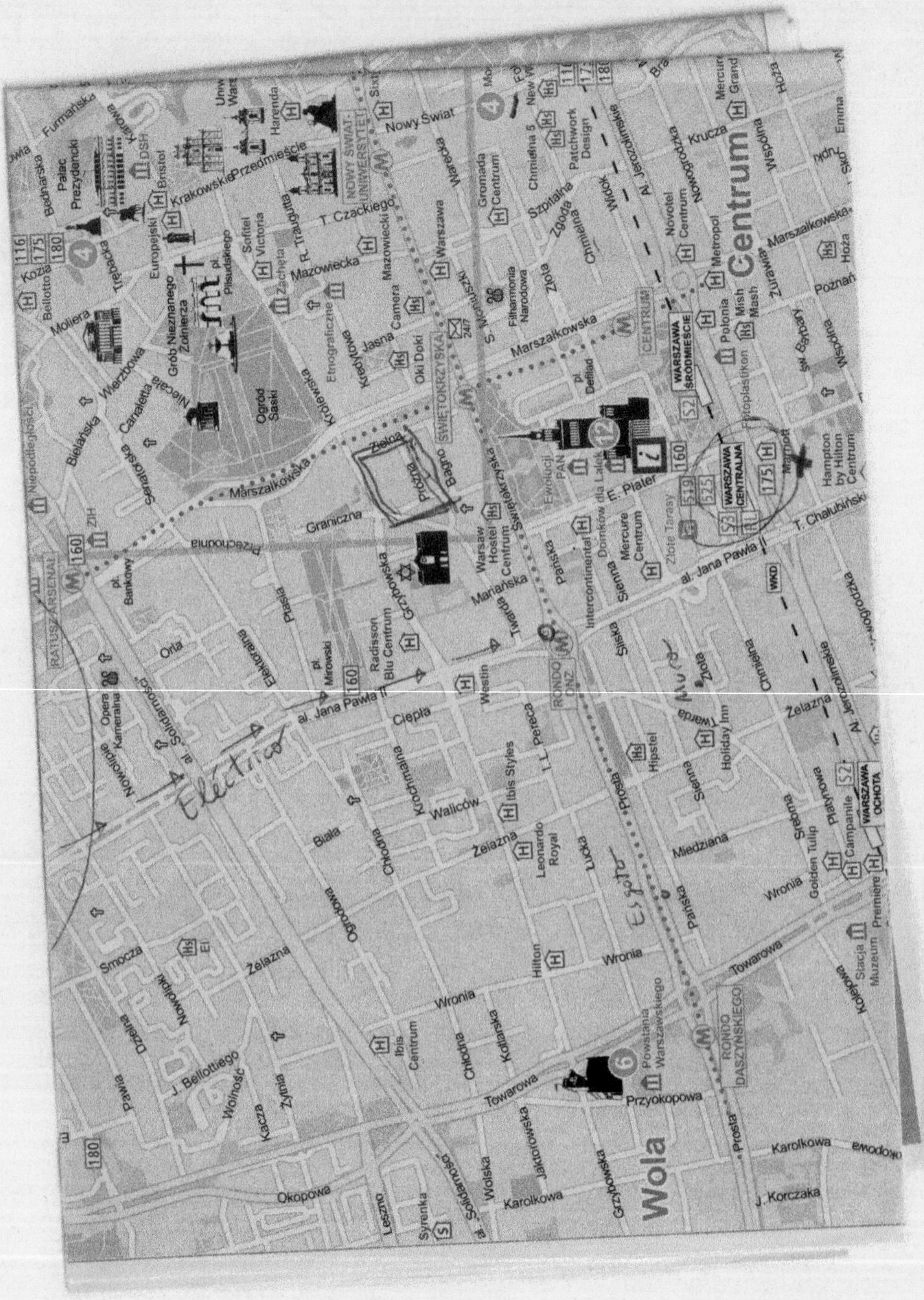
Centrum
Wola
Krakowskie Przedmieście
Nowy Świat
Marszałkowska
Ogród Saski
Mazowiecka
Świętokrzyska
Grzybowska
Al. Jerozolimskie
al. Jana Pawła II
al. Solidarności
Elektoralna
Chłodna
Żelazna
Ogrodowa
Wronia
Towarowa
Prosta
Okopowa
Przyokopowa
Grzybowska
Jaktorowska
Karolkowa
Leszno
Smocza
Pawia
Nowolipki
RONDO ONZ
RONDO DASZYŃSKIEGO
WARSZAWA ŚRÓDMIEŚCIE
WARSZAWA CENTRALNA
WARSZAWA OCHOTA
T. Chałubińskiego
E. Plater
Złote Tarasy
Hilton
Novotel Centrum
Sofitel Victoria
Europejski
Bristol

há quatro ou cinco dias, há duas ou três semanas, já não sei ao certo, mandei as páginas à Ilse, que é alemã, casada com o meu amigo Francisco. Pedi-lhe que traduzisse. Mandei-lhe também a fotografia do convite em teu nome. E pedi-lhe desculpa por a incumbir desta tarefa. «Desculpa pedir-te que mexas nestas coisas» foi a frase que usei. Como que a desculpar-me perante o descendente de uma família de criminosos por lhe pedir que mexesse nos papéis em que os antepassados relatavam e justificavam os seus crimes. Mas ela, sempre descontraída, pôs as coisas no seu devido lugar: «Não sejas tonto, não me incomoda nada. Até acho muita piada a documentos assim.» Recebo a resposta dela no comboio para Malkinia quando faltam dez estações para o destino.

«Fiz uma amiga no laboratório teatral, chama-se Noor, é libanesa. Ontem ficámos muito tempo a conversar, contou-me algumas coisas sobre a história da família, é muito triste. Mostrou-me no *Instagram* uma fotografia dos avós. Eu mando-te para o *WhatsApp*, sei que não tens *Instagram*. Falei-lhe da Maya Deren, ela não conhecia. Disse-me que, se a Maya Deren era filha de refugiados, isso estava presente no cinema dela, de certeza, mesmo que não fosse óbvio. Eu não tinha pensado nas coisas por esse prisma.»

Há coisas que demoramos uma vida inteira a aprender. Há coisas que só aprendemos ao fim de várias gerações, coisas que os meus pais e avós nunca souberam fazer, que eu não cheguei a descobrir como se fazem, mas que, não sei bem como, ainda fui capaz de ensinar às minhas filhas. Dizer a outra pessoa que gostamos dela com palavras simples, sem dramatismo nem solenidade, mas também sem frases banais, sem embaratecer o afecto. Quando saem de casa ou quando telefonam, elas dizem-me à despedida «adoro-te» ou «gosto muito de ti» com uma naturalidade e uma firmeza que me abalam até aos alicerces. Uns dias antes desta viagem tropeçaste no fio do candeeiro do nosso quarto, comentei, como sempre: «Outra vez.» E tu, zangada e um pouco perplexa: «Mas tu gostas mesmo de nós?» Calei-me. Gosto, claro, mas sempre fui incapaz de o demonstrar sem uma nota trocista ou irónica, ou então solene e cataclísmica. Era a pessoa certa para as grandes catástrofes, para as despedidas dramáticas, mas agia como um cão no dia-a-dia. Um cão que abanava a cauda de longe, mas que rosnava à queima-roupa por instinto. Talvez não tenha sido eu a ensinar às minhas filhas como é que se diz a outra pessoa que gostamos dela sem dramatismo, sem grandiloquência, mas sem banalidade. Talvez tenhas sido tu, Amália. Talvez eu me tenha limitado a não me atravessar no caminho dessa aprendizagem. O que já é um grande progresso, por comparação com os meus pais.

«O que é que eu quero com a minha curta? O tema que o professor nos deu para o filme foi a questão da distância durante a pandemia, e eu quero explorar a ideia da comunicação. Como é que tu comunicas com os outros de maneira profícua, como é que consegues chegar a uma comunicação digna desse nome. Isto é cada vez mais difícil na era digital, é muito difícil escapar ao telemóvel, às mensagens rápidas. Mas há situações, e são as mais importantes, pai, em que essa comunicação não serve para nada. Porque deixa de ser possível. E então percebes que nunca foi possível, nunca serviu para nada. Acho que a Maya Deren usava os filmes como maneira de se aproximar de uma dimensão transcendente. Ela tinha um lado místico… não praticava nenhuma religião convencional, acho, mas interessava-se muito pelo oculto, e os filmes eram um modo de tentar trazer à tona as suas próprias capacidades mágicas. Acho que ela se considerava uma espécie de feiticeira. Tenho muitas dúvidas sobre o que quero fazer na curta, o prazo está a queimar, já devia ter tudo planeado, ou melhor, já devia ter tudo quase pronto. Não sei o que fazer, pai. Ou antes, sei. Só não sei se tenho coragem que chegue.»

A tradução que a Ilse fez do convite que encontrei dentro da tua brochura reza assim, avô: «O Führer tem a honra de convidar o Senhor Dr. Alcaçova, de Lisboa, para o Congresso anual do NSDAP, que terá lugar entre os dias 10 e 16 de Setembro de 1935, em Nuremberga. Solicito que, até ao dia 3 de Setembro de 1935, usando o postal em anexo, Vossa Excelência nos informe se aceita o convite. Saudações germânicas!» Sempre era verdade o que diziam os artigos académicos, avô. Sempre visitaste a Alemanha nazi. Consulto a *Wikipédia* aos soluços, porque a rede entre as estações não é muito boa. Foi no dia 15 de Setembro de 1935, perante os membros do Reichstag, reunidos em Nuremberga, que Hitler anunciou a promulgação das leis raciais, o primeiro passo no longo caminho que terminou no Holocausto. Quer então dizer que estavas em Nuremberga naquele dia, avô. Mas onde? Em que lugar da cidade? Ouviste o discurso com atenção, na rádio ou nos altifalantes? O que achaste daquelas leis? Apercebeste-te da importância do que acabaras de ouvir? Aplaudiste com entusiasmo, no final? Fizeste, no teu alemão impecável, em conversa com algum autóctone, comentários depreciativos sobre os judeus? Achaste que acabara de ser dado um importante passo em frente? Sentiste-te, lá no íntimo, feliz? Ou não ligaste sequer grande importância ao sucedido?

«Para mim, o filme da Maya Deren é uma tentativa falhada de ela dialogar consigo própria. Falhada porque, se bem me parece, ela acaba por se suicidar, pai. Não sei se estás de acordo, se viste o filme assim. Não sei o que pensas disto. O confronto de uma pessoa consigo própria numa tarde de sol, em que está sozinha em casa, pode ser o motor do suicídio. Acho que a casa é a própria Maya Deren, no fundo. Quando entra dentro de casa, no começo do filme, ela está a entrar dentro de si. E depois não encontra respostas, não resolve o mistério, mas também não consegue aceitar o mistério, e fica cheia de medo. E eu quero que o meu filme se passe também numa tarde, uma tarde de sol em que a protagonista está sozinha. O marido da Maya Deren está ausente, chega a casa somente no fim e encontra-a morta, e eu quero que o namorado da minha personagem também esteja ausente. Interessa-me esta ausência, esta nossa solidão, que às vezes parece impossível de romper, que se acentua com o tempo, e que pode conduzir à morte. Como é que o filme em si pode ser uma maneira de romper essa solidão?»

A Ilse começou por transcrever os caracteres góticos da tua brochura para caracteres correntes, em alemão, depois traduziu para português. A frase impressa em caracteres manuscritos, terminando com reticências, por baixo da bandeira a cores com a águia e a suástica, era, explicou ela, o primeiro verso do refrão de um cântico da Juventude Hitleriana, cuja letra fora escrita por Baldur von Schirach, comandante supremo desta organização. *Unsere Fahne flattert uns voran…* «O estandarte tremula à nossa frente…» Ela escreveu-me: «Não mo pediste, mas mando-te a letra completa da canção e a respectiva tradução para português.» A letra é massuda, avô, os versos são banais. «A juventude nada teme./Alemanha, tu brilharás/mesmo que nós pereçamos.» Fazia-te vibrar, avô, esta violência latente, esta promessa de morte? Não te reconheço nem um pouco nesta sede de sangue. «Sim, quem se nos opõe/pelos nossos punhos cairá!» Tantos versos acabados em pontos de exclamação, avô, como se nos berrassem aos ouvidos. Revias-te nesta gritaria, tu que nunca gritavas, que nunca, nunca nos levantaste a voz? «O estandarte tremula à nossa frente,/o nosso estandarte é a nova era./E o estandarte guia-nos até à eternidade!/Sim, o estandarte vale mais do que a morte!» A Ilse acrescentou: «Por curiosidade, aqui vai um *link* do Internet Archive para ouvires a canção.» Olho em volta, a carruagem está vazia, as pessoas foram saindo à medida que nos aproximamos do destino final. Copio a hiperligação, ouço o hino, mas antes, por precaução, baixo o som do telemóvel, não vá aparecer alguém. A acompanhar a canção, imagens de arquivo de propaganda hitleriana. Volto-me de costas para a janela, de modo que, caso entre de súbito um passageiro ou o revisor, não possa ver o meu ecrã. Crianças e jovens a fazer a saudação nazi. Paradas, marchas, muitos estandartes ao vento. Raparigas de tranças. Mulheres de tranças. Uma estranha obsessão por tranças femininas, como se o cabelo das mulheres precisasse de ser domesticado. Uma garota também de tranças, muito loira, pestanas loiras, a pedalar no seu triciclo ao encontro da câmara, numa rua deserta, até que abranda, larga o guiador e, muito séria, executa a saudação nazi. A melodia da canção fica no ouvido. Cola-se ao tímpano como uma cançoneta infernal. Aposto que ouviste este hino na tua visita à Alemanha, em 1935, e que te agradou, avô. E tenho a certeza absoluta de que também tu estendeste o braço direito para fazer a saudação nazi.

«Ando a escrever uma carta, pai, e tinha pensado lê-la em *off*, e uma das frases que escrevi foi: "As cartas são fórmulas mágicas que servem para nos curar." Pensei em usar essa carta no filme, a carta como acto de resistência e como magia, como um ritual mágico, destinado a curar tanto a pessoa que a escreve como a pessoa para quem é escrita. E também queria falar da ideia de dialogar com a negatividade. Peguei nas ideias do Byung-Chul Han, que diz que na nossa sociedade não há espaço para a negatividade, para o lado obscuro, para tolerares o que não consegues saber sobre os outros nem sobre ti próprio. Acho que é muito importante dialogar com a própria negatividade, com a própria tristeza. Também falei muito com a minha psicóloga sobre a ideia de aceitar a tristeza, não fazer de conta que a tristeza não existe. Há uma tristeza dentro de mim, provavelmente dentro de toda a gente, e é preciso dialogar com ela. Nos últimos tempos, esta minha tristeza tem vindo a crescer, pai. E eu encaro o filme da Maya Deren como uma corrida atrás da própria tristeza, um diálogo dela consigo própria. Mas acho que não entendi o filme na totalidade. Também isto tens de aprender a aceitar. Que não entendes tudo, que muitas coisas te escapam. Que não tens de dar sentido a tudo o que vês. Que a incompreensão não te diminui. Que não vais resolver os problemas todos. Que aceitares a tua impotência é a melhor maneira de perceberes que essa impotência nunca é completa. Há sempre maneira de ajudares os outros. Sempre, até ao fim. Mas a única maneira de ajudares os outros sem os diminuíres é ajudares-te a ti próprio no momento em que os ajudas. Ou, pelo menos, arranjares maneira de te convenceres disso. De que te estás a ajudar a ti próprio, tanto como a eles.»

Em Lisboa, nas últimas semanas, pus-me a procurar o que te terá levado a viajar até à Alemanha em 1935. Mas como, se só anteontem encontrei o convite assinado por Rudolf Hess dentro da tua brochura, avô? A cronologia dos acontecimentos recentes da minha vida enreda-se irremediavelmente. A minha mãe disse-me muitas vezes que tiveste o projecto de criar em Portugal uma organização nos moldes da Juventude Hitleriana, mas que as tuas ideias eram «demasiado radicais para o gosto de Salazar». Que a Mocidade Portuguesa fora uma versão «domesticada» dos teus sonhos. E ria-se sempre, como se esta ideia lhe agradasse. A ideia de tu, o macho, seres mais viril do que Salazar, o padreca, o seminarista. A ideia de tu sonhares mais alto, mais além do que Salazar, o tacanho, o pequenino. Foi isto que ela sempre me disse a respeito das origens da brochura. Pesquisei no *Google* todas as combinações possíveis dos termos «Adriano Alcáçova», com e sem acento no apelido, «Mocidade Portuguesa», «Alemanha nazi», «Juventude Hitleriana», «1935». Puxei uma ponta do novelo, depois outra, o resto veio atrás. Mas quando? Anteontem à noite ou há um mês? Ou há dois meses? A minha mãe disse-me também muitas vezes que toda a vida sonhaste que Salazar fizesse em Portugal o mesmo que Franco fez em Espanha: preparar tudo para que, por ocasião da sua morte, a monarquia fosse restaurada e voltássemos a ter um rei. Como é que se pode ao mesmo tempo ser monárquico e ter simpatias hitlerianas, avô? O mais provável é que, como toda a gente, tenhas sido coisas diferentes em momentos diferentes da vida. Ou antes, que tenhas sido, como toda a gente, coisas diferentes e contraditórias no mesmo momento, no mesmo gesto, no mesmo anseio. Estes factos e lendas que a minha mãe me comunicou a teu respeito encontram-se gravados em alto-relevo na minha memória. O resto, as coisas que descobri recentemente, formam uma nebulosa, são como um animal aquático, um invertebrado translúcido, quase impossível de agarrar. Apresso-me a encaminhar ao Tiago o *email* que mandei à Ilse e o *email* de resposta dela, cada qual com os respectivos anexos, enquanto ainda os consigo localizar na lista de mensagens recentes, enquanto ainda não foram sepultados sob as inúmeras camadas de sedimentos electrónicos que assentam a cada momento na minha caixa de correio, elidindo-os da minha recordação. Peço ao Tiago que descarregue estes anexos e que os guarde no seu computador, numa pasta com o meu nome, por ele criada para o efeito. Minto-lhe, dizendo que não trouxe comigo o portátil, que tenho tido problemas com o *email* e que temo ver perder-se esta informação. Peço de empréstimo ao Tiago a memória do computador dele e também a memória orgânica dele para armazenar a informação sobre ti, avô. Quando chegar o momento, dir-lhe-ei o que fazer com estes dados. Ou então ele perceberá sozinho.

Será que a maneira como vivemos determina a maneira como morremos? Será que só a um homem como tu, avô, cheio de certezas, de convicções inabaláveis, poderia estar reservado o duvidoso privilégio de morrer como tu morreste, com uma horrível limpidez, sem hesitações nem meandros, sem preliminares nem ensaio geral, como quem corta um fio? Com uma aparente tranquilidade, até? O meu pai também parecia ser um homem convicto e cheio de certezas, mas lá no fundo tudo nele era mais frágil. Havia nele uma tremenda insegurança, era um ser movediço, lavrado lá no íntimo por dúvidas e hesitações inconfessáveis, por interditos nunca verbalizados. As gavetas naquela cabeça não eram, talvez, assim tão estanques. A própria insistência dele em perorar constantemente, em proclamar de viva-voz as suas grandes certezas, indiciava uma pessoa que precisava de se convencer da sua razão a cada novo dia, uma pessoa em luta consigo própria, que temia trair-se. E a morte dele, como não podia deixar de ser, foi uma luta sem quartel contra si próprio, um combate feroz e sem esperança contra a quinta coluna. Se assim é, se a morte traduz a vida que levámos, estou em maus lençóis. Nesse caso, a minha agonia será ainda mais arrastada, mais penosa do que a do meu pai. A única maneira de mergulhar num sono pacato como o teu, avô, será a *Soplica* e os comprimidos para dormir.

5

Desço do comboio em Malkinia, estação terminal, o parque de estacionamento não é muito grande, mas está a abarrotar de carros, vejo um edifício enfezado num dos extremos, leio «Kasa Biletowa» por cima da porta, encaminho-me para lá. Espreito pelo vidro da porta, a sala é acanhada, uma mulher está debruçada diante da fresta do *guichet*, a falar. Se calhar há um limite de lotação devido à covid, é melhor não entrar, arrisco-me a que me mandem sair com maus modos, ainda por cima não perceberei logo que me estão a mandar sair, terão de fazer gestos a enxotar-me como quem enxota um animal, não o farão com más intenções, é certo, mas será a única maneira de se fazerem entender, fico cá fora, à chapa do sol, à espera de que a mulher saia. Aproximam-se duas mulheres a segurar as bicicletas pelos chifres do guiador, as correntes a fazer trrrrr, fatos-macaco verdes, coçados, botifarras, vêm do cais de embarque, devem ser funcionárias dos caminhos-de-ferro, levanto o braço, elas param, «Do you speak English?», dizem que não, «Taxi?», elas apontam para a casinha atrás de mim, afastam--se, trrrr. Volto para junto da porta, o calor é insuportável, decido entrar, que se lixe a covid. A mulher diante do balcão é muito nova, vinte e tais, calções curtos, ténis, pele muito branca, loira, óculos escuros, continua debruçada, de braços apoiados no rebordo do *guichet*, a conversar com a mulher atrás do vidro, uma gorda de ar antipático, a clássica verruga no lábio superior, que fala alternadamente com a rapariga e com alguém ao telefone. Nenhuma delas parece reparar em mim. Num banco comprido, encostado à parede, senta-se um miúdo de boné, quatro ou cinco anos, com um coelho de peluche nas mãos, um boneco enorme, castanho, do tamanho de um bebé de colo. Aproveito uma pausa na conversa, pergunto à jovem se fala inglês, «assim-assim», pergunto como é que se apanha um táxi, acrescento: «para o campo de Treblinka», ela mistura polaco e inglês nas suas frases, dá a entender que a pessoa a quem cabe chamar o táxi é a funcionária atrás do *guichet* e que ela própria também precisa de apanhar um táxi. A funcionária faz perguntas, a jovem responde, fala muito alto, ri-se para mim, vira-se para trás constantemente e repreende o miúdo, manda-o estar quieto e portar-se bem, mas com palavras meigas, sem dureza. Há momentos em que ouvimos frases em línguas desconhecidas cujo sentido, como que por encanto, entendemos na perfeição. A funcionária da verruga enfia na ranhura do *guichet* um papel, é o canto rasgado de uma folha branca com um número escrito, a jovem diz-me: «Taxi.» Pergunto: «Do I call?» Ela: «No, she is calling.» Guardo o pedaço de papel entre as folhas do caderno, a funcionária repara, interrompe a conversa telefónica, tapa o bocal do auscultador, bate com a ponta da caneta no vidro e diz qualquer coisa em tom contrariado. A jovem avisa-me: «You must write the number and give the paper.» E ri-se. Tem na pele leitosa tatuagens negras a assomarem dos calções, cobrindo-lhe a parte da frente das coxas. Vejo as tatuagens somente de relance, não sei que desenhos são, o decoro proíbe que me demore a examiná-las, o decoro a que me agarro com unhas e dentes como última trincheira, como marca-d'água da sanidade mental. Ela sai do casinhoto depois de dizer qualquer coisa ao miúdo. Pelo vidro, apercebo-me de que foi fumar um cigarro. O miúdo olha para mim, baloiça as pernas, os pés não lhe chegam ao chão, deixa cair o coelho, salta do banco, apanha o coelho, torna a sentar-se. A jovem deita fora a beata, entra, senta--se ao lado do miúdo. Ele fala com ela ao ouvido, de olhos cravados em mim, a tapar a boca com a mão, como se eu entendesse polaco e ele quisesse manter secretas as suas palavras. Esconde-se atrás do coelho de peluche. A mãe sorri e responde-lhe, também a cobrir os lábios com a mão aberta, olha para mim e ri-se. Parece um diálogo de apartes entre dois actores, no palco de um teatro, que fingem segredar frases um ao outro mas falam alto, escandindo bem, para que nada escape aos espectadores na plateia. Saboreio este momento de harmonia absoluta, esta vitória fugaz sobre a solidão, esta mescla perfeita de cumplicidade e indiferença, só possível entre desconhecidos conscientes de que nunca mais se irão ver, eu, a velha da verruga atrás do *guichet*, a rapariga, o garoto, saboreio os meus sentidos ainda apurados, o ouvido, a vista, a minha capacidade de reagir no momento certo, de respeitar as conveniências, de desviar os olhos das pernas da mulher, tão brancas, saboreio o facto de as pessoas não se sentirem incomodadas pela minha presença, de não me acharem estranho nem ameaçador. A euforia faz recuar o desespero. Pelo vidro da porta, a mulher vê chegar o táxi e diz-me: «We go together. First Treblinka camp, then I go home.» Levanta-se, muito despachada, sai para o exterior, faz sinal ao táxi. Parece-me não querer correr o risco de alguém se antecipar e chamar o táxi em lugar dela, embora não haja ninguém à vista nas redondezas. Abre a porta traseira do carro, chama-me com um gesto. Foi tudo muito rápido, o miúdo continua sentado no banco. Salta para o chão, leio-lhe nos olhos, por baixo da pala do boné, o pânico instintivo das crianças, o medo de que a mãe as deixe para trás, de que se esqueça delas, temem o abandono materno bem mais do que a morte, porque não sabem ainda o que é a morte, ele cruza a correr o vão da porta, que eu seguro, aberta, para ele passar. Olho por cima do ombro. Com a pressa, o miúdo esqueceu-se do coelho, que jaz caído de bruços diante do banco.

TREBLINKA MUSEUM.
THE NAZI GERMAN EXTERMINATION AND
FORCED LABOUR CAMP (1941-1944)

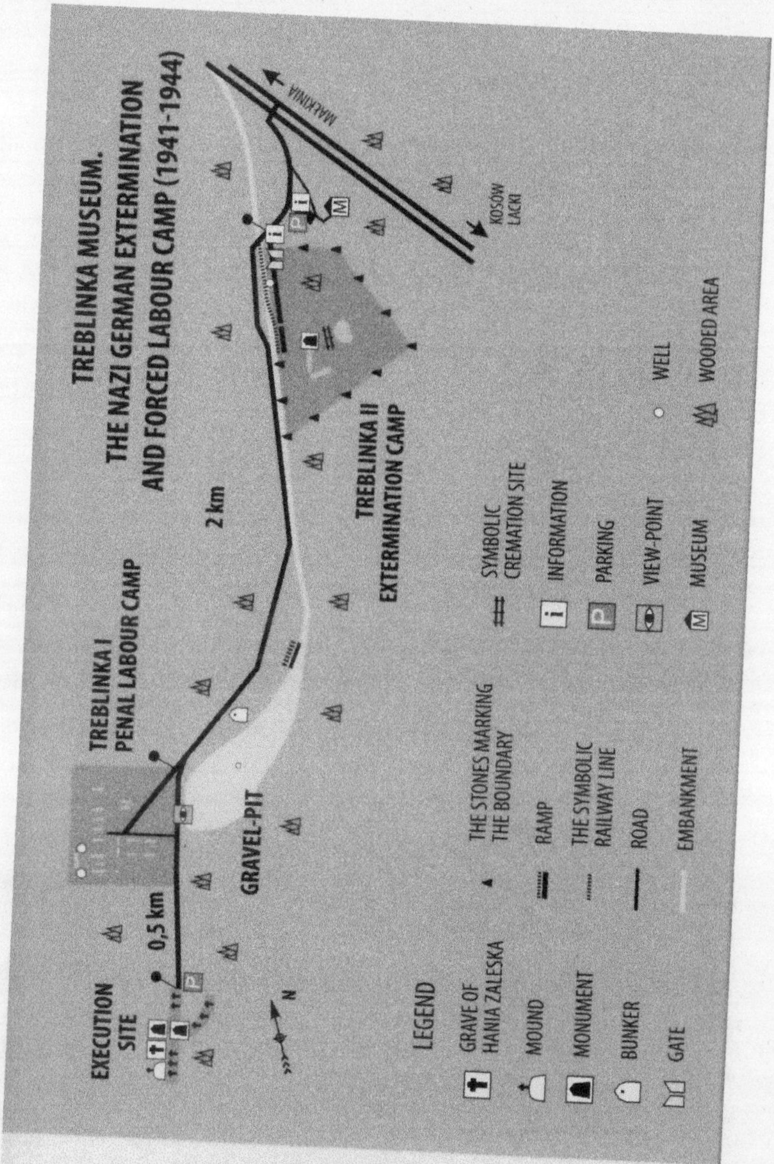

TREBLINKA MUSEUM.
THE NAZI GERMAN EXTERMINATION AND FORCED LABOUR CAMP (1941-1944)

Wólka Okrąglik 115, 08-330 Kosów Lacki
tel./fax 0048 25 781 16 58
www.muzeumtreblinka.eu
sekretariat@muzeumtreblinka.eu
Museum director - Edward Kopówka
Opening hours: 9.00 - 18.30 daily

text - E. Kopówka, photos - S. Kordaczuk, consultation - A. Matuszewicz, setting - W. Florczykiewicz

O taxista tem bigode, parece bem-disposto, arranca, acelera a fundo pela estrada rural. Fala em polaco com a jovem, traz a máscara cirúrgica entalada debaixo do queixo, muito suja. Pergunto-lhes os nomes, a jovem faz de tradutora. O taxista chama-se Gregor, ela chama-se Karolina, o miúdo é Alek. «Alexander, in English», diz ela. Cruzamos uma ponte, lá em baixo corre um rio estreito. «The Bug», diz o taxista. Continuam a conversar animadamente em polaco. Digo que sou de Portugal, eles repetem: «Portugal.» Metemos por um desvio, a estrada corre numa floresta densa, chegamos a uma clareira, um parque de estacionamento empedrado, quase deserto. Digo à jovem que quero pagar a viagem dela e do filho à laia de agradecimento, ela ri-se, diz que não: «Let it be. Forget it. Go.» O miúdo esconde-se ainda atrás do coelho, que resgatou *in extremis* do chão da salinha de espera, numa corrida louca, quando o chamei e lho apontei ali caído. Pago trinta zlotys, é a minha despesa, saio, bato a porta. O táxi inverte a marcha no empedrado, afasta-se, desaparece entre as árvores, e eu dou-me conta de que me esqueci de perguntar ao miúdo o nome do coelho.

Compro o bilhete na casinha de madeira que serve de bilheteira, visito o museu, que é um pequeno edifício ao lado do parque de estacionamento, leio sumariamente as legendas dos objectos nas vitrinas, das fotografias, cá estão as imagens do álbum de recordações de Kurt Franz, «bons tempos», são praticamente as únicas imagens de Treblinka que chegaram até nós, apresso-me a sair para o exterior, quero ver o lugar do campo propriamente dito. Tenho de me apropriar de Treblinka para entender o Holocausto, o antes do Holocausto, o depois do Holocausto. Tenho de abocanhar o horror, sentir-lhe o sabor amargo, engoli-lo. Tenho de pôr de parte a perplexidade, o «como foi possível?». Foi possível, aconteceu. Infectou toda a terra com o seu horror. Infectou os sobreviventes com o seu horror. Infectou os herdeiros com o seu horror. Ninguém sai ileso de uma coisa assim. Tenho de usar os cinco sentidos, tenho de usar o corpo todo para abraçar Treblinka e os que aqui morreram. Enquanto posso, enquanto sou capaz. Neste dia em que me sinto tão límpido. Descubro este lugar e despeço-me dele ao mesmo tempo. Descubro o Holocausto e despeço-me dele no mesmo gesto. A tarefa é tão ciclópica que só me resta parti-la em fragmentos, como quem corta um bife para dar a uma criança pequena. Compreender o Holocausto neste lugar, compreender o Holocausto e o que se lhe seguiu talvez me transforme numa pessoa diferente. Talvez me cure da demência, da Alzheimer. Dentro de mim, a pastilha radioactiva de Treblinka talvez ponha travão à senescência. Aproximo-me do campo.

A linha férrea.

O ramal de caminho-de-ferro que trazia os comboios de deportados até ao campo desapareceu. Também não vi nenhuma linha férrea a correr ao lado da estrada que o táxi percorreu de Malkinia até aqui. Uma longa fiada de travessas de betão, como uma linha férrea estilizada, sem carris, marca o traçado do ramal ao apeadeiro. O apeadeiro também não é o de origem, os alemães demoliram-no quando desmantelaram o campo, juntamente com a estação de faz-de-conta que tinham construído para enganar as vítimas. Juntamente com as casernas, as câmaras de gás, as vedações de arame farpado. Não ficou nada, mas é como se tudo estivesse aqui. Sento-me numa das travessas de betão, apanho um seixo da terra, é vermelho-escuro, quase roxo, tem grumos de cimento agarrados, muito ásperos, cortantes, como cirrípedes na pele de uma baleia, como vidro moído. Guardo-o no bolso das calças.

A estrada.

É empedrada e corre a par das travessas de betão que marcam a antiga linha férrea, depois rompe adiante, pelo meio do arvoredo, em direcção ao campo de trabalhos forçados de Treblinka I. Numa sala do museu vi pedras tumulares judaicas, mas não li as legendas, não entendi bem do que se tratava. Leio o pequeno painel na berma da estrada e percebo agora que os alemães trouxeram as lápides do

Castle Inn
Warszawski sen
tel. +48 22 887 95 30
e-mail: castleinn@castleinn.pl
ul. Świętojańska 2,
00-288 Warszawa
www.castleinn.pl
Zanim do nas przybyłeś
i kiedy nas już pożegnasz
możesz być nadal naszym Gościem wirtualnie.
facebook
http://www.facebook.com/Warsaw.CastleInn
Before you came to us
and when you already will say farewell
you can still be our Guest in the virtual world too.

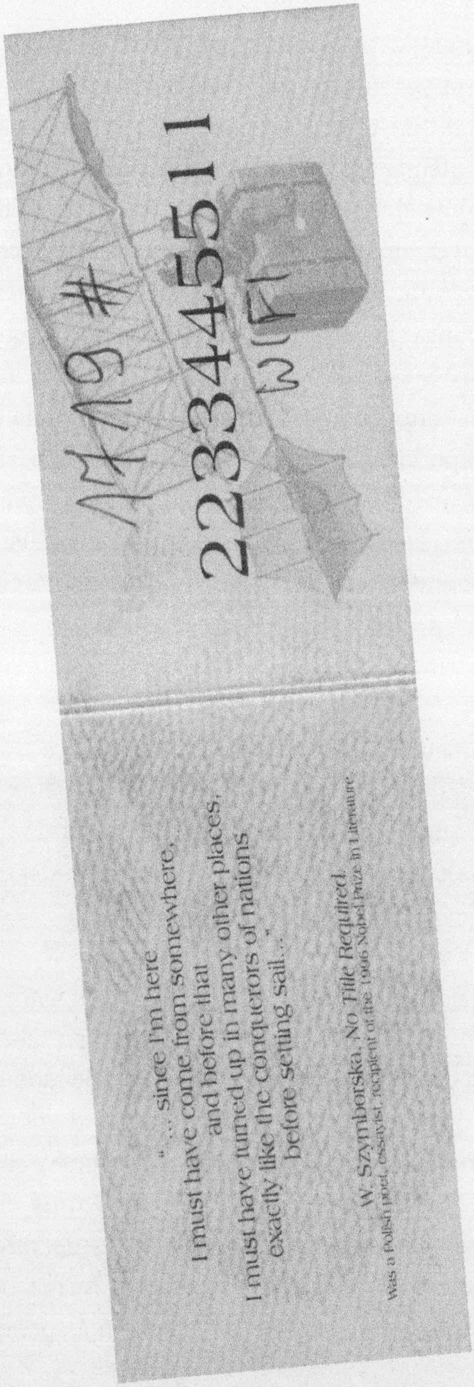
"... since I'm here
I must have come from somewhere,
and before that
I must have turned up in many other places,
exactly like the conquerors of nations
before setting sail..."
W. Szymborska, No Title Required.
Was a Polish poet, essayist; recipient of the 1996 Nobel prize in Literature.

cemitério judaico de uma povoação chamada Kosów Lacki, a nove quilómetros daqui, para pavimentarem este caminho. Em tempos lembro-me de ler algures que, quando construíram as novas câmaras de gás de Treblinka, os alemães penduraram diante da porta uma cortina escura, roubada numa sinagoga, com um versículo da Bíblia em hebraico. Passa na estrada um pequeno autocarro de turismo, conduzido por uma jovem loira. Vem de Treblinka I, mas os vidros são escurecidos e não dá para ver se vai alguém lá dentro. Não abranda, não se detém. Atravesso a estrada e encaminho-me para o lugar do campo de extermínio. Antes de aqui chegar, não fazia ideia de que tinha existido um campo chamado Treblinka I, não fazia ideia de que o lugar do massacre se chamava, em bom rigor, Treblinka II. Descobri isto no museu, cuja última sala é dedicada precisamente a Treblinka I, com fotografias dos prisioneiros polacos, não judeus, que lá viveram, sofreram e morreram, trabalhando como escravos numa saibreira. Este pormenor, o facto de o campo de Treblinka, tão conhecido, ser afinal Treblinka II, impressiona-me muito. Significa que este lugar do massacre começou por ser, na cabeça de quem o concebeu e planificou, um anexo, uma extensão de outra coisa já existente. Significa que o horror absoluto, na cabeça de quem o inventou, não foi um salto no vazio. Foi apenas mais um degrau. Foi como alguém que carrega um pouco mais no acelerador.

A clareira.

É grande, mas não cobre todo o espaço correspondente ao campo de extermínio, porque a floresta cresceu entretanto. Subo pelo caminho que vem do apeadeiro, contorno o grande monumento à entrada da clareira, vejo o jardim de pedra a toda a volta. Cada pedra são muitas pessoas. Quantas? Dez, cem? Cada pedra são muitos mortos. Caminho devagar entre as inúmeras pedras esguias, há líquenes e musgo seco, há seixos que os visitantes deixaram em cima das pedras maiores, em cima daquelas cuja forma permite equilibrar-lhes no topo um seixozinho rolado. Algumas pedras têm

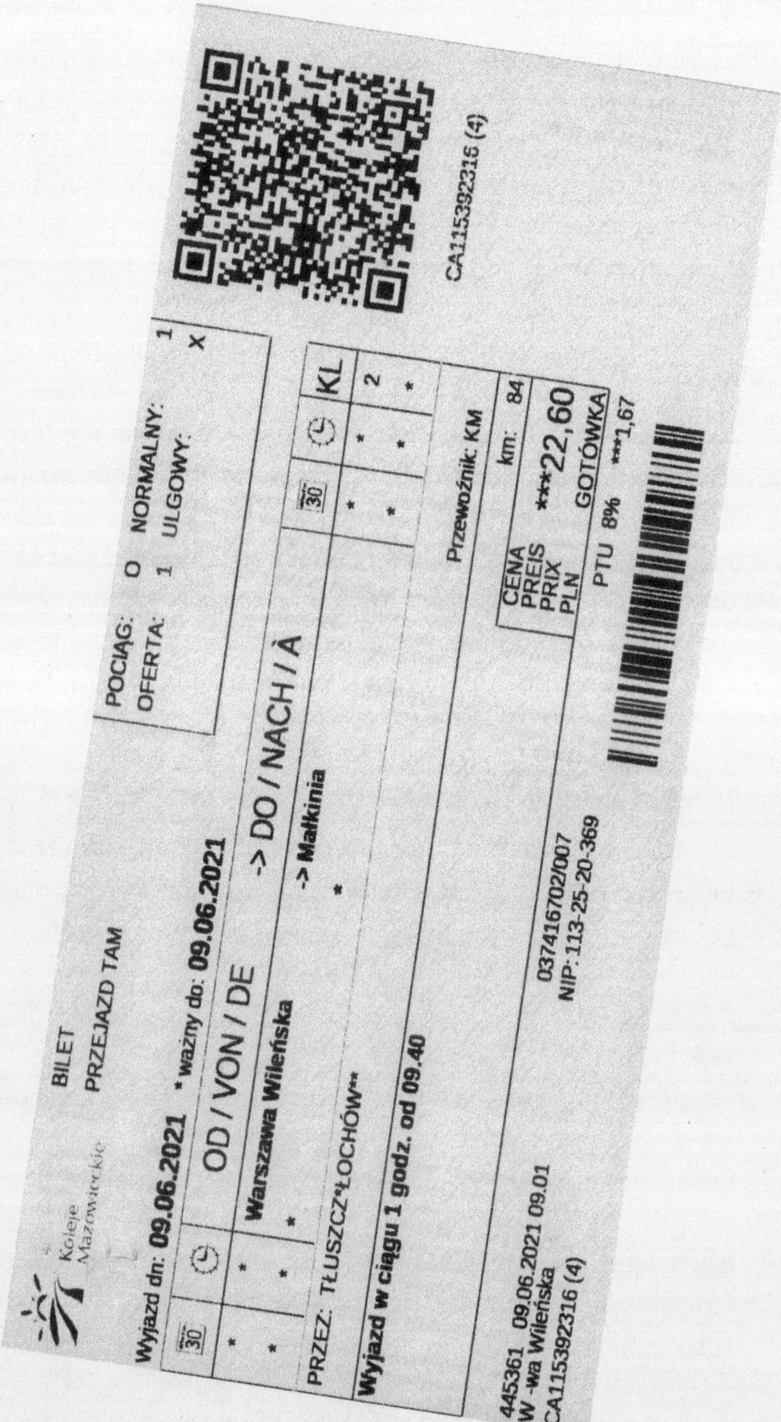

Koleje Mazowieckie

BILET
PRZEJAZD TAM

POCIĄG: O NORMALNY: 1
OFERTA: 1 ULGOWY: X

Wyjazd dn: **09.06.2021** * ważny do: **09.06.2021**

OD / VON / DE -> DO / NACH / À

Warszawa Wileńska -> **Małkinia**

KL 2

PRZEZ: TŁUSZCZ*ŁOCHÓW**

Wyjazd w ciągu 1 godz. od 09.40

CA115392316 (4)

Przewoźnik: KM

km: 84

CENA PREIS PRIX PLN ***22,60 GOTÓWKA

PTU 8% ***1,67

445361 09.06.2021 09.01
W -wa Wileńska
CA115392316 (4)

037416702/007
NIP: 113-25-20-369

escritos os nomes das povoações polacas de onde foram deportadas pessoas para serem mortas aqui. No centro da clareira há três ou quatro árvores, muito altas. São chorões. Ouço o rumor dos carros e dos camiões TIR na estrada que me trouxe até aqui, um ronco ora mais próximo, ora mais distante, ao sabor da direcção do vento. Começa a chover.

Os mosquitos.

Cobrem-me o rosto, as mãos, os braços. Zumbem-me aos ouvidos, tocam-me ao de leve na pele, picam-me. São enormes. Abano a cabeça de um lado para o outro como um boi ou um burro atormentado pelas moscas. Agito os braços, dou palmadas em mim próprio. Digo: «Chega. Agora vais ficar imóvel.» Sento-me debaixo de um grande chorão, no meio da clareira, numa reentrância do tronco, diante do jardim de pedra, e fico a ver a chuva. Um mosquito zumbe-me ao ouvido e torno a enxotá-lo e a sacudir a cabeça. Passa-se uma hora. Há ainda para mim dias de normalidade, dias de juventude, dias em que sei ler e escrever, dias em que consigo medir a passagem do tempo. Hoje é um desses dias.

Os pássaros.

Um cuco canta no bosque, acompanhou-me na vereda, pelo meio do arvoredo, desde o museu até aqui. Agora chove mais, abrigo-me debaixo dos pinheiros na orla da clareira, contemplo a parte de trás do grande monumento, lá adiante. Um outro pássaro canta numa copa por cima de mim, responde-lhe um congénere da mesma espécie, mais longe, o pássaro por cima de mim responde-lhe. Não sei que pássaros são, não sei identificar o canto das várias espécies. Só conheço o canto do cuco, esse é fácil. De vez em quando cai uma pinha no meio do arvoredo com um estrondo abafado. Fico em silêncio. O silêncio é importante. Enquanto decorria a matança, havia aqui uma imensa algazarra. Gritos dos carrascos, gritos das vítimas, choro, ladrar de cães, o ronco das escavadoras a abrir as valas comuns. O silêncio é importante. Para ouvir o zumbido dos mosquitos, o canto do cuco, as pinhas a cair, o som da chuva. Os alemães arrasaram tudo, as casernas, as câmaras de gás, queimaram os mortos, dispersaram as cinzas. Queriam apagar todos os vestígios. Não conseguiram. Os mortos espalharam-se por toda a parte. Estão no zumbido dos mosquitos, no canto do cuco, nas pinhas a cair, no som da chuva. Estão no silêncio. Dou por mim a pensar que este silêncio não pode ser surdo. Não se pode bastar a si próprio. Tem de dar a ouvir os gritos de outras vítimas, o choro de outras crianças, o clamor de outras mães. Tem de estar à escuta, atento ao que se passa no mundo inteiro, atento ao que se passa na Palestina. Se neste silêncio terrível não ecoa o clamor das novas injustiças, das novas infâmias, então é um silêncio estéril e não serve para nada. Feito o luto, a dor, a imensa dor, tem de se abrir a outras dores, tem de acolher em si outras dores. É a única maneira de não ser esquecida, quando a memória viva dessa dor se perder. Esse seria o triunfo supremo dos nazis.

O guarda e o visitante.

Estou aqui há três horas, a única pessoa que vi na clareira foi o guarda. Passa a intervalos regulares, como uma aparição cíclica, um cometa humano, entra na clareira pelo extremo oriental, cruza-a, sai pelo extremo ocidental, junto ao monumento, por onde cheguei. Ao longe, vejo finalmente aparecer um visitante. Sigo-o com o olhar. Aproxima-se do monumento, fotografa-o com o telemóvel. Fotografa também, parece-me, a grande pedra com o nome «Varsóvia» que ali se encontra. Vira costas e afasta-se, desaparece. Não chegou propriamente a entrar na clareira.

A seara.

Saio da clareira pelo lado oriental, as «traseiras» do campo, sei que é o lado oriental, porque num dos folhetos desdobráveis que me deram na bilheteira há um mapa do campo e o mapa tem uma flecha, na ponta da flecha há um «N», e neste dia de clarividência sei voltar-me para norte e identificar o leste e o oeste, percorro um caminho por entre as árvores que desemboca noutra clareira mais pequena, atravessada por uma estrada de terra batida. Dantes, era precisamente neste lugar, na berma desta estrada, que corria o arame farpado. E além, tão perto, vejo uma seara verde-azulada, que me atira à cara a sua presença, tão bela, que me diz, entre reflexos metálicos: «Sempre aqui estive, as pessoas nunca deixaram de semear a terra, mesmo quando aí, desse lado, aconteciam coisas que terei pudor de contar seja a quem for.» Caminho ao encontro da seara pelo prado inculto que a separa da estrada. A erva chega-me aos joelhos. Paro para fotografar, com a máquina à altura do peito, a cabeça pendida. Decidi trazer a máquina fotográfica nesta viagem. Dantes, fotografava muita coisa nas minhas viagens. Depois, em casa, organizava as fotografias no computador, seleccionava-as, tratava as que me pareciam melhores, repartia-as por subpastas, legendava-as. Nem me passava pela cabeça mostrar fosse a quem fosse as imagens em bruto, sem antes as peneirar, catalogar. Decidi trazer a máquina fotográfica para simular uma normalidade, uma paz que já não há, uma visita às ruínas em plena Intifada. Passa um carro atrás de mim, na estrada de terra batida, vindo do lado do museu. Ocorre-me que, na posição em que me encontro, visto de costas, talvez pareça que estou a mijar. Não quero dar essa impressão, não quero parecer um velho porco, viro-me a três quartos para o

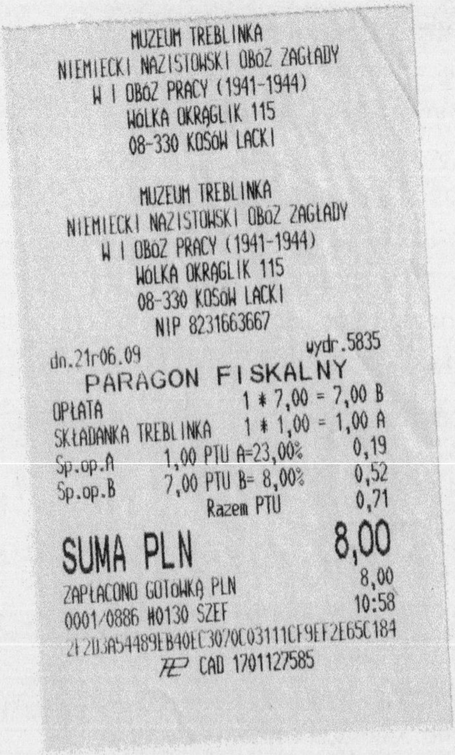
MUZEUM TREBLINKA
NIEMIECKI NAZISTOWSKI OBÓZ ZAGŁADY
W I OBÓZ PRACY (1941-1944)
WÓLKA OKRĄGLIK 115
08-330 KOSÓW LACKI

MUZEUM TREBLINKA
NIEMIECKI NAZISTOWSKI OBÓZ ZAGŁADY
W I OBÓZ PRACY (1941-1944)
WÓLKA OKRĄGLIK 115
08-330 KOSÓW LACKI
NIP 8231663667
dn.21r06.09 wydr.5835
PARAGON FISKALNY
OPŁATA 1 * 7,00 = 7,00 B
SKŁADANKA TREBLINKA 1 * 1,00 = 1,00 A
Sp.op.A 1,00 PTU A=23,00% 0,19
Sp.op.B 7,00 PTU B= 8,00% 0,52
Razem PTU 0,71
SUMA PLN 8,00
ZAPŁACONO GOTÓWKĄ PLN 8,00
0001/0886 #0130 SZEF 10:58
2F2D3A54489EB40EC3070C03111CF9EF2E65C184
CAD 1701127585

carro, ergo ostensivamente a máquina fotográfica. O carro já lá vai, com uma cauda de poeira fina, não sei se os ocupantes repararam em mim sequer. Avanço, chego à orla da seara, que é um bloco denso de hastes azuis. Colho uma espiga, esguia e achatada na ponta do caule. Assim, separada das outras, na palma da minha mão, é muito pequena, quase ínfima, tem uma cor desmaiada, entre o verde-mortiço e o cinzento. A verdade é que tenho vontade de mijar. Regresso à estrada, pouso a espiga no chão, sobre a terra amarela e as pedrinhas, fotografo-a com o telemóvel, apanho-a, meto-a entre as páginas do caderno. Mando a fotografia à Hélia, pergunto: «Que cereal é este?» E: «Não parece trigo, e daí… Gostava tanto de saber que cereal é.» Escrevo: «Uma seara lindíssima ao lado de Treblinka.» E mando-lhe também uma foto da seara, tirada com o telemóvel na horizontal. Quero partilhar com a Hélia esta minha viagem, ela que ainda nada sabe da minha degradação, que me julga igual ao Carlos que sempre fui. Ela responde: «É cevada! (diz o Lucas) É cereal que precisa de frio, acho. Como o centeio das nossas zonas serranas. Aliás, vendo melhor, parece centeio. Pergunta pelo pão!» Torno a cruzar o prado, aproximo-me da seara, abro a braguilha, mijo contra as hastes de cereal como quem urina contra um muro, o fio de urina intermitente e mole dos velhos, a arrastar-se pelos canais até sair. Um outro carro passa lá atrás, na estrada, volto a cabeça, aceno ao condutor. Invade-me um estranho sentimento de indiferença, de impunidade. Talvez consiga enganar a Hélia, mas quem me vê não pode deixar de reparar no que sou. Desta vez, se regressar a Portugal, não irei organizar as fotografias. Elas que se organizem sozinhas.

Outra vez a linha férrea.

Em *Shoah*, de Claude Lanzmann, há um plano do maquinista polaco, cabisbaixo. Está de pé na locomotiva negra, parada nos carris. Lanzmann pergunta-lhe porque está tão triste, e ele responde que está triste por ter visto homens sem conta a irem ao encontro da morte. Pesquiso o nome dele no telemóvel, chamava-se Henryk

Gawkowski, é o maquinista de boné que aparece no cartaz do filme. Na tal cena em que se mostra taciturno, vê-se uma estradinha alcatroada ao lado da linha férrea. Ao fundo há um desvio, um caminho de terra batida que descreve uma curva para a direita até desaparecer no meio do arvoredo. Lanzmann pergunta a Gawkowski que caminho é aquele, lá adiante, e o homem volta-se e responde que era por ali que passava o ramal que ia até ao campo de Treblinka. Segue-se um longo plano-sequência em que o operador de câmara percorre este caminho até chegar ao início da fileira de travessas de betão, que já existia nos anos 70, quando Lanzmann aqui filmou. Decido percorrer o caminho, se é que ainda existe, em sentido contrário, do campo à estrada, pelo meio da floresta. Cá está ele, sim, ainda existe, deve ser aqui, não vejo mais nenhum trilho, duvido que tenham rasgado outro entretanto. Não há ninguém, estou só, há apenas a floresta cerrada dos dois lados, vou caminhando, de repente ouço uma restolhada, vejo um animal de grande porte a fugir, é um corço, vi-o de relance durante um segundo ou dois, mas reconheci a silhueta. Desapareceu na floresta, não o verei mais. Mando uma mensagem à Hélia: «Na floresta, vi um corço a fugir.» Ela: «Avistamento auspicioso. O corço é um animal delicado, esquivo, escolhe bosques e lugares tranquilos.» Vinha a contar os passos, perdi-lhes a conta. Continuo a caminhar.

Piotr, o guia.

Tenho sede, esqueci-me de trazer água. Mas hoje recuso fazer a arqueologia das circunstâncias em que, esta manhã, me esqueci de comprar uma garrafa de água. Vou até à bilheteira, o funcionário está no alpendre, do lado de fora, a conversar em polaco com outro homem. Pergunto-lhe se vendem água, ele diz que não, preparo-me para lhe perguntar se me arranja uma garrafa vazia que eu possa encher, talvez nas casas de banho ou então na torneira com um troço de mangueira verde metido no bocal que vejo ao lado da casinha, na ponta de um cano a emergir do chão. Ele antecipa-se e diz-me:

«Wait a minute.» Entra na casinha, reaparece com uma garrafa de plástico cheia de água, pergunto-lhe quanto é, ele diz que é oferta, agradeço. Olho para a garrafa, desconfio de que é água gaseificada, ainda me ocorre perguntar se é, se ele não tem, em vez disso, água sem gás, mas não quero dizer nada que tire valor ao gesto dele, nada que embarateça a ocorrência da generosidade num lugar como este, calo-me. Pergunto-lhe onde ficava exactamente a estação de comboios da aldeia de Treblinka, que vemos no filme de Lanzmann. Ele faz um gesto a indicar o homem com quem estava a falar, um jovem. «Aqui o Piotr é guia, sabe dizer-lhe melhor do que eu.» Aperto a mão ao Piotr, apresento-me, caminhamos até ao museu, a conversar. Abro a garrafa, bebo um gole, a água é gaseificada e está morna do calor, choca, quase intragável. Chuvisca de novo. Explico ao Piotr que há pouco desci até à estrada que vem de Malkinia, porque queria alcançar o mesmo ponto onde Lanzmann filmou a cena com Henryk Gawkowski. Mostro-lhe no meu telemóvel um fotograma, para que ele perceba de que cena falo. Mostro-lhe no ecrã da minha máquina fotográfica as fotografias que tirei naquele lugar. Ele parece solícito, mas um tudo-nada reservado. Como se não se quisesse expor demasiado. Como se estivesse habituado a receber aqui pessoas portadoras de uma curiosidade malsã, amadores do Holocausto armados em especialistas, coca-bichinhos do horror. Diz-me: «Não sei ao certo onde é que Lanzmann filmou essa cena. É difícil dizer. Não sei se, há pouco, você esteve nesse lugar ou sequer aí perto.» Falamos de *Shoah*. Ele acha que Lanzmann escolheu os piores depoimentos dos polacos, os mais comprometedores. E que puxou pelas pessoas, levando-as a dizerem coisas incriminatórias. Piotr é baixo, tem os olhos muito vivos, um rosto anódino, cujos traços, sei-o bem, irei esquecer mal me afaste daqui. Diz-me que *Shoah*, no seu entender, não tem grande valor enquanto documento histórico sobre o Holocausto. «É valioso, principalmente, como registo da aparência que os lugares do massacre tinham nos anos 70. E tem valor como objecto cinematográfico em si. Em termos puramente históricos, deixa a desejar, porque Lanzmann preferiu as memórias em estado bruto à História. Preferiu o efémero ao perene. O filme dele é o esboço de um grande filme. O filme acaba onde deveria ter começado.» Entramos no museu, onde eu já estivera. Somos as únicas pessoas ali dentro. Aos poucos, ele parece descontrair-se. Aponta-me uma fotografia aérea tirada logo a seguir à guerra. «Depois de arrasarem o campo, os alemães semearam tremoço na clareira. Ninguém aqui à volta cultiva tremoço, nem agora nem naquele tempo. Portanto foi muito fácil reconhecer os limites do campo. Onde havia tremoço tinham morrido pessoas.» Aponta-me as fotografias aéreas actuais, com traços coloridos sobrepostos. «A preto, o cais simbólico. A vermelho, o cais original, que era muito mais longo, como se vê. E aqui, a localização das câmaras de gás, as antigas e as novas. Quando se construiu o monumento, em 1958, julgou-se que as câmaras de gás ficavam ali. Hoje sabe-se que não.» Digo-lhe que o tempo joga contra a memória, que o nosso mundo seria um lugar irreconhecível para alguém vindo de 1942. Falo-lhe de um robô de entregas que vi esta manhã, em Varsóvia, em frente ao castelo, quando saí do hotel. Ele não sabe do que estou a falar: «Robô de entregas?» Digo-lhe que estamos a delegar a memória nas máquinas. Ele contrapõe: «Concorda que um crime como o que aconteceu aqui seria impossível num mundo com Internet? Pelo menos, seria impossível mantê-lo oculto tanto tempo, certo?» Concordo, obviamente. Entram duas pessoas, um homem e uma mulher, não parecem turistas, a mulher dirige-se ao Piotr, ele pede-me licença. Despeço-me, saio do museu, caminho pela floresta, de regresso à clareira. Não tive tempo para dizer ao Piotr que o ruído constante da Internet, com a sua falsa transparência, a sua avalancha entorpecedora de imagens, o seu nivelar de todos os problemas, os grandes sofrimentos e os dramas inócuos, permite que hoje aconteçam diante dos nossos olhos tragédias colectivas medonhas, que, caso assim o desejemos, nos passam

Koleje Mazowieckie

BILET

PRZEJAZD TAM

Wyjazd dn: **09.06.2021** * ważny do: **09.06.2021**

POCIĄG: O NORMALNY: X

OFERTA: 2 ULGOWY 15%: 1

53 ——

30	🕒	OD / VON / DE	-> DO / NACH / À	30	🕒	KL
*	*	**Małkinia**	-> **Warszawa Wileńska**	*	*	2
*	*	*	*	*	*	*

PRZEZ: ŁOCHÓW*TŁUSZCZ**

War.um.: Ważny wyłącznie z biletem na przejazd "TAM"
numer CA0115392316

Przewoźnik: KM

CENA PREIS PRIX PLN	km: 84
	***19,21
	GOTÓWKA

PTU 8% ***1,42

445362 09.06.2021 09.03
W -wa Wileńska
CA115392317 (5)

037416702/007
NIP: 113-25-20-369

CA115392317 (5)

despercebidas. Restam-me três quartos de hora até o táxi chegar. Chuvisca. Os mosquitos afagam-me o rosto, enormes e zebrados. Cruzo o extremo nascente do jardim de pedra. Nascente é o mesmo que oriente é o mesmo que este é o mesmo que leste é o mesmo que levante. Ainda sei. A minha vida acaba onde deveria começar.

A Hélia insiste, ainda a propósito da espiga: «Esse cereal tem mão por trás. Há sempre alguém na aldeia que sabe.» Sugere que eu compre pão na aldeia, escreve que o pão é uma linguagem universal, quer as pessoas saibam inglês, quer não, que o centeio tem um sabor único. Que o pão da aldeia me dirá qual o cereal dos campos. Que não pára de pensar neste lugar, desde que lhe mandei as fotografias da espiga e da seara azul. Olho em volta, já no táxi, no regresso à estação, e ao ler estas mensagens imagino o lugar onde me encontro tal como imagino que a Hélia o esteja a imaginar. Deduzo que ela veja uma aldeia chamada Treblinka, de casas brancas e ruas floridas. Nas janelas, portadas de madeira, nas quais se recortam aberturas em forma de coração. No centro desta Treblinka de fantasia fica a estação de comboios e, a dois passos, um café, uma mercearia e a padaria, a tal padaria onde eu deveria comprar o pão. E deduzo que ela imagine que o campo de extermínio é ali bem perto, que se pode ir a pé. O táxi abranda, pára na estrada, há um engarrafamento por causa das obras. Estão a construir um viaduto, há taludes altíssimos de terra amarela, pilares de betão eriçados de aço, prontos a acolher um tabuleiro de betão armado, as escavadoras levantam nuvens de poeira com as rodas gigantescas. E do lado oposto da estrada, no meio de um campo de cultivo, postes de alta tensão antigos, pousados de borco no chão, e um operário a cortá-los às fatias. No meio da erva, um amontoado de botijas de gás para o maçarico. Um poste já escortinhado, outros dois à espera, a formarem um ângulo agudo. Tornamos a avançar, o taxista, Gregor, aponta para uma estrada de asfalto antiga, muito estreita, que corre à ilharga da estrada nova, e diz-me sem mais nem menos, ele que estivera calado desde que saímos do campo de extermínio: «Autobahn Holocaust Treblinka.» E torna a olhar em frente, sem esperar resposta. Tenho a certeza de que esta estradinha de asfalto é aquela que, na cena de *Shoah*, vislumbramos atrás do maquinista melancólico. Escrevo à Hélia, feliz por manter com ela este diálogo escorreito: «Não há padaria nenhuma.» E depois: «Isto não são propriamente aldeias idílicas. É um bocado à bruta, um bocado feio.» E ela responde: «Imagino. Aqui, de longe, é mais fácil viajar até esse lugar nos anos 40.»

Estou exausto, mas a limpidez deste dia ainda não se toldou. «A Noor já viu o *Tramas do Entardecer*, disse-me que a chave do filme é precisamente... a chave da casa.» Faço uma pesquisa ao jantar, na esplanada, em Varsóvia, até encontrar a fonte onde li a referência à cortina nas câmaras de gás de Treblinka. «Acha que o filme é sobre a condição de refugiados dos pais da Maya Deren, é sobre a condição de filha de refugiados da própria Maya Deren.» Foi nas minutas do julgamento de Eichmann, no depoimento de um homem chamado Avraham Lindwasser. «Acha que o filme é sobre a *Shoah* e sobre a *Nakba*.» Mando a hiperligação por *email* ao Piotr, porque lhe falei disto e ele disse-me desconhecer este pormenor. «Eu nem sabia o que foi a *Nakba*, nunca me explicaste. Tive de lhe perguntar.» Peço-lhe também que me diga se foram os alemães a arrancar o ramal de caminho-de-ferro que levava ao campo, no momento em que o desmantelaram. «Disse-lhe que o filme é de 1943, anterior à *Nakba*, e que nesse ano as notícias acerca da *Shoah* ainda eram difusas.» Tento estabelecer a cronologia das mudanças naquele lugar. «Ela respondeu que eu não estava a entender. Que um filme pode iluminar uma coisa que ainda não aconteceu quando o filme é realizado.» Tento perceber quando é que o lugar Treblinka se terá tornado definitivamente irreconhecível aos olhos dos poucos sobreviventes. «Ela disse-me que a Maya Deren, no princípio do filme, ao chegar a casa, bate à porta. Como se a casa não fosse dela. Só depois tira a chave da malinha.» Passada uma hora, ele responde-me. Agradece

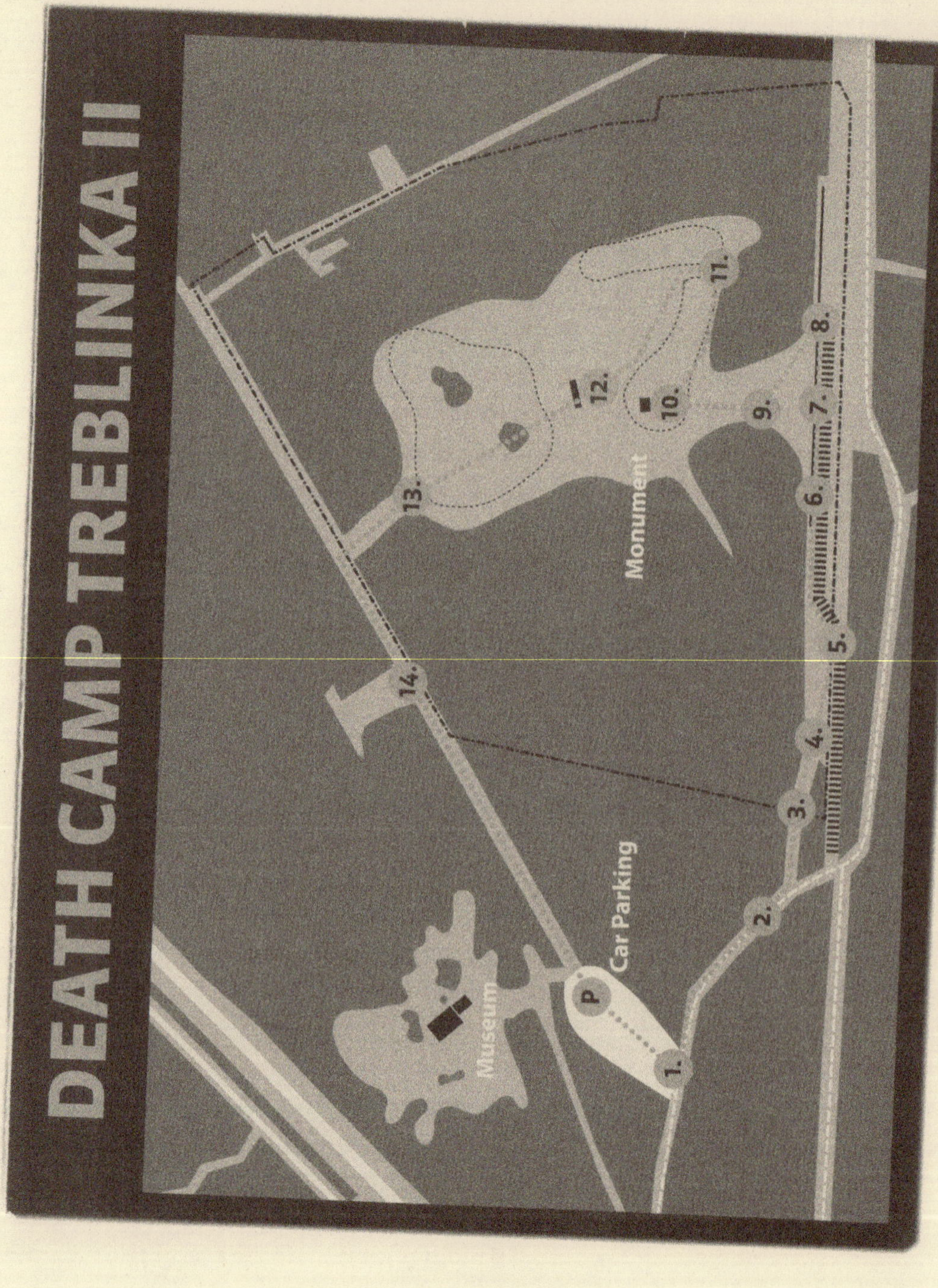
DEATH CAMP TREBLINKA II
Museum
P
Car Parking
Monument
1.
2.
3.
4.
5.
6.
7.
8.
9.
10.
11.
12.
13.
14.

Go to Treblinka

Go to Treblinka,
keep your eyes wide open
sharpen your hearing
stop your breathing
and listen to the voices which emerge
from every grain of that earth –
Go to Treblinka
They are waiting there for you
They long to the voice of your life
to the sign of your existence,
to the pace of your feet
to human look understanding and remembering
to caress of love over their ashes –
(...) Go to Treblinka for generations to generations
Do not leave Them alone.

– Halina Birenbaum

Road to the former labor camp Treblinka I →

Ukrainian and German voices were heard. Nothing happened. The train starts moving. We are on our way. We pass the first station two kilometres away. We jump out at a prearranged signal. It is one o'clock at night. The first feeling is of being liberated from Treblinka. Where now? I go left in the direction of Warsaw.

– Jakub Krzepicki

6. The map of the camp

The area of the Treblinka camp was 400 x 600 metres. It was divided into three zones: the administrative and living area (*Wohnlager*), the admission zone (*Auffanglager*) with the ramp, square, undressing barracks and "cash desk", where the inmates left their belongings, and the death camp (*Totenlager*), with gas chambers. the pit where the corpses were buried (or later cremated), and barracks for the special commando delegated to work at the extermination site.

The entire camp covers an area of only about four hunder by six hundred meters. It is enclosed by barbed wire up to a height of two and a half meters; a dense weave of green pine branches and wire form the fence. On the inside, the camp is divided into various areas and yards, each enclosed in the same way, so that it is impossible to see from one part into the other. [...] Everything is run by SS troops. They have young Ukrainian SS guards to help them – and us, about a thousand of us. Our number is replenished daily from the newly arrived transports. The first, larger part of the camp, the assembly area, is located between the arrival platform on the side and a sandy rampart on the other. Beyond the rampart, taking up little more than one quarter of the entire area, is the second part of the camp, the death camp.

a hiperligação. «Há jornais espalhados pelo chão, há pão cortado na mesa, há a chávena de café com leite que alguém deixou a meio, com a colher no pires.» Quanto ao caminho-de-ferro, explica: «No período entre as duas guerras construiu-se um ramal desde a linha férrea principal, entre Malkinia e Sokolów, que datava do século XIX. Vamos chamar-lhe ramal A.» «Há o telefone com o auscultador fora do descanso. Um disco a tocar no gira-discos.» «Este ramal A ia até à saibreira. Quando os alemães criaram o campo de trabalhos forçados de Treblinka I nesta saibreira, limitaram-se a aproveitar este ramal.» «No fundo, segundo a Noor, a Maya Deren entra em casa de outra pessoa, de outra Maya Deren que foi levada de repente, deportada para outro lugar, obrigada a fugir à pressa. Houve na casa uma sucessão de Mayas Derens, cada qual foi expulsa para dar lugar a outra.» «Em 1942, os alemães construíram um outro ramal, chamemos-lhe o ramal B, a partir do ramal A, para servir o campo de Treblinka II. Quando demoliram o campo de extermínio, os alemães arrancaram o ramal B.» «Depois, a casa agita-se, abana, rejeita a presença da Maya Deren. Quer expulsá-la dali. Ainda não me tinha ocorrido esta ideia.» «Quando o Exército Vermelho aqui chegou, havia apenas o ramal A, que foi arrancado nos anos 50, durante ou logo após a construção do memorial.» «A casa diz-lhe que ela não tem o direito de ocupar assim uma casa onde havia outra vida, uma vida que foi deixada em suspenso.» «Quanto à linha principal, os comboios de passageiros deixaram de circular em 1994, e a desmontagem da linha começou em 2004.» «A casa diz-lhe que ela tem de fazer as pazes com as outras Mayas Derens que ali moraram antes e que só então poderá ser feliz ali. Caso contrário, o ciclo de morte continuará, e também ela irá ter uma morte violenta, como acontece no fim.» «No seu lugar está agora a estrada que o levou ao campo, com a ciclovia ao lado. É o que lhe sei dizer.» «A Noor chamou-me a atenção para o pormenor de a chave da casa se transformar duas vezes em faca ao longo do filme, na mão da Maya Deren. A chave da casa é a faca com que a Maya Deren mata a própria Maya Deren.» Pus-me a pensar quando é que os meus olhos deixarão de reconhecer o lugar da minha vida. Pus-me a pensar quando é que as minhas mãos deixarão de reconhecer a chave da minha casa.

Avraham Lindwasser, polaco, chegou a Treblinka, deportado de Varsóvia, no dia 28 de Agosto de 1942. A Rita contou-me que o avô da Noor vivia com os pais na Palestina, foram expulsos em 1948. Ele tinha dezoito anos. Avraham Lindwasser era dentista, os alemães pouparam-lhe a vida e puseram-no a arrancar os dentes de ouro dos cadáveres. Um dia, suspensa à entrada das novas câmaras de gás, as maiores, viu uma grande cortina semelhante às usadas nas sinagogas para cobrir o armário sagrado que contém os rolos da Torá. O avô da Noor foi com os pais para Beirute, talvez tivessem lá família. Talvez tenham passado por outros países e terras antes de lá chegarem. Casou-se e teve filhos e netos, morreu há uns anos. A avó da Noor também era refugiada palestiniana, expulsa na *Nakba*. Uma vez, entre os cadáveres amontoados, à espera de que lhes examinassem a boca, Avraham Lindwasser reconheceu o cadáver da irmã. Uma vez, tentou suicidar-se, enforcando-se com o cinto. Um prisioneiro, cujo nome ele não chegou a descobrir, salvou-o e disse-lhe que tinha obrigação de continuar a viver. O avô da Noor guardou até morrer a chave da casa da família, onde nunca pôde regressar. Não há balanças para medir o sofrimento humano. Os médicos usam uma escala de cores para medir a dor. Mas o sofrimento vermelho-vivo não se dilui por se misturar com um sofrimento alaranjado, antes pelo contrário. Quando Eichmann foi julgado em Jerusalém, em 1961, o avô da Noor estava há treze anos exilado à força. Avraham Lindwasser contou que os alemães não chamavam «corpos» aos cadáveres, muito menos «homens» ou «mulheres». Chamavam-lhes *die Figuren*. Os bonecos ou as marionetas. E chamavam aos transportes de deportados *die Scheisse, die Lumpen*. A merda, o rebotalho. Na cortina estava escrito, em hebraico, um versículo dos Salmos: «Esta é a porta do Senhor; por ela entram apenas os justos.»

E eu? Com o sereno atrevimento do desespero, comparo-me a Avraham Lindwasser. Também tenho obrigação de continuar a viver? Para contar o quê? Para contar a história das tuas simpatias nazis, avô? Para testemunhar o quê? Não serei capaz sequer de testemunhar a minha própria degenerescência. Se não me consigo alhear da morte, nasce dentro de mim um campo de extermínio. Abro as bocas em busca dos dentes de ouro. Onde está a pessoa sem nome que me pode salvar? Não terei saudades de casa, como o avô da Noor. Não saberei sequer onde fica a minha casa. Quando vi o corço no pinhal, trepei o talude da berma de um salto e meti pelo arvoredo, atrás dele. Vi o vulto a fugir lá adiante, aos saltos, desapareceu de imediato. Caminhei muito tempo pelo bosque. Era tão fofo o chão debaixo dos meus pés, Amália. Debrucei-me, a camada de musgo verde era espessa, cada hastezinha de musgo parecia uma árvore em miniatura. Vi um nódulo vermelho-escuro na manta morta, do tamanho do meu punho fechado, pensei: «São fezes de corço.» Mas não cheirava mal. Era um cogumelo estranhíssimo, coberto de circunvoluções, parecia um pequeno cérebro cor de sangue. Toquei-lhe com o dedo, era duro. Ouvi trovões ao longe, vinha lá uma tempestade. Pensei: «Vou matar-me aqui, neste lugar de morte. Estou pronto. Estou cheio até à borda do horror da memória. Chegou o momento de esquecer.» Havia grandes depressões no meio das árvores, buracos fundos, de bordos suaves, forrados daquele musgo verde. Deitei-me no fundo de um deles, um montículo de musgo serviu-me de almofada. «Assim, ninguém me vê», pensei. «Vão demorar um certo tempo a encontrar-me.» Olhei para o alto, os pinheiros agitavam os troncos devagar como seres alienígenas benfazejos num filme aborrecido de ficção científica. Tirei da mochila uma das garrafas de *Soplica*. Não levara água para matar a sede, mas a *Soplica* continuava na mochila, e os comprimidos para dormir também. Abri a garrafa, bebi um gole. Sabia a ginjinha, mas mais forte.

Doce, Amália, tão doce. «Melhor assim», pensei. A verdade é que nunca gostei muito de bebidas alcoólicas. «Não vai custar tanto», pensei. E depois peguei no telemóvel, para te mandar uma mensagem, talvez, para me despedir de ti, para ganhar coragem, e não tinha rede, claro. E então abri a galeria de imagens que tenho ali guardada, as pastas contendo fotografias daquela actriz pornográfica parecida contigo, a Kendra Lulu, que descobri há uns anos, cujas imagens coleccionei laboriosamente, picando-as aqui e acolá em *sites* manhosos, de acesso gratuito, até reconstituir as sessões fotográficas completas, para depois tas mandar quando arquitectávamos as nossas fantasias, e fiquei a vê-las, ali deitado no fundo daquela cova acolchoada, e um pica-pau começou a martelar um pinheiro com um som cavo de metralhadora, trrr, trrr, rajadas curtas, e tu estás tão boa nas fotografias, tu e a Kendra Lulu são a mesma mulher, o teu corpo agora estragado é ainda o dela quando te vejo nua. Tenho no telemóvel uma sequência de imagens em que vem um tipo entregar-te uma *pizza*, e outra em que pedes a um vizinho que te conserte o lava-loiça, tudo narrativas estafadas, batidas, mas há nesse estafado qualquer coisa de tranquilizador, de sedativo, e ela tem umas mamas postiças de silicone, vêem-se as cicatrizes por baixo, e tu tinhas as mamas assim quando te conheci, mas sem as cicatrizes, naturais, e ela tem os tornozelos finos, eu costumava dizer-te: «Obrigado por teres os pés delicados, obrigado por não teres joanetes, obrigado por não teres pé de porco», e tu rias-te e dizias: «Não tens de quê», os teus pés continuam delicados, serão delicados até ao fim, as mamas já não são como eram, «Estou velha», disseste-me uma vez, «já não gosto do meu corpo», precisamos agora da Kendra Lulu para nos ajudar a aceitar-nos como somos. E os alemães não diziam «os corpos», diziam «os bonecos», e isso não tem perdão, e não diziam «as pessoas», diziam «a merda», e num mundo em que as pessoas são merda e vivem amontoadas atrás de muros altos, com sentinelas que disparam a matar, não há justos nem injustos, tudo é injustiça. E pensei, enquanto fazia desfilar no ecrã do telemóvel as tuas imagens pedidas de empréstimo à Kendra Lulu, Amália, que o teu corpo assim despido era a minha razão para continuar a viver, nem que fosse só mais um dia, o teu corpo com nome de corpo a confundir-se com outro corpo para nos dar prazer, e lembrei-me daquela vez em que chegaste a casa de noite e me contaste que, a caminho da escola, um homem de sessenta e tal anos, bem vestido, te abordara na esplanada onde costumavas tomar o café e fumar um cigarro antes das aulas, e que ele se apresentara e te convidara para jantar e te dissera que tinha em casa uma grande biblioteca e que gostava que alguém a organizasse, e contaste-me que declinaras educadamente o convite, mas havia na tua voz uma pontinha de orgulho, uma pontinha de gozo, e senti um prazer imenso e atarraxei a tampa da garrafa de *Soplica* e não bebi mais e não toquei nos comprimidos e as copas dos pinheiros agitavam-se lá no alto a contraluz e fechei os olhos. O teu corpo, o teu nome. Como se chamava a irmã de Avraham Lindwasser? Como se chamava o avô da Noor? E a avó dela? Ainda não chegou o momento de esquecer. Só mais um dia. Só mais um pouco. Faltam quatro dias.

6

São três da manhã são nove da manhã ponteiros em ângulo recto não se ouve barulho nenhum devem ser três saí do quarto desci ao átrio comprei uma *Coca-Cola* na máquina estava descalço saí à rua não vi ninguém felizmente lembrei-me do código para voltar a entrar agora já me esqueci. Ligo o portátil qual é a palavra-passe não tem palavra-passe pesquiso o teu passado acho que já o tinha pesquisado em Lisboa lembro-me das descobertas do espanto tinha tudo organizado em pastas onde estão as pastas com documentos lá dentro não sei se calhar imaginei tudo há tantas pastas amarelas neste computador abrem-se as pastas e há pastas dentro das pastas nunca mais acaba começo tudo de novo de raiz. «Adriano Alcaçova» «Mocidade Portuguesa» «Alemanha nazi» «Juventude Hitleriana» «1935». Abro o que aparece artigos de revistas científicas em PDF capítulos de livros coisas sobre a política portuguesa nos anos 20 e 30 não consigo ler tudo de fio a bafio faço pesquisas por palavras-chave dentro dos documentos assim é mais fácil a rapariga do quarto ao lado geme outra vez lembro-me de ter lido estes textos não consigo ler tudo canso-me baralho-me escrevo tomo apontamentos esqueço-me logo do que escrevi não sou capaz de reler é melhor mandar os artigos ao Tiago por *email*. O teu nome aparece aqui acolá de vez em quando sem grandes pormenores perco-te encontro-te foste um actor secundário quase um figurante os autores dos artigos remetem-te para as notas de rodapé em letra miúda escrevem «Adriano de Alcáçova» em vez de «Adriano Alcaçova» às vezes alternam no mesmo texto com acento sem acento com «de» sem «de» em parágrafos seguidos como se soubessem pouco sobre ti a rapariga geme quase grita desço descalço compro um chocolate na máquina em 1931 foste presidente do Núcleo da Faculdade de Letras da Junta Escolar de Lisboa do Integralismo Lusitano faço a conta tinhas vinte e três anos nada disso faço outra vez a conta tinhas tinhas tinhas tinhas nasceste em 1904 tinhas tinhas tinhas faço uma pesquisa «integralismo lusitano» deixa ver se bate certo contigo deixa ver se é a tua cara chapada. Agora chove. Tradicionalistas nacionalistas vou tomando nota monárquicos miguelistas católicos antiparlamentares antidemocráticos o ecrã desligou-se de repente ficou tudo preto e agora? Não liga por mais que eu carregue no botão e agora e agora será que isto avariou? Ligo à Rita toca toca não me atende. «Estou Rita — quem fala? — é o teu pai — preciso de ajuda com esta porcaria — qual pai? — o teu pai — o que é que não estás a perceber? — porque é que me estás a tratar por você? — não é uma brincadeira — não desligues — sim sou o Carlos — tu não és a Rita? — precisava de ajuda — deixa estar — não sei quem tu és — precisava de ajuda.» Antidemocráticos antidemocráticos antidemocráticos está aqui escrito olha já liga adeptos do elitismo aristocrático anticapitalistas anti-individualistas corporativistas racistas anti-semitas germanófilos eras tu avô eras tu só não gostavas de ir à missa não tinhas paciência leio na diagonal salto parágrafos salto linhas volto atrás o Tiago entenderá isto tudo quero tirar uma fotografia ao papel onde escrevi corporativistas racistas para lhe mandar não sei do papel compro uma garrafa de água na máquina do átrio não me lembro de descer a escada volto para cima deixei a porta do quarto aberta não sei que horas são. Acção Escolar Vanguarda nunca tinha ouvido falar desta organização existiu entre 1934 e 1936 eram jovens nacionalistas andavam de uniforme uma espécie de embrião da Mocidade Portuguesa pesquiso «AEV» «Adriano Alcaçova» fizeste parte desta milícia. «A assistência à sessão inaugural da Acção Escolar Vanguarda — 28/01/1934» uma fotografia tirada no Teatro Nacional de São Carlos noite de gala noite de festa Salazar esteve presente a dar a bênção a apedrejar plateia à cunha camarotes cheios toda a gente de pé a fazer a saudação fascista muita malta nova uns sorriem para o fotógrafo a maioria faz um ar sério procuro-te amplio movo a fotografia para cima para baixo para a esquerda para a direita não te vejo não te encontro tinhas vinte e oito anos sim vinte e oito olha aqui na segunda fila talvez sejas tu mas o fulano à tua frente de camisa de corte militar tapa-te metade da cara tens a mão no bolso do casaco não estás a fazer a saudação fascista como os outros se calhar estavas prestes a esticar o braço direito em Janeiro de 1935 eras professor no Liceu Pedro Nunes em Lisboa tornaste-te presidente da tal AEV quero fazer uma tabela um friso cronométrico da tua vida uma tabela em *Word* cinco colunas «data» «idade do avô» «acontecimento da vida do avô» «acontecimento histórico» «fonte» o ecrã apagou-se outra vez perdi tudo não tinha guardado a tabela perdi tudo qual é a palavra-chá não tem palavra-chá neste artigo académico dizem que tu eras uma das pessoas mais empenhadas em estabelecer contactos com a Juventude Hitleriana cita uma carta de 17 de Agosto de 1934 vou tomar nota na tabela onde está a tabela qual era a data já me esqueci nessa carta a legação da Alemanha em Lisboa sugeria ao Ministério dos Negócios Estrangeiros alemão que devias ser tu e não um tal Ernesto Oliveira e Silva o presidente da AEV nessa data a ser convidado a visitar a Alemanha e a assistir ao congresso do Partido Nazi e o motivo era porque falavas bem alemão desço a escada ando pelas ruas nas traseiras da catedral há um sino muito grande no meio da praceta amanhece o sino é feito de pedaços partidos soldados de novo ponho a mão no metal está frio não sei se deixei a porta do quarto novamente aberta não sei se trouxe o cartão para entrar calcei uma peúga de cada cor é melhor voltar depressa para o hotel antes que alguém me roube os papéis o computador o dinheiro se eu fizer força com a mão desfaço o sino em mil bocados olha vem gente saltitam à volta do sino com o dedo no alto dão voltas e mais voltas um de cada vez não me vêem ninguém repara em mim parece que estão a dançar foste à Alemanha em 1935 no regresso publicaste as tuas impressões no *Diário da Manhã* numa revista chamada *Escola Portuguesa* está tudo nas rotas de rodapé os nazis convidaram-te a ti porque confiavam em ti porque conheciam as tuas ideias porque sabiam que eras um deles. Um nazi convicto.

7

Faltam quatro dias. Devia falar com o Tiago, pedir-lhe conselho. O taxista gesticula, aponta, fala em polaco, torna a apontar, quer que eu saia do táxi e tire fotografias, depois irá levar-me a ver o resto do campo. No comboio para cá recebi um *email* da Biblioteca Nacional, Área de Reproduções, «Pedido de Reprodução n.º tal-e-tal. Documentos para *download*». Percebo tudo sem entender uma palavra do que ele diz. A Rita telefona-me, atendo ainda no táxi. Recebi um *email* do Ignacy esta manhã, quando vinha no comboio. Não me lembro de ter ido à Biblioteca Nacional pedir a reprodução fosse do que fosse. Pouco ou nada li sobre o campo de concentração e extermínio de Majdanek, nos arredores de Lublin. Pelo pára-brisas do táxi vejo uma cúpula de betão no alto de uma plataforma circular, uma grande escadaria de acesso. Foi com o Tiago que a Rita falou antes de ser operada por causa da escoliose. «Viva, Paulo. Saudações. Desculpa só responder agora, mas estive em viagem. Ainda estás em Varsóvia?» Digo que quero pagar, a frase sai-me em português. Ela veio ter comigo, tinha onze anos, disse-me: «Pai, doem-me as costas.» Tiro a carteira do bolso, imito com os dedos suspensos duas perninhas a andar no vazio. «Estou sozinha em casa, liguei para desabafar, para dizer mal dos meus colegas de apartamento, a Raffaella e o Giovi Pa.» A vedação do campo é dupla, há duas fiadas paralelas de postes e de arame farpado, uma faixa de saibro no meio. Descarreguei para o portátil o *Diário da Manhã* de 14 de Setembro de 1935, vi logo a tua fotografia na capa, avô, de fato e gravata, o triângulo branco do lenço na lapela. «Vira-te e arregaça a camisola para eu ver.» Não me lembro de consultar o *Diário da Manhã* na sala de microfilmes. «Podíamos encontrar-nos amanhã (sexta-feira), às 7 da tarde. Estás disponível?» Impecavelmente penteado, como sempre. Quanto do arame farpado será ainda o original? «Vá lá, filha, põe-te direita.» Não faço ideia onde ficam o norte e o sul e assim por diante. O Ignacy personalizou o *email*, pôs uma fotografia a preto-e-branco dele próprio no pequeno círculo ao lado do endereço, fico a saber que é um trintão careca, de ar atlético, uma aparência de lutador de luta livre. «Ó pai, eu estou direita.» Esta manhã, em Varsóvia, apanhei o táxi para a estação central junto a um monumento aos mortos de Katyn, datado de 1993, enfeitado com uma fita vermelha e branca. A menos que a fotografia de perfil esteja desactualizada. «A nova Alemanha: Como se educa a Mocidade germânica dentro dos quadros nacionais socialistas — entrevista com o sr. dr. Adriano de Alcaçova.» Às vezes acontece. Subo a escada, a cúpula assenta em pilares baixos, há pessoas encostadas a um parapeito, a olharem para o interior do monumento. A Rita tinha muito medo que a operação corresse mal, que ficasse a mexer-se como um robô humano. O Ignacy nada sabe da minha aparência, porque não personalizei o meu *email*, ao lado do endereço há um círculo colorido com um C recortado a branco. «Eu devia estar a acabar o filme, estou apertadíssima com o tempo, tenho as tardes todas ocupadas com o laboratório teatral, mas decidi telefonar-te.» Vi no *WhatsApp* a fotografia dos avós da Noor, ainda jovens. A Rita perguntou ao Tiago: «Nunca tens medo que as coisas corram mal?» Aqui ao lado está a chaminé de tijolo vermelho do crematório. «Nunca te sentes pessimista?» E ele respondeu: «Não.» Gostei tanto de te ver na fotografia, na capa do *Diário da Manhã*, avô. Orgulhei-me de ti como um pai se orgulha de um filho brilhante. Said e Mariam.

Era assim que eles se chamavam. Estou cansado e tenho muita dificuldade em concentrar-me, a noite de ontem foi dura, deitei-me tardíssimo, acordei muito cedo, quase não dormi. Na placa que havia na base do monumento atribuíam as culpas do massacre de Katyn aos verdadeiros culpados. Said e Mariam Saidam. Os nomes estão na legenda da fotografia. Encaminhei os *emails* da Biblioteca Nacional para o Tiago. Chego ao alto da escada, abrigo-me na penumbra que a cúpula derrama, imito as outras pessoas, debruço-me sobre o parapeito, olho para o enorme poço que há no centro da estrutura. A fotografia é a preto-e-branco, pela roupa que ambos usam parece ter sido tirada nos anos 50, talvez nos anos 60. Percebi que assim era porque li na placa as palavras *totalitaryzm sowiecki*.

Em 1979, tinha eu doze anos, passou na televisão a série americana *Holocausto*. Já não me lembrava da data certa em que a série foi exibida, tive de pesquisar. Só me lembrava de que foi em plena longa noite fascista da minha infância e pré-adolescência. A série era uma bela porcaria, uma merda, como se costuma dizer, mal filmada, cores empasteladas, argumento superficial, a puxar à lágrima, de um mau gosto atroz, mostrando demasiado e, ao mesmo tempo, não mostrando o suficiente, fazendo negaças com o macabro e o obsceno para estimular o chamado grande público, mas sem nunca correr o risco de o afugentar. Uma espécie de telenovela do Holocausto às três pancadas, sem um pingo de dignidade. Eu e a Leonor adorávamos ver, obviamente. Mais uma vez, foi uma bodega marcante na nossa formação, uma bodega que nos ensinou muita coisa. Do elenco fazia parte a Meryl Streep, muito nova, no papel de uma ariana alemã casada com um judeu, que, depois de muito sofrimento, acabava deportado e morto em Auschwitz. Os episódios davam ao fim-de-semana, ora assistíamos em casa da nossa mãe, ora em casa do nosso pai, e a série tinha para nós um picante adicional, além das peripécias do enredo. É que a Manuela era parecidíssima com a Meryl Streep. O mesmo cabelo loiro, liso e comprido, a mesma pele branca, quase translúcida, marmoreada de veias delicadas, as mesmas mãos finas, os mesmos olhos azuis, o mesmo nariz, o mesmo queixo, a mesma expressão entre o altivo e o assustado, um pé na frigidez e outro na lubricidade mais desbragada. Dir-se-iam sósias uma da outra. A Meryl Streep parecia fadada para interpretar papéis de mulheres vitimizadas pelo Holocausto. Depois daquela série, ou antes, não sei ao certo e não sou capaz de procurar, fez *A Escolha de Sofia*. E a Manuela também parecia fadada para servir de veículo a narrativas sobre o Holocausto: depois de *Mila 18*, aquela série televisiva, em que surgia por interposta pessoa. A minha mãe, que tinha visto a Manuela numas quantas ocasiões, não resistiu à tentação de identificar a mulher de carne e osso que, no seu entender, lhe dera cabo do casamento, roubando-lhe «o homem», com aquela personagem ficcional. Um pouco à maneira da nossa mulher-a-dias, a pobre Maria das Dores, para quem a Sónia Braga e a Gabriela da telenovela *Gabriela, Cravo e Canela* eram uma e a mesma pessoa. No caso da minha mãe, via-se que ela resistia à tentação de fazer esta colagem, que lhe devia parecer «sopeiral», um adjectivo horrendo, classista, muito do seu agrado. Em momento algum ela verbalizava a associação Meryl Streep-Manuela. Mas todas as acções da Inga, a personagem da Meryl Streep, eram alvo de comentários ácidos da minha mãe, que eu e a Leonor, sentados ao lado dela no sofá, sublinhávamos com trocas de olhares entendidos, esforçando-nos para que ela não se apercebesse, o que ainda dava mais gozo. Logo no primeiro episódio, vimos a Inga trajada a rigor, de véu e grinalda, no casamento com o noivo judeu. «Chiça, que vestido de noiva tão feio», sibilou a minha mãe. «Parece que lhe enfiaram um saco de batatas pela cabeça abaixo...» A Inga chorou baba e ranho quando o marido foi levado pelos nazis. «Lá está esta parvinha a berrar, parece idiota, só chora... Mexe-te, mulher, faz qualquer coisa!», sussurrou a minha mãe, cheia de ódio. Desesperada, tentando livrar o marido dos trabalhos mais árduos, em Buchenwald, a Inga foi ao encontro do SS porcino que comandava o campo de concentração e, perante a chantagem deste, deixou que ele satisfizesse os seus instintos. Com o seu ar gélido, novamente com os olhos marejados de lágrimas, fitou o vazio, hirta, enquanto o gordo a ia despindo e a beijava com os lábios moles. «Não acredito, esta puta vai deixar que este nojento a leve para a cama. Isto só visto...» Perante esta cena, houve na voz da minha mãe um tom de triunfo, como se a ficção confirmasse a realidade, como se aquela sordidez televisiva fosse a prova definitiva do carácter promíscuo da Manuela. E como se, ainda por cima, lhe desse gozo vê-la assim, humilhada e quase violada, uma puta dos pés à cabeça, exposta aos olhares de toda a gente. O resto do mundo não sabia que a Meryl Streep era a Manuela, mas ela sabia, e isso bastava-lhe. De um modo estranho e doentio, o Holocausto tornou-se, para a minha mãe, uma questão comezinha e pessoal, mero pano de fundo e pretexto para um feroz ajuste de contas.

A manchete do *Diário da Manhã* de 14 de Setembro de 1935 era «Invasão Italiana: Enquanto tropas de Roma procuram conquistar Axum, os etíopes avançam ao longo da fronteira do Sudão, em direcção à Eritreia». O Tiago, que não é teu neto, ficará a saber o que disseste, o que escreveste, poderá escrever artigos científicos sobre ti, poderá analisar-te, dar-te como exemplo, usar-te como caso de estudo. «Descobri que de duas, uma. Ou melhor, de três, uma. Ou a Raffaella e o Giovi Pa são os dois mentirosos, ou um deles é mentiroso e o outro fala verdade, ou cada qual fala a sua verdade, mas são os dois loucos.» O avô da Noor veste camisa branca de manga curta, usa uma gravata fina, está sentado, de pernas cruzadas, tem os braços apoiados no joelho. O nome *Diário da Manhã* não me dizia nada. O Tiago disse à Rita que não vale a pena imaginar cenários hipotéticos, que não vale a pena passarmos a vida a pensar no «e se...?». Parece um Ruy Belo ainda magro, ainda jovem, as lentes grossas dos óculos a desfocarem-lhe os olhos. Do fundo do poço, por baixo da cúpula, ergue-se um enorme amontoado de

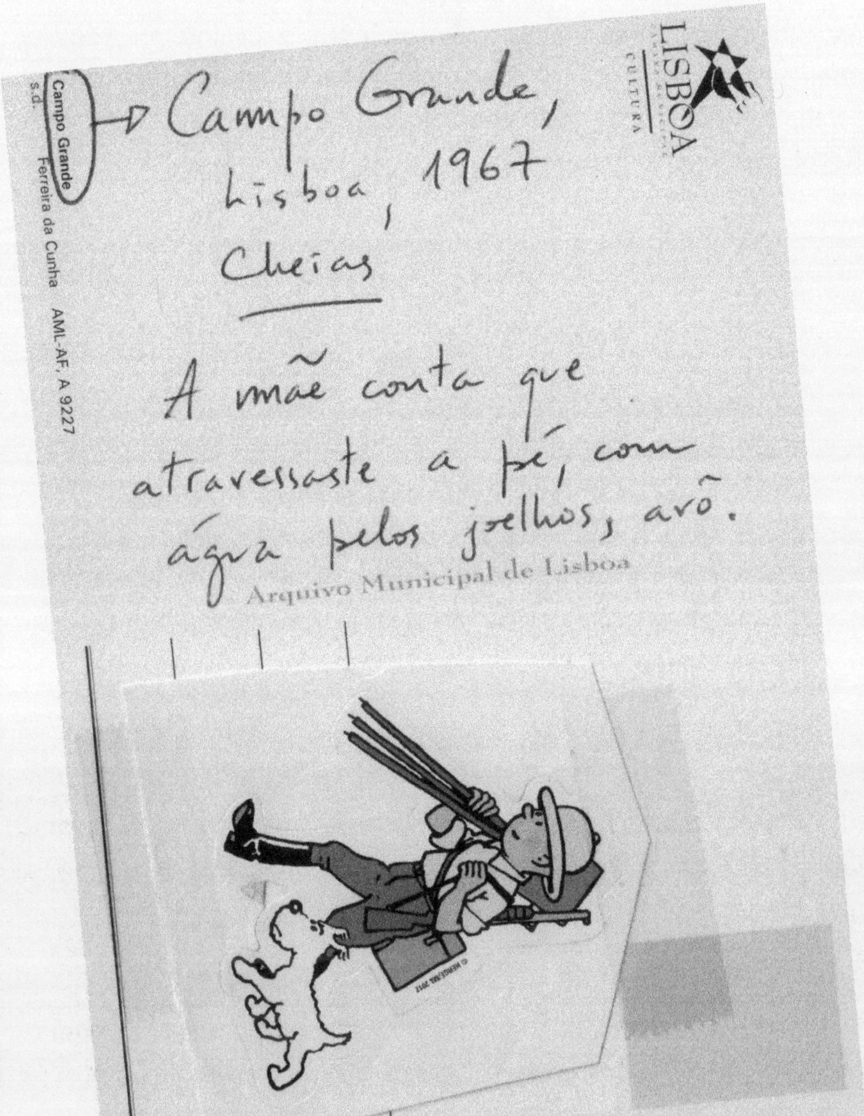
Campo Grande
s.d. Ferreira da Cunha AML-AF, A 9227
LISBOA
CULTURA
Campo Grande,
Lisboa, 1967,
Cheias
A mãe conta que
atravessaste a pé, com
água pelos joelhos, avô.
Arquivo Municipal de Lisboa

areia pardacenta, com seixos lá no meio. No cabeçalho, por baixo do nome *Diário da Manhã*, li «Órgão da União Nacional», o lema «Nada contra a Nação/Tudo pela Nação», e a referência «Ano X da Revolução Nacional».

> *Chegou há poucos dias da Alemanha o sr. dr. Adriano Alcaçova, professor do Liceu Pedro Nunes e figura em destaque da nova geração nacionalista.*
>
> *Naquele país passou algum tempo observando os métodos e resultados da educação da juventude ministrada pela Alemanha nacional-socialista.*
>
> *E de tudo quanto viu, vai fazer um largo relatório destinado ao Ministério da Instrução, no qual se referirá especialmente à educação da juventude alemã.*
>
> *Antes, porém, quis o* Diário da Manhã *que o sr. dr. Alcaçova lhe transmitisse algumas das suas impressões.*
>
> *Acedeu o nosso prezado amigo a essa solicitação e assim se fez a entrevista que publicamos a seguir.*

Estou a trair-te, avô, estou a entregar-te à academia. O Tiago disse à Rita que certas coisas seguem o seu curso sem que possamos fazer nada para as influenciar, e que aceitar isto é muito difícil, mas que, a partir do momento em que o aceitamos, sentimos uma espécie de optimismo. A sombra da cobertura é densa, os meus olhos levam um certo tempo a habituar-se ao contraste com o sol intenso. O mesmo queixo forte de Ruy Belo, o mesmo nariz, a mesma boca de lábios grossos. «O pai da Raffaella comprou-lhe um apartamento aqui em Bolonha, e ela começou a procurar alguém para ficar no lugar dela cá em casa. Disse então: "Para o meu lugar vem o Vincenzo."» Estou a entregar-te à História, de pés e mãos atados. Quando os olhos se habituam à penumbra, vejo no flanco desta pirâmide, que começa lá em baixo e se ergue muito acima de mim, um objecto comprido. Respondi de imediato ao Ignacy, disse-lhe que volto para Varsóvia no sábado logo de manhã, que parto para Portugal no domingo bem cedo. De certeza que ficaste feliz e orgulhoso naquele dia, quando compraste o *Diário da Manhã* e viste a tua fotografia na capa e quando os teus amigos e conhecidos te deram os parabéns pela entrevista. É um osso. «O Vincenzo é um enfermeiro de cinquenta anos, *gay*, muito simpático.» O mesmo sorriso fugaz. Um osso humano. «É filho de pai brasileiro, ele próprio parece brasileiro, aliás. Extravagante ao máximo, veste-se com botas de cano alto, calças aos quadrados, superfemininas, tem o cabelo rapado e o crânio tatuado.» Planos normais de um viajante normal que vai e vem entre a sua terra e outros lugares. Foi o próprio Tiago quem tomou a iniciativa de telefonar à Camila para lhe perguntar como é que ela se sentia, poucos dias antes da operação da Rita, porque percebeu que isto a ia afectar também a ela. Um osso humano, uma costela. Tudo mentira, está tudo preso por arames, colado com cuspo, quase a vir abaixo. Estavas a cumprir uma missão que consideravas nobre e sagrada, avô. Uma costela caída no meio das pedrinhas e da areia. Tem as mãos peludas. «O Giovi Pa disse logo que não, que não queria o Vincenzo cá em casa, a Raffaella zangou-se com ele. Eles estão constantemente a ter arrufos, são amigos de infância, andaram juntos na escola primária, e estas zangas envolvem as respectivas mães.» O Ignacy respondeu logo, marcou encontro comigo para sábado, às onze da manhã, num café da ulica Chlodna. E além uma clavícula. Houve um tempo em que me sentiria obrigado a escolher entre a tua felicidade, avô, e a causa dessa felicidade. Mais além, outro fragmento de um osso qualquer. Tomei logo nota no caderno para não me esquecer, data, hora, morada, agora, por mais que folheie o caderno, já não encontro a página, deixo cair qualquer coisa, a factura de uma despesa aqui na Polónia, um bilhete pré-comprado para o eléctrico, sei lá. A avó da Noor, sentada ao lado dele, usa um vestido claro, às riscas. A operação da Rita correu bem, não houve sequelas além das esperadas, a nossa angústia foi sendo embotada a cada dia pelo assoreamento dos gestos e das palavras. Recordações, papéis que acumulei sem saber porquê, postais, anotações. Posso sempre abrir o *email* e ver a mensagem do Ignacy. Havia na capa do jornal uma fotografia de três adultos e uma criança, todos negros, em trajes exóticos, armados com espingardas, assim legendada: «Guerreiros etíopes: chefe Uoghira, com a sua guarda, pronto a entrar em combate.» Esta pirâmide é feita de cinzas humanas, à mistura com ossos que não arderam por completo. Houve um tempo em que eu acharia impossível ficar com a tua felicidade e com a tua missão, com o avô que conheci e com este avô jovem, nazi convicto, com a denúncia e com a compreensão, com o meu amor por ti e com o acto de te trair. A própria Rita parece ter-se esquecido daqueles dias sombrios, daqueles dias de medo. Cobre a boca com as costas da mão, ri-se ao fitar o homem sentado a seu lado. Já seriam casados quando a fotografia foi tirada? Começo a contornar o parapeito, à sombra, procuro mais ossos no meio das cinzas. O Tiago falou à Rita da importância do esquecimento, para podermos continuar a viver. «A Raffaella e o Giovi Pa zangam-se um com o outro, dois matulões de vinte e cinco ou vinte e seis anos, imagina, telefonam às mães a fazer queixinhas, as mães telefonam logo uma à outra, há conversas cruzadas, a confusão é total, mas as mães nunca se zangam uma com a outra. São as melhores amigas do mundo. E acho que, no fundo, até apreciam esta dinâmica.» Os olhos, a boca, os braços, tudo nela se ri. Agora sei que não tenho de escolher, posso ficar com tudo isso dentro de mim. Guardo tudo e depois ponho-te no estendal da roupa, avô, e o vento agita-te e estalas como um lençol. Eu devia falar com o Tiago, contar-lhe tudo, este remoinho na minha cabeça, este ralo entupido com coisas a boiar, pedir-lhe conselho. Ainda não. Ainda tenho tempo. Não tento apanhar os papéis que caíram de entre as páginas do caderno, vejo o vento a levá-los para longe num torvelinho.

Ainda a apalparmos terreno, sem sabermos ao certo como nos situarmos em relação ao triângulo amoroso formado pelo pai, pela mãe e pela Manuela, sem sabermos ao certo o que esperavam exactamente de nós, eu e a Leonor decidimos romper o impasse e agir em defesa da nossa mãe. Tínhamos ido para casa do pai, era dia de semana, mas não havia aulas, estava-se em período de férias escolares, o pai saíra para o trabalho. A Manuela não trabalhava, porque o nosso pai a obrigara a despedir-se do emprego, e ela passava os dias em casa, a cozinhar e a passar a ferro. Eu e a Leonor decidimos feri-la, fomos para a sala, onde ela nos podia ouvir, instalámo-nos nas poltronas e começámos a tecer variações mais ou menos picarescas do diálogo da série *Holocausto* em que a Inga/ /Manuela tentava resistir aos avanços lúbricos do comandante de Buchenwald, que a chantageava, acabando por ceder para salvar o marido judeu. A Leonor, que fazia de Inga/Manuela, lançou mão de todos os bordões de linguagem da Manuela, de todas as suas inflexões de voz. A certa altura, atirei em tom pausado, com um sotaque alemão idiota: «Dê-me xá um linguado, senão eu pônio o seu marrido a trrabalharr na pedrreirra...» E a Leonor, na voz ofegante da Manuela quando se enervava com o meu pai: «Olhe, deixe-se de comédias!» A Manuela, que suportara estoicamente o enxovalho durante um quarto de hora, não aguentou mais, irrompeu na sala, gritou-nos que parássemos imediatamente com aquilo, chamou-nos «ordinários». O tom dela, estridente, fez-nos perceber que tínhamos ido longe de mais. Estremecemos. Nas horas que faltavam para o regresso do meu pai, tentámos aplacá-la, mas sem lhe pedirmos desculpa de viva-voz. Não concebíamos sequer essa ideia. Lavámos e enxugámos a loiça do almoço, coisa rara, esmerando-nos para a deixar imaculadamente limpa. Arrumámos tudo nos armários e gavetas, copos, pratos e talheres. Ao fim do dia, pusemos a mesa do jantar. Cheguei a perguntar à Manuela se precisava de ajuda para cozinhar. Ela olhou através de mim, como se eu não estivesse ali. A Meryl Streep, quando quer, tem pupilas de gelo, e o que nós fizéramos não tinha perdão. Esperávamos uma grande borrasca ao jantar, o pai furioso. Nada. No dia seguinte, ele levou-nos de carro a casa da nossa mãe, como combinado. Um pouco mais calado do que de costume, talvez. Cruzou a porta como se ainda fosse o dono da casa. Isso era habitual. Instalou-se à mesa da sala, mandou-nos sentar. E, diante da nossa mãe, desfiou em pormenor o rol das nossas malfeitorias da véspera, descreveu como tínhamos destratado a Manuela. E rematou dizendo que éramos uns «cobardes», que tínhamos andado de roda dela para nos desculparmos, a fazer servicinhos, «que nem uns cães». Eu e a Leonor suportámos em silêncio este granizo. Já estávamos à espera daquilo, sabíamos que ia acontecer. O que não esperávamos foi o que se seguiu. A mãe não nos defendeu «daquela puta», como ela lhe chamava quando estava a sós connosco, não fez frente ao nosso pai, nem sequer a medo, não reconheceu, nem sequer com um olhar sub-reptício na nossa direcção, a valia do nosso voluntarismo desgovernado. Tínhamos vestido a pele de sequazes zelosos e inventivos, de lacaios que se antecipam aos desejos do amo, inventando maneiras de dar corpo às fantasias e delírios do líder, improvisando, dando mostras de iniciativa, passando à prática as directrizes genéricas, as meras sugestões. Em vez de nos premiar e promover, ela tomou as dores do nosso pai, assim como nós tínhamos tomado as dores dela, e o círculo fechou-se e aprisionou-nos. Virou-se para nós, gélida, e disse: «Não vos admito que vão para casa do vosso pai fazer essas figuras. Não têm vergonha?» O pai calou-se, já não era preciso dizer mais nada. Ela mandou-nos para o quarto. Pouco depois, desapareceram os dois no quarto da nossa mãe. Eu e a Leonor jurámos a nos próprios nunca mais tornarmos a cair na mesma esparrela. Aquela guerra não era nossa, afinal. Mas era, claro. Aquela guerra era só nossa. A distância que sinto em relação a estes espinhos outrora cravados na carne é já impossível de vencer.

Perguntámos ao nosso entrevistado:

— Conhecia a Alemanha?

— Deixe-me dizer-lhe: Conhecia só pelos livros, a Alemanha de Sifredo e os Nibelungos, a Alemanha de Fausto, *da* Crítica da Razão Pura *e de* Zaratustra. *Conhecemos hoje a Alemanha de Hitler e na história de hoje como na de ontem encontrámos o mesmo espírito ávido de conhecimento e de progresso que Tácito descreveu nos seus anais sobre os germanos.*

Hitler não é nenhum boçal, os nazis não são nenhuns homens das cavernas, a Alemanha continua a ser a pátria de filósofos e de pensadores. Este monumento chama-se Mausoléu, desci a escada, fui ler a placa, tornei a subir. «A Raffaella propôs outra pessoa para ficar no quarto, uma transexual chamada Alicia. Era homem, passou a ser mulher. Ou ainda está em processo de transformação, não sei ao certo.» Para quê tantos nomes, tantos pormenores, tantas peripécias, Rita? Há na fotografia, entre o avô e a avó da Noor, uma cumplicidade contagiante. O Mausoléu fica do lado de fora do arame farpado, num dos cantos do campo, dá para perceber aqui do alto. Quem lê Kant e Goethe não vai certamente cometer crimes horríveis. Encontrei no ambiente de trabalho do portátil uma pasta que dizia «Tácito». «A Alicia é uma autêntica personagem, faz jejuns radicais, fica duas semanas seguidas sem comer, só bebe água e sumos. Uma vez, durante dois meses seguidos, só em dez dias é que comeu. É vegana, mas já foi frutariana. Será assim que se diz? Só comia fruta.» Abri a pasta, lá dentro estava um documento *Word*. «Biblioteca Nacional. 11/Dez./2020. Li a *Germânia*, de Tácito. Não encontro referência ao "espírito ávido de conhecimento e de progresso" dos Germanos.» Leio coisas que escrevi como se tivessem sido escritas por outrem, porque não me lembro de as ter escrito. O fotógrafo apanhou-os no instante exacto, sem pose nem artifício, momentaneamente felizes. «E houve uma altura em que só comia fruta caída das árvores, para não lhes infligir sofrimento. Nunca cheguei

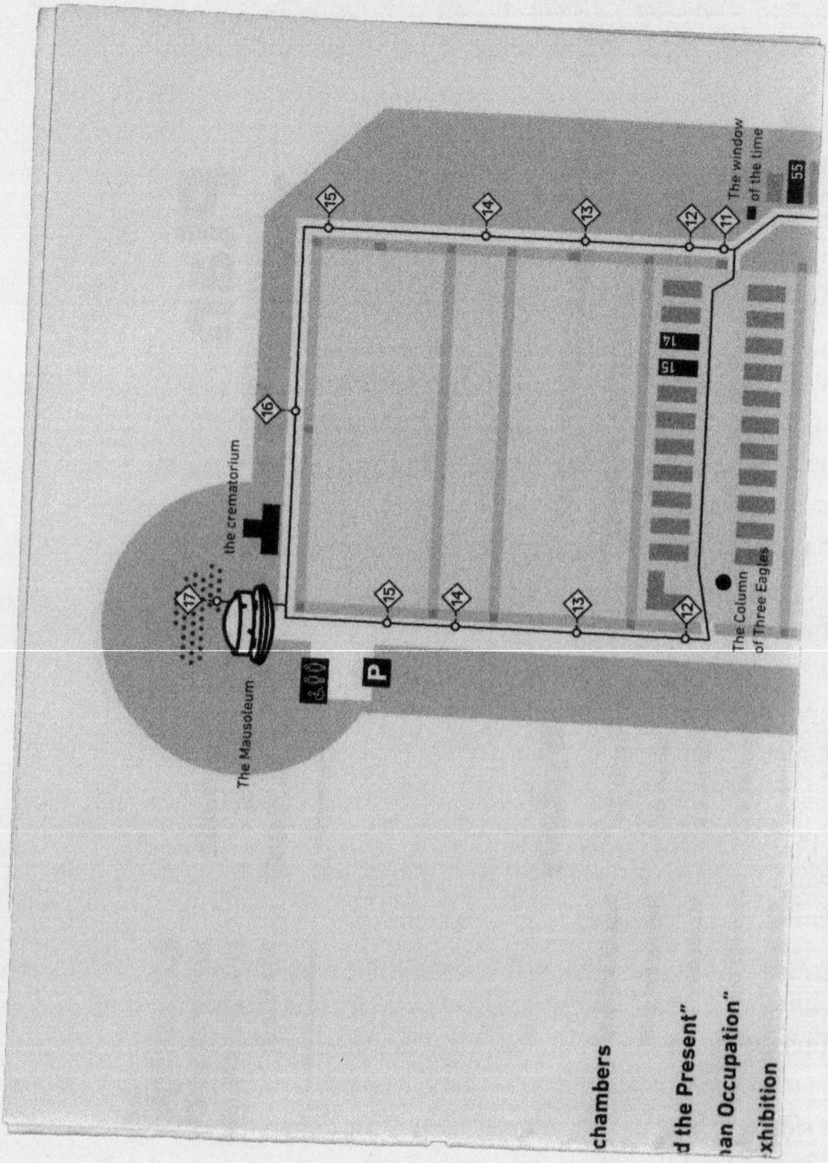
the crematorium
The Mausoleum
The Column of Three Eagles
The window of the time

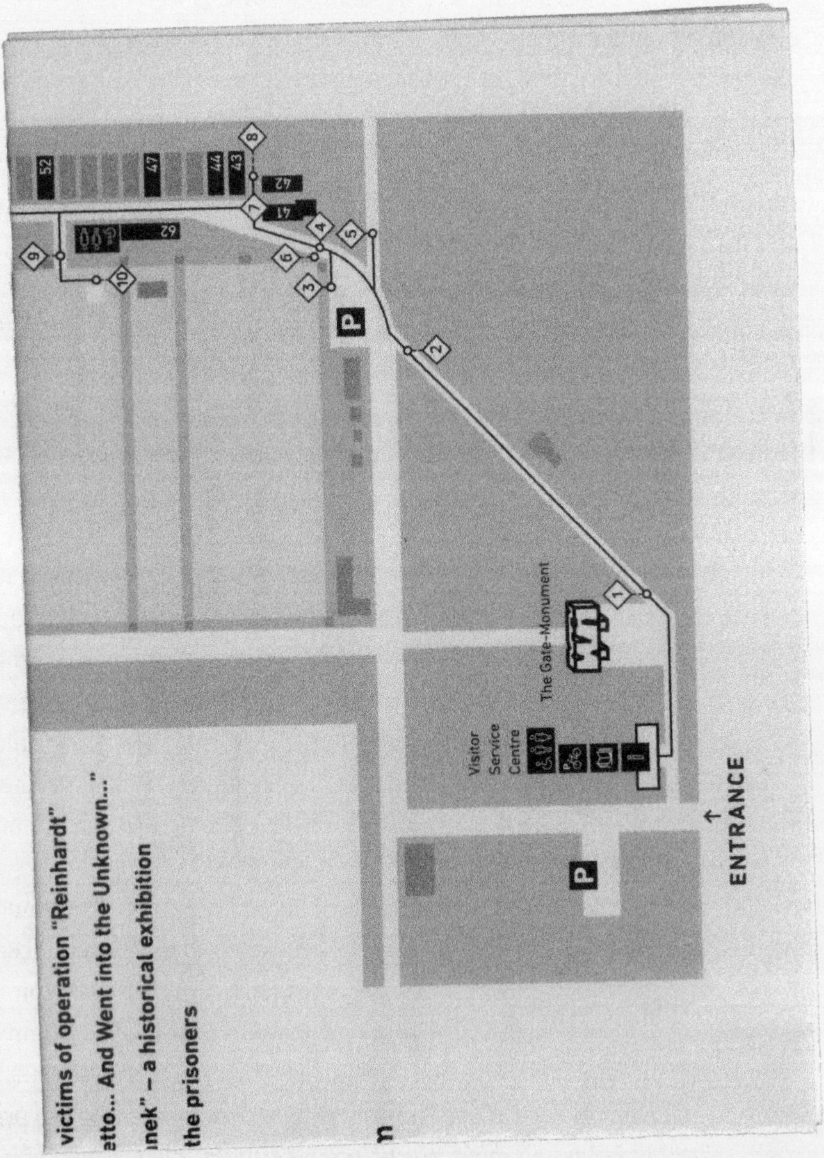
victims of operation "Reinhardt"
etto... And Went into the Unknown..."
nek" – a historical exhibition
the prisoners
The Gate-Monument
Visitor
Service
Centre
ENTRANCE

a perceber como é que ela tinha a certeza de que a fruta que comia tinha sido apanhada do chão, e não arrancada dos ramos. Deve haver lojas ou comerciantes com selo de garantia dessas coisas. Ou então alguém de confiança lhe trazia a fruta caída das árvores. Mas devia dar muito trabalho, porque a Alicia acabou por desistir.» És sempre tão cumpridora, Rita, tão obsessivamente cumpridora, deixando tudo para a última, mas cumprindo sempre, não devias estar a montar o teu filme? Não me lembro de as ter pensado. Aqui do alto vejo lá ao fundo a cidade de Lublin. Li no documento *Word*, com uma linha de intervalo: «Mas encontro isto, de que deves ter gostado, avô: "Eu junto-me às opiniões de quantos julgam que a população da Germânia não está misturada com outras por nenhumas uniões, sendo uma raça específica e sem mescla, apenas semelhante a si própria."» Deixo recados para mim próprio, ato fitas nas árvores como se estivesse perdido na floresta e quisesse reconhecer os lugares por onde já passei. Devem ser os subúrbios, estamos longe da Cidade Velha, o táxi demorou um quarto de hora a chegar aqui. O cabelo da avó da Noor, armado no alto da cabeça, faz lembrar os penteados da minha mãe, nas fotografias de juventude dos anos 60. Surpreendo-me ao deparar com os rastos que eu próprio deixei, mas por enquanto ainda sou capaz de os reconhecer. «O rosto da Alicia tem uma estrutura óssea masculina, o queixo saliente, largo, como um homem, só que agora ela é mulher. Como homem, devia ser bonito. Como mulher, é estranha. Parece um querubim decadente.» Tenho a certeza de que li tudo o que escreveste, avô, as entrevistas que deste, analisei tudo, tomei notas que entretanto perdi, nas quais tropeço, esta minha conversa contigo é uma repetição. E usa um relógio de senhora parecido com o da minha mãe, esguio e delicado. O Ignacy escreveu-me que virá ao meu encontro na companhia de um amigo, o Marcin, que é historiador. Durante quanto tempo ainda serei capaz de repetir as minhas descobertas como se fosse a primeira vez? No relvado a meus pés há pregas fundas, cicatrizes de bordos suaves, grossos lábios forrados de erva.

O sr. dr. Alcaçova prosseguiu, acrescentando:

— Dizem os dirigentes da Juventude Alemã que o futuro da sua Pátria assenta na organização da mocidade, sem distinção, adentro dos quadros do nacional-socialismo.

Segundo este princípio, pode dizer-se que não há um jovem alemão que não enfileire na «Hitler-Jugend» e que não se prepare para ser um cidadão nacional-socialista.

Parecem ondas cavadas num mar petrificado que viesse lamber a base do Mausoléu. «O Giovanni disse logo que não, que nem pensar, que não queria cá a Alicia. A Raffaella, depois de uma longa conversa, acabou por aceitar a recusa dele, mas começou a haver entre eles um certo mau ambiente.» Disse que eu vou certamente gostar de conversar com o Marcin. Vejo lá em baixo um painel explicativo, torno a descer a escada, leio. Já ninguém diz nem escreve «adentro de». Os corpos, os braços, os rostos, os olhares do avô e da avó da Noor prolongam-se em linhas oblíquas que se entrecruzam numa geometria perfeita. «A Raffaella propôs então uma terceira hipótese: a Ginevra. Houve um jantar cá em casa, a Raffaella convidou a Ginevra e esta comentou: "Estou farta dos meus colegas de apartamento." E a Raffaella disse logo: "Óptimo, como eu vou sair, podes ficar cá tu no meu lugar."» Estás a pôr-me à prova, Rita. Já ninguém diz nem escreve «enfileirar em». De repente percebo que estás a pôr-me à prova e fico em pânico. As tuas palavras sabem a antigo, avô, mas naquele tempo eras a voz do futuro. As rugas neste chão são as valas onde no dia 3 de Novembro de 1943 foram fuzilados 18 400 judeus. Estás a guiar-me por um labirinto de nomes e peripécias, a ver se me perco. Um lugar onde não tenho modo de deixar fitas amarradas nos arbustos, para me orientar. Os alemães deram à operação o nome *Aktion Erntefest*, a Operação Festa das Colheitas.

E depois, após uma pausa:

— A traços largos aqui fica o esquema da organização: os rapazes entram com dez anos na primeira falange da H.J., onde se conservam até aos catorze anos; aos quinze entram para um segundo agrupamento, conservando-se até aos dezoito anos; dos dezoito aos dezanove prestam serviço de trabalho; aos vinte prestam um ano de serviço militar, podendo então continuar os estudos universitários. É depois do serviço militar que se pode entrar para o partido nacional-socialista (S.A., S.S.), com todas as suas regalias e obrigações.

Dentro destes quadros, que parecem rígidos aos olhos dos profanos, há uma variedade e riqueza de ensinamentos, especialmente destinados aos novos, de que os estudos puramente livrescos estão longe de dar uma ideia perfeita.

Encontrei, num lembrete amarelo virtual colado no ecrã do portátil, estas frases: «O teu entusiasmo é evidente, avô, mas nunca perdes a contenção, manténs o tom pedagógico. Tens consciência de que uma descrição, por mais esmerada que seja, não pode fazer jus à realidade descrita. Os outros são "profanos", tu banhaste-te na fonte do saber. Sabes que tudo o que contares ficará aquém do que viste. A naturalidade com que deixas cair a sigla "S.S." dá-me calafrios na espinha.» O Ignacy escreveu-me que não é difícil encontrar a rua Chlodna, basta pesquisar no *Google Maps*. «A Raffaella e a Ginevra chamaram logo o Giovi à sala, mas ele pôs-se com uma conversa estúpida do género: "Ah, esta casa é muito central, acho que é a casa ideal para pessoas que não conhecem Bolonha e que acabaram de aqui chegar. É a casa ideal para quem vai descobrir Bolonha."» Vais urdindo uma teia, a ver se tropeço nas tuas palavras. O crematório foi todo reconstruído, os alemães incendiaram-no antes de baterem em retirada. Atrás deles há uma parede branca, e manchas de luz salpicam as calças do avô da Noor. Quer dizer que te apercebeste de alguma coisa, ou então alguém te alertou. Pediu-me desculpa por não me convidar para almoçar, mas anda numa lufa-lufa, está prestes a mudar de casa, tem tudo encaixotado, o apartamento virado de pantanas. Percorro este lugar do massacre como um turista. As paredes são de madeira nova. Usando o telemóvel, fotografei o lembrete amarelo no ecrã, ficou desfocado. Estavam os dois ao sol, debaixo de uma latada ou da copa de uma árvore. Os preços das casas no centro de Varsóvia tornaram-se incomportáveis para um jovem jornalista. Fotografei de novo. Vou lendo os painéis explicativos para me informar. Amaram-se ao sol, debaixo de uma latada. A rua Chlodna era ariana, separava o Grande Gueto do Pequeno Gueto. Mandei ao Tiago. «Na verdade, ele já tinha percebido que a Ginevra era obcecada com as limpezas, porque ela e a Raffaella trocaram comentários sobre o estado de sujidade da nossa casa, e a Ginevra disse ao Giovi: "Se eu morasse aqui, ias ver", ou coisa do género.» Estás a ver se eu pergunto: «Ele quem? Já não estou a perceber nada.» Vi num painel os soldados russos ao lado da fila de fornos crematórios, a céu aberto, sem paredes em volta, sem tecto por cima. Ao ver aquele instante de paixão assim fixado na película, no papel, no ecrã, sinto uma grande inveja. Vai morar para um subúrbio. «Além do mais, a Ginevra disse: "Ainda não encontrei o rapaz certo." E falou dos seus encontros no *Tinder*. Disse que se apaixona sempre pelo rapaz errado.» Provavelmente, metade do que estás a contar é invenção tua. De mãos nas ancas, de mãos atrás das costas, a olharem, com estrelas e foices e martelos nos bonés. Sinto inveja daquela coisa efémera e bela assim eternizada. Passam ambulâncias esporádicas na via rápida, junto à entrada do recinto. O leito de ferro de um dos fornos crematórios, que se usava para meter os cadáveres lá dentro, tem os braços completamente retorcidos, como dois fios gigantescos de esparguete castanho-escuro. E tenho pena de não saber mais sobre eles, sobre a história de amor e talvez desamor deles, sobre as origens e o exílio e a chave da casa de Jerusalém. «No dia seguinte, o Giovi comentou comigo: "Não gosto que uma rapariga fale abertamente sobre a sua vida sexual." E eu: "E se for um rapaz?" Ele: "Se for um rapaz, rio-me." Eu chamei-lhe machista. E ele: "Não quero que ela traga rapazes cá para casa."» Vais inventando à medida que contas. Se é que a casa ficava em Jerusalém. Cruzo uma porta no arame farpado, entro no campo propriamente dito. Quanto mais complicado, melhor, para me pores à prova.

É preciso visitar demoradamente para se compreender a soma de cuidados e de esforços e de numerário que requere a organização de seis milhões de jovens.

Na Kronprinzenufer, 10, ergue-se um amplo palacete onde estão instalados os serviços de direcção-geral da H.J. com as suas diversas secções — organização pessoal, serviços sociais, imprensa e propaganda, radiodifusão, etc., etc., donde partem as directrizes para toda a Alemanha juvenil.

Há tantas gralhas na erva, no céu de Majdanek. «Entretanto, embora achasse que ele é um cromo, a Ginevra estava interessada no Giovi Pa. E disse-o abertamente, em conversa com a Raffaella, que foi logo contar ao Giovi.» Não consigo fixar-me em nada do que me rodeia, como poderia fixar-me nas peripécias que me contas? São dezenas. «Que disse: "Não estou interessado nela."» Quando levantam voo, parecem milhares. «Burro, porque ela é lindíssima.» Mas ela quem?

Seria impossível descrever-lhes, nesta curta entrevista — disse-nos o nosso entrevistado —, todos os aspectos da educação integral do jovem alemão. Vejamos alguns dos mais interessantes — a Alemanha é um país industrial e, em algumas regiões, superindustrializado; para obviar a este inconveniente e prender à terra as gerações novas, a Direcção-Geral da Juventude (Reichsjugendführung) desloca todos os anos milhares de jovens de quinze a dezasseis anos para postos de trabalho agrícola a fim de aprenderem, durante um ano, tudo o que se prende com o amanho das terras.

É o que a organização chama Landjahr (um ano de campo). A maior parte destes jovens emprega-se, depois do estágio, em casas de camponeses, sendo, deste modo, arrancados aos meios fabris.

Num outro lembrete virtual, cor-de-rosa, que estava oculto na barra de tarefas e que emergiu de repente, como que por encanto, li:

«Temas:

«A cidade, sobretudo a urbe industrial, como lugar de corrupção e de decadência.

«O campo como lugar edénico.

«A ligação à terra e aos ciclos naturais como fonte e viveiro do patriotismo.

«Uma impressão de luta constante, um afã para suster uma maré que tudo ameaça.

«A obsessão da pureza.»

Quando é que escrevi isto? Transferi as minhas memórias, a cronologia dos meus gestos para a selva do meu portátil, para a balbúrdia do meu caderno de viagem a regurgitar de papéis soltos. Mas não é isso que faz toda a gente? A sangrar como uma ferida aberta, o meu passado, a minha memória a esvair-se em sangue nesta terra. Desde que a Rita não se aperceba da minha angústia, das minhas lacunas, nem tudo está perdido. Numa das casernas, formando uma densa floresta, na penumbra, há os beliches toscos onde os prisioneiros dormiam. «Começou então um crescendo de tensão entre a Raffaella e o Giovi Pa. E, de cada vez que ele saía de casa e eu e a Raffaella ficávamos as duas sozinhas, ela vinha ter comigo e pressionava-me, dizendo que tínhamos de unir esforços para correr com ele.»

Não posso desligar, não posso dar mostras de cansaço nem de impaciência, tudo pode ser usado contra mim, tudo pode constituir um indício da minha queda iminente ou já consumada. Há um parapeito de madeira a barrar a passagem, não se pode caminhar entre os beliches. «Houve um dia em que ela e a Ginevra limparam a casa a fundo. Esfregaram a porcaria toda, limparam nódoas de 2004, e ele não mexeu uma palha.» Estou sozinho, ergo a perna, transponho o parapeito, avanço entre os beliches, agacho-me, deito-me no chão, aqui ninguém me vê. «Eu não estava em casa, foi naquela altura em que fui passar uns dias a Roma com a Margarida.» Cheira a mofo, a pó. «Atenção, a Ginevra ainda não morava lá em casa, ainda não havia uma decisão a esse respeito. No fim da limpeza, estoiradas ou por esquecimento, deixaram os sacos do lixo no meio da sala.» Colo o telemóvel ao rosto, enrosco-me em volta do telemóvel, ponho-me a ouvir com o corpo todo, como os gatos, que ouvem com os ouvidos, mas também com os olhos, com a cauda, com o dorso, com as patas.

«Quando a Raffaella chegou a casa, nessa noite, o Giovi Pa disse-lhe: "Olha, não devias ter deixado aqui os sacos do lixo, veio cá o senhorio e não gostou nada de ver." Ou seja, o gajo não limpou, não levou o lixo para baixo e ainda fez reparos. Um porco machista, um menino da mamã. A Raffaella também não é nenhuma santa. Adora ser o centro das atenções. Estou a estudar, tenho de fazer a análise de um filme que tenha uma estrutura em três actos. Escolhi o *Cléo de 5 à 7*, da Varda, que nem sei se tem ou não uma estrutura em três actos, não me lembro bem, mas agora vai passar a ter, porque já não tenho tempo para escolher outro filme.»

Ouço passos.

«E chega a Raffaella com duas amigas e senta-se na sala e começa a conversar com elas e depois grita-me: "Ó Rita! Estou aqui a contar como é que nos conhecemos!" E eu vou até lá e faço conversa de chacha durante três minutos e depois peço licença e venho-me embora, e três minutos depois ela grita-me: "Rita! Estou a contar daquela vez que deixámos queimar a lasanha!" E eu finjo que não ouço. Mas o gajo é mesmo um porco machista. Uma vez, convidei pessoas cá para casa, fui comprar a comida para o jantar, uma receita vegetariana, pus-me a cozinhar e ele entra na cozinha e diz-me: "Ó Rita, quantas pessoas vêm jantar?" E eu: "Cinco." E ele: "Vê lá as quantidades. Não vejo aqui comida que chegue, e eu estou cheio de fome..." A lata do gajo... Enfim, a Raffaella passou-se e ligou à mãe dele.»

Foram-se embora.

«Estou em Roma e recebo uma mensagem de voz do Giovi Pa a dizer: "Rita, sê sincera: queres que eu saia cá de casa?" A Raffaella foi dizer à mãe dele... imagina, a mãe dele é uma pessoa que telefona ao filho todos os dias. Pergunta-lhe o que é que ele almoçou e o que é que vai jantar e com quem é que ele vai sair à noite. Incrível, o grau de controlo. Um tipo de vinte e seis anos que ainda telefona à mãezinha todos os dias. E a Raffaella disse à mãe dele que ele não ajudava na lida da casa, que era um porco, que não fazia nada o dia inteiro e que fumava erva e se embebedava todas as noites, o que não é, de todo, verdade.

«Eu: Mas quem é que disse isso?

«Rita: Foi ela que disse isto à mãe dele.

«Eu: Ou seja, foi o que ele te disse que ela tinha dito à mãe dele.

«Rita: Exactamente, exactamente... Nem mais, pai.»

Portei-me bem. Fiz a pergunta certa, no momento certo. Cheira tanto a mofo.

«E a melhor parte: ela disse que, quando ia à casa de banho, ele deixava sempre merda na sanita. Que nunca limpava. E disse que eu também estava farta dele. Mas eu nunca me queixei à Raffaella da merda na sanita. Só me queixei dos cabelos dele no lavatório. E ele disse-me que, depois, a mãe lhe ligou, furiosa...

«Eu: A mãe dele...

«Rita: A mãe dele, claro... aos berros, a dizer-lhe: "A Raffella disse-me que tu fazes isto e aquilo."»

Ouço vozes, outra vez. Alguém diz: «Está ali alguém.» Restolhada. Agitação. Silêncio. Eles aproximam-se.

«Porque a Raffaella disse à mãe dele que eu e ela estávamos a tentar correr com ele da casa. Perante isto, ele disse à mãe: "Ah, e tal, isso é tudo mentira, vou falar com a minha colega de casa." E então, quando ele me mandou o áudio, eu respondi com outro áudio, a dizer: "Olha, Giovanni, não é verdade, não te quero mandar embora, gosto muito de ti, mas, de facto, o asseio é um problema, e a casa tem de ser um lugar habitável para todos. Já me queixei várias vezes, como sabes. Mas… não te quero mandar embora." Alto, espera… pareceu-me ouvir barulho.»

Foram-se embora. Vão chamar alguém.

«Estou sempre com medo de que alguém tenha entrado em casa. Eu sei que eles não percebem português, mas percebem que estou a falar dos nomes deles. Espera… pronto, fui ver, não está ninguém. Tenho a curta para acabar, mas estou cheia de dúvidas… Vou só contar-te o resto da história.»

Saio para o ar livre. As gralhas, de novo.

A Juventude é educada no sentido das realidades, por mais dolorosas que elas se nos apresentem. Tivemos ocasião de visitar a Luftschutzschule (escola de protecção contra gases), que os jovens frequentam durante três a quatro semanas e onde aprendem todos os processos de defesa contra os ataques aéreos — desde o uso das máscaras dos mais variados tipos, material sanitário, prontos-socorros, extinção de incêndios, aparelhagem de toda a espécie, meios de purificação do ar, etc., até à construção científica de covas contra os gases. Este ensino não é teórico, porquanto no pátio eleva-se uma pequena construção isolada, com os móveis muito queimados e as paredes negras de fumo, onde os alunos fazem experiências de extinção de incêndios.

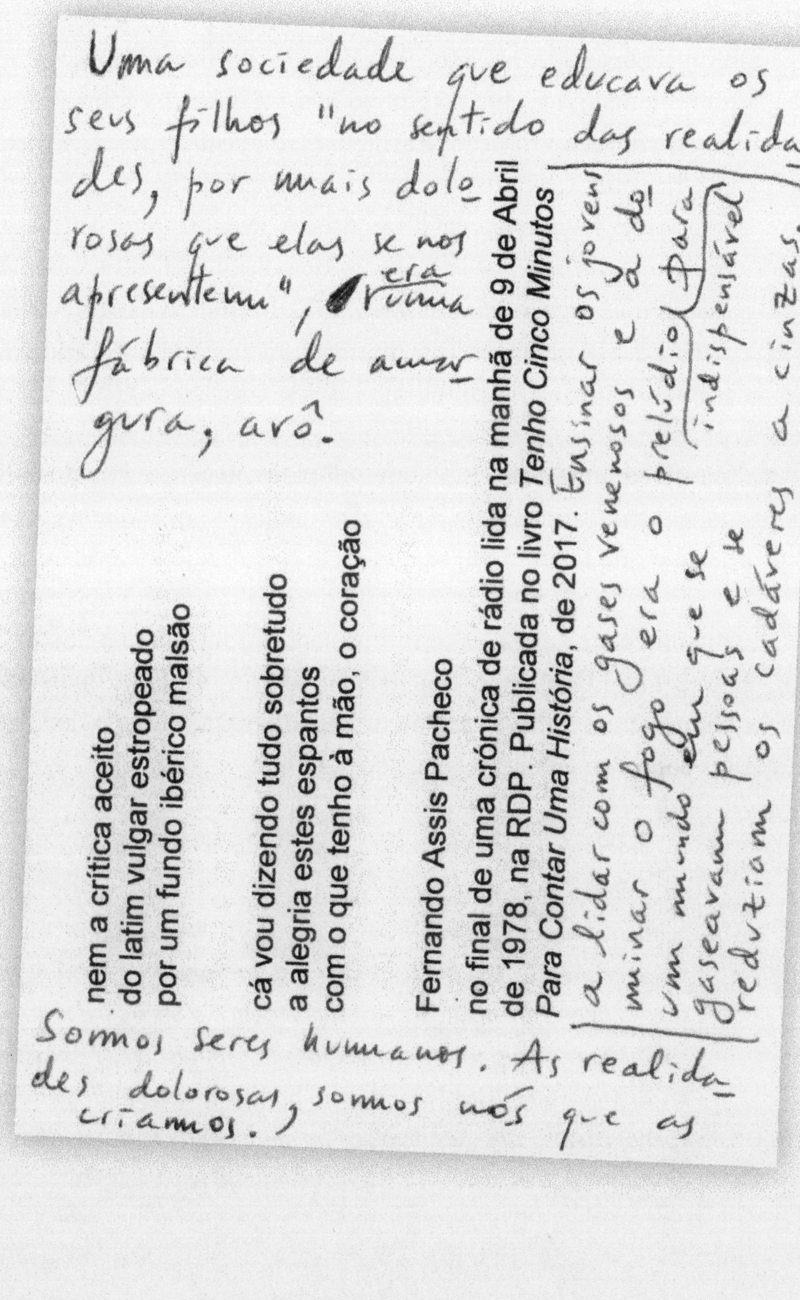

Uma sociedade que educava os seus filhos "no sentido das realidades, por mais dolorosas que elas se nos apresentem", era uma fábrica de amargura, avô.

nem a crítica aceito
do latim vulgar estropeado
por um fundo ibérico malsão

cá vou dizendo tudo sobretudo
a alegria estes espantos
com o que tenho à mão, o coração

Fernando Assis Pacheco

no final de uma crónica de rádio lida na manhã de 9 de Abril de 1978, na RDP. Publicada no livro *Tenho Cinco Minutos Para Contar Uma História*, de 2017.

Ensinar os jovens a lidar com os gases venenosos e a dominar o fogo era o prelúdio indispensável para um mundo em que se gaseavam pessoas e se reduziam os cadáveres a cinzas.

Somos seres humanos. As realidades dolorosas, somos nós que as criamos.)

Para disfarçar, temendo ver aparecer um guarda, abro o caderno de viagem e traço uma planta à escala do campo. «O Giovi Pa mandou o meu áudio à mãe.» Ao fim de poucos traços, percebo que me enganei e que, se quiser fazer um desenho minimamente proporcionado, metade do campo não irá caber na folha. «Que, por sua vez, ligou outra vez à Raffaella, a dizer-lhe: "És…, o meu filho disse-me que… Ninguém sabe se… os teus dias são…"» A tua voz dispersa-se, Rita, cada palavra segue o seu caminho. Viro a página e recomeço do zero. «Este género de coisas.» Torno a enganar-me, já não tenho espaço na folha para o Mausoléu. «Ou seja, virou tudo contra a…» Agora perdi-te mesmo, um dos corvos abriu as asas, desatou a correr e levantou voo, levou consigo centenas de outros corvos e gralhas, cada qual levou consigo, presa no bico, uma letra, uma sílaba, uma palavra, agora rodopiam no céu, acima dos grandes talhões onde as casernas foram demolidas ou incendiadas depois da guerra e que ficaram vagos, já não te ouço. Vejo avançar uma família, pai, mãe, um filho, levam um guarda a reboque, passam apressadamente, sem repararem em mim, entram na caserna dos beliches, lá ao fundo. Os corvos e as gralhas tornam a pousar mais adiante, olham-me com altivez e um certo ar de troça, não me devolvem as tuas palavras, Rita.

A educação física, como é óbvio, tem o primeiro papel na formação da mocidade alemã. Os jogos, os desportos, as pequenas e grandes excursões, os acampamentos ao ar livre, os albergues de Juventude, onde os excursionistas de ambos os sexos encontram comida e cama por pouco mais de um marco, completam o papel dos exercícios de gimnástica em classe. «Não temos em vista bater records», dizem-nos os dirigentes; «procuramos, sim, desenvolver harmonicamente a beleza e a força física com vista ao revigoramento da raça.»

Tento recuperar a tua voz, Rita, que se perdeu e não sei onde está. Custa a caminhar na brita grossa da rua central de Majdanek, entre as duas fileiras de casernas. As tuas palavras são um zumbido longínquo, como o mar na distância. Parece que avanço numa praia de seixos. O ruído mastigado dos meus passos abafa tudo, silencia as peripécias da tua história, não vou encontrar o fio à meada.

Ainda é cedo, já tivemos ocasião de o dizer, para ajuizar dos resultados concretos da revolução nacional. Certas dificuldades de ordem financeira a que a Alemanha, como todos os países, não se pode eximir; a grande diminuição da frequência universitária; o culto da acção sobrelevando o gosto da especulação abstracta, davam-nos às vezes ocasião para abordarmos o problema do futuro e o receio de que a Pátria de Goethe, ganhando em dinamismo, em força vital, pudesse perder, no domínio da inteligência, a essência subtil que enfermou os seus poetas, músicos e pensadores.

A resposta, vibrante de entusiasmo revolucionário, não se fazia esperar: «Temos confiança no nosso Führer, no Nacional-Socialismo e na Juventude que nós educamos.»

Com estas declarações deveras interessantes concluiu o sr. dr. Adriano de Alcaçova a sua entrevista, na qual o jornalista não teve mais do que o prazer de escutar o entrevistado — sem interrogações nem perguntas forçadas.

Cruzo o portão principal do campo, há além um painel explicativo, tem um mapa. Comparo-o com os meus esboços. Lá atrás, a família e o guarda percorrem a rua central do campo. À frente do número 4, no painel, leio na legenda: «komory gazove/the gas chambers». As plantas bisonhas que tracei no meu caderno fazem lembrar os desenhos feitos pelos fugitivos de Treblinka, tentando alertar os judeus de Varsóvia para o que ali se passava. «Pai, estás-me a ouvir?» Olham à esquerda e à direita. As tuas palavras são migalhas de pão que deixaste pelo caminho, na floresta escura, para eu não me perder, e que as gralhas comeram. O caminho era demasiado longo, Rita, já não sou capaz de o percorrer. Parecem procurar-me.

O vento volta as folhas do caderno, fá-las andar para trás, ponho os olhos em notas que tomei há meses ou semanas:

«Umberto Eco: em 1942, ganhou o primeiro prémio de um concurso literário para crianças. Escreveu uma redacção para responder afirmativamente à pergunta: "Devemos morrer pela glória de Mussolini e pelo destino imortal da Itália?" (ver "O Fascismo Eterno")

«Ingmar Bergman, "Lanterna Mágica": conta que, em 1934, foi passar o Verão à Alemanha, a uma povoação próxima de Weimar, ao abrigo de um programa de intercâmbio de estudantes. Juntamente com todos os membros da família que o albergava, viajou certo dia até Weimar, para assistir ao vivo a um discurso de Hitler. Conta que

aplaudiu, gritou, fez a saudação nazi. Sentiu-se arrebatado por uma emoção que nunca antes sentira. Passou a adorar Hitler, torceu para que a Alemanha vencesse a Segunda Guerra.

«Avô, tens companheiros ilustres entre os que se deixaram fascinar pelos fascismos, pelo nazismo.

«Eco: dez anos em 1942.

«Bergman: 1934 − 1918 = 16 anos em 1934.

«Tu: trinta e um anos em 1935.

«Com que idade é que a nossa cegueira passa a merecer esse nome?

«Com que idade é que temos obrigação de perceber certas coisas?

«Com que idade é que nada justifica que não sejamos capazes de distinguir o bem do mal?

«Com que idade é que nada justifica que não sejamos capazes de entender que um mal não justifica outro?

«Mais importante do que saber a idade com que fazemos certas perguntas é saber se alguma vez as chegamos a fazer.»

Enfio o dedo entre as páginas do caderno, para as marcar neste ponto. Olho para o mapa no painel, comparo os rectângulos negros do esquema com os edifícios que vejo lá atrás. As câmaras de gás devem ficar naquele barracão baixo de madeira escura, anódino e banal, no extremo de uma fileira de casernas, junto ao portão principal, à direita de quem entra. Volto para trás, vou até lá. «Mas tens de perceber que o Giovanni é uma pessoa supertranquila e pacífica. Ainda me estás a ouvir? Ainda me compreendes, pai?» São aqui as câmaras de gás, duas, lado a lado, a maior à esquerda, a mais pequena à direita. Leio os painéis explicativos de fio a pavio. De vez em quando, muito de vez em quando, aparece um visitante vindo da caserna dos balneários masculinos, a caserna dos verdadeiros balneários, que é contígua, detém-se um pouco, espreita para dentro das câmaras de gás, iluminando a penumbra do interior com a lâmpada do telemóvel, espreita para o compartimento onde estão as botijas metálicas de monóxido de carbono, negras e esguias, o compartimento onde os SS rodavam os manípulos para abrir as válvulas e matar as pessoas, sai pela porta lateral e desaparece na claridade do sol. Tenho de entrar numa das câmaras de gás. Tenho de ouvir as vozes que há ali dentro, antes que chegue a família e o guarda, antes que me apontem e me interpelem pelo que fiz. Mas há em cada porta, a barrar a passagem, um grosso painel de acrílico, com caixilho metálico, solidamente aparafusado às ombreiras. Aguardo um pouco, fico à escuta, vou até à porta de comunicação com os balneários, vou até à porta para o exterior, não vem lá ninguém, aproximo-me da câmara de gás maior, atiro a mochila e o caderno de viagem por baixo do acrílico, fazendo-os escorregar pelo chão, depois finco as mãos no alto do painel, dou um impulso, apoio o pé na grossa lingueta metálica incrustada na parede que os SS usavam para trancar a pesada porta metálica, agora aberta de par em par, consigo enfiar a cabeça e o tronco pelo hiato, dobro-me pela cintura, meto uma perna, depois a outra, consigo saltar para dentro da divisão sem me estatelar ao comprido. Pego na mochila e no caderno, escondo-me a um canto, à direita da porta. Aqui, na penumbra, ninguém me consegue ver. As paredes e o tecto são de betão grosseiro, cru. Dez passos de comprimento por cinco de largura talvez, mas não posso medir, não quero que ninguém me veja. Há manchas azuladas nas paredes, foi do *Zyklon B*, li num dos painéis, também usaram *Zyklon B* para matar gente nesta câmara de gás. O monóxido de carbono entrava por um tubo de metal que corre junto ao rodapé, sinto-o a morder-me as costas, e que acaba numa grelha metálica, noutro canto. A grelha devia ser para evitar que alguém cobrisse a ponta do cano e impedisse a saída do gás venenoso. Há folhas de papel espalhadas pelo chão, devem ter caído de entre as páginas do meu caderno, corro a apanhá-las antes que alguém passe e as veja. Meto-as no bolso, quase as amachuco. Torno a tirá-las, examino-as, são páginas de um bloco antigo, que me lembro vagamente de preencher com anotações. Tento pô-las por ordem. Desisto. Dobro-as ao meio, atafulho-as dentro do caderno. Leio no caderno, a custo, porque a luz é ténue:

«Bergman ("Lanterna Mágica"): conta que, quando, no final da guerra, tomou conhecimento do horror dos campos de concentração nazis, começou por negar as provas. Achou que se tratava de mera propaganda. Quando finalmente se compenetrou da verdade, sentiu um imenso desespero e um imenso desprezo por si próprio.

«Conclui: "Só muito mais tarde é que compreendi que, apesar de tudo, a minha culpa não era lá muito grande."

«E tu, avô? O que sentiste quando, no final da guerra, se falou das atrocidades dos nazis? Será que, em Portugal, se falou pouco disso? Sentiste desespero? Sentiste desprezo por ti próprio? Pesaste, como Bergman, a tua culpa, e concluíste que não era lá muito grande? Nada sei acerca disto, nem nunca saberei. Apenas me recordo de te ouvir dizer, em 1974 ou 1975, pouco antes de morreres, que Hitler quis "combater o perigo amarelo".»

Fecho o caderno, acho que tornaram a cair as folhas soltas que há pouco apanhei do chão. Não olho. Na superfície de betão do tecto vêem-se perfeitamente as marcas paralelas da cofragem de madeira. Se me pusesse de pé, conseguia tocar ali com a mão. Este lugar, Majdanek, é mais um lugar de esquecimento. Os sobreviventes estão todos mortos, ou quase. Os alemães incendiaram o crematório, foi preciso reconstruí-lo. Em breve nada restará da madeira original da vedação, das torres de vigia. Em breve nada restará do arame farpado de 1944, substituído por arame novo à medida que enferruja e apodrece. Um dia, os ossos humanos dentro do Mausoléu ter-se-ão esfarelado todos em pó. Os nazis queriam um mundo sem a memória do Holocausto, sem a História do Holocausto. Os nazis sonhavam com um mundo em que as pessoas se tratassem sem dó nem piedade, mesmo que jurassem recusar terminantemente os ideais do nazismo. A minha Alzheimer será um pequeno triunfo do nazismo se ninguém escrever a história do teu encantamento com os ideais nazis, avô. Porque, quando eu morrer, ninguém se lembrará de ti. Ninguém se lembrará de te ouvir dizer que Hitler quis travar as «hordas asiáticas».

As pessoas que tu ajudaste a matar estão aqui dentro. Asfixiadas, envenenadas, gaseadas. Estou novamente a ser desonesto. Exagero a tua importância. Talvez me agrade exagerar a tua importância. Agrada-me a convicção com que afirmavas as tuas verdades absolutas. Soam sussurros aqui dentro, são as vozes das pessoas que tu ajudaste a matar. Sussurros em muitas línguas diferentes. Nada entendo. Colo o telemóvel ao ouvido com força, procuro distinguir a voz da Rita no meio dos murmúrios, dos gritos. Nada. Tenho na mochila, no meio da balbúrdia dos papéis e dos livros, as garrafas de *Soplica*, a caixa dos comprimidos. Talvez me deixe ficar aqui. Já é tarde, o campo deve estar prestes a fechar, só me irão encontrar amanhã de manhã. Procuro a garrafa que abri em Treblinka, é melhor começar por essa. Não sei ao certo como é que a nossa conversa acabou, Rita, nem quando. Desligaste? Ou fui eu que desliguei sem querer? Fiz-te mais alguma pergunta pertinente, teci mais algum comentário certeiro? Vou ficar aqui, agachado no canto, com o cano de metal a morder-me os rins. Como Simha Rottem em *Shoah*, sozinho em plena noite no meio dos escombros do gueto de Varsóvia, sinto-me invadido por uma espécie de tranquilidade, de serenidade. Sou o último judeu no mundo, vou esperar que amanheça, vou esperar que cheguem os alemães. Sou o último palestiniano do mundo, vou esperar que amanheça, vou esperar que cheguem os alemães. Mas de repente chega-me a tua voz, Rita, pelo telemóvel, as outras vozes calam-se e a tua voz chega-me como um chamamento espectral a soar entre as ruínas, entre estas quatro paredes marmoreadas de azul: «Fico a pensar: será que ele é psicopata, e eu devia ter um certo cuidado? Ou será que são os dois psicopatas, ele e ela?» Estás aí, Rita, és tu? Ainda te ouço. Fala comigo, conta-me o final da história da Raffaella e do Giovi Pa, conta-me as peripécias, as reviravoltas. Não quero que percebas como me sinto perdido. Fala, ajuda-me. Prometo que ainda sou o mesmo pai. Levanto-me, vou até à porta. Não sei como vou sair daqui, desta câmara de gás. Não há do lado de dentro da ombreira nenhum ponto de apoio que me permita trepar. Chamo em voz alta, bato no acrílico. Será que o campo já fechou as portas por hoje? O guarda deve aparecer, não tarda. Tem de aparecer. Torno a chamar, já aflito. Não posso deixar fugir novamente a tua voz, Rita. Ainda não chegou o momento de escolher. Faltam três dias.

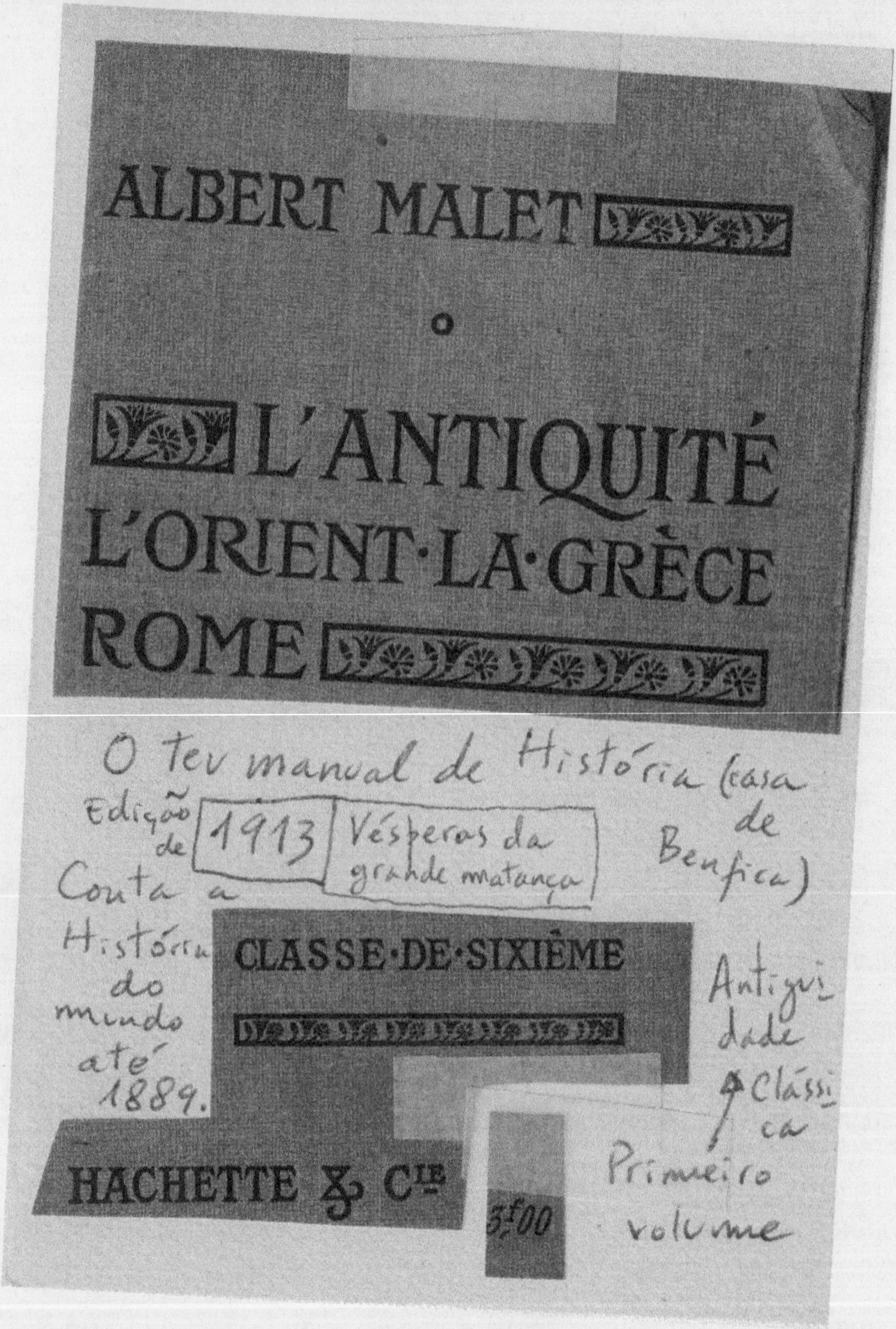
ALBERT MALET
L'ANTIQUITÉ
L'ORIENT · LA · GRÈCE
ROME
O teu manual de História (casa de Benfica)
Edição de 1913
Vésperas da grande matança
Conta a História do mundo até 1889.
CLASSE · DE · SIXIÈME
Antiguidade Clássica
Primeiro volume
HACHETTE & Cie
3f00

L'ÉDUCATION DES ENFANTS

L'enfant, destiné à être un soldat, appartenait à l'État bien plus qu'à sa famille. Dès sa naissance, il était examiné par les anciens de la tribu qui le remettaient à sa mère s'il était bien constitué. Dans le cas contraire, ils le faisaient jeter dans un gouffre du Taygète. Toutes les mères élevaient les enfants de la même façon. Elles ne les emmaillotaient pas ; elles les habituaient à manger de tout et à n'avoir peur de rien. A sept ans, l'enfant était remis à l'État. Il devenait comme un enfant de troupe et faisait dès lors partie d'une classe que commandait celui qui s'était montré supérieur aux autres élèves par son intelligence et sa force.

L'étude tenait peu de place dans cette éducation. On se bornait à apprendre aux enfants à chanter et à s'exprimer avec précision. On cherchait surtout à assouplir et fortifier le corps.

Esparta

Os anciãos da tribo ditavam à nascença a sorte dos bebés. Só aos bem constituídos era permitido viver. Os enfezados e defeituosos eram atirados de um precipício, numa montanha chamada Taígeto. (confirmar grafia)

Rapazes separados da família com sete anos. Passam a viver em quartéis, como pequenos sol-

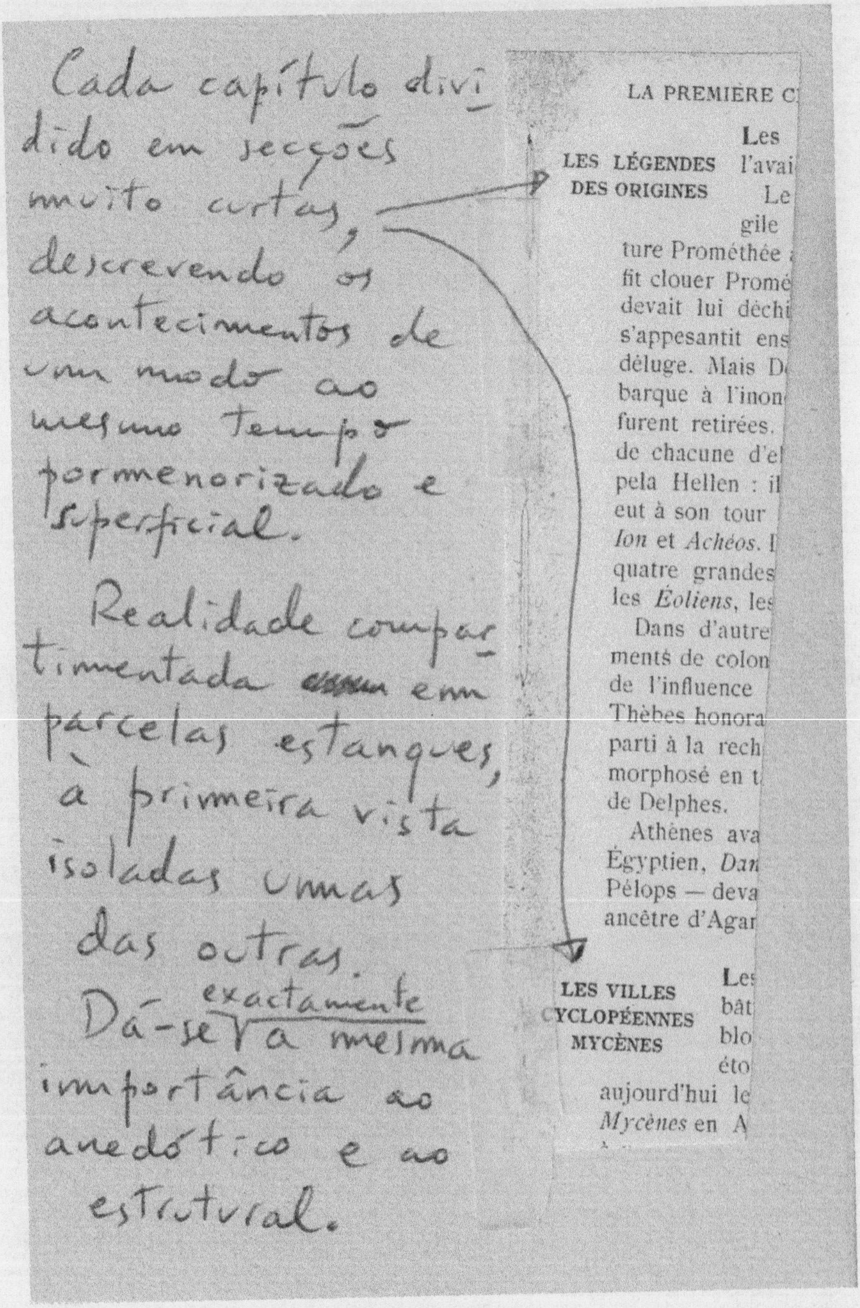

Cada capítulo dividido em secções muito curtas, descrevendo os acontecimentos de um modo ao mesmo tempo pormenorizado e superficial.

Realidade compartimentada ~~em~~ em parcelas estanques, à primeira vista isoladas umas das outras.

Dá-se exactamente a mesma importância ao anedótico e ao estrutural.

LA PREMIÈRE C

LES LÉGENDES DES ORIGINES

Les
l'avai
Le
gile
ture Prométhée
fit clouer Promé
devait lui déchi
s'appesantit ens
déluge. Mais D
barque à l'inon
furent retirées.
de chacune d'el
pela Hellen : il
eut à son tour
Ion et *Achéos*. I
quatre grandes
les *Éoliens*, les
Dans d'autre
ments de colon
de l'influence
Thèbes honora
parti à la rech
morphosé en t
de Delphes.
Athènes ava
Égyptien, *Dan*
Pélops — deva
ancêtre d'Agar

LES VILLES CYCLOPÉENNES MYCÈNES

Les
bât
blo
éto
aujourd'hui le
Mycènes en A

mentos — Serviços de administração e disciplinares: Algumas circulares que
Continuação da lista de professores e outros funcionários dependentes da Di
Do «Diário do Governo»: 1

«Escola Portuguesa», 31 Out. 1935

Em todos os tempos e em todas as latitudes A EDUCAÇÃO DA JUVENTUDE *tem sido o meio que assegura a continuïdade das revoluções e o campo de batalha de todas as correntes políticas ou ideológicas que procuram fazer vingar as suas doutrinas e concepções da vida.*

Na nossa recente viagem à Alemanha tivemos ocasião de ver confirmado e pôsto em prática êste princípio, a que já a história de Esparta dá especial relêvo.

Visitámos a Alemanha. Observámos a obra de renovação político-social do III Reich e verificámos

cam / núm / proc / excu / pròp / násic

A / prele / e em / polít / de c / rênci / do R

Outra vez os Antigos.
Esparta era o teu modelo.
Os nazis → herdeiros dos espartanos
Ⓔ
Os espartanos → os nazis da Antiguidade
Não importa como se vivia realmente em Esparta. Importa aquilo que tu acreditaras ser verdade a respeito de como se vivia em Esparta.

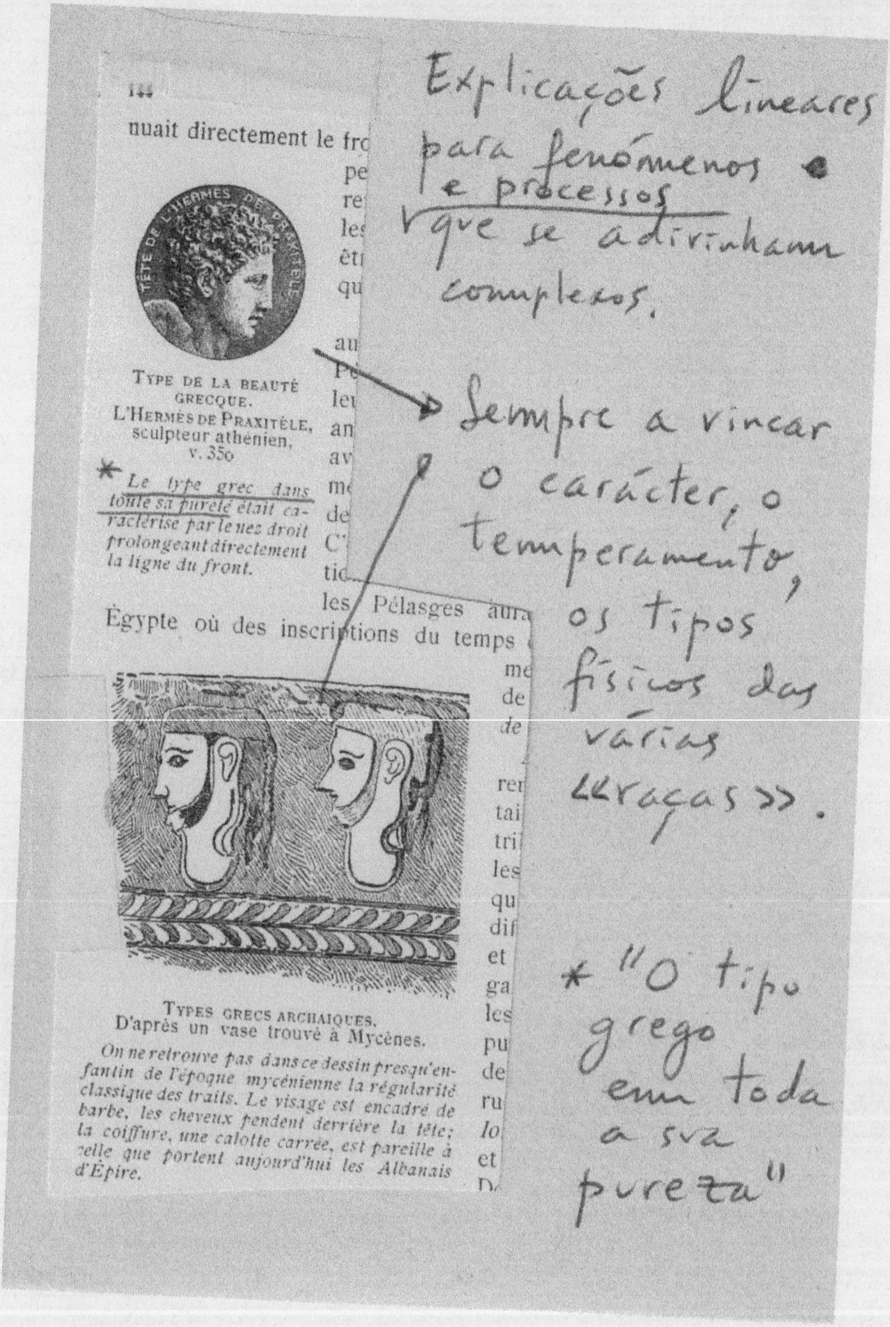
144
nuait directement le fro
TÊTE DE L'HERMÈS DE PRAXITÈLE
TYPE DE LA BEAUTÉ GRECQUE.
L'HERMÈS DE PRAXITÈLE, sculpteur athénien, v. 350
* Le type grec dans toute sa pureté était caractérisé par le nez droit prolongeant directement la ligne du front.
les Pélasges aura
Égypte où des inscriptions du temps
TYPES GRECS ARCHAIQUES.
D'après un vase trouvé à Mycènes.
On ne retrouve pas dans ce dessin presqu'enfantin de l'époque mycénienne la régularité classique des traits. Le visage est encadré de barbe, les cheveux pendent derrière la tête; la coiffure, une calotte carrée, est pareille à celle que portent aujourd'hui les Albanais d'Épire.
Explicações lineares para fenómenos e processos que se adivinham complexos.
Sempre a vincar o carácter, o temperamento, os tipos físicos das várias «raças».
* "O tipo grego em toda a sua pureza"

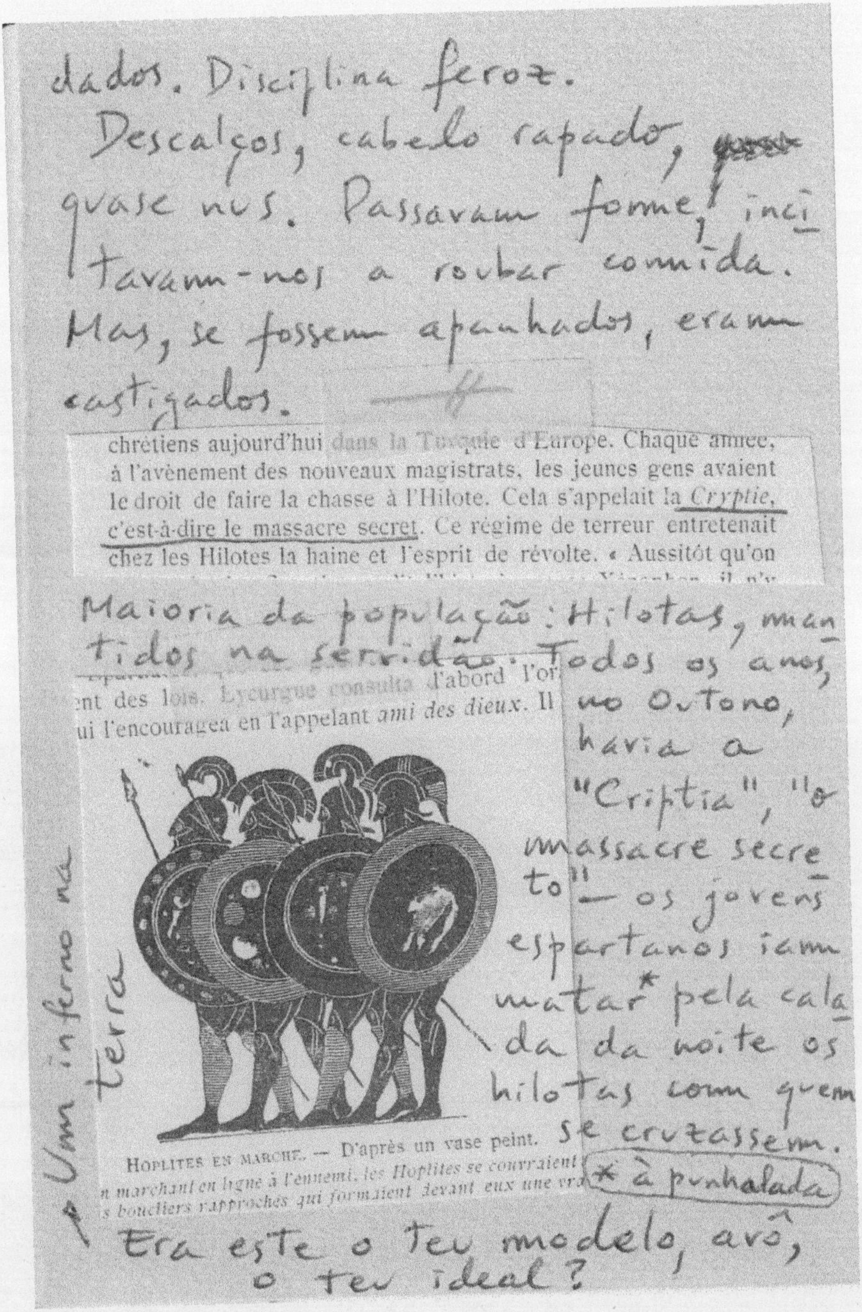

dados. Disciplina feroz.
Descalços, cabelo rapado, ~~quase~~ quase nus. Passavam fome, incitavam-nos a roubar comida. Mas, se fossem apanhados, eram castigados.

chrétiens aujourd'hui dans la Turquie d'Europe. Chaque année, à l'avènement des nouveaux magistrats, les jeunes gens avaient le droit de faire la chasse à l'Hilote. Cela s'appelait la *Cryptie*, c'est-à-dire le massacre secret. Ce régime de terreur entretenait chez les Hilotes la haine et l'esprit de révolte. « Aussitôt qu'on

Maioria da população: Hilotas, mantidos na servidão. Todos os anos, no Outono, havia a "Criptia", "o massacre secreto" — os jovens espartanos iam matar* pela calada da noite os hilotas com quem se cruzassem.

* à punhalada

ent des lois. Lycurgue consulta d'abord l'or
ui l'encouragea en l'appelant *ami des dieux*. Il

HOPLITES EN MARCHE. — D'après un vase peint.
n marchant en ligne à l'ennemi, les Hoplites se couvraient
s boucliers rapprochés qui formaient devant eux une vra

Um inferno na terra

Era este o teu modelo, avô, o teu ideal?

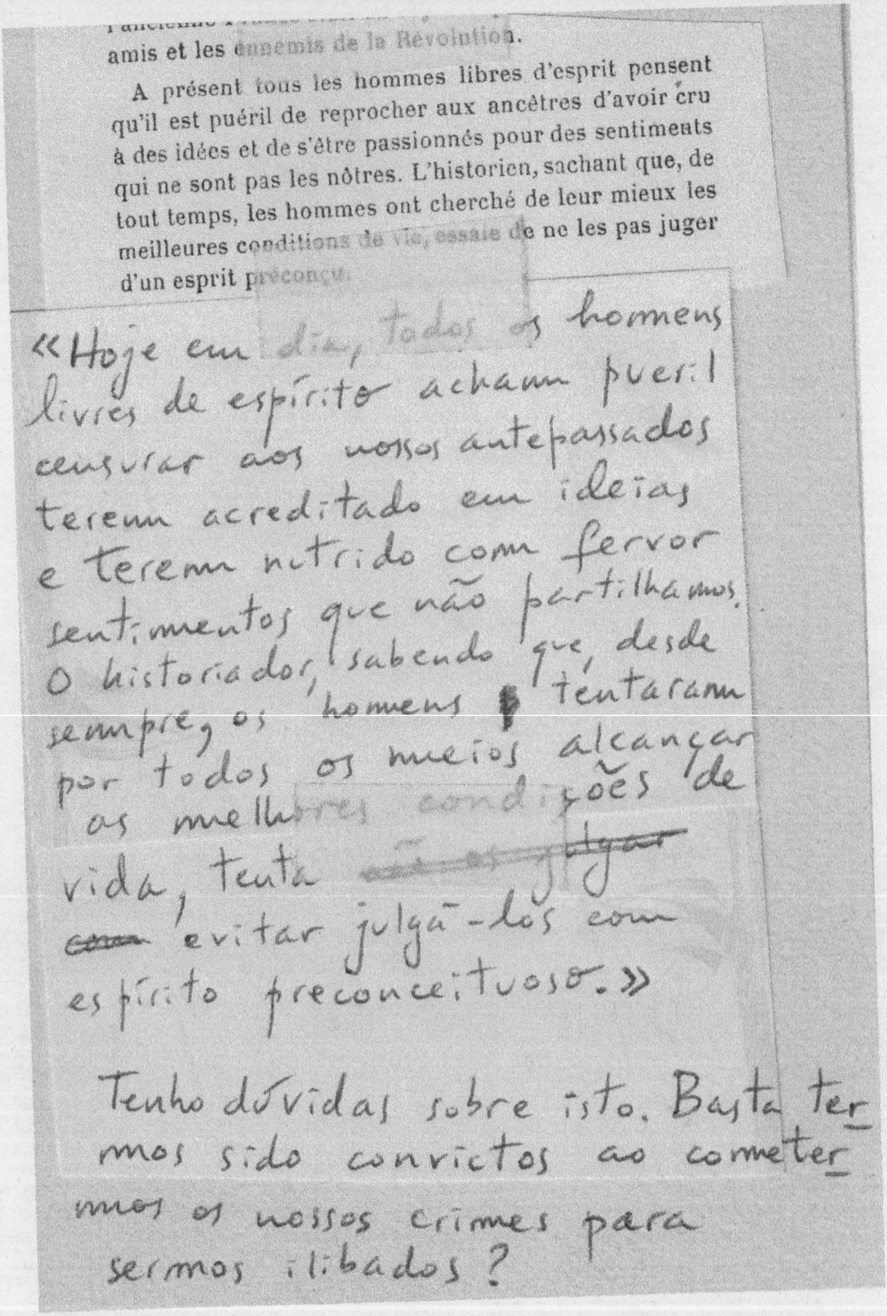

amis et les ennemis de la Révolution.

A présent tous les hommes libres d'esprit pensent qu'il est puéril de reprocher aux ancêtres d'avoir cru à des idées et de s'être passionnés pour des sentiments qui ne sont pas les nôtres. L'historien, sachant que, de tout temps, les hommes ont cherché de leur mieux les meilleures conditions de vie, essaie de ne les pas juger d'un esprit préconçu.

«Hoje em dia, todos os homens livres de espírito acham pueril censurar aos nossos antepassados terem acreditado em ideias e terem nutrido com fervor sentimentos que não partilhamos. O historiador, sabendo que, desde sempre, os homens tentaram por todos os meios alcançar as melhores condições de vida, tenta ~~não os julgar~~ ~~com~~ evitar julgá-los com espírito preconceituoso.»

Tenho dúvidas sobre isto. Basta termos sido convictos ao cometermos os nossos crimes para sermos ilibados?

8

Noite no meu quarto de hotel em Lublin na Cidade Velha noite no meu agora as palavras chegam desordenadamente fazem eco pingam do tecto tento recolhê-las na colher como massinhas de canja ~~e depois~~ rerecebi na caixa de corrreio do *email* ficheiros WeTransfer da BN descarrego-os é o jornal *Avante! — Órgão da Acção Escolar Vanguarda* tento disciplinar as palavras colho coisas aqui e acolém há recordações que vêm à tona como peixes agarro as que posso antes que desaparessam escrevo-as ao Tiago para não se perderem de repente lembro-me das tardes a ler o *Avante!* na sala de leitura da BN não tarda esqueço-me folheio o caderno de viagem da frente para ~~traz~~ trás à procura dos apontamentos sobre o *Avante!* cá estão eles não consigo não consigo bater isto no computador tenho de ~~fotrog~~ ~~frotoga~~ fotografar caem recortes na cama. Olha guardei no telemóvel fotografias dos artigos que citei mando-lhe tudo espero que o Tiago entendenda a minha letra gatafunhos ele depois organiza recorta retranca ele depois. Faz disto o que eu já não sou capacidade fazer queria que ficasse asssim

Avante! — Órgão da Acção Escolar Vanguarda: publicou-se entre 27/Jan./1934 e 6/Jan./1936. O nome é deliberadamente copiado do *Avante!* comunista, para retirar à esquerda o exclusivo da revolução.

Semanário — mas houve hiatos.

Há 48 números nos arquivos da BN. Mando vir tudo.

Há vários artigos escritos por ti, que assinaste com o teu nome próprio, «Adriano Manuel», ou com as iniciais «A.A.». Há textos sem assinatura que percebi logo serem teus: estilo e temática inconfundíveis.

Mais importante: foste (na fase final) presidente da AEV e director do *Avante!*, mas, mesmo antes, eras na organização uma figura importante/tutelar. Um homem mais velho/professor de liceu/ /um adulto que já «assentara» (como se dizia então). Exercias muita influência sobre os jovens «vanguardistas».

Cf. *Avante!* de 3/Fev./1934: dedicado à jornada inaugural da AEV — Teatro Nacional de São Carlos (Lisboa), 28/Jan./34. Referem o teu nome entre os presentes. E também «W. Berner, representante dos nazis» e os «representantes da Casa do Fascio».

Cf. 16/Jun./1934, «Aos rapazes da minha geração», de Francisco Leite Barreiros (primeiro texto deste jovem no jornal); três primeiros §.

> *Hoje ao sair duma aula, um professor meu, que tem a nítida compreensão do momento que passa, disse-me em tom imperativo estas palavras: «Quero que escreva para o Avante!»*
>
> *Fiquei-me a cismar um pouco, não tanto no facto em si, mas no significado desta atitude. Quando Salazar, em S. Carlos, lançou aquela formidável interrogação indicativa dum drama angustioso da nossa época, este professor era dos poucos que lá se achavam.*
>
> *Honra lhe seja feita, e, na pessoa dele, aos outros que nos entendem e nos animam.*

«formidável interrogação» — discurso de Salazar, em São Carlos, a abençoar a AEV: «Os estudantes estão aqui: e os vossos professores, onde estão?»

«<u>um professor meu</u>»: eras tu, quase de certeza (procurar Francisco Leite Barreiros no Boletim do Liceu Normal de Lisboa — Pedro Nunes, anos de 1934, 1935, talvez 1936)

Cf. 31/Dez./1935, nota de pêsames («De luto») da p. 2, pela morte do jovem Frederico Jorge de Menezes, da AEV, «afogado no Mondego, devido aos últimos temporais»:

> *Ainda há dias recebemos uma carta dele, da qual transcrevemos o seguinte: «Então, como vai o nosso movimento, e o bondoso dr. Alcaçova? Nada de desânimos, sempre Avante!»*

O *Avante!* é a tua voz genuína aos trinta anos de idade (mais até do que na entrevista ao *Diário da Manhã*, mais até do que no artigo da *Escola Portuguesa*). Aqui não há filtro. A tua mão/a tua presença está em todas estas páginas.

Nota: resistir à tentação (fácil) de te ridicularizar, de fazer troça das tuas palavras, da prosa dos teus camaradas, das vossas ideias. É tudo exagerado, cru, a traço grosso. Mecanismo de defesa: meter-vos a ridículo, para cavar uma distância. Resistir à estratégia de Chaplin, que retrata Hitler como um palhaço, um bufão patético, inofensivo.

Cf. 5/Maio/34, «Porque me orgulho de ser português», Fausto da Cruz:

> *Orgulhamo-nos de pertencer a uma pátria que saiu vitoriosa, coberta de loiros, dos campos de S. Mamede, Ourique e Valdevez. Somos da mesma natureza rácica de Nun'Álvares, desse bravo herói de Aljubarrota.*
>
> *Salazar, em renhidas lutas com algarismos, no remansoso sossego do seu escritório, vai alargando e glorificando Portugal no conceito das outras Nações.*

É difícil levar-te a sério. Mas tu levavas-te muito a sério. Nada disto era para ti uma brincadeira.

Cf. 9/Dez./34:

> *Preceitos do Vanguardista:*
>
> *[...]*
>
> *IX — Salazar é o Português providencial que Deus nos enviou para maior glória da Pátria.*
>
> *X — O Chefe nunca se engana. Segue-o.*

No teu *Avante!* não há meio-termo. Na mesma página, no mesmo texto, passa-se da ternura e do respeito quase religioso por Salazar/pela pátria (sempre com «P» grande) — Salazar e a pátria parecem ser a mesma coisa — para o insulto mais feroz.

Cf. 31/Mar./34, «Sétimo panfleto», Gládio (fala-se dos professores que em Portugal se opõem ao regime ou se mostram ideologicamente tíbios):

> *Uns mordem-se com fúria canina, de cães tinhosos pisados. Outros, os moluscos, lamentam timidamente, medrosamente a nossa propaganda decidida. Querem negar aos rapazes das escolas o direito de pensar, o direito de serem patriotas. Querem continuar a preparar gerações de falhados, de mentecaptos, de paisanos gingões.*
>
> *Querem-nos formar, à sua imagem e semelhança, democratóides intriguistas, sujos do corpo e da alma. Querem-nos marrecos e de óculos, como eles. Querem-nos empoados de caspa, bebericando café nos mentideiros da decadência. Querem-nos inferiores, miudinhos, tolhidos por respeitos humanos.*

A Nós, Portugueses!...

(Xilogravura de P. S.)

Explorar a ideia: estes textos parecem uma diatribe do Capitão Haddock. Mas é um Haddock repetitivo, sem comicidade nem burlesco, sem a vaga nota de amargura de Haddock (consciente da própria fragilidade/do próprio ridículo). Haddock exalta-se, insulta, solta impropérios, arma-se em valentão, mas logo tropeça, estampa-se ao comprido, mergulha de cabeça no charco, fica a olhar, apalermado, derrotado pelo mundo, indefeso e triste.

Contraste: tu e os teus comparsas como Haddocks que nunca tropeçaram, que nunca levaram porrada.

Nem sinal da fragilidade salvífica, do empenho trapalhão, do susto de Haddock. Ficou-vos só a raiva, o ressentimento, o ódio.

E o lado escatológico. Temas recorrentes: vómito/dejectos/pestilência/doenças/deformidades físicas. No tom deliciado de quem se espoja numa esterqueira.

Alguns exemplos numa primeira leitura:

17/Mar./34, «Itália»: os esforços da Sociedade das Nações para evitar a anexação da Áustria pela Alemanha são «as porcarias de Genebra».

17/Mar./34, «URSS»: os simpatizantes da URSS são «onagros declamadores das maravilhas soviéticas».

24/Mar./34, «A decomposição da França burguesa»: os intelectuais esquerdistas franceses «arvoram perante o público a caranguejola ridícula dos seus preconceitos e temores intestinais, ante a possibilidade de uma ditadura fascista».

5/Maio/34, «Vinde a nós», Fernando Ivens Lobo da Costa: quem tenta «denegrir a obra de Salazar» são «cobardes», gente que age «sob as ordens de Moscovo», «nojentos répteis que de seres humanos só têm o nome!».

3/Fev./35, «Nem vergonha, nem medo»: os democratas não passam de «corcundas defensores do cadáver da democracia», são «aqueles últimos comparsas da bacanal, que por aí rastejam, vomitando na sombra os últimos detritos duma digestão ignóbil de libertinos e democracia».

(Procurar mais.)

Além destes insultos, há ataques pessoais contra alvos bem definidos. Ameaças em linguagem cifrada — para mim indecifráveis, mas à época os visados entendiam logo, de certeza.

Nota: há muitos textos anónimos ou então assinados com pseudónimos (Gládio, Ignotus, Cruz de Fogo, Impávido, João Nemo), o que torna tudo mais sinistro.

Cf. 20/Abr./34, «O Lopes do Directório» (o alvo é um tal «Lopes» — não faço ideia de quem seja):

> *Suíno como os que o são, anda coberto de sujidades várias e tem os próprios miolos sujos, este suíno do Lopes.*
>
> *Usa umas bigodaças de carpinteiro, de baixo das quais as asneiras brotam à farta, copiosamente ensalivadas, como é natural em pessoas desta categoria.*

Mais adiante:

> *Sua Sujidade deu-lhe em mastigar palavras tendenciosas e soezes a nosso respeito, à luz daquele critério barato, cavernícola que o caracteriza.*

E conclui:

> *A mocidade passa por ti, Lopes retrógrado, e não te liga meia porque és um laracheiro e nada mais.*
>
> *Em todo o caso, tem cuidado, para não te mandarmos lavar.*
>
> *Arrepiavas-te, Lopes!*

E ainda: 5/Maio/34, «Prof. Pivete» (ameaças a um jovem universitário que «teve o desplante de rasgar o *Avante!* numa associação académica de Lisboa»):

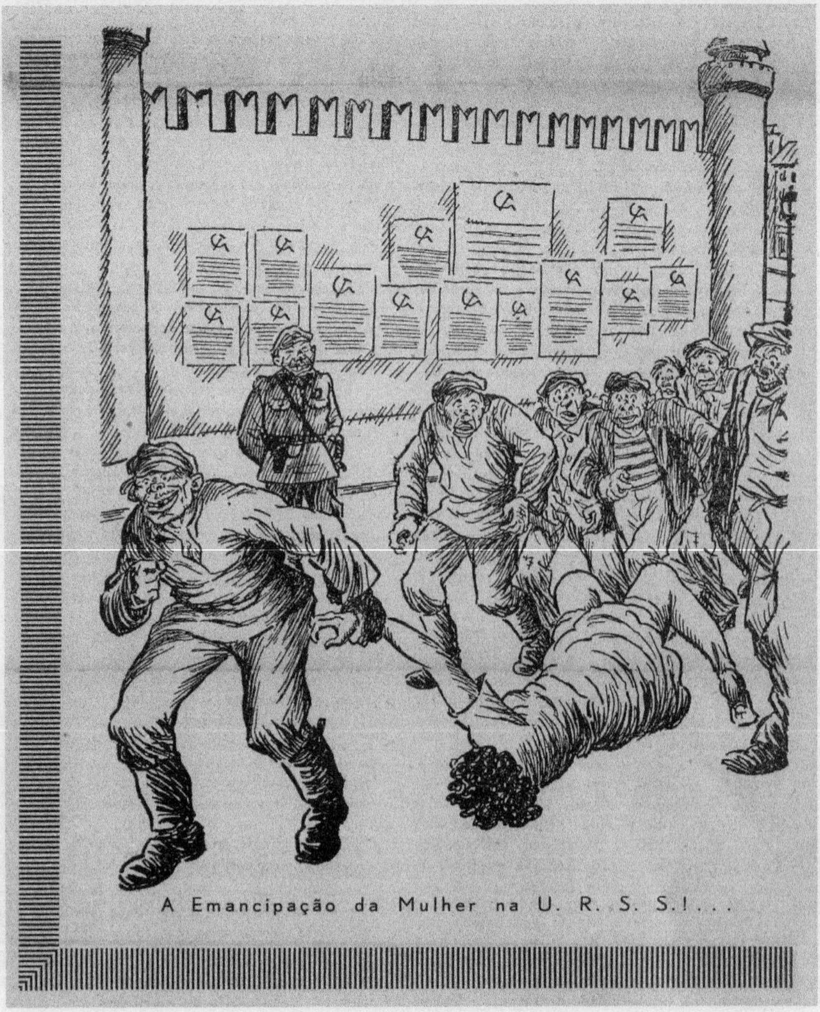

A Emancipação da Mulher na U. R. S. S.!...

Tenha juízo, emende-se, porque é feio ser garoto com vinte e tal anos de idade.

Olhe que, se não o ganha, ver-nos-emos obrigados a dar--lhe umas sapatadazinhas.

Nota: quais são as virtudes do teu *Avante!*, avô? Tem de haver virtudes. Poderá existir uma ideologia sem virtudes? Poderá existir um jornal sem virtudes, sem ponta por onde se lhe pegue? Poderás ter criado um objecto sem virtudes? Isso não quererá dizer que tu próprio eras um homem sem virtudes? Encontro uma virtude: a franqueza. O teu *Avante!* não esconde ao que vem, é claro como a água. Mas isto será uma virtude? (A franqueza brutal é o oposto da civilização. Civilização = educação? Civilização = delicadeza?) Repensar.

Homofobia

Cf. 14/Out./34, «Espanha desvairada», M. A. (artigo sobre a sublevação dos mineiros das Astúrias, em Outubro de 1934, um acontecimento que muito vos indignou e assustou; pesquisar mais sobre esta revolta e sobre Manuel Azaña: presidente do Conselho de Ministros de Espanha até Setembro de 1933; reformador que democratizou as Forças Armadas espanholas; foi muitas vezes acusado de ser homossexual):

Correu sangue nas calles *turbulentas. Milhares de homens tombaram, para sempre, uns na defesa da ordem, outros no desvairo da revolta. Graças ao Exército, que, apesar de Azaña, o mais sinistro bandido dos últimos tempos, ainda mais perigoso, pela sua astúcia e audácia de* maricón, *que todas as bombas dos* pistoleros *comunistas —; graças ao Exército, que, apesar das reformas de Azaña, soube cumprir, com garbo e disciplina, o seu dever, a República nossa vizinha conseguiu, desta feita, sufocar os agitadores.*

E ainda: 13/Jan./35, «Pela mulher…», Maria Dolores (uma das poucas mulheres a assinar textos no *Avante!*):

> *Culpar o homem porque ele nasceu assim forte, impulsivo, brutal mesmo? Certamente que não. É preciso que ele seja mesmo assim, para ser arrojado e desprezador da morte. Sem estes atributos, a ciência tinha paralisado e não veríamos hoje esse pigmeu atrevido ir até ao fundo do mar e elevar-se às altas regiões da estratosfera.*
>
> *Deixemo-lo ser assim, que lhe fica bem… que um homem feminino não presta… Antes vê-lo grosseiro e impulsivo, mas visivelmente homem, do que asquerosamente feminil, como muitos dândis que para aí ostentam uma vergonhosa ociosidade, mantida bem sabemos por quem, de unhas pintadas e sobrancelhas arqueadas…*

Racismo

Ver 7/Out./34, «Honoris causa»:

> *O sr. Jaime Brasil, jornalista de «alma ressequida», como ele próprio confessa, dava há dias, num jornal da tarde, a sua «solidariedade e o pouco de ternura» que lhe resta aos indivíduos de cor. E fazia-o com tal entusiasmo e tal calor que nós propomos, desde já, para o* ressequido *jornalista, o merecido título de* preto honorário...

Elogio da eugenia

Cf. 18/Nov./34, «Pela mulher…», Maria Dolores (diz-se aqui com todas as letras o que deixas implícito no teu artigo da *Escola Portuguesa* de 31/Out./35):

> *Toda a antiga educação espartana consistia em dar ao Estado cidadãos robustos. Uma lei cruel negava às crianças*

ATLETAS D'HOJE

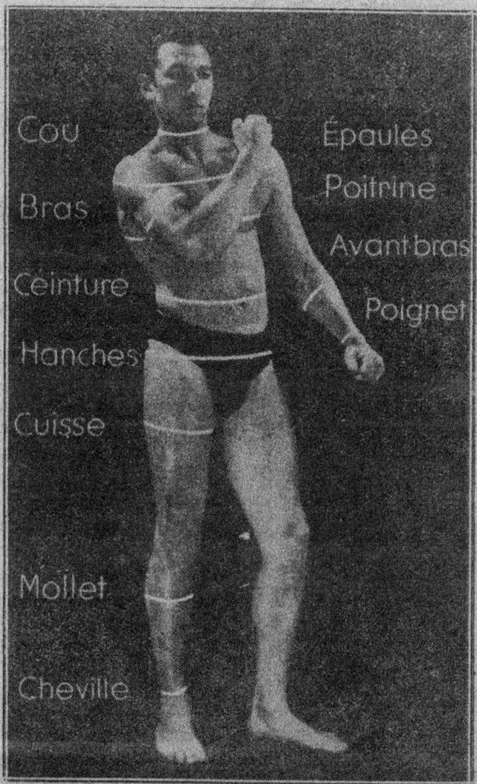

(De «Je sais tout»)

TABELA

a) — Altura	1,^{m}70	*i*) — Ante-braço direito	0,^{m}30
b) — Pêso (nú)	70 kg.	*j*) — Idem esquerdo	0,^{m}30
c) — Cintura escapular (épaules)	1,^{m}20	*k*) — Pescoço	0,^{m}41
d) — Perimetro torácico (inspiração)	1,^{m}18	*l*) — Côxa direita	0,^{m}55
e) — Idem (expireção)	1,^{m}10	*m*) — Idem esquerda	0,^{m}55
f) — Cintura	0,^{m}82	*n*) — Perno direita	0,^{m}38
g) — Braço direito	0,^{m}38	*o*) — Idem esquerda	0,^{m}38
h) — Idem esquerdo	0,^{m}38	*p*) — Cintura pélvica (Hanches)	0,^{m}85

Damos hoje aos nossos leitores na tabela anexa as proporções harmónicas do corpo humano. Contudo, haverá quem depois duma preparação física aturada e metódica, alcance fôrça e saúde, sem jamais conseguir tais proporções, e, mesmo sem que deva sequer tentar conseguir.

A fotografia tirada *Je sais tout* dá-nos uma pose cheia de harmonia do culturista francês Marcel Rovet prof. de cultura física na piscina parisiense Molitor.

débeis o direito da existência, condenando a uma morte prematura os fracos como inúteis na sociedade forte que se preparava. E assim, ao abrigo desta lei desumana, Esparta conseguiu impor, pela rijeza dos músculos dos seus filhos seleccionados, a sua hegemonia à intelectual Atenas.

Foi assim mesmo que se formaram a par deste, esses outros colossos da Antiguidade, cuja majestosa grandeza, revelada nas suas ruínas ciclópicas, nos assombra ainda.

Os homens de hoje, mais egoístas de si, e por isso mesmo mais desinteressados do bem colectivo e do alto sentimento nacional, pouco pensam nos destinos sagrados da Pátria.

(Nota: desonestidade intelectual do texto. Começa por dizer que a lei de Esparta era «cruel» e «desumana», mas acaba a elogiá-la por meias-palavras.)

A juventude como um valor em si

Ver 27/Maio/34, «Respondam os velhos perante o tribunal dos novos», Alberto Portulez:

Francamente. Os velhos só fizeram e fazem asneiras.

Maldita geração de egoístas, que os seus erros temos de sofrer.

Preparem as vossas defesas, se é que as têm, porque desde hoje ficam intimados a responder perante o TRIBUNAL dos NOVOS.

Apologia da violência máscula

As disputas, as querelas resolvem-se à pancada.

Cf. 10/Fev./35, «Antipatriotismo revoltante»: um «grupelho de antipatriotas sujos» apupou, num concerto (no Coliseu de Lisboa), o maestro Ruy Coelho, autor do hino da AEV; ameaça-se purgá-los «à maneira fascista, com… óleo de rícino!!…».

9/Jun./1934: cita-se um artigo da *Revolução Nacional*, que começa assim:

> *É vulgar a luta, no liceu Rodrigues de Freitas, entre estudantes vanguardistas e comunistas.*
>
> *Questões entre estudantes, liquidadas a murro limpo e de que se têm saído bem os valorosos rapazes da vanguarda.*
>
> *Tem o mérito, até, de ser excelente escola de energia.*

18/Nov./34, «Pela mulher...», Maria Dolores (elogio da educação «à inglesa»):

> *E enquanto nós criamos os nossos filhos como verdadeiras meninas, roubando-os ao convívio dos outros rapazes e só lhes permitindo receber este sol criador à varanda, tolhendo-lhes quase os movimentos, na idade irrequieta em que a sua índole requer movimento e expansão turbulenta, os ingleses, ponderados e previdentes, atiram os seus à rua, incitam-nos à disputa uns com os outros, tendo desprezos para o vencido e acumulando de honras o vencedor...*
>
> *Assim fazem os fleumáticos ingleses, frios, calculistas, antipáticos à nossa sensibilidade, mas em cuja frieza, insensibilidade e cálculo há uma grande dose de inteligência e um profundo conhecimento da vida.*

(A vida como luta sem quartel/lei do mais forte. Aplica-se tanto aos indivíduos como às nações. A guerra e a violência são ferramentas aceitáveis para dirimir os conflitos entre os países, recursos legítimos ao dispor de quem queira afirmar as suas ambições/direitos, de quem queira vingar afrontas/fazer justiça.)

Cf. 31/Dez./35, «A guerra em África», Óscar Costa (a Itália invadiu a Etiópia em 1935, procurar a data exacta da invasão):

A Itália provocou a guerra por necessidade de expansão.

A guerra é uma função da existência humana e há-de existir enquanto houver interesses diferentes à superfície do globo.

A história da humanidade é um relato constante destas lutas, não se explicando a indignação que momentaneamente avassala tantos espíritos.

6/Abr./35, «Força pela alegria — Uma pergunta, uma resposta» Importante: este artigo dá voz aos avisos da Alemanha nazi a respeito da necessidade imperiosa de se expandir territorialmente para Leste (pela força, se necessário), para não ficar atrás das outras potências coloniais.

Explicação: em Março de 1935, três navios da Frente Alemã do Trabalho (Deutsche Arbeitsfront — DAF), cheios de excursionistas, fazem escala em Lisboa, a caminho de uma estada na Madeira (investigar mais sobre as origens desta DAF). Um vanguardista chamado Mourão é convidado a acompanhá-los e escreve depois longos artigos sobre a agradável experiência de convívio a bordo com os alemães e sobre as virtudes do regime nazi. (Ver número anterior, de 29/Mar./1935, artigo «A caminho da Madeira com a Deutsch Arbeits-Front», assinado por Mourão.) Em Lisboa, um jornalista perguntou a Robert Ley (o líder da DAF — pesquisar este fulano; foi julgado em Nuremberga?), que chefiava o grupo, se a DAF era uma organização de preparação para a guerra, e «a resposta, como não podia deixar de ser, foi negativa». Já em alto-mar, Mourão procura mais explicações junto de um tal Herr Kiel, «um dos ajudantes do dr. Ley», e transcreve a resposta deste assessor:

Diz-me Kiel: «É talvez devido não aos inimigos da Alemanha, mas sim aos do regime, que muitas notícias falsas têm

Depois da sessão em S. Carlos — A marcha nocturna a caminho da residencia do Chefe do Governo

sido propaladas na imprensa estrangeira. Temos lutado com sérios embaraços para as desfazer, muitas das vezes, pois têm sido bem urdidas. Porém, preocupa-nos mais o juízo que a tal respeito faça o povo alemão do que os outros povos.

«Foi dura a lição da última guerra, para que não sejamos cientes do que seria uma nova guerra, nesta altura em que o mundo se encontra fortemente armado. É certo que tem dado azo a muitos alarmes falsos a absoluta necessidade que temos de colónias. Não é, porém, pela força das armas que as desejamos conseguir, mas sim fazendo compreender ao mundo que do nosso lado está a razão. A nossa população anda hoje à roda de 63 milhões de almas.

«Aumenta dia a dia. Não chega o território do continente, pois não pode produzir o suficiente para uma tão grande população. Vemos, por exemplo, a França, que, com uma extensão continental maior do que a nossa, tendo uma população duas vezes menor, possui grandes colónias.

«Vemos a Inglaterra, etc., que possuem territórios muito mais extensos e às quais, não fazem falta. Ora como esses territórios foram, na sua maior parte, alemães, será ou não razoável a nossa pretensão?»

E Herr Kiel remata assim:

«É preciso que o mundo se convença que, se nos der as condições necessárias de vida, para podermos trabalhar e garantir ao povo alemão um futuro seguro e próspero, a Alemanha será o maior inimigo da guerra.

«O trabalho dá alegria e satisfaz o homem. Em vez de estorvar-nos o caminho, ajudem-nos, e a Paz será um facto. Não queremos a guerra, mas não a tememos.»

Os vossos grandes inimigos são três (estão sempre a repeti-lo):
a Maçonaria;
a democracia;
o comunismo.

A democracia parlamentar é um sistema decadente, podre, em extinção. A palavra «ditadura» é um termo elogioso. A ditadura, a «revolução nacional» = a vossa utopia realizada.

Cf. 2/Mar./34, «III República Stawisky», Cruz de Fogo (caso Stavisky: escândalo que abalou a França em Janeiro de 1934? — procurar as datas certas; fraude de grandes proporções. Responsável: um fulano chamado Alexandre Stavisky, que levou a cabo a burla por meio da caixa de crédito municipal da cidade de Baiona; beneficiou de cumplicidades entre as altas esferas do Estado francês; procurar mais detalhes; Stavisky era judeu? era imigrante?):

> *A democracia, como forma de governo, não passa de um grande polvo dispondo de um aparelho tentacular em perfeito e rendoso funcionamento.*
>
> *Assim, verificamos que o tentáculo maçónico (o de mais poderosa receptividade) alimenta o tentáculo plutocrático, o burocrático e o parlamentar. Servindo estes, existe o tentáculo da imprensa, alugada ou vendida, que vive exclusivamente das ocorrências da oferta e da procura.*
>
> *Uma desarmonia funda entre eles é semelhante ao destapar de uma cloaca.*

Conclui assim:

> *Pode dizer-se sem rodeios que a democracia é o sistema político do roubo organizado.*

OS TRATORES SOVIETICOS

— Pára! É impossivel avançar! (Industrializatsion)

E ainda: 27/Abr./34, «Os jornais…»

A falência dos partidos e das democracias é geral em todo o mundo. Caem apodrecidos por toda a parte os sistemas políticos que assentam em bases democráticas. Já não há possibilidades de salvação.

Todos os povos, desiludidos, procuram defender-se de semelhante praga, reagindo com violência contra ela.

Todas as nações procuram um chefe, um comando único, que as conduza para dentro da ordem e lhes garanta o futuro.

E ainda: 17/Fev./35, «O decrépito regime parlamentar», Fernando M. A. da Mota Marques (procurar em *Mein Kampf*, de Hitler, lembro-me de uma descrição parecida das sessões parlamentares a que ele assistiu em Viena):

Inúmeras vezes aquele casarão de São Bento serviu de tablado a cenas vergonhosas, cadeiras que se partiam, secretárias que se derrubavam, homens que usavam gravata mas que se insultavam como colarejas da praça, outros que assobiavam e batiam com as quatro patas no chão, e todo este chinfrim, apenas para impedirem que fosse aprovado um decreto que viria prejudicar os seus partidos, não se importando nem discutindo se ele iria ou não beneficiar a nação; mas que importava isso aos dignos representantes do povo, a Nação, a Pátria e o povo português era uma coisa absolutamente secundária para eles.

A vossa besta negra é o comunismo/bolchevismo.
Cf. 20/Mar./35, «O comunismo e o capitalismo», António Mota:

Vejamos qual foi a origem do comunismo: o ódio do esfomeado contra o luxo do capitalista, que tem com que se regalar, o necessário e o supérfluo, ao passo que o primeiro nem sombras do necessário possui. Este pensou em mil maneiras de se vingar, de trocar os lugares, e assim nasceu o comunismo, doutrina puramente oposta, pois que o pobre pensa fazer a sua felicidade à custa da ruína do rico.

A obsessão asiática

Como não podia deixar de ser, eis que aparece a tua obsessão com os «amarelos».

Vocês vêem no comunismo (na sua encarnação soviética) uma força oriental, estranha à civilização europeia, uma doutrina de bárbaros, prontos a invadir o Ocidente e a causar um banho de sangue. Uma reencenação apocalíptica das invasões bárbaras da Antiguidade (outra vez a Antiguidade; os Persas a invadirem a Grécia; os Espartanos a resistirem nas Termópilas; os heróis que salvam o Ocidente e morrem até ao último homem).

Ver 27/Jan./34, «Perfil de Lenine», João Ameal (a ilustração é um retrato/caricatura de Lenine com cara de chefe tártaro ou mongol — pedir fotocópia da página 7 e recortar):

Pedro-o-Grande quis ocidentalizar a Rússia. Lenine quis restituí-la ao Oriente, às suas raízes profundas. Serviu-se do marxismo para tentar separar a Rússia da civilização burguesa, isto é: europeia.

As suas três características essenciais são a insensibilidade moral, o espírito de sistema e a volúpia da violência.

E ainda: 24/Mar./34, «Sexto panfleto», Gládio (a colagem do comunismo à Ásia é uma autêntica obsessão; aqui, o pretexto é um ataque aos opositores do salazarismo):

> *Tenham ao menos uma coisa: lealdade. Sejam brancos, europeus e deixem-se de jogar às escondidas connosco, que adivinhamos os vossos esconderijos.*
>
> *Sejam leais para quem deve merecer-lhes essa lealdade.*
>
> *Sejam europeus e deixem-se de histerismos asiáticos, das guinadas próprias do sangue queimado pela ardência do deserto.*

Ver também 31/Mar./34, «Regresso ao equilíbrio», António de Oliveira Coelho:

> *Tenhamos a firmeza e a coragem para o afirmar: o mundo caminha para uma Nova Idade Média, baseada no amor cristão e fortalecida por um poder forte e autoritário, que nos salvará do abismo russo e dum orientalismo anárquico e corrupto.*

Outro exemplo: 27/Abr./34, «O bolchevismo como aparência biológica» (divide-se a Humanidade em duas categorias irreconciliáveis e sugere-se a condição sub-humana dos povos eslavos):

> *O* nómada *podia criar apenas trabalhos e artes que podia exercer nos seus passeios, exercer assim o comércio e intercâmbio com muitos povos, e não tinha necessidade de luta, porque onde houve perigo podia fugir.*
>
> *O* camponês *inventou por necessidade a técnica para o auxílio do seu trabalho, ligado com a terra durante gerações, defendendo-se até à última gota de sangue e não fugindo como o nómada.*
>
> *Isto é a base e a origem do camponês na Europa. Na Rússia não é assim. Por causa da indolência do camponês eslavo, chegou ao poder o nómada tártaro, e procura hoje segundo os seus costumes nomádicos implantar a forma de vida desta raça vagabunda.*

Nota: apesar deste ódio/medo, vocês vêem na Rússia soviética um adversário legítimo/um rival à vossa altura. O bolchevismo é o vosso arqui-inimigo, MAS não é efeminado como as democracias parlamentares.

Cf. «As ditaduras», rubrica de página inteira que dura do número 1 ao número ? (verificar + tarde, mas surge muitas vezes) — eras tu o responsável/autor, de certeza (verificar todas, para ver se há alguma assinada; sempre quatro colunas a par: «Portugal»/«Germânia»/ /«Itália»/«URSS»; cada qual com o retrato do respectivo ditador: Salazar/Hitler/Mussolini/Estaline; a URSS e Estaline são sempre zurzidos, mas têm lugar reservado na galeria dos novos poderes.

Ideia: os bolcheviques como filhos transviados da revolução. Mas filhos, mesmo assim.

Propaganda nazi

Wilhelm Berner (representante do Partido Nazi em Portugal) publica textos e faz propaganda no *Avante!*.

Cf. 27/Maio/1934, «A ditadura alemã», W. Berner:

> *A Alemanha, tendo hesitado um momento — já por motivo das consequências desastrosas da Grande Guerra, já pela influência perniciosa das doutrinas bolchevistas — entre a cultura ocidental, a que pertence, e a cultura oriental, inimiga da Europa, marcou, com o advento de Hitler ao poder, um passo decisivo em defesa da civilização europeia.*

No mesmo texto:

> *Os intelectuais que, apesar da proibição do governo, continuavam a desenvolver por todos os modos a sua nefasta propaganda foram metidos em campos de concentração para ali aprenderem o trabalho honesto e produtivo, em prol da Nação, que eles desagregavam.*

LENINE

E ainda:

traduções de textos do *Völkischer Beobachter* (jornal oficial do Partido Nazi);

traduções de textos do *Der Angriff* (jornal dirigido por Goebbels);

discursos de Goebbels;

discursos de outros dirigentes nazis;

fotografias de jovens da Juventude Hitleriana (rapazes e raparigas a desfilar/a praticar exercício físico);

fotografias de rapazes da juventude fascista italiana (os *balillas*);

uma fotografia do marechal Hindemburgo;

(construir tabela com estes exemplos).

Elogios rasgados a Hitler

10/Fev./34, «Germânia»: Hitler é dotado de uma «energia máscula», em contraste com os «eufemismos hipócritas dos Estados maçónico-liberais».

24/Mar./34, «Germânia»: Hitler tem um «modo de vida absolutamente sóbrio, à espartana» (outra vez a obsessão com os Espartanos).

Muito importante: única nota de dissonância com os nazis.

17/Mar./1934, «Germânia»: texto muito duro; critica-se o regime nazi pelos ataques à religião cristã/pela perseguição à Igreja Católica (procurar o incidente/acontecimento concreto que terá estado na génese do texto); lampejo de clarividência: quem escreve (tu, avô? Duvido...) parece perceber a impossibilidade de alguém ser ao mesmo tempo nazi e cristão:

A questão levantada entre o Nacional-Socialismo e a Igreja Católica tomou nestes últimos tempos uma acuidade extraordinária. Não é uma simples discordância sobre as organizações

2 de Março de 1934 AVANTE! 3

«E' evidente e ensinado pela experiência que é fácil a concepção onde a responsabilidade de poucos é substituida pela irresponsabilidade de muitos: os regimes democráticos prestam-se mais que nenhuns outros a compromissos, entendimentos, cumplicidades abertas ou inconscientes com a plutocracia».

SALAZAR

PORTUGAL

Aplaudimos com o maior entusiasmo, a medida inteligente que a Direcção Geral da Censura acaba de promulgar. Quem como nós estudantes, conhece bem as infamias de uma pseudo literatura que para aí se estadeia, não deixara de aplaudir esta medida de verdadeira profilaxia social.

A vasa imunda da pornografia e do comunismo, já tinha invadido todos os lugares.

Desde os alfarrabistas, dos quiosques, ás livrarias «chics» do Chiado, *nas cantinas de alguns liceus*, nas tabacarias, por toda a parte enfim, a mercadoria infame se apresenta e se facilita por preços sem concorrência.

Com a capa, de cientificas, algumas, destas obras não são mais que um grosseiro embuste tendo em vista sòmente, corromper e dissolver as virtudes fortes da Nação.

ITALIA

Também no aspecto cultural o fascismo venceu na Itália. Com uma herança pesada e difícil do liberalismo, o fascio consegue em pouco tempo valorisar e difundir a cultura em todos os campos. O analfabetismo é combatido com decisão. As organizações do partido, desde

Esfalfaram-se os democratas de todo o mundo, a explorar o discurso de Goebels, sobre a moral na nova Alemanha. Eles, que na boa tradição maçónica nunca se preocuparam por êsses assuntos senão para corromper e destruir, em nome do bem da humanidade futura, rasgam agora as vestes indignados.

U.R.S.S.

E' hoje a Russia o país em que a mocidade está mais fortemente organizada. A organização infantil especialmente, é ferozmente militarista. Não se facilita a entrada das crianças nos *Pioneiros*. Só depois de uma grande selecção, tanto sob o aspecto físico como sob o aspecto da pureza comunista, dos ascendentes, é que as crianças podem entrar para a organização. Os «Pioneiros» não têm aquêle aspecto atraente dos *Balilas*, porque nestes a disciplina militar adoptada é um meio, naquêles é um fim. Os «Balilas» com a vida ordenada da sua organização criam o espírito de solidariedade e sobretude temperam o seu caracter enrijando-o para as lutas da vida. Os «Pioneiros» estão também organizados militarmente, mas aqui é essencialmente ao fim militar que se atende.

católicas. É um grave conflito doutrinário resultante da desarmonia absoluta entre as doutrinas cristãs e racistas.

Mais adiante:

Ora os valores germânicos, tais como os concebe o racismo, na sua feição particularista, não estarão em desacordo com o universalismo dos princípios católicos?

Alfred Rosenberg (grande ideólogo nazi, declaradamente anticristão) é atacado:

Frequentemente, em diversos discursos [de Rosenberg], encontramos referências elogiosas ao paganismo germânico e ao grande Wotan e a outros deuses germânicos.

Mais adiante:

Já são inúmeros os sacerdotes presos e as agremiações católicas dissolvidas. A lei da esterilização encontrou nos católicos uma resistência invencível.

(Alusão ao programa nazi de esterilização dos doentes mentais, em vigor desde 1933? — confirmar se foi neste ano/verificar qual o mês; mais tarde, surgiu o programa de eutanásia.)

Final do texto, em tom de aviso:

É lamentável que o hitlerismo enverede por este caminho. Não é que, como católicos, temamos a sorte da Igreja, ela teve há vinte séculos uma promessa de vida eterna. O que nos desgosta como simpatizantes do nacionalismo alemão é esta pertinácia no erro que o arrastará à derrota fatalmente se da parte dos seus chefes não houver a oportuna reconsideração.

24/Mar./1934 (número seguinte), «As juventudes alemãs» (tradução de um texto do *Völkischer Beobachter*, de 12 de Março; subtítulo: «Discurso de Baldur von Schirach, chefe da juventude alemã, em Essen, à juventude operária»); claramente, é uma «resposta» ao texto de 17/Mar., para pôr os pontos nos ii (será uma réplica de ti para ti próprio? — mais alguém sabia alemão que chegasse para traduzir o discurso?); procurar outras referências a esta questão no *Avante!* — para já, não encontrei, mas podem ter-me escapado):

> *Não queremos, agora que vencemos o marxismo, capitular diante da burguesia, que acha inútil a educação completa da mocidade.*
>
> *Está muito espalhado o conceito falso de que a mocidade aguerrida é anticristã.*
>
> *É mentira.*
>
> *Se directamente escapa à nossa acção a defesa dos interesses da Igreja, os interesses do Estado podemos nós defender, e por isso mente quem diz que não somos cristãos.*

29/Mar./1935, «Hitler e a formação das juventudes alemãs» (não assinado, mas obviamente escrito por ti; súmula do que pensavas sobre Hitler e o nazismo):

> *Dissemos no último artigo que Hitler conseguira formar, no coração da Europa, uma forte barreira de oposição ao derramamento das doutrinas comunistas.*
>
> *Em nosso entender, só por isso, Hitler conquistou o direito à gratidão da Europa latina, que pôde, assim, dispensar-se, em grande parte, duma luta que seria inevitável, de consequências trágicas e resultados duvidosos.*

A VIRGEM E O MENINO
Murillo

Todos deveriam lembrar-se de que, se não fosse a tenacidade combativa desse revolucionário, sacudindo a Alemanha com os seus discursos inflamados e sustentando uma campanha que, acima de tudo, foi verdadeiramente heróica — a avalanche moscovita teria rolado pesadamente pela Europa inteira, arrasando e pulverizando todos os vestígios duma civilização gloriosa.

Mais adiante:

Não curvamos, incondicionalmente, a cabeça diante do actual chanceler do Reich.

Todavia, à parte as restrições da nossa admiração, somos forçados a confessar que ele é, de facto, um grande revolucionário a quem a Europa inteira, embora o não confesse, deve a circunstância de não estar, neste momento, lançada no braseiro imenso, que acabaria por transformá-la num vasto campo de cinzas e de escombros.

Sabe-se lá o que teria acontecido aos velhos povos do Ocidente, teimosamente adormecidos, se o vagalhão moscovita, impulsionado no momento oportuno, não encontrasse, a detê-lo, o entusiasmo inquebrantável das falanges hitlerianas.

É sempre agradável ver atribuir a César o que é de César e a Deus o que é de Deus.

Parágrafo seguinte — anti-semitismo:

No entanto, através da Europa, dominada ainda e sempre pelo espírito tortuoso do velho e nefasto judaísmo, a figura de Hitler foi sistematicamente deformada e interpretado caricaturalmente o sentido do grande movimento nazi.

(Procurar outros exemplos de discurso anti-semita; já encontrei alguns — construir tabela.)

Fecho o computador levanto-me da cama vou à janela abro-a respiro fundo o ar fresco traz-me as palavras pela ordem certa.

Noite cerrada ou fechada ou de breu, agora sei tudo, deve ser da insónia. Conheço-te melhor do que há uma hora, do que há duas horas, avô. Conheço-te como a palma. Acenas-me, pedes-me que me junte a ti, que me deite ao teu lado no vagão, antes que seja tarde. Há uma fotografia que aparece em dois números diferentes do *Avante!*. É uma marcha nocturna à luz dos archotes, à maneira nazi. Entro na casa de banho, vejo-me ao espelho. Depois do tal comício inaugural da AEV em São Carlos, tu e os teus camaradas. Só agora esvazio os bolsos das calças. Organizaram uma marcha nocturna à luz dos archotes, que partiu do Chiado. Carteira. Passou pelo Rossio, pelos Restauradores, subiu. Porta-moedas. Até à residência de Salazar, na rua Bernardo Lima. Pouso tudo na borda do lavatório. Salazar já tinha chegado a casa, veio à janela. Um pacote de lenços de papel. Agradeceu os vossos aplausos. *Komboloi* de jade. Procuro-te na fotografia, não te encontro. *Komboloi* de caroços de azeitona. Jovens agasalhados (estava frio, era Janeiro), parados em fila, na rua, de archotes acesos na mão. Passaporte. O poder de quem leva o fogo consigo e pode, se quiser, incendiar o mundo. Tudo na borda do lavatório. Pode incendiar pilhas colossais de livros. Esferográfica azul. Pode incendiar pilhas colossais de cadáveres. Esferográfica preta. Se eu fosse jovem nos anos 30. Tudo o que trago nos bolsos. Teria pensado e feito exactamente o mesmo do que tu. O fio que trago ao pescoço. Teria sido adepto das ditaduras musculadas, teria detestado a democracia. Com a medalha de Cristo. Corrupta e decadente. Com a coroa de espinhos. Teria sido racista. Uma auréola de raios de luz ondulados. Machista. Cabelo comprido, de pontas encaracoladas. Homofóbico, colonialista. Barba bem aparada. Na época, não se usavam algumas destas palavras. Verdete nos olhos, efeito do meu suor. Sequer. Teria ódio aos velhos. No verso, gravado a canivete. Teria sede de guerra, de luta. O nome de um tio-avô materno que morreu tuberculoso. Tudo menos as águas mornas. Abro a torneira. Teria confiado num homem como tu. Lavo as mãos. Teria sido, como tu o foste, aquilo que são quase todas as pessoas. A água está fria. Em cada época. O sabonete é áspero, magoa. Teria sido um homem do meu tempo. Esfola-me a pele, parece vidro moído. Teria marchado à luz dos archotes. Sangue na água. Se tivesse vivido a minha juventude nos anos 30. Os nós dos dedos cortados. Teria idolatrado Hitler. Sangue, muito sangue. Como tu, avô. O sabonete coberto de sangue. Agora chamas-me, acenas-me com a mão morta, mão morta, vai bater àquela porta. Deito o sabonete na retrete, ploc. Dói muito. Não vou ainda ao teu encontro. Puxo o autoclismo. Por enquanto, fico junto do meu pai. Faltam três dias. Dou-lhe a sopa à boca, a sopa escorre-lhe pelo canto dos lábios moles. Fico a ver os regatos de sangue na porcelana.

9

Faltam três dias. Talvez falte só um. O dia de hoje. Depende do que acontecer aqui, em Sobibór. Há linhas a unir as minhas memórias deste lugar, que vi em *Shoah*, de Lanzmann, e este lugar propriamente dito, onde nunca estive. Se conseguir traçar essas linhas, fazê-las correr entre os meus dedos, é porque ainda não chegou o momento de ir ter contigo, avô. Essas linhas entrelaçam-se noutras, tenho de as desenredar constantemente, tenho de as manter cruzadas, mas identificáveis, cada qual da sua cor, como aqueles feixes de traços coloridos a marcar os percursos no chão dos hospitais para as pessoas não se perderem. Não me posso perder. Se deixar que se formem nós cegos, impossíveis de desatar, impossíveis de cortar até, então só me resta partir. Tudo acontece ao mesmo tempo na minha cabeça, à minha volta. Tudo acontece no mesmo lugar, o que foi e o que é. Tudo ocupa o mesmo espaço, o que sei e o que gostava de saber. O que sei e o que nunca procurei saber. Não vale a pena fechar os olhos. Se fechar os olhos ainda é pior. Faltam três dias. Talvez falte só um. A *Soplica* chocalha na mochila ploc ploc, o mesmo ploc que o sabonete fez ontem à noite ao cair na água da retrete. Ploc.

Demoro uma hora e trinta e seis minutos ao volante do carro alugado entre o subúrbio de Lublin de onde parto e Sobibór. Cronometro, anoto. Não há pormenores irrelevantes. «Pois, acordei muito cedo, temos de preparar tudo para o espectáculo final com o Marco Martinelli, que é hoje.» É a Rita. «Tenho meia hora para falar. A Noor vai passar por cá, vamos juntas para o curso.» Meço distâncias, faço contas, associo pessoas distantes, que nunca se conheceram, vidas que nunca se tocaram. Ato e desato nós. Nas imagens de *Shoah* não havia museu, não havia parque de estacionamento. «Hoje vou continuar a desmanchar a casa dos meus pais. Está quase. Está quase, amor. Tenho trabalhado de manhã à noite, nem fazes ideia. Quando voltares já terei terminado.» Chove, chove muito. No parque de estacionamento da empresa de aluguer de carros, o funcionário demorou muito tempo a programar o GPS, com a porta do automóvel aberta, uma perna de fora. Depois, a chuva pára. No meio de um emaranhado de vias rápidas. O meu pai nasceu em 1938, na Horta, Faial, Açores. Tinha quatro anos quando os alemães construíram Treblinka e Sobibór. Não sei em que ano nasceu Said Saidam, o avô da Noor. Não sei se ele era o avô paterno ou o avô materno dela. Depois, chove outra vez. No filme de Lanzmann, este lugar de morte parecia espaçoso, desafogado, mas também caótico, cheio de vida. Fui de táxi até ali. «Mais tarde já não dá.» Era um rapaz novo, de rosto carnudo, calças de ganga. Tu nasceste em 1904, avô. Tinhas trinta e oito anos em 1942. Não sei que idade tinha o avô da Noor quando os alemães construíram Treblinka e Sobibór. «Tenho tido recaídas, às vezes fraquejo, sento-me a ler um livro qualquer durante uma hora ou duas, depois forço-me a continuar.» Nasci vinte e cinco anos depois, em 1967, no ano em que o meu pai foi para a Guerra Colonial. Há mosquitos enormes. Havia flocos de algodão suspensos no ar. Novamente. «Mandei-te um postal.» Nem sinal das enormes pilhas de troncos de árvore cortados. «Ontem encontrei o DVD do *Mamma Mia!*, meti-o no leitor e pus-me a ver.» Se nasci em 1967, não posso já ter dobrado o cabo dos sessenta anos. «O meu pai gostava tanto desse filme.» Ouço as pancadas das gotas de chuva na terra. Eram sementes de choupo. Lanzmann fez as filmagens de *Shoah* entre 1975 e 1979, trinta e tal anos depois do Holocausto.

A minha Alzheimer é mais precoce do que eu pensava. Ou então não nasci em 1967.

27/Jan./34, «Germânia»:

> *Desde que iniciou a sua carreira até ao seu triunfo, sempre Hitler surgiu ao mundo burguesão e ao comunismo hostil como um fenómeno de mau agouro, como um perigo que era necessário conjurar.*
>
> *Dirigindo a sua política com esta ideia preconcebida, as nações quase todas criam as maiores dificuldades ao governo alemão, a que se junta uma campanha difamatória verdadeiramente alucinada dos comunistas e judeus, que se desenvolve facilmente nesta atmosfera de suspeições e rivalidades insofridas.*

Os homens e mulheres que tinham vinte e tal anos durante a guerra eram cinquentões quando Lanzmann os entrevistou, estavam na plena posse das suas faculdades, lembravam-se de tudo. Era um lugar de morte que a vida teimava em colonizar, em reocupar. Queria tanto pedir à Rita que pedisse à Noor os pormenores da história do avô. Entravam pelas janelas. Mas já quase não consigo conversar ao telefone com as pessoas, com a Amália, com a Rita. Metiam-se dentro do automóvel. «Uma colagem que eu fiz. Sobre o laboratório teatral.» Eram sugadas pela porta aberta como se o carro respirasse fundo e enchesse os pulmões de ar. «O *Mamma Mia!* era para o meu pai uma espécie de utopia, um lugar encantado de felicidade e beleza.» Limito-me a ouvi-las. Onde ficava a casa que Said foi obrigado a abandonar com os pais em 1948? Depois da guerra, a vida de todos os dias continuou como de costume, os madeireiros continuaram a explorar estes pinhais, os agricultores continuaram a lavrar estas terras. «Mas pelo correio demorava muito tempo.» O próprio Lanzmann, nos anos 70, era um cinquentão. Está ali a casinha da estação de Sobibór, que aparece no filme. Tenho dificuldade em fazer contas de cabeça. Em que povoação? O rapaz assoprava para as afugentar. «E não temos tempo, pai. Acho que não temos tempo. Ou temos?» Gosto muito de as ouvir, sinto-me cheio de amor por elas, mas não encontro as palavras para lhes dizer o que quero. Em 1975 eu tinha oito anos? As pessoas acotovelavam-se em frente à câmara de Lanzmann, agora não se vê ninguém. «As pessoas vestem-se de branco e não têm doenças, faz sol e o mar é azul, ninguém é mal-intencionado, embora possam acontecer alguns equívocos, e uma canção bonita e de melodia cativante resolve, na hora H, todas as angústias e dilemas.» Sinto-me como daquela vez, há tantos anos, na casa vazia dos pais da Regina, sem mobília, sem tapetes, sem cortinas. Seria em Jerusalém? «Por isso, fotografei e mandei por *WhatsApp*. Não viste?» Não nasci a tempo de realizar *Shoah*. Esta estrada a par da via-férrea não existia quando Lanzmann filmou. O rapaz sacudia as sementes com a mão aberta. Tenho quase a certeza. Acho que a Rita me disse e eu me esqueci e tornei a lembrar-me e a esquecer-me de novo. Há as marcas na parede, mas já não há os quadros pendurados. Ria-se nervosamente daquela loucura vegetal. «Mas foi esse o único filme que vi, depois recomecei as arrumações. E fartei-me de deitar DVD fora.» Construíram o museu no terreno onde, nos anos 70, se viam no filme aquelas pilhas altíssimas de troncos de árvore cortados. O que sucedeu no dia em que abandonaram a casa? Devia ter-lhe perguntado porque é que acha que talvez não tenhamos tempo. Os vivos, mas também os mortos. Como alguém envergonhado perante as figuras tristes de uma tia maluca. Vou apagando as luzes à medida que recuo de divisão em divisão. «Com as frases do laboratório teatral que mais me marcaram. Não chegaste a ver?» Porquê esta insistência? Foi o ano em que tu morreste, avô, 1975. «Só agora me apercebo do esforço que isto representou para mim. Não me estou a queixar.» As cores do filme eram esbatidas. «Vai direito a Chelm, para leste, mas não chega lá, vira à esquerda antes.» Houve violência da parte das milícias judaicas? Houve apenas a ameaça de violência? Até apagar a última luz e desatarraxar a lâmpada e deitá-la no caixote de cartão. Morreste precisamente no ano em que Lanzmann começou a recolher imagens e depoimentos para realizar o seu documentário sobre o Holocausto. Parece um postal antigo a preto-e-branco, pintado à mão. E alguém chama da porta do apartamento, no escuro, mas ninguém lhe responde. As cores que vejo são vivas, lavadas da chuva. Onde é que ele guardou a chave da casa? Ouve-se o crepitar de um cigarro que alguém apaga, esborrachando a beata contra a parede. Na gaveta da secretária? Por enquanto, não deixei escapar nenhum fio.

9/Mar./1934, «Germânia»:

> *A chegada de Hitler e dos seus partidários ao poder pode considerar-se como um verdadeiro tufão que arrasou pela raiz o edifício do liberalismo. Foi um momento de confusão em que o hitlerismo foi logo posto à prova decisivamente. A questão secular do semitismo tomou um aspecto mais grave. A dificuldade em o resolver resultava da enorme influência dos judeus. Apesar disso e a despeito das campanhas indignadas das organizações com afinidades ao judaísmo, o povo alemão, dirigido pelo nacional-socialismo, venceu.*

Eu e a Leonor vivíamos dominados pela obsessão de saber quem é que a mãe optaria por salvar numa situação de vida ou de morte. Encenávamos na nossa imaginação, instintivamente, uma variante d'*A Escolha de Sofia*, anos antes de esse filme chegar a ser realizado sequer. Um de nós fazia ao outro sempre a mesma pergunta: «Se estivéssemos os três pendurados na borda de um precipício, nós os dois e mais o pai, e a mãe só pudesse salvar um de nós, quem é que achas que ela salvava?» Sabíamos perfeitamente a resposta à pergunta, sabíamo-la na carne, estava escrita nas paredes da cidade, gravada a ponta de canivete na casca das árvores, mas alimentávamos sempre a esperança de que o outro, só daquela vez, desse uma resposta diferente. A esperança de que, pelo menos, o outro hesitasse antes de responder. Não pedíamos mais nada. Uma breve hesitação bastar-nos-ia. Mas, como é evidente, nem eu nem a Leonor mentíamos, porque entre irmãos não há espaço para mentiras piedosas. E também não hesitávamos um segundo que fosse. Dizíamos logo, como quem escavaca a pontapés o castelo de areia que outro miúdo construiu na praia: «A mãe salvava o pai, claro.» Em seguida, como que arrependidos daquela crueza, contrapúnhamos: «Mas se o pai e o Tiago estivessem pendurados na borda de um precipício e a Manuela só pudesse salvar um deles, quem é que ela salvava?» E o outro respondia sem hesitar: «Salvava o Tiago, claro.» E, na nossa mente doentia, esta escolha imaginária da Manuela/Meryl Streep era infinitamente mais condenável do que a escolha imaginária da nossa mãe. O mais extraordinário de tudo é que nunca, nunca nos ocorria um cenário hipotético em que coubesse ao nosso pai debruçar-se sobre a borda do precipício e salvar somente um de nós, eu, a Leonor ou a nossa mãe, um cenário em que fosse ele a enfrentar a angústia horrível desse dilema. Não concebíamos sequer essa possibilidade. Não o queríamos sujeitar a essa dor. É às mulheres que cabe esse papel. Às mães. À nossa mãe, à Manuela. Verem-se confrontadas com escolhas impossíveis, cometerem inevitáveis injustiças na repartição da sua parca reserva de amor e passarem o resto da vida a tentar emendar esse erro, lavar essa mácula. É às mães que cabe fazerem coisas imperdoáveis e serem castigadas por isso. É às mães que oferecemos por inteiro a nossa reserva pacientemente acumulada de ressentimento e amargura. As lutas antigas permanecem intactas e límpidas. Nada está resolvido. Agora já não vai haver tempo para fazer a paz.

Lanzmann fumava sem parar. Onde está o banco onde ele se sentou a conversar com o agulheiro polaco de Sobibór? «É que eu prefiro sempre não fazer a fazer.» A intérprete também fumava sem parar. «Não consegues ir ao *WhatsApp* ver o meu postal enquanto falas comigo? Não consegues passar a videochamada para eu te mostrar o postal daqui de casa?» Terá sido o pai de Said, o bisavô da Noor, que guardou a chave de casa, e Said herdou-a do pai quando este morreu? Como se, perante um massacre assim, toda a gente tivesse decidido completar a tarefa dos alemães, apagar os vestígios do campo. A casinha da estação fica ali adiante, do outro lado das linhas férreas, mas o banco já lá não está. «Deixa estar, pai, não faz mal, eu explico-te o que escrevi no postal.» Como se o esquecimento chamasse o esquecimento. «Prefiro sempre ficar a partir.» A intérprete só conseguia traduzir trinta por cento do que as pessoas diziam. «É que eu estou a adorar o curso, queria partilhar contigo. Fez-me pensar em muita coisa.» Nos intervalos das passas no cigarro. «Prefiro ver um filme na televisão a ir ao cinema.» Começam a picar-me mal entro na floresta. A casa terá sido demolida? Ou ainda está no mesmo lugar, habitada por outras pessoas, por judeus? Só conseguimos traduzir em palavras trinta por cento do que vimos, ouvimos, sentimos. «Escrevi Coro ≠ Massa.» Mas as pessoas davam-se à câmara de Lanzmann com uma estranha candura. Eu não lhes respondo, falo por monossílabos, mas elas continuam a falar comigo, cheias de carinho. Apesar da chuva. Às vezes nem tanto, vinte por cento, dez por cento. Não se impacientam, não desanimam. Davam-se à câmara de Lanzmann como uma celebração da vida. O género de pormenores sem os quais só a custo conseguimos meter-nos na pele dos outros. «Escrevi: o espectáculo é uma forma de oração.» Atropelavam-se, interrompiam-se, queriam contar, era uma coisa tão transbordante que a intérprete traduzia pela rama. «Prefiro ler um livro a ir ao teatro.» Como era a chave? Enterro as botas na lama amarela do caminho. «Prefiro deixar-me estar.» Como se, no fim de contas, a memória viesse sempre à tona, como se fosse impossível sufocá-la. Entre dois renques de abetos. Como pessoas que mergulham e vêm à superfície e enchem o peito de ar porque não aguentam mais. Foi disso que vim à procura em Sobibór. Ploc ploc ploc. Era por aqui que as pessoas iam para as câmaras de gás. Onde está agora a chave? Vim à procura da memória do filme de Lanzmann a irromper em mim. Porque cada vez consigo traduzir menos memórias em palavras. Já não consigo manter um diálogo. Provavelmente, nunca fui capaz. Quem guarda a chave? Quem zela pela memória? Os diálogos são feitos de memórias. Quando houver só cacofonia, então junto-me a ti, avô. Tenho as botas enlameadas. Onde é que pus o estojo da máquina fotográfica? Onde é que pus a máquina fotográfica? Onde é que pus a chave do carro? O que sente a Noor em relação a estas memórias? Está tudo caído na lama, lá atrás.

24/Mar./34, «Germânia»:

> *Quando Hitler triunfou, o mundo parecia tremer nos seus alicerces. Os «templos» racharam de alto a baixo. Não houve «prancha» de salvação que se não lançasse aos afogados da Maçonaria liberal. Fez-se um verdadeiro cordão sanitário à volta da Alemanha, que só se rompeu para deixar passar os queridos israelitas, mártires da brutalidade e da tirania racista.*
>
> *Hoje Hitler já ergueu o seu povo a um nível bem alto, já lhe deu aquela justiça social que as democracias nem sonham. A Alemanha começa a vencer o seu destino trágico.*

«O Marco Martinelli é uma pessoa excepcional. Trata-nos com imenso respeito. Fixou o nome de todos logo na primeira sessão, que é uma coisa que demonstra uma atenção enorme ao outro, e sentes que ele te ouve, que te ouve mesmo... é uma daquelas pessoas que tem grande afectividade no toque, não tem medo de te fazer uma festa, mas sem ser nada invasivo. O tema do curso é "a força do coro no tempo da solidão obrigatória". Tudo gira à volta da ideia de coro. E o Marco diz que o coro é um conjunto de vozes em que a individualidade não se perde. Pelo contrário, é exaltada.

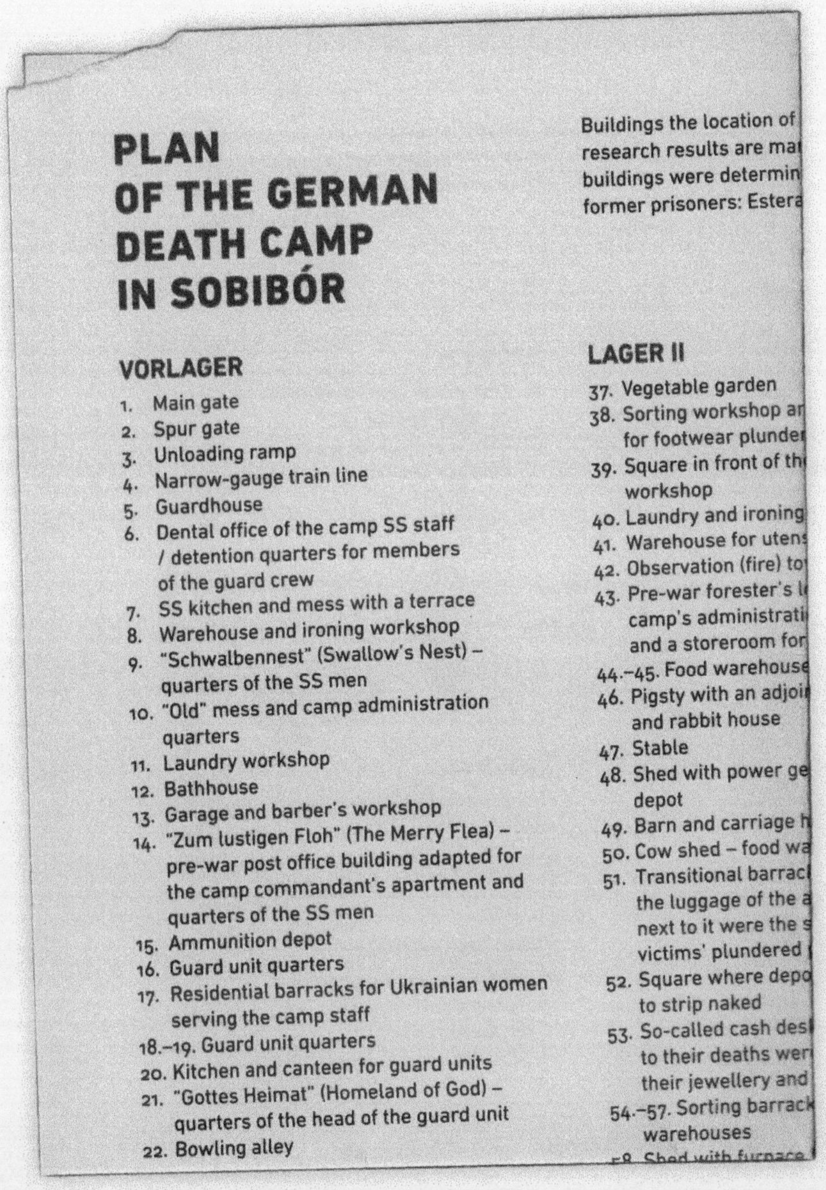

PLAN OF THE GERMAN DEATH CAMP IN SOBIBÓR

VORLAGER

1. Main gate
2. Spur gate
3. Unloading ramp
4. Narrow-gauge train line
5. Guardhouse
6. Dental office of the camp SS staff / detention quarters for members of the guard crew
7. SS kitchen and mess with a terrace
8. Warehouse and ironing workshop
9. "Schwalbennest" (Swallow's Nest) – quarters of the SS men
10. "Old" mess and camp administration quarters
11. Laundry workshop
12. Bathhouse
13. Garage and barber's workshop
14. "Zum lustigen Floh" (The Merry Flea) – pre-war post office building adapted for the camp commandant's apartment and quarters of the SS men
15. Ammunition depot
16. Guard unit quarters
17. Residential barracks for Ukrainian women serving the camp staff

18.–19. Guard unit quarters

20. Kitchen and canteen for guard units
21. "Gottes Heimat" (Homeland of God) – quarters of the head of the guard unit
22. Bowling alley

Buildings the location of
research results are ma
buildings were determin
former prisoners: Ester

LAGER II

37. Vegetable garden
38. Sorting workshop ar
for footwear plunde
39. Square in front of th
workshop
40. Laundry and ironing
41. Warehouse for utens
42. Observation (fire) to
43. Pre-war forester's l
camp's administrati
and a storeroom for

44.–45. Food warehouse

46. Pigsty with an adjoi
and rabbit house
47. Stable
48. Shed with power ge
depot
49. Barn and carriage h
50. Cow shed – food wa
51. Transitional barrac
the luggage of the a
next to it were the s
victims' plundered
52. Square where depo
to strip naked
53. So-called cash des
to their deaths wer
their jewellery and

54.–57. Sorting barrack
warehouses

58. Shed with furnace

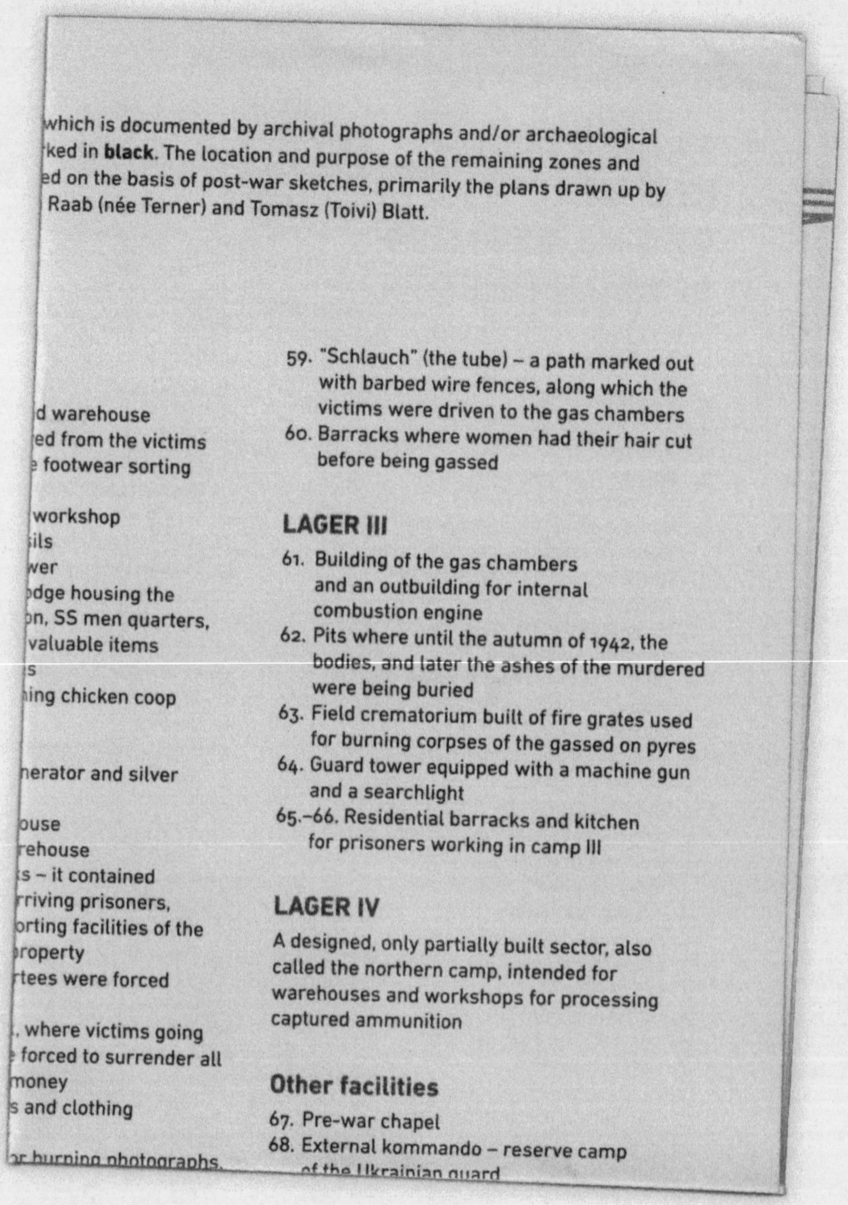

which is documented by archival photographs and/or archaeological
rked in **black**. The location and purpose of the remaining zones and
ed on the basis of post-war sketches, primarily the plans drawn up by
Raab (née Terner) and Tomasz (Toivi) Blatt.

d warehouse
ed from the victims
e footwear sorting

workshop
ils
wer
odge housing the
on, SS men quarters,
valuable items
s
ning chicken coop

nerator and silver

ouse
rehouse
s – it contained
rriving prisoners,
orting facilities of the
property
rtees were forced

, where victims going
e forced to surrender all
money
s and clothing

or burning photographs,

59. "Schlauch" (the tube) – a path marked out with barbed wire fences, along which the victims were driven to the gas chambers
60. Barracks where women had their hair cut before being gassed

LAGER III

61. Building of the gas chambers and an outbuilding for internal combustion engine
62. Pits where until the autumn of 1942, the bodies, and later the ashes of the murdered were being buried
63. Field crematorium built of fire grates used for burning corpses of the gassed on pyres
64. Guard tower equipped with a machine gun and a searchlight

65.–66. Residential barracks and kitchen for prisoners working in camp III

LAGER IV

A designed, only partially built sector, also called the northern camp, intended for warehouses and workshops for processing captured ammunition

Other facilities

67. Pre-war chapel
68. External kommando – reserve camp of the Ukrainian guard

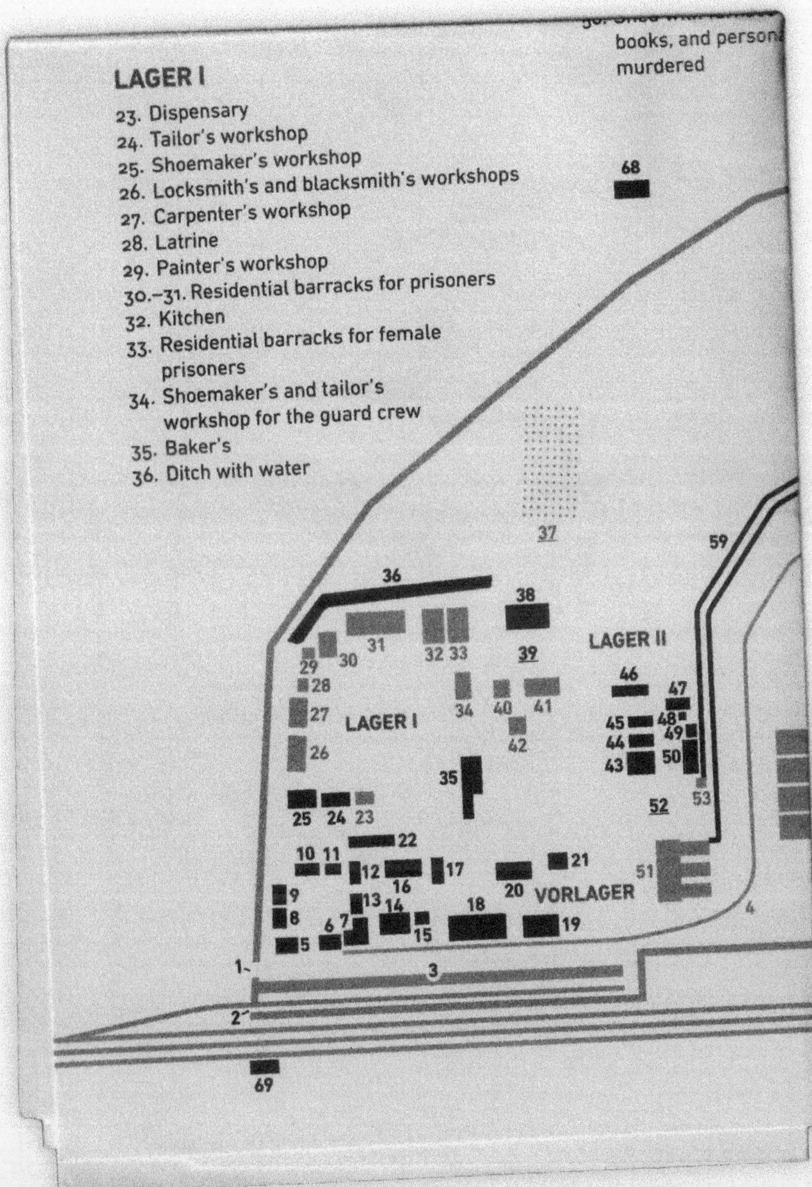
books, and person
murdered
LAGER I
23. Dispensary
24. Tailor's workshop
25. Shoemaker's workshop
26. Locksmith's and blacksmith's workshops
27. Carpenter's workshop
28. Latrine
29. Painter's workshop
30.–31. Residential barracks for prisoners
32. Kitchen
33. Residential barracks for female prisoners
34. Shoemaker's and tailor's workshop for the guard crew
35. Baker's
36. Ditch with water
68
37
59
36
38
LAGER II
39
46
47
LAGER I
45
48
49
44
50
43
52
53
51
VORLAGER
69

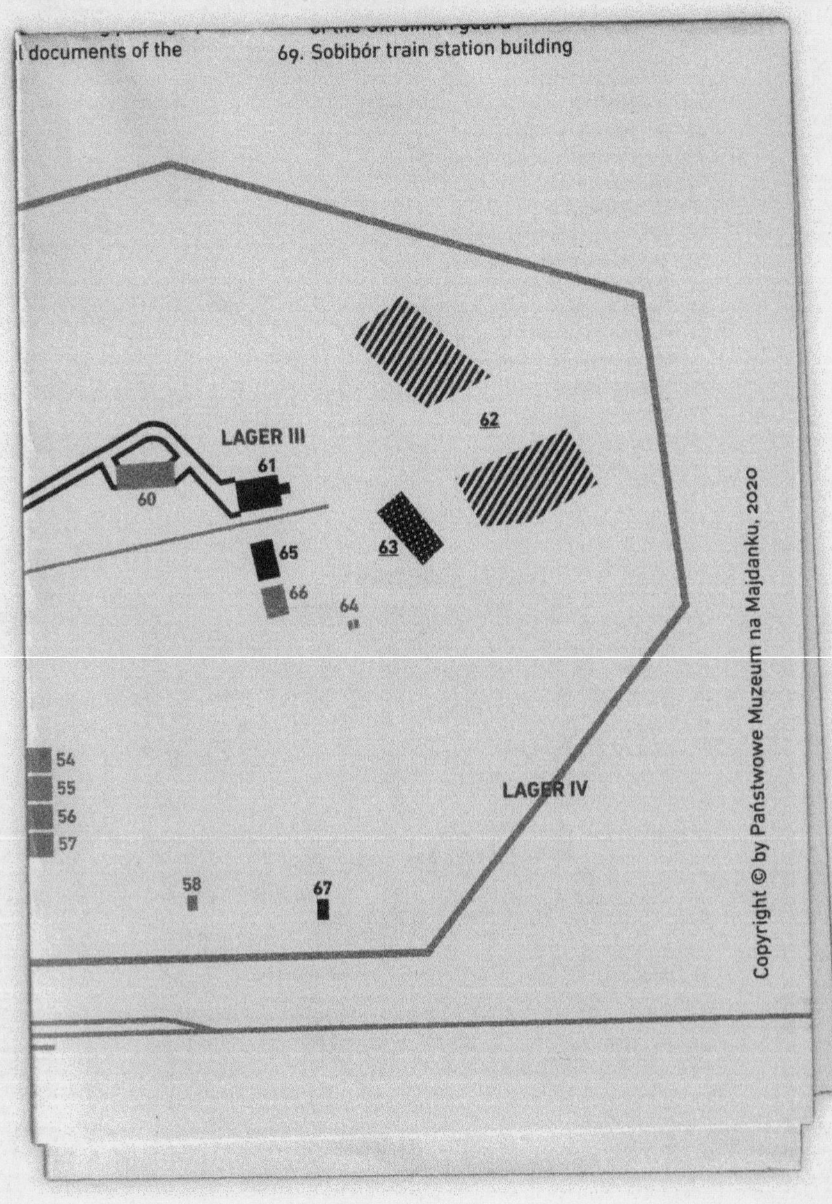
l documents of the
69. Sobibór train station building
LAGER III
61
60
62
63
65
66
64
54
55
56
57
LAGER IV
58
67
Copyright © by Państwowe Muzeum na Majdanku, 2020

A individualidade de cada um ganha uma importância extraordinária, cria uma força colectiva. Isto é muito diferente da massa em que nos deixámos transformar, a massa dos "gostos" do Facebook, a massa dos espectadores colados aos ecrãs, às superfícies interactivas que estão por todo o lado, cada qual a fazer comentários, a dar opiniões em cima do joelho, pouco informadas, tão díspares que se anulam umas às outras. Num coro, todos têm voz, mas essas vozes não geram uma cacofonia, uma saturação. Não geram um acréscimo puramente quantitativo. Geram harmonia. Geram dissonâncias criativas. Geram um todo que é mais interessante do que as partes. No início de cada sessão, formávamos um círculo em volta do Marco. Ele era o corifeu, declamava frases, nós tínhamos de repetir. Foi assim que decorámos os primeiros versos do *Inferno*, de Dante. Sabes os versos?»

27/Jan./34, «Ecos»:

> *E... apostamos, já, em como os papalvos do comunismo português (?) ignoram esta coisa estupenda: a formidável burla do Crédito de Baiona era dirigida por judeus e altamente patrocinada pela maçonaria!!!... Uma chusma de figuras sinistras, recrutadas entre a fina-flor da judiaria (e entre as quais vamos deparar com este nome significativo: Dreyfus!...), conduzia a grandiosa negociata: a encorajá-la e a emprestar-lhe todo o seu apoio estava a franco-maçonaria, representada por todos os ministros que impuseram os burlões...*

Um manto branco no meio dos pinheiros. Cada frasco de comprimidos trazia dentro um pacotinho de sílica-gel. Tinham escrito: «Não ingerir. Perigo de morte.» Abríamos, claro. «Zakaz Wstepu. Teren masowych mogil.» Rasgávamos o canto, abríamos, despejávamos os grãos brancos e azulados na concha da mão. «No entry. Area of mass graves.» Avanço pelo tapete de granulado branco.

Guardávamos os pacotinhos em esconderijos. A mãe disse-nos uma vez: «Não podem comer isto. Morrem.» Tropeço. Pastilhas de óleo de fígado de bacalhau da avó Adélia. Escorrego. Um manto de sílica-gel para desidratar os mortos. Imaginávamo-nos a engolir mãos-cheias daquele pó e depois o corpo a secar por dentro. Mesmo que bebêssemos água, era tarde de mais. A sílica-gel absorvia a água toda, por mais que bebêssemos. Imaginávamos o corpo a encolher, ressequido. A pele a enrugar-se. Um de nós a velar a morte do outro. A Leonor a velar a minha agonia, enroscado no chão com o estômago cheio de sílica-gel, ou eu a velar a agonia dela. E nada havia a fazer, não havia lavagem ao estômago que nos salvasse. Caio de bruços no meio deste granulado. Cortávamos ao meio as cápsulas de óleo de fígado de bacalhau e tentávamos beber o líquido. Acumulámos tantos pacotinhos. Anos e anos. Comprimidos de alho que tinham no rótulo um velho de cabelo grisalho a fitar-nos. Levo à boca uma pedrinha branca. Ponho-me de pé. Agora veio tudo aqui parar, derramou-se tudo na clareira de Sobibór, a cobrir as cinzas. «Não viu o aviso ali atrás?» A mãe apavorada, aos gritos. «Venha comigo, venha comigo.» Rasgámos os pacotes de sílica-gel, deitámos o granulado na retrete, deixámos os pacotes à vista. «A Leonor engoliu.» Quando voltou do hospital, vinha branca como um lençol. A apontar para o letreiro encarnado. «Venha comigo, não se pode estar aqui.» A mãe a arfar como um animal. Os mortos ressequidos debaixo destas pedrinhas brancas. Mirraram até desaparecer. Já então pensávamos em nos matarmos. Cinzas, fragmentos de ossos. Mais nada.

«As pessoas sempre acharam que eu era uma menina mimada. Que não mexia uma palha por preguiça, por estar habituada a que me servissem. Sempre tivemos a Isa, que funcionava como a nossa criada. E é verdade. Mas não é isso. Ou não é só isso. Mover as coisas de lugar implica tomar decisões difíceis, que me transtornam. Há em mim um pessimismo sem remédio. Sinto que, se as coisas mudarem por minha iniciativa, alguma coisa vai correr mal. E sei que vou assumir a responsabilidade pelo erro, vou sentir a culpa, o peso desse erro. Portanto, prefiro não fazer nada, para não sentir a culpa.»

27/Jan./34, «Ecos»:

> *Ah! operários, estudantes, trabalhadores, novos e velhos de Portugal! Como nós desejaríamos que aquele terrível conluio judaico-maçónico de Baiona (donde tão malferida saiu a imprensa libertária e bolchevista!) vos servisse de exemplo! São todos o mesmo!*

«É assim: "Nel mezzo del cammin di nostra vita/mi ritrovai per una selva oscura,/ché la diritta via era smarrita." E o mais engraçado é que ele declamava: "Nel mezzo del cammin di nostra vita…" E depois dizia: "di nostra vita, di tutti noi, la tua, la mia", a apontar para este e para aquele. Era uma maneira de perceberes o texto de um modo mais profundo, de perceberes que o texto de Dante, de há não sei quantos séculos, fala de toda a gente. Depois, cada um de nós tinha de ir para o centro do círculo e declamar o texto de Dante com as variações que quisesse, e os outros repetiam. Ele trabalha sempre em torno da *Divina Comédia*, em especial do *Inferno*. Disse que acha mais útil estudarmos o *Inferno* do que o *Paraíso*, porque, no século XX e no século XXI, nós, seres humanos, nos tornámos especialistas em infernos. Somos especialistas em infernos na Terra.»

Revestido de madeira. «Sabe que há regras a cumprir.» Água a escorrer pelas vidraças. «Na clareira há um aviso.» Um ar pachorrento. Tenho de me defender, antes que se acabe a bateria. Mas posso entrar ou não? Sempre a repuxar o cinto à volta da cintura. Antes que se gastem as solas dos sapatos. Uma vitrina enorme cheia de objectos das vítimas, um ferro de frisar o cabelo, um alicate, pentes desdentados, garrafas, frascos, escovas de dentes, anéis, tesouras, embalagens de medicamentos, fivelas de cintos, chaves de casas que já não existem, de portas que já não há, *bâton* para os lábios, cantis, sapatos, talheres, canivetes, isqueiros, bisnagas de pomada, cachimbos, boquilhas, coisas deformadas pelo fogo, esmurradas, ferrugentas, objectos de função obscura, enigmática, que não sou capaz de adivinhar, desvendar, entender. Baloiça-se de mãos nas ancas, das pontas dos pés para os calcanhares, dos calcanhares para as pontas dos pés. «De que país vem você?» Cada frase devora a frase anterior. Ela foi chamá-lo assim que me viu entrar com o outro. «Como veio até aqui?» Artigos expostos numa loja de velharias em que todo o bricabraque à venda tivesse pertencido a pessoas assassinadas. Chaves de casas agora ocupadas por outras pessoas, novos habitantes. Não sou capaz de dizer. Ele baloiça-se e pende para diante, parece que vai tocar com a testa no chão, parece que se vai estatelar ao comprido. Tenho as mãos esfoladas, em carne viva, terá sido por causa do sabonete com vidro moído de ontem à noite ou magoei-me há pouco, ao cair? Chapas brancas, esmaltadas, rectangulares, com furos nas extremidades para os parafusos ou pregos, cada qual com um nome de família escrito a preto. Para que serviam? Será que eu ainda era capaz de tomar os comprimidos e de beber o álcool, se quisesse? Nomes arrancados à terra: «F. Bloemendal.» «J. Komkommer.» Será que ainda era capaz de encontrar os objectos e os gestos e as sequências para me matar? Bordos esbeiçados, cicatrizes da ferrugem, o esmalte roído, a estalar. «Brilles...» «D. Vischja...» A terra comeu estes nomes. Estarei a deixar fugir a última oportunidade? Outra placa dizia: «M. Nunes Vaz».

«Na verdade, não foi o Marco que disse que o espectáculo é uma forma de oração. Estivemos juntos todas as tardes, desde a semana passada. Ontem, de manhã e de tarde, foi o ensaio final da peça que criámos ao longo destes quinze dias. E, logo de manhã, ele disse: "Acho que agora é o momento certo para dizermos algumas palavras uns aos outros, porque a seguir vamos ensaiar, e depois do espectáculo final, se calhar, não nos tornamos a ver." Todas as

pessoas disseram que tinha sido uma experiência arrebatadora, que estas duas semanas tinham mudado a vida delas, o que também é verdade no meu caso, porque vivi momentos inesquecíveis, até ter falado a Noor, que nunca tinha feito teatro, inscreveu-se no laboratório só para experimentar, e disse que, para ela, o momento especial tinha sido quando estávamos a decorar as nossas deixas, cada qual sentado no seu lugar, em silêncio absoluto, toda a gente concentrada, e que, para ela, essa energia, o facto de estarmos todos a fazer um esforço colectivo, a tentar interpretar o melhor possível o texto, era como se fosse uma oração. E que, para ela, bastava isso, nem era preciso haver espectáculo final. Nem era preciso subirmos amanhã ao palco, só por causa daquele momento do ensaio, daquela comunhão quase religiosa, já tinha valido a pena.»

9/Mar./34, «Anti-marxismo»:

> *Carlos Marx, o patriarca do socialismo integral, judeu que herdou de Leviathan o ódio da sua raça deicida, sabia que, para destruir a superior civilização do Ocidente, que fez o mundo moderno, era mister subverter primeiro a sua cultura, as suas Instituições, prostituir a sua moral, anarquizar a sua sensibilidade. Só depois do advento do caos se poderia erguer o Reino de Pan.*

«O mundo pede-me constantemente que escolha, que faça juízos. Que decida o que vale a pena ser recordado e o que vai cair no esquecimento. Que faça uma triagem das memórias que vão ficar. Mas eu não quero escolher. É isso que recuso. Escolher. Quero tudo. Se escolha houver, e acaba sempre por haver, não me caberá a mim fazê-la. Estou em cada um dos objectos em que toco, que trago para casa, um bilhete de cinema, uma factura de supermercado, a etiqueta de uma camisola que comprei, um livro que me ofereceram e que nem cheguei a ler, um brinco cujo par já se perdeu, nem sabes o que me custa livrar-me deles, deitá-los fora, saber que irão desaparecer para sempre. Mas agora consegui, estou quase, livrei-me de uma imensidão de memórias, deitei fora quilos e quilos de memórias, que nunca mais regressarão. Não trouxe nada para nossa casa, somente dois ou três livros da minha infância, de que me custava muito separar-me. E agora tenho menos memórias, muito menos memórias, e estou pronta para te receber. Ainda bem que fiz isto. Agora, vamos vender esta casa, eu e a minha irmã. Será mais um grande pedaço de memória a desaparecer. Vamos viver os dois com menos memórias, eu e tu. Temos de reaprender a viver os dois. Temos de aprender um com o outro. Vem, estou pronta.»

"PKP Intercity" BILET
Spółka Akcyjna TANIOMIASTOWY
ID:000028184
POC: IC
OF: 503
NORMAL. : 1
ULG. : 0
(0)
OD / VON / DE
10.06 07:50 Warszawa Centr.
DO / NACH / A
->Lublin Główny
10.06 10:00
KL 2
PRZEZ: Dęblin
A-Cena bazowa:1xNORMAL
WARSZAWA CEN 07:50 -> LUBLIN GL 10:00
POC. 52100 WAGON 11 001 M. DO SIEDZENIA 96 OKNO
Wagon bez przedziałów
Przewoźnik: PKP IC
KM: 175
CENA PREIS PRIX
GOTÓWKA
PTU
Wa-wa Centralna
BAZ 10083321

24/Mar./34, «O caminho do combate», Adriano Manuel (és tu, avô):

Em muitas partes a batalha está ganha. Na Alemanha, baluarte do comunismo, venceu a mocidade hitleriana, enérgica e combativa; na Itália — socialista e desmoralizada — venceu a mocidade balilla, disciplinada e aguerrida.

Em Portugal, tanto tempo logradoiro de políticos reles, balcão de Judeus, campo de experiências vermelhuscas, venceremos nós também, vanguardistas.

Num painel, a reprodução de uma carta manuscrita. Isto já são os subúrbios de Lublin. Diz aqui que foi atirada do comboio por um deportado. «Onde é que tu estás?» Marcus Hamme, judeu holandês. «O senhor, de novo. O que deseja agora?» Aquele carro ultrapassou-me no traço contínuo. Encontrei os fios da memória, agora perdi-os todos. Como na estrada nacional para o Algarve, nos anos 80. Alguém deu uma martelada no vidro, há cacos de todas as cores misturados, antigos e recentes. Pus a morada da empresa de aluguer de carros no *Google Maps*. «Tens-me mandado tanta coisa. Ainda não consegui abrir tudo. Já percebi que são coisas sobre o teu avô.» Deportado de Westerbork para Sobibór. Agora foi um pesado de mercadorias. «Estas chapas eram para identificar as malas de viagem. É a informação que tenho.» A carta tem data de 13 de Julho de 1943. «Não sei quando vou ter tempo para pegar nisto, mas vou pegar, claro.» Ainda preciso de encher o depósito. «M. Nunes Vaz é um nome português?» Puxa as calças para cima, para cobrir a barriga. «Excuse me, do you speak English?» Tem de ser com o depósito cheio. «Mas Portugal participou na Segunda Guerra Mundial?» «Prometo que vou pegar nisto.» Fotografo a carta com cuidado. A mulher vai-se embora, nem lhe vejo a cara. Desata a baloiçar da ponta dos pés para os calcanhares. Era ali atrás. Parece que tem medo de mim. «Do lado do Eixo ou do lado dos Aliados?» Ali atrás era o desvio para o campo de Majdanek. «Queres escrever sobre isto, certo?» Como é possível? Não tens vergonha? «We speak English so and so.» Tenho a certeza de que era ali atrás. Quatro rapazes dentro de um carro estacionado, às gargalhadas. «És tu que vais escrever, certo? Tens de ser tu, só assim é que faz sentido.» Muito provavelmente, a frente e o verso da mesma folha. As vias rápidas agoniam-me. «Volte atrás logo que possível.» Olhaste para os nomes nas placas esmaltadas na vitrina como se nunca os tivesses visto. «We will help you, but drink first. Come on, old man!» «Não, não temos a tradução da carta de Marcus Hamme.» Dão-me vertigens. «Drink, old man! Drink with us!» Tinhas obrigação de saber tudo sobre as pessoas que aqui morreram, bandalho. As calças tornam a descair. «Portugal? Cristiano Ronaldo!» «Chegou ao seu destino.» Aqui dá para inverter a marcha. «Mas tu estás bem? Sentes-te bem?» «Chegou ao seu destino.» É o parque de estacionamento do Auchan. «O que são estas fotografias que me mandaste agora?» Lá está ele de nuca no chão, de barriga espetada. E agora? Estou completamente perdido. «Aha, you brought your own vodka, old man! Good!» A fazer pouco dos mortos. «Prometo que te ajudo.» O homem da cara vermelha quer dinheiro. Completamente. O rapaz disse-me que ligasse para o número de apoio se houvesse problemas. Pulha. «Isto são nomes holandeses.» É impossível sair delas, ficamos presos, às voltas, sem conseguirmos parar. «Those guys are stupid.» O número de telefone da assistência está escrito na chapa de matrícula. «Pois, morreram aqui muitos judeus holandeses, é verdade.» Devias ter vergonha. «No século XVI, diz você?» «Não sei como vim aqui parar.» «Black magic.» «Komkommer quer dizer pepino. Há apelidos assim neste país.» Tentei ligar, atenderam em polaco. «Para isto, marque 1, para aquilo, marque 2…» «E este M. Nunes Vaz era um judeu sefardita, claro.» Mas em polaco. Uma caligrafia legível, embora cerrada. Sigo colado a ele, não o posso deixar escapar. O homem da cara vermelha veio atrás de mim, a resmungar. Não posso deixar que ninguém se meta no meio. «Mais um dos muitos milhares que o Salazar não quis salvar. Esteve-se nas tintas.» Desata a chover. «Follow me, I will take you there.» Um dilúvio. Que não era preciso ser malcriado. «Have you been drinking? You just struck my car.» Jovens a jogar futebol num relvado, equipados a rigor, com balizas verdadeiras, encharcados até aos ossos. «Eu arranjo quem te traduza essa carta que me mandaste.» Deve ter sido isso. «Mas sentes-te bem? De certeza?» «Give me fifty euros, and I will forget it. You broke my bumper.» Preciso de ajuda. Devias ter vergonha. «Sensibiliska.» Preciso muito de ajuda. Uma palavra assim. «Chegou ao seu destino.» Ou então «delicateska». Outra vez o parque de estacionamento do Auchan. «Chegou ao seu destino.» «I tried to help you, this is how you thank me...» Marcus Hamme foi gaseado à chegada a Sobibór.

23/Dez./35, «Nacionalismo»:

> *Sim! Porque o nosso nacionalismo é o que vem das raízes da nossa História, o que escorraçou os mouros e os judeus, o que deixou as nossas pegadas por todo o mundo, o que nos legou o Império — e ainda aquele que há-de deixar aos que virão depois de nós um Portugal definitivamente Português.*

«O Marco respondeu à Noor que as palavras dela eram bonitas, mas que o teatro é um círculo que se abre, não pode ficar fechado em si próprio. Que é bom haver esses momentos de partilha entre os actores ou criadores, mas que a verdadeira essência do teatro é o círculo abrir-se a toda a gente e todos poderem sentir essa comunhão. Aquele balanço final foi um momento muito bonito, porque toda a gente disse que gostara imenso da experiência e que achara o grupo maravilhoso, mas, quando chegou a vez do Marco, que foi o último a falar, ele disse: "Bem, se calhar vou dar uma machadada nisto tudo, mas o que é que estamos aqui a dizer? Que somos todos pessoas excepcionais, que as pessoas lá fora são todas horríveis ou

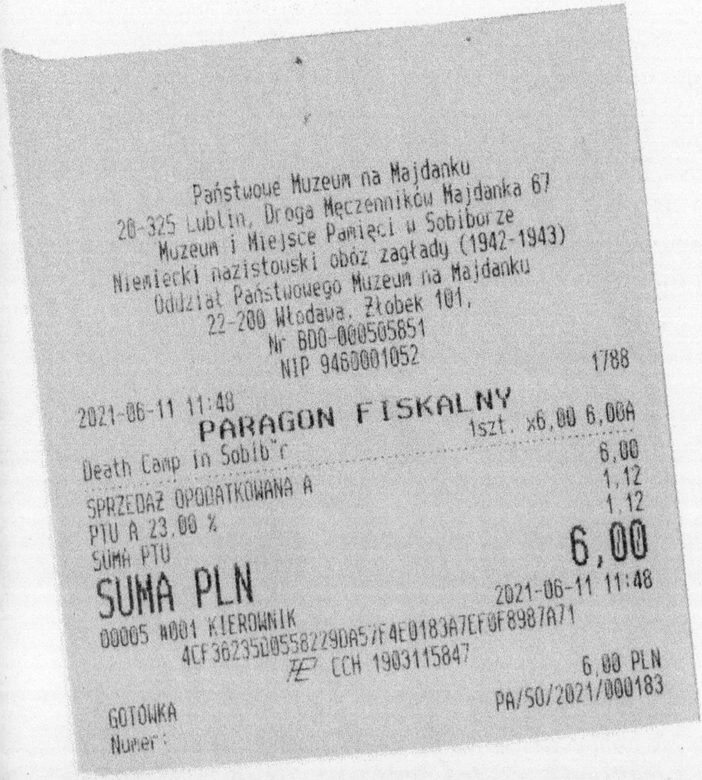
Państwowe Muzeum na Majdanku
20-325 Lublin, Droga Męczenników Majdanka 67
Muzeum i Miejsce Pamięci w Sobiborze
Niemiecki nazistowski obóz zagłady (1942-1943)
Oddział Państwowego Muzeum na Majdanku
22-200 Włodawa, Żłobek 101,
Nr BDO-000505851
NIP 9460001052
1/88
2021-06-11 11:48
PARAGON FISKALNY
Death Camp in Sobib˘r
1szt. x6,00 6,00A
SPRZEDAŻ OPODATKOWANA A
6,00
PTU A 23,00 %
1,12
SUMA PTU
1,12
SUMA PLN
6,00
00005 #001 KIEROWNIK
2021-06-11 11:48
4CF3623520558229DA57F4E0183A7EF0F8987A71
CCH 1903115847
GOTÓWKA
6,00 PLN
Numer:
PA/SO/2021/000183

BILET CZASOWY 30min
NORMALNY, STREFA 1
3 20 zł
N
708/45
ACN 00213041
10.06.2021 17:09
lublin
MIASTO INSPIRACJI
lublin
MIASTO INSPIRACJI
TU KASOWAĆ

medíocres e não se sabem expressar? Que, por um feliz acaso, se encontraram aqui vinte pessoas maravilhosas? Temos obrigação de ir um pouco mais além, temos de perceber o que é que fez com que estas duas semanas fossem maravilhosas." E depois disse: "Eu acho que foram as regras do jogo. Lembram-se do que fizemos no primeiro dia?" É que, no primeiro dia, sentámo-nos em círculo, e cada um tinha de dizer o seu nome e executar um gesto ou fazer uma pequena coreografia, com a voz ou com o corpo, e todos repetiam.»

12/Maio/34, «O Estado Nazi e a crítica»:

> *A Direcção da Propaganda Nazi vai iniciar um combate intenso contra os derrotistas e critiquelhos, propagadores de boatos falsos, inúteis, sabotadores odientos.*
>
> *A Propaganda vai por manifestações e demonstrações sucessivas indignar o povo contra a crítica, esse flagelo que deverá desaparecer duma vez para sempre.*
>
> *Em Portugal também se impunha uma campanha violenta contra os possuidores de tal espírito, deleite de inúteis, ambrósia dos deuses falhados...*
>
> *Deviam ser marcados, como os judeus na Idade Média, para prevenção do público descuidado.*

«Ah, eu nunca sei o que fazer nessas situações. Acabei por fazer um passo de samba, mas nunca sei bem o que fazer. E escondi-me também, fingi esconder a cara, porque tenho vergonha. A parte engraçada é que dás por ti a fazer coisas ridículas, mas, como é para um bem comum, como há um objectivo partilhado por todos, que é criar o espectáculo, percebes que toda a gente tem de estar em sintonia, se alguns estão envergonhados estragam completamente a energia... Agora tenho de desligar, pai, senão atraso-me, a Noor vai chegar não tarda, mas deixa-me só acabar. "A primeira regra que instituí ao fazer esse exercício, logo na segunda-feira", disse o Marco, "foi que o nome de cada um é sagrado. O que acontece entre as pessoas tem tudo a ver com as regras do jogo que se estabelecem à partida, e se calhar as regras do jogo que vigoram na nossa sociedade são a lei da selva, a lei do mercado, mas nós podemos criar regras diferentes. Não são as pessoas em si que são más ou boas, muito inteligentes ou muito burras, muito sensíveis ou muito brutas. As pessoas são muito diferentes umas das outras, e atribuir os infernos na Terra à maldade e à estupidez dos homens é a maneira mais fácil de dormirmos descansados." E então ele disse uma frase muito bonita, que eu escrevi também no postal, que foi: "Agora, quando sairmos daqui, vamos apostar que o coração de cada estranho com quem nos cruzarmos é belo e puro como gostávamos que fosse o nosso." Quando chegares a Lisboa, quero que leias esta frase à mãe. Ela não tem acesso a estas coisas, com aquele telemóvel pré-histórico. Promete que lhe vais ler, que não te esqueces. Assim que chegares a Lisboa, no domingo. É no domingo que voltas para casa, não é? Quero que lhe leias isto logo no aeroporto.»

Danço. O restaurante é judaico. Eu que nunca danço. «Chama-se Ineke.» Há na ementa judeus barbudos a dançar. Encontrei-as à porta do castelo. Eu que não gosto de dançar. «Uma secretária aqui da universidade.» Faláfel. Eu que não sei dançar. Três velhos com ar de turistas. Mandrágora. Vê-se a esplanada da janela do meu quarto. «Falei-lhe do assunto, ela ficou logo curiosa e interessada.» Lublin também tem um castelo, no alto da colina. Truta assada com batatas. Já não há judeus, mas há um restaurante judaico. Eufóricos, aos saltos, de chapéu. Velhos da minha idade. Vê-se a janela do meu quarto da esplanada. «É o género de pessoa que, quando agarra uma coisa, vai até ao fim.» Empregadas vestidas de camponesas. Tantas esplanadas coladas umas às outras. Um candelabro de sete braços. O dono é polaco, mas viveu muitos anos em Israel. «Do you speak English?» Calçado desportivo, fatos de treino coloridos, de marca.

Outras vestidas de jogadoras de futebol, com meias pretas pelo joelho. «Então passei-lhe as tuas fotos da carta.» Um castelo com ar de fortaleza ou palácio. «Siéntate se quieres. Nosotras vamos a mostrarle una cosa. Volveremos.» «Olhe que deixou cair isto.» «Só mais uma coisa.» Com ar de quem não pode mais. Uma festa de casamento. De quem já não ouve sequer o que lhes dizem. Danço, bebo. Eu que nunca bebo. Onde é que pus os comprimidos? «We will show you.» «Ela leu a carta à minha frente e comoveu-se.» Na escola, decidi caminhar como um aleijado. Um cantor romântico italiano. «My English is much better than my Spanish.» A prontidão com que elas abandonam os turistas a seu cargo e os trocam por mim. Um cantor romântico polaco a cantar em italiano. «Mandei-te o endereço de *email* dela.» «O gueto era ali em baixo.» Um arco-íris duplo por cima do castelo. Deixam-se cair lado a lado num banco, de bocas abertas. Os pés trocados, uma perna cruzada atrás da outra, passo a passo, todo torto. «Ali, onde agora está o parque de estacionamento.» Calças de ganga, casaco branco, chapéu branco com uma fita preta. «O meu holandês não é lá muito bom.» Comida estragada no frigorífico, cheia de bolor. «Não andes assim, pára já com isso.» «E ali adiante também.» O microfone não tem fio, ele caminha entre as mesas. Toda a gente dança. Não o conhecia de lado nenhum. «Mas dá para perceber que Marcus Hamme acrescentou uma frase no final.» «Granica getta — Ghetto boundary — 1941/1942». «E ali à frente, nos semáforos, eram as duas sinagogas.» «Olhe que deixou cair este papel.» Danço, eu que nunca quero dançar quando mo pedes.

28/Out./34, «A onda vermelha»:

> *Apesar das suas hipócritas doutrinas pacifistas, a Rússia acalenta, hoje, as mais desmedidas ambições; sonha vir a ser o cérebro do mundo, a dominadora arrogante das terras e das gentes. O seu internacionalismo é superficial, epidérmico; no fundo, na sua alma sombria, asiática, gerou-se o mais estreito*

e o mais tirânico nacionalismo de todos os povos, de todas as idades. Por isso ela pretende, com o seu comunismo — que só vive e se desenvolve nos meios enfraquecidos pela desordem e pelas misérias resultantes — lançar o mundo em nova guerra — a mais tremenda das guerras — uma guerra com a qual só lucraria a avidez judaica dos dirigentes da U.R.S.S.

«Acho que não vai dar para acabar a curta. O prazo acabava hoje. Já desisti. Decidi dar um passo atrás, pai. Repensar tudo.» 10/Fev./34, «Germânia»:

A questão judaica, que fez correr rios de tinta naquela imprensa que, perante as barbaridades do México e de Espanha contra os católicos, cautelosamente se calara, foi resolvida de harmonia com o sentimento do povo alemão, que desde há muito ansiava uma solução que o libertasse da hegemonia económica dos judeus. Nesse momento, o belo Adolfo *já não era personagem de opereta, os nossos democratas já o tinham transformado em cruel Herodes, que se entretém a degolar inocentes...*

«Entalou a frase no rodapé da segunda página, no pouco espaço disponível.» O muro do gueto passava no meio das esplanadas. «Rodeou a frase com um rectângulo.» Aaaaaaaah. «Felicità. È tenersi per mano, andare lontano, la felicità.» Se calhar era só arame farpado. Filetes com olhos verdes de bolor. «Hás-de reparar.» Uma camada de base a disfarçar as cicatrizes. Os carros fazem fila no semáforo, por baixo do asfalto estão as sinagogas. «Um *post-scriptum*, depois de ter terminado a carta.» «Felicità. È il tuo sguardo innocente in mezzo alla gente, la felicità.» A noiva levanta a cauda do vestido para não arrastar pelo chão, para não lha pisarem. Um comboio de gente. Chamam-me, agarram-me pela cintura, não resisto.

«Decifrei uns nomes: "David", "Sally", "Millie".» O comboio segue pelo meio das mesas. «No final, um ponto de exclamação, pareceu-me.» Tantas caras. «Hás-de ver. Depois diz-me qualquer coisa.» Vai avançando aos ss, dentro do gueto, fora do gueto, morte, vida, morte, vida. Falta um dia e meio. Deixo-me levar. Cruzo o arame farpado para lá, para cá. Começam a faltar-me as forças. A noiva parece tão feliz. «Veja lá, olhe que isto é seu.» A caixa dos comprimidos para dormir.

10

Desço a escada, entro no longo corredor de acesso à estação de metro, percorro-o. Atrás das barreiras de vidro e dos torniquetes, sentada num banco, cabe-te vender os bilhetes aos passageiros. Há uma longa fila de pessoas à espera. O banco em que te sentas é um simples banco de cozinha, não tens sequer uma secretária à tua frente. As pessoas estão paradas, a fila não avança. Contorno a fila, aproximo-me de ti, não falo contigo, não te saúdo. Estás a falar com duas velhas, paradas ao teu lado, de pé. Sem pedir licença, tiro um impresso do alto de uma pilha enorme, pousada no chão. Sento-me noutro banco, a preencher o impresso. As pessoas na fila fitam-nos com olhares duros. «Mas este senhor passou à frente porquê?», pergunta uma das velhas. E tu: «Este é o meu filho, o meu filho lindo.» E começas a contar-lhes as histórias do costume da minha infância. Pergunto-te: «Mas não atendes as pessoas da fila?» E tu: «Têm de mandar impressos novos, do novo modelo. Enquanto não mandarem, não posso. Esses já não servem. Além do mais, não quero saber. Que esperem.» Falas muito alto, não pareces preocupada com a possibilidade de as tuas palavras chegarem aos ouvidos das pessoas que aguardam, exaustas, encostadas à parede. Admira-me que não desatem aos gritos, que não avancem ao teu encontro, indignadas, que não te batam. Em vez de descer até ao cais da estação e de apanhar o metro, fico ali, a fingir que preencho o impresso, para o caso de aquela gente perder de vez a paciência e te querer agredir. Tu continuas a falar com as velhas sobre mim, a contar as mesmas histórias de sempre, indiferente às pessoas. Indiferente a mim, também. Penso: «O que é que estou aqui a fazer?» Ouço o metro a entrar na estação, lá em baixo, mas não me mexo. Continuo a fazer de conta que escrevo.

11

Acordo a meio da noite. A janela está aberta, deixa entrar as palavras pausadamente. Sonhei contigo, mãe. Vieste visitar-me outra vez. Julgava que estávamos conversados. Enganei-me. A mãe volta sempre. «A minha mãezinha, coitada», disse o meu pai, a chorar. Foi das últimas frases coerentes que lhe ouvi, já na cama do hospital, antes de a doença lhe desligar mais um punhado de circuitos. Foi a única vez que o vi chorar. Minto. Vi-o chorar numa outra ocasião, no funeral da mãe, quando o padre disse: «A falecida tinha certamente os seus defeitos, como todo o ser humano.» Não quero que a minha última frase com princípio, meio e fim seja sobre ti, mãe.

Tudo perdoei ao meu pai, nada te perdoei, mãe. É assim mesmo, é instintivo. Sei que é injusto, tanto pior. Os homens eram frágeis, inseguros, vulneráveis, sempre a tentarem disfarçar essa fragilidade com uniformes, com fanfarronices, com uma indiferença forçada, com um pé no ridículo e outro na crueldade. O próprio Hitler era assim. E Estaline também. Os homens que abraçavam a sua fragilidade inata e a ela se rendiam não eram homens a valer. O Marek era para mim e para a Leonor um palhacito, um eunuco. Quando fosse grande, a Leonor não queria ter um marido como o Marek. Quando fosse grande, eu não queria ser como o Marek. A doçura do Marek, a infinita delicadeza dele, tinham para nós o fascínio de uma aberração.

Tanto o nosso pai como tu, mãe, cada qual à sua maneira, se estavam nas tintas para nós. Mas a diferença entre o momento em que tomámos consciência do desamor do pai e o momento em que tomámos consciência do desamor da mãe foi a diferença entre a frustração perante uma dádiva que não se chega a concretizar e a revolta perante uma obrigação que alguém não cumpre. Entre um sonho que não alcançamos e uma coisa a que julgávamos ter direito e que nos é arrancada das mãos. Perdoei ao meu pai o facto de, sendo homem, não ter sido bom pai. Não te perdoei o facto de, sendo mulher, não teres sido boa mãe. Tudo se perdoa menos uma coisa: que alguém falte às suas obrigações. Mas como pode um amor genuíno ser simultaneamente uma obrigação? A diferença entre a relação que estabelecemos com o nosso pai e a relação que estabelecemos contigo, mãe, foi a diferença entre uma guerra de trincheiras, sórdida e impiedosa, contra um adversário a quem reconhecíamos valia, a quem homenageámos depois de morto, por um lado, e, por outro lado, a famosa punhalada nas costas de que tanto falava Hitler, a imperdoável traição de 1918. Se fôssemos nazis ou fascistas, o nosso pai era Estaline. Tu eras a democracia parlamentar. O nosso pai era um carrasco impiedoso que tinha sobre nós poder de vida e de morte, tu eras um inimigo incómodo, tenaz, demasiado parecido connosco, a quem não dávamos quartel. Se fôssemos judeus, o nosso pai era Hitler. Tu eras os árabes.

Não te perdoo teres envelhecido, mãe. Não te perdoo o contraste entre as fotografias da tua juventude, antes de te casares, em que pareces uma actriz da *nouvelle vague*, em que pareces a avó da Noor em nova, e o teu rosto envelhecido de agora. Não te perdoo teres-me feito pensar na morte e no envelhecimento antes do tempo.

Mas isso não é o pior. O pior é isto. Uma vez, já eu era adulto e pai de filhas, conversámos em tua casa. O pai continuou a visitar-te calmamente pelos anos fora. E tu disseste-me naquele dia que ele deixara de aparecer nos últimos tempos, porque «já não era capaz».

Mas acrescentaste que ainda gostavas «daquilo», como que a dizeres-me que tinhas o direito de continuar com a tua vida, de procurar o amor junto de outra pessoa. É isto, acima de tudo, que não te perdoo. Teres-te exposto assim, em toda a tua fragilidade, em toda a tua nudez, em toda a tua candura. Em toda a tua animalidade. As mães não têm, não podem ter vida sexual. Não podem ter corpo, a menos que adoeçam. Mas o que eu não te perdoo mesmo, mãe, é a aparente inconsciência com que disseste aquelas frases, como se não te apercebesses do teu imenso poder sobre mim. Como se estivéssemos em pé de igualdade. Como se eu te pudesse ajudar, te pudesse dar conselhos. Como se eu fosse o teu irmão mais velho. Não falaste em tom ligeiro, nada disso. Fizeste-o com aquela crueza que só é de uso entre as crianças ou entre os grandes amigos desavindos. E eu não soube o que te dizer e fiquei em silêncio, porque não tinha palavras para ti. E é isto que não te perdoo mesmo. Esta pessoa tolhida e demasiado grave em que me transformei, incapaz de te ajudar, sempre em busca de estranhos, vivos ou mortos, a quem ofereço às mãos-cheias a minha amizade. A grande obrigação dos pais e das mães é ensinar os filhos a morrer. A morrer bem. E tu não foste capaz.

Na turma da Rita, na escola primária, havia um miúdo cuja mãe era cantoneira da câmara municipal. Quando a professora lhe perguntou o que queria ser quando fosse grande, ele disse que queria ser cantoneiro. Uma vez, a turma saiu em passeio até ao parque, todos em fila dupla, de mãos dadas, e passaram pela mãe do garoto, que estava a varrer a rua. E ele soltou a mão do menino que fazia par com ele e foi a correr ter com a mãe e abraçou-a e deu-lhe um beijo, sem vergonha nem hesitação, e os outros meninos ficaram a olhar e nunca mais se esqueceram daquele instante. E este amor nunca tivemos nem teremos nem nunca saberemos o que é.

12

Acordo de novo. O teu nazismo era uma traição, avô. Todo o nazismo é uma traição. Apercebeste-te disso perfeitamente. Abraçar o nazismo era trair os mais elementares princípios cristãos. Mas residia precisamente aí o irresistível canto de sereia, a sedução do nazismo: repudiar o cristianismo, a igualdade entre os homens perante Deus, a ideia de que todos os homens são irmãos, porque filhos do mesmo pai. Recusar a ideia de que todos os nomes são sagrados. Mesmo que, na prática, na vida de todos os dias, estes princípios não se traduzissem em grande coisa, não gerassem uma fraternidade digna desse nome, não deixavam, mesmo assim, de funcionar como grilhetas, como linhas vermelhas a traçar o limiar do inadmissível. E romper estas grilhetas deve ter sido uma vertigem, uma embriaguez. Recusar Cristo, dar a Cristo o beijo de Judas. Cuspir na cara do pai. Apostar que o coração dos estranhos com quem nos cruzamos é negro e está sempre cheio de maldade. Há no presente ecos sinistros desta terra queimada moral. O sonho de, num abrir e fechar de olhos, ver morrer todos os nossos inimigos, para que o conflito termine de vez, para que o impasse se resolva sem ser preciso fazer cedência alguma.

O teu nazismo era uma traição aos teus ideais espartanos. Gostavas tanto dos espartanos. Possuías, na tua vida privada, a única qualidade deles, o laconismo. Nunca te ouvi perorar, tagarelar, falar por falar. Eras comedido no uso da palavra. Nunca te ouvi levantar a voz. Muitas vezes preferias calar-te, com aquele teu ar vagamente amargurado. Como era possível apreciares tanto a vozearia da propaganda, dos ditadores? Hitler era precisamente o oposto. Não se calava. Todas as biografias coincidem a este respeito. Falava, falava sem parar, massacrava todos os presentes, ao almoço, ao serão, com os seus monólogos infindáveis. Falava sem parar pela noite dentro, até de madrugada, enquanto as secretárias, os estenógrafos, os lugares-tenentes, os generais se esforçavam por não fechar os olhos, por não cabecear, por não adormecer. Talvez, para um lacónico como tu, entregares-te a esta vozearia fosse também uma forma de embriaguez. A propaganda incansável do teu *Avante!* era também uma forma de gritaria, de verborreia. Traíste tudo, avô. No século XX, os homens como tu foram os instrumentos perfeitos da violência de raça, da violência de classe, da violência *tout court*. Eras ambicioso sem seres interesseiro, acreditavas na violência sem seres violento, eras íntegro sem seres compassivo, eras culto sem seres erudito, eras inteligente sem seres brilhante. Traíste tudo, a começar pela tua inteligência.

Tenho as mãos em carne viva, arranquei as crostas. O sabonete continua no fundo da retrete, recusa-se a ir pelo cano abaixo. Ajoelho-me, meto a mão na água da retrete, toco-lhe, mas não o tiro de lá. Vidro moído. A água faz-me doer a mão ferida. Seria melhor recuperá-lo?

Agora é a minha vez, avô, cabe-me a mim escolher a traição que irei abraçar. A memória trai-me, irá trair-me cada vez mais. Posso entregar-me passivamente a essa traição, como Cristo a deixar-se beijar por Judas, em nome de um bem maior. O bem maior, neste caso, é o nosso amor, Amália. A alternativa é matar-me nesta terra e trair-te, Amália. Tomar nas minhas mãos o acto de trair. Antecipar-me a Judas, fazer-me Judas. Matar-me aqui, sozinho, nesta terra estranha, longínqua, apunhalar-te nas costas, privar-te da minha despedida, privar-te da possibilidade de me recordares com os laivos de santidade que se reservam para os cônjuges falecidos, para os que nos são próximos e sofreram o calvário da doença prolongada, o género de santidade ou pelo menos tolerância que reservei para o meu pai. Matar-me num lugar distante, numa terra que não conheces, em circunstâncias equívocas, quase sórdidas. Obrigar-te a apanhar um avião de um dia para o outro, a viajar até aqui, a tratar com as autoridades dos trâmites burocráticos para levares o meu corpo para casa. Pôr à prova o teu amor, fazer-te pensar, por muito que o não queiras, no meio da papelada repleta de frases indecifráveis, das assinaturas, dos entraves e diligências processuais: «Como é que ele foi capaz de me fazer uma coisa destas?» Alguém, um polícia ou um socorrista polaco, ao encarregar-se do meu cadáver, não se dará a grandes incómodos, não me fechará a boca, não me limpará o rosto. «Vai assim», dirá, numa língua que não compreendo, que tu não compreendes, Amália. «Vai assim.»

13

O meu caderno de viagem está visivelmente mais magro, despojado dos papéis que se encontravam enfiados entre as páginas e que fui semeando por este lugar do massacre, coisas de somenos à mistura com objectos importantes, singulares, cartões de embarque, bilhetes de museus, de comboio, facturas de cafés e pastelarias, papéis que vi caídos e que me agradaram por qualquer razão, por representarem vidas a que não tive acesso, panfletos de casas de meninas com números de telefone para onde nunca liguei por cobardia, por nojo, por impotência, fotografias tipo passe de desconhecidos, folhas soltas em que anotei pensamentos. Já quase nada resta. Vejo uma tira autocolante, já muito amarrotada, a marcar uma página, onde se lê «Chelm». Abro nessa página, leio.

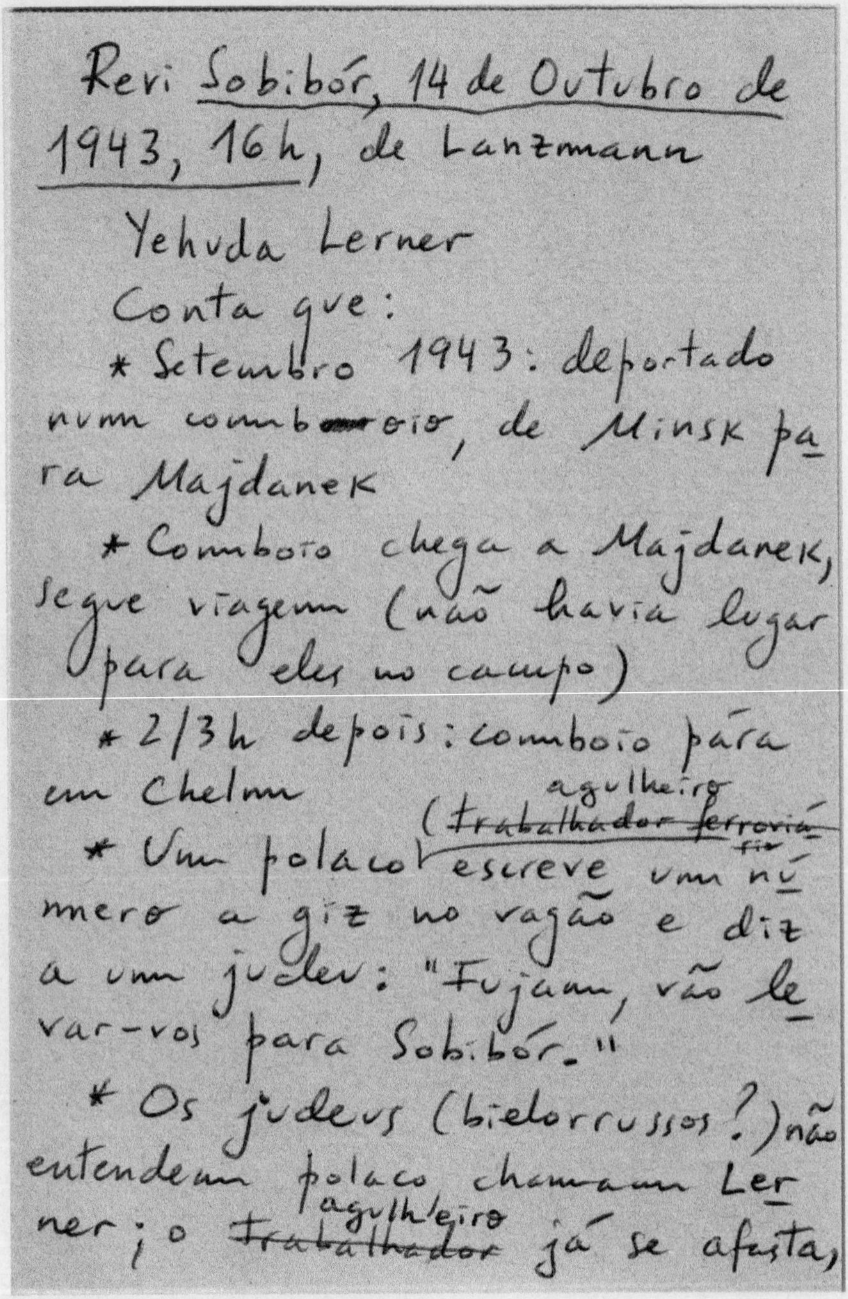

Revi Sobibór, 14 de Outubro de 1943, 16h, de Lanzmann

Yehuda Lerner

Conta que:

* Setembro 1943: deportado num comboio, de Minsk para Majdanek

* Comboio chega a Majdanek, segue viagem (não havia lugar para eles no campo)

* 2/3h depois: comboio pára em Chelm

* Um polaco (~~trabalhador ferroviário~~ agulheiro) escreve um número a giz no vagão e diz a um judeu: "Fujam, vão levar-vos para Sobibór."

* Os judeus (bielorrussos?) não entendem polaco, chamam Lerner; o ~~trabalhador~~ agulheiro já se afasta,

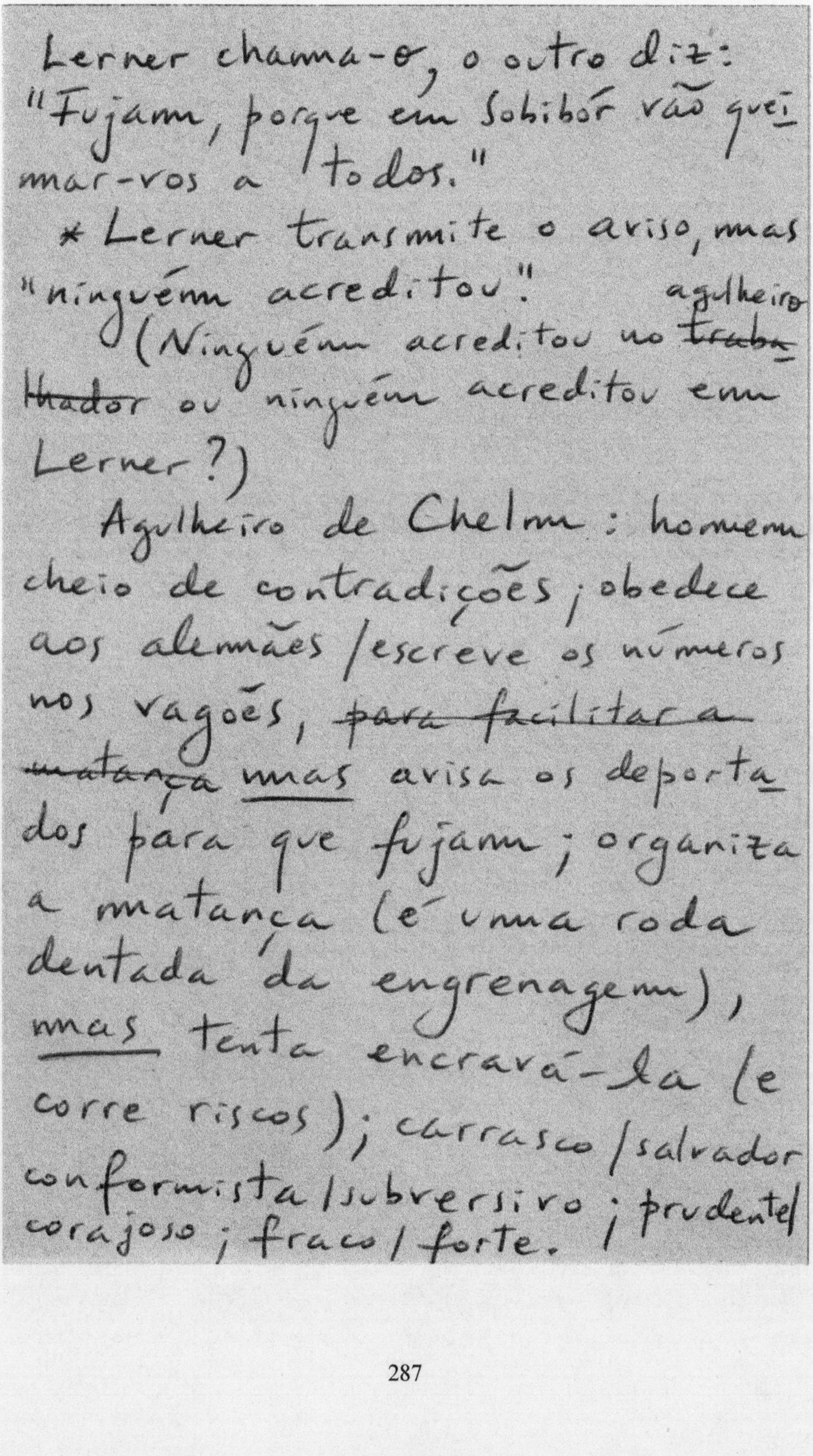

Lerner chama-o, o outro diz: "Fujam, porque em Sobibór vão queimar-vos a todos."

* Lerner transmite o aviso, mas "ninguém acreditou". agulheiro

(Ninguém acreditou no ~~trabalhador~~ ou ninguém acreditou em Lerner?)

Agulheiro de Chelm: homem cheio de contradições; obedece aos alemães / escreve os números nos vagões, ~~para facilitar a matança~~ mas avisa os deportados para que fujam; organiza a matança (é uma roda dentada da engrenagem), mas tenta encravá-la (e corre riscos); carrasco / salvador; conformista / subversivo; prudente / corajoso; fraco / forte.

Cf. Manuel Resende, introdução à tradução dos poemas de Kavá-fis: "os homens vivem num mundo que os afoga e que os derrota — a sua grandeza é ~~estarem~~ saberem estar à altura dessa derrota."

(procurar citação exacta)

O agulheiro de Chelm ~~esteve~~ soube estar à altura dessa derro-ta. E tu, avô? Apercebes-te-te sequer da derrota?

14

Falta dia e meio. Vigio cada um dos meus passos, cada uma das minhas palavras. Contabilizo os erros, os deslizes, mas sei que muitos me escapam já. Por cada lapso de que me apercebo, há vários que sucederam sem eu dar por isso. Nesta fase precoce da doença, os lapsos são como as baratas ou os ratos numa casa. Sempre que vemos um, podemos ter a certeza de que há mais quatro ou cinco escondidos, a espreitar. Fixei as tarefas a cumprir para o dia de hoje, anotei-as no caderno de viagem. Como noutra viagem qualquer.

- Encontrar-me com o Ignacy e com o Marcin à hora marcada, conversar com eles.
- Entender melhor a Polónia, entender melhor o Holocausto.
- Pedir à Ineke que me traduza a carta de Marcus Hamme o mais depressa possível (hoje, de preferência).
- Pedir à Rita que peça à Noor para lhe contar a história do exílio dos avós.
- Entender melhor a <u>Nakba</u> (não sei nada).
- Fazer o teste da covid.
- Encontrar-me com o Bogumil às cinco da tarde, para lanchar. (Ele mandou-me um *email* esta manhã.)
- Entender melhor Varsóvia, entender melhor a sublevação de 1944.

Se cumprir estas tarefas, se for capaz de manter a meus próprios olhos uma aparência de normalidade, adio para amanhã a minha decisão. Vigio cada um dos meus pensamentos. Amo-te, Amália, e não sei o que fazer.

«Volta, Carlos. É amanhã que voltas, não é? A que horas, a que horas chega o teu voo? Estás bem? O que vais fazer hoje?»

Chego à rua Chlodna a arrastar da mala directamente a estação de comboios. Encontro o café e reconheço a foto de perfil na esplanada do Ignacy, o crânio vivo, os olhos calvos, de certeza que está um jovem ao lado dele, é o Marcin. Até agora sinto-me bem. Levantam-se os dois, apresento o meu nome, apertamos os pés pelas mãos, o Marcin parece saído de um filme dos anos 50, um galão discreto e melancólico, de bigode e barba aparada aparado aparados, é o Andrei de *Mila 18*, de Leo Nuris, de quando li o romance nos meus rapazes tempos. Tenho de lhes dizer qualquer coisa tenho de me justificar fui eu que pedi este encontro. Digo-lhes que não sei ao certo o que me querem perguntar. Não sei ao certo porque pedi para estar aqui. Rimo-nos todos, o que me alivia, mas o riso deles será como o meu? Estaremos a rir-nos da coisa mesma? Faço a lista em filigrana dos lugares da Polónia que visitei tudo me parece filigrana quase a rasgar. Explico-me, não sou historiador mas li muito sobre o Holocausto. O papel dos polacos no Holocausto. *Shoah*, de Lanzmann. *Maus*, de Spiegelman. Não deixo que as coisas se entornem umas nas outras. Eles olham para mim falam pouco respondem com acenos de cabeça com mãos embrulhadas com pernas traçadas com sobrancelhas circunflexas. Trago as minhas intenções enfiadas na cabeça como um par de cuecas. Estou sempre a tocar nos bolsos do peito e das calças com medo de ter perdido uma coisa qualquer. Pergunto-lhes se lhes parece que o Holocausto foi uma coisa a que os Polacos impávidos assistiram serenos assim como eles assistem à minha presença à minha falta de ar eles entreolham-se entreabrem-se entrelaçam-se o Ignacy pousa o copo e diz: «Se os Polacos se tivessem limitado a assistir de braços cruzados, até não seria mau de todo. Os Polacos participaram activamente no Holocausto, de alma e coração.»

«Pai, não posso pedir à Noor sem mais nem menos que me conte a história do avô dela. Não lhe posso fazer um questionário sobre a história da família. Ainda não nos conhecemos assim tão bem como isso.»

Mal o Ignacy começa. Pouso a máquina fotográfica. As frases dele passam. Depois hei-de mandar. Para manter a conversa. Entendo tudo, mas. Como se alguém tocasse. Com a tampa a cobrir a lente. As sílabas não se fixam. A gravar em modo de vídeo. Repito de vez em quando. Xilofone nas frases. Ao Tiago. Alguma coisa que ele diz. Por mim como água a escorrer. A minha cabeça vai apagando. O gato do Pinóquio. Saltam de palavra em palavra. A fazer eco das palavras da raposa.

As palavras baralham-se, confundem-se, cravo as unhas da mão direita na palma da mão esquerda com toda a força para me trazer de volta, para me trazer à tona. Só mais um esforço.

«Não deixa de ser fascinante analisar as mudanças na sociedade polaca depois da Segunda Guerra Mundial, causadas pelo genocídio dos judeus. Houve um movimento maciço de ascensão social, sobretudo de operários e camponeses, por se terem apoderado dos bens, mas também dos empregos e ocupações que os judeus detinham antes da guerra. A verdadeira revolução do pós-guerra foi esta. Não foi a suposta revolução proletária promovida pelos Russos, mas sim esta revolução social, orgânica, causada pelos Alemães, que, ao exterminarem os judeus, criaram um autêntico vácuo. Vácuo este que foi acentuado pela expulsão das próprias pessoas de etnia alemã que viviam havia várias gerações em territórios que passaram a fazer parte da Polónia. Só que tudo isto, o sucedido durante a guerra e logo em seguida, no pós-guerra, gerou entre os Polacos um tremendo sentimento colectivo de culpa. E as autoridades comunistas deram corpo a este remorso através de uma postura muito activa e deliberada de elisão da memória e distorção da História, uma autêntica política do esquecimento. Que culminou em 68, no rescaldo da

REIMS La Cathédrale en Ruines

Guerra dos Seis Dias, com uma grande campanha contra os judeus que ainda viviam na Polónia, obrigando-os a emigrar. Na prática, quase todos os sobreviventes do Holocausto que ainda aqui permaneciam tiveram de sair do país. É por isso que os depoimentos dos polacos em *Shoah* me perturbam tanto. São uma mescla terrível e pungente de instinto de conservação e de sentimento de culpa.»

A Ineke manda-me por *email* a tradução para inglês da carta de Marcus Hamme que ele escreveu no comboio para Sobibór. Diz-me que, felizmente, a caligrafia dele, embora miúda, é bem legível, que só houve uma palavra que não conseguiu decifrar — um nome próprio — e que assinalou essa palavra com [...] e que a carta é endereçada à «Querida Too». Em inglês, «dear» tanto pode ser «querido» como «querida», mas, mal leio a tradução da carta, percebo logo que é uma carta para a mulher amada, muito provavelmente a esposa. E a Ineke fez pesquisas e encontrou documentos *online*, uma história da família Hamme em PDF, e manda-me outro *email* com explicações, confirma que «Too» era a mulher de Marcus, ele usa as palavras *lieveling* e *Schatje*, nomes carinhosos em holandês que os maridos dão às mulheres, e a princípio ela julgou que «Too» fosse o diminutivo de Cato, mas não é. A mulher de Marcus chamava-se Keetje Tromp, tiveram duas filhas que nasceram em 1933 e 1936, no último parágrafo ele mostra-se muito preocupado com o que vai suceder à mulher e às filhas, mas o PDF ajudou a Ineke a perceber que Keetje e as duas filhas sobreviveram à guerra no seu esconderijo, em Amesterdão, e que Keetje só veio a morrer em 1990, em Haifa, com oitenta e quatro anos. E Marcus tinha quarenta e um anos quando o gasearam em Sobibór. Assim que leio a carta, percebo que é a coisa mais importante que encontrei nesta viagem e agora tenho de a traduzir para português, espero ser capaz, tenho de concentrar nisso todos os meus esforços, todas as minhas energias, tudo, tudo o que me resta. Graças a esta carta entendo melhor o Holocausto, graças a esta carta entendo melhor o que se passa comigo.

«Preciso de ti, o carro tem um pneu em baixo e eu não o consigo mudar sozinha. Preciso de ti, o *Fidel* fugiu para o quintal da vizinha do lado e nem sabes o trabalho que tive para o trazer de volta, porque ele não vem quando eu o chamo, só obedece à tua voz. Preciso de ti para me acordares de manhã, para não me deixares dormir até tarde. Preciso de ti para me dizeres coisas absurdas e sem nexo e sem pés nem cabeça. Preciso de ti para te mentir, para te dizer que está tudo bem. Será um segredo só nosso.»

«Por acaso, ela é capaz de vir morar cá para casa. A Ginevra, no fim de contas, não se vai mudar, e a Noor anda à procura de um quarto. Quando passarmos mais tempo juntas, eu peço-lhe que me conte

tudo. Daqui a umas semanas. Tens tempo para esperar, não é urgente, pois não? Temos tempo, pai. Temos tempo. Eu sei que temos.»

O Marcin tem tranças de Lódz e trancelins no dólman e galões dourados e barretina de pêlo e dá aulas na universidade montado no cavalo com o seu xairel vermelho e cofia o bigode eu cofio tu cofias ele cofia cofiar e confiar são coisas diferentes o Ignacy também nasceu em Lódz e foram colegas e amigos de liceu e destravaram amizade assim mesmo mas o Ignacy não usa sabre é um lutador de luta livre a máquina fotográfica ainda está a gravar em modo de vídeo certifico-me discretamente e vou dizendo frases para fazer avançar a conversa não quero que eles se calem nunca mais mas eles já perceberam o que se passa comigo como é possível não terem percebido as mãos arranhadas esfoladas os nós dos dedos outra vez em sangue quando eu era miúdo e adolescente estas palavras estas imagens substituíam os pensamentos as reflexões trancelins galões xairel dólman barretina sabre francalete.

Leio a carta de Marcus Hamme duas três quatro vezes, é como se a primeira fosse cada leitura, há coisas que não entendo, mas não entendo que não entendo, o tempo, falta-me o tempo, assim não consigo traduzir para português. Torno a ler, perco-me a meio, volto ao princípio, tenho de dar a sopa ao meu pai, deitado no vagão ao meu lado. «Se ao menos nos tivéssemos defendido melhor naquela manhã de domingo, tudo talvez tivesse

sido diferente.» Naquela manhã de domingo. Tinha a boca tão seca quando traduzi esta frase. Mando outro *email* à Ineke, escrevo Aneke, escrevo Annake, outra vez os nomes trocados. Ela responde, o Tiago pediu-lhe que de certeza me ajudasse. Marcus e Keetje moravam em Amesterdão, tanto ele como ela tinham um salvo-conduto que os salvava da deportação, chamava-se um *sperr*, mas a 20 de Junho de 1943 os alemães fizeram uma grande rusga na cidade, de que data é a carta, já me esqueci, e prenderam a maior parte dos judeus que ainda lá viviam, e a Ijeke consultou um calendário perpétuo e o dia 20 de Junho de 1943 foi um domingo.

A Anake manda-me uma fotografia de Marcus Hamme que desencantou no *site* do Yad Vashem, óculos de aros finos, redondos, rosto vivo, cabelo puxado para trás. Expressão muito séria, gravata, casaco. Tem os olhos e a boca do jovem António Ramos Rosa.

«Preciso de ti para me trazeres uma marca como deve ser quando eu marco o livro que estou a ler com um brinco ou com um lápis ou com outro livro. Preciso de ti para tomar os comprimidos certos todas as manhãs. Preciso de ti para me dizeres que está calor, que deixe o casaco em casa, apesar de ser Inverno. Porque eu visto-me sempre consoante as estações do ano, roupa leve no Verão, agasalhos no Inverno, uma regra que aprendi em criança e que não sou capaz de infringir. Como se fosse impossível fazer frio no Verão ou calor no Inverno. Como se me faltasse a imaginação para conceber uma coisa assim. Preciso de ti para conceber coisas absurdas.»

«A narrativa dos Polacos sobre a Segunda Guerra Mundial é a preto-e-branco. Os Alemães eram maus, os Russos eram igualmente maus. Os Polacos comportaram-se como heróis. E os judeus, pura e simplesmente, eclipsaram-se. Desapareceram como que por artes mágicas. Tudo o que fuja a este molde é repudiado. Na aldeia dos meus avós paternos, perto de Lódz, os alemães, como sucedeu em tantos lugares, destruíram o cemitério judaico. Depois da guerra, os moradores aproveitaram as pedras tumulares partidas dos judeus e passaram a usá-las de cada vez que enterravam os seus mortos. Limitaram-se a virá-las ao contrário e a esculpir, naquilo que era dantes a superfície em branco, na parte de trás da lápide, os nomes dos seus entes queridos e os símbolos da sua fé católica. Não lhes ocorria sequer que houvesse nesta reciclagem alguma coisa de censurável.»

Porque é que o Marcin me conta estes segredos com os seus olhos de hussardo triste porque é que a Yveke me ajuda me responde aos *emails* com tanta prontidão será tão evidente estará tão à vista de todos que me desmorono em frases olhares pedidos súplicas arrogâncias gato escondido com o rabo de fora? Que só a memória ainda me mantém de pé a minha e a alheia que o fim da memória será o meu fim?

«Pai, desisti de fazer a minha curta com base na Maya Deren. Deixou de fazer sentido para mim. Percebi que quero fazer uma coisa diferente. Não cheguei a terminar a tal carta que estava a escrever. Era uma carta para ti, pai. Seja como for, em certa medida, o filme que quero fazer ainda se baseia na Maya Deren. Sabes, pai, percebi que tenho de fazer um filme mudo.»

Na carta, Marcus não descreve a viagem até Sobibór. Fala da vida no campo de Westerbork, dá conselhos práticos à mulher, para o caso de ela ser capturada e ir ali parar. Tal como ele, também eu te desejo explicar esta realidade sinistra onde me encontro, Amália, também eu te quero dizer o que deves fazer quando chegares a Westerbork, quando chegares à Faixa de Gaza, quando chegares ao exílio — à velhice, à dependência, à senescência, à vulnerabilidade. O tom de Marcus é sereno, ponderado, é o tom de alguém que se despede. Mas por baixo da serenidade há o desespero dos prisioneiros do campo que tentavam a todo o custo arranjar um documento, uma declaração qualquer, um *sperr*, um *Ausweis*, que lhes conferisse um estatuto diferenciado e os livrasse da viagem para o desconhecido, que lhes permitisse adiar, por pouco que fosse, a deportação

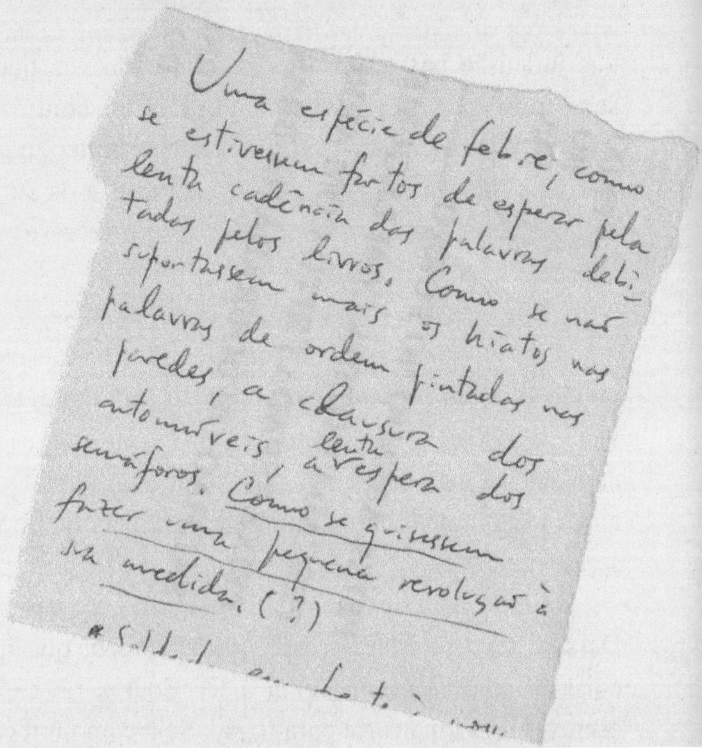

Uma espécie de febre, como se estivessem fartos de esperar pela lenta cadência das palavras debitadas pelos livros. Como se não suportassem mais os hiatos nas palavras de ordem pintadas nas paredes, a clausura dos automóveis, a lenta espera dos semáforos. Como se quisessem fazer uma pequena revolução à sua medida. (?)

para Leste. Tal como Marcus, lamento certos passos que dei. Talvez pudesse ter evitado isto, ou, pelo menos, talvez o tivesse podido protelar. Se tivesse sido mais arguto neste ou naquele dia… Mas agora é demasiado tarde, pouco importa. Falta dia e meio. Tenho de comprar mais *Soplica*. Ainda não decidi o que vou fazer, meu amor. Não sou capaz de decidir. Sinto raiva e medo, muito medo. Não consigo mostrar-me sereno como Marcus Hamme.

«Um filme mudo, pai, como o da Maya Deren. Não quero fazer um cinema subjugado à literatura. É que a literatura só existe com a palavra. O que fazer, em termos literários, quando alguém já não consegue falar, quando alguém já não tem voz? Quando alguém se vê remetido ao silêncio? O único recurso da literatura é pôr outro alguém, o narrador ou outra personagem, a descrever essa pessoa, a olhar para ela, no fundo. Mas o cinema tem outros recursos. O cinema silencioso. Ou mudo, o que vem a dar ao mesmo. Pode contar a história dessa pessoa sem a cingir à palavra. Quero tentar fazê-lo contigo, pai. O filme que eu quero fazer é sobre ti.»

«Tenho feito muito trabalho de recolha de histórias de vida no âmbito de vários projectos de investigação em que estou envolvido. Um dos projectos consistiu em recolher depoimentos de habitantes das aldeias nas imediações dos campos de extermínio, para conhecer as histórias dos respigadores. Em todos os campos de extermínio, em Chelmno, em Treblinka, em Sobibór, em Belzec, até aos anos 50, em certos casos até mais tarde, os habitantes das aldeias em volta faziam expedições constantes para escavar as valas comuns, nas florestas. Revolviam as cinzas em busca de jóias, em busca de dentes de ouro. Esta prática passou a fazer parte da cultura das aldeias. Entrevistei pessoas das povoações em volta de Chelmno, perto de Lódz. Em bom rigor, não falei com os respigadores, que já morreram quase todos, mas sim com os filhos deles. As autoridades tentaram pôr fim a este tráfico. Punham sentinelas da milícia a guardar as clareiras, mas as pessoas iam de noite, às escondidas. Falei com os filhos de certos aldeões que se mudaram para terras mais longínquas, incomodados com a dimensão avassaladora que esta actividade adquiriu nas suas aldeias natais. Vendo as coisas com o devido distanciamento, há nesta evolução uma certa lógica implacável. No imediato pós-guerra, foi como se aquela pilhagem nocturna, sórdida, feita às escondidas, prolongasse a cumplicidade dos Polacos com os carrascos, impedindo as pessoas de reflectirem sobre o sucedido. O Holocausto era uma coisa de que ninguém queria falar, tanto mais que os despojos das vítimas, as jóias, os dentes de ouro, continuavam a ser transaccionados em segredo. O tráfico alimentava o silêncio e o esquecimento, e o silêncio e o esquecimento eram indispensáveis para que o tráfico se fizesse. Só agora, que a memória viva se apagou, que já morreram todos os cúmplices do massacre e todos os respigadores do pós-guerra, que em muitos casos eram precisamente as mesmas pessoas, só agora podem entrar em cena os arqueólogos, para tentarem, na terra revolvida pelo saque, reconstituir a topografia dos campos da morte, localizar com precisão as câmaras de gás. Mas é preciso não esquecer que o silêncio de chumbo que os Polacos mantinham e mantêm a respeito do Holocausto foi também reforçado pelo silêncio que lhes foi imposto quanto ao seu próprio sofrimento. A imoralidade vinha de cima, era institucionalizada.»

«Quero fazer um filme que dispense a palavra, pai. Porque percebi que temos de encarar essa possibilidade, a de um dia vivermos os dois num mundo sem palavras. E, quando esse dia chegar, eu vou ser capaz de te curar, pai. Manipulando o tempo e o espaço, posso curar-te na tela do cinema, no ecrã. O cinema tem essa capacidade. Paizinho, estás-me a ouvir? Todos os nomes são sagrados. Todos os rostos são sagrados. O teu também.»

«Preciso de ti, Carlos. Nunca mais me esqueci do *Mil Novecentos e Oitenta e Quatro*, que nos leste em voz alta, e do amor do Winston e da Julia. Nunca mais me esqueci do momento em que o torturador mandou o Winston para a Sala 101, a sala onde está o demónio mais íntimo de cada um de nós, a coisa de que temos mais medo, e ele não aguentou e traiu-a. E depois ficamos a saber que a Julia também foi mandada para a Sala 101 e que o traiu a ele. Traíram-se um ao outro. Sei muito bem o que estaria na minha Sala 101. No teu caso, não sei ao certo, nunca falámos sobre isso. Não é importante. Talvez seja atrevimento da minha parte, mas convenci-me de uma coisa. Convenci-me de que, na Sala 101, eu não te traía. Acredito sinceramente que não te traía. Talvez morresse de susto, de pavor, mas não te traía. Não gritava: "Façam isso ao Carlos!" Talvez gritasse "Façam isso a fulano ou a sicrano", à minha irmã, não sei a quem, mas não a ti. E acredito sinceramente que tu também não me traías a mim. Não gritavas: "Façam isso à Amália!"

Todos os lugares do mundo podem ser capitais
No teatro, como na vida, não há réplicas, cada espetáculo é uma estreia.
Os nomes das pessoas são sagrados
O amor move o sol e as outras estrelas, já dizia Dante
CORO ≠ MASSA
Dante escreveu a Divina Comédia em dialeto e não em latim, para as mulheres a lerem.
Este senhor, o encenador Marco Martinelli (n. 1956, Reggio Emilia), orientou um laboratório teatral para 16 alunos da Universidade de Bolonha, no qual tive a sorte de participar. De 25 a 30 de novembro, criámos uma peça de 1 hora em torno da Divina Comédia de Dante, que ele conhece como a palma das suas mãos. As coisas que aprendi nessa preciosa semana, espalhei-as neste postal.
Apostemos que o coração de cada estranho com quem nos cruzamos é belo e sensível como gostávamos que fosse o nosso.
O Espetáculo é uma forma de oração

Seríamos os primeiros amantes a desmentir o torturador do Winston Smith, cujo nome já não recordo, aquele tipo sinistro que diz que todas as pessoas acabam por trair aquilo que lhes é mais caro, que todas as pessoas acabam por ceder. Seríamos os primeiros a encravar a engrenagem do Grande Irmão. E mesmo que começasses a perder a memória, Carlos, mesmo que te esquecesses do meu nome e já não fosses capaz de o pronunciar, mesmo que eu fosse para ti apenas um rosto e uma voz, acredito sinceramente que nunca dirias: "Façam-lhe isso a ela!" Acredito sinceramente que seríamos capazes de desmentir até ao fim o torturador do Winston Smith.»

«Sim, fala-lhe de Katyn, fala-lhe do trabalho que tens feito sobre isso, Marcin.»

Dói-me o corpo todo, doem-me os ombros, o pescoço. A dor física devolve-me a limpidez. Percebo que estive toldado, mas não sei bem o que se passou, é como se acordasse de um sono leve. Tenho pouco tempo, não tarda a nuvem vai tornar a cobrir o Sol. Marcus Hamme está comigo no vagão. Tenho de entender tudo enquanto posso, enquanto sou capaz. Marcus Hamme atirou a carta do comboio logo no início da viagem, de certeza, para ser apanhada por alguém em território holandês. Quanto tempo terá demorado a viagem até Sobibór? Em que dia o terão gaseado? A tudo a Inaka responde com método e rigor. Nem de propósito, visitou há pouco tempo o Museu de Westerbork, próximo de Groningen. Tem em casa brochuras e livros sobre o campo. Os transportes de Westerbork para Sobibór partiam às terças-feiras. O dia 13 de Julho de 1943, a data que Marcus inscreveu no cabeçalho da carta, foi uma terça-feira. Quanto tempo decorria entre o momento em que as pessoas eram informadas de que fariam parte do próximo transporte e a partida do comboio em si? A Inerke não sabe. Leu algures que as listas eram lidas em voz alta nas casernas, na véspera da partida do comboio, à noite, mas não consegue citar a fonte. Promete procurar. Com base no tom da carta, parece-lhe que Marcus a escreveu nos minutos ou horas antes de partir, entre o aviso de que iria ser deportado e o embarque, porque, ao referir-se ao campo de Westerbork, ele usa a palavra «aqui». Ou então escreveu a carta já no comboio, tal como parece indicar tanto o primeiro parágrafo, em que ele refere que pode agora escrever sem se preocupar com a censura a que as autoridades do campo sujeitavam as suas missivas anteriores, como a entrada, em que usa a expressão «*En route*». Nunca saberemos. O *post-scriptum* rabiscado à pressa no rodapé é diferente. Transmite uma impressão de urgência, quase de pânico, como se só então ele se apercebesse da gravidade do que o espera e tivesse acrescentado aquelas palavras imediatamente antes de atirar a carta do vagão. Em 1943 havia na Holanda resistentes, mas também havia muitos simpatizantes dos nazis. A carta atirada do comboio tanto podia cair nas mãos de uns como de outros. Daí a prudência da carta, para não dar pistas a possíveis perseguidores. Daí ele não dizer os nomes das filhas, a quem se refere apenas como «bichanas». Há na carta uma estranha atmosfera de irrealidade. É uma carta escrita de um lugar rarefeito, a meio caminho entre a vida e a morte. É uma carta de despedida e de reconciliação com o mundo. É uma carta de alguém que viu nos olhos dos que ficaram o alívio de não serem escolhidos, mas que não se sente revoltado nem injustiçado. Sente-se em paz.

«Passei os últimos dias em Cracóvia, a recolher depoimentos de filhos e netos de vítimas de Katyn. Vinte e dois mil prisioneiros polacos executados pelos russos em 1940, oficiais do Exército, professores, funcionários públicos, médicos, escritores. Homens de toda a Polónia. Os filhos das vítimas têm noventa anos. É a última oportunidade de os ouvir. Katyn é um termo genérico para um conjunto de lugares onde os russos levaram a cabo as execuções em massa. Nos mesmos lugares, também foram massacrados russos. As mães e os pais, as esposas e as irmãs dos prisioneiros polacos deixaram subitamente de receber correspondência, e desconfiaram de que alguma coisa horrível se passara. Mas ninguém lhes comunicou nada oficialmente, e as pessoas continuaram a alimentar uma secreta esperança. Quando invadiram a URSS, em 1941, os alemães foram informados do sucedido quando chegaram àquela região. Mas só denunciaram os massacres em 1943, depois de Estalinegrado, quando lhes interessou publicitá-los. Depois, os russos reconquistaram a zona e deitaram as culpas para cima dos alemães. Mas o tema era tabu na Polónia comunista. Quem falasse do assunto, quem mencionasse sequer em público a palavra "Katyn" sofria graves dissabores. Arriscava-se a ir parar à cadeia. Os familiares das vítimas encontravam-se uns com os outros às escondidas, informalmente. Trocavam histórias em segredo. Só nos anos 90, depois da queda do Muro, é que foi possível criar associações de descendentes das vítimas. E só então as autoridades russas assumiram a responsabilidade oficial pelo massacre.»

Como é que eles os dois sabem que estou prestes a ausentar-me, que estou prestes a converter-me num vazio? Estarei vivo e ausente ao mesmo tempo, as pessoas irão ver em toda a parte os sinais da minha ausência. Falam comigo com a veemência de quem se despede de alguém que vai partir para longe e a quem urge confiar uma mensagem importante.

«Depois da Segunda Guerra Mundial, a Polónia encheu-se de monumentos a assinalar os lugares de martírio. Passe o exagero, em cada floresta, em cada rua, em cada aldeia há um monumento a assinalar um lugar de martírio. Até costumo dizer que devia haver menos. Mas a verdade é que houve uma selecção criteriosa dos martírios, uma divisão entre dor legítima e dor ilegítima. As vítimas do Holocausto e as vítimas de Katyn eram mortos incómodos, inoportunos. Uns e outros, cada qual à sua maneira, vinham estragar a narrativa oficial e oficiosa da Segunda Guerra. Não havia lugar para eles. Os regimes autoritários exigem às pessoas que percam o contacto com o seu passado. Que se comportem como doentes de Alzheimer voluntários. Como velhos caducos a quem é preciso contar como tudo sucedeu, porque já não se lembram da sua própria vida.»

Falam comigo como se. Dizem-me que esta rua Chlodna se dividia em duas partes. Se vi *O Pianista*. Estranhamente sérios. Uma casa cheia de coisas para encaixotar. «Mur Getta styczen–sierpien 1942». Vai regressar ainda hoje a Lódz. A faixa de rodagem era «ariana», os passeios eram. Ainda aqui estão os carris. Daquela ponte pedonal de madeira que aparece no filme? Passava um eléctrico «ariano». Duas fiadas de. Era aqui. «Ghetto Wall January-August 1942». Durante seis meses, as pessoas que passavam pela rua Chlodna viram lá no alto. Se conheço Rudnicki. Dão ligeiros sinais de impaciência. Um conto em que escreve que, do lado «ariano», as crianças olhavam com inveja os seres que lá nas alturas tinham a sorte de deambular entre o céu e a.

A Heineken vai coligindo informações e esclarecimentos, que me manda por *email*. Consultou o arquivo *online* de uma organização israelita chamada Ghetto Fighter's House, onde há uma cópia da carta de Marcus Hamme, que lhes foi enviada em 1990 pela filha mais velha do casal. Na carta da filha a acompanhar o envio, escrita em neerlandês, esta relata que, efectivamente, Keetje recebeu a carta de Marcus em Amesterdão, pouco antes de se refugiar com as filhas no esconderijo onde sobreviveu à ocupação alemã. Na pasta há ainda uma certidão de óbito passada pela Cruz Vermelha Holandesa, atestando, com base nos testemunhos de sobreviventes, que Marcus Hamme viajou no tal comboio e foi gaseado no dia 16 de Julho de 1943, em Sobibór. Sento-me num banco de jardim, ligo o portátil, revejo o final de *Sobibór, 14 de Outubro de 1943, 16h.* O filme termina com a enumeração de todos os comboios de deportados que chegaram a Sobibór. A lista vai correndo pelo ecrã enquanto Lanzmann a lê em voz alta. Na parte respeitante aos comboios provenientes da Holanda surge precisamente um comboio vindo de Westerbork, chegado no dia 16 de Julho de 1943.

A viagem demorou três dias e três noites, portanto. O comboio transportava 1988 pessoas. Uma delas era Marcus Hamme. A certidão de óbito tem a data de 20 de Março de 1947. Só então, quase quatro anos depois de ter lido a última carta do marido, é que Keetje soube ao certo o que lhe acontecera. No *post-scriptum* escrito à pressa, Marcus refere, alarmado, que, segundo acaba de descobrir, várias pessoas próximas e que ele julgava terem ficado para trás, em Westerbork, embarcaram também naquele comboio de deportados, rumo ao desconhecido. Entre elas, o irmão dele, David, três anos mais velho. E ainda o filho de David, sobrinho de Marcus, chamado Solomon, de dezassete anos, de alcunha Sally. Na história familiar que a Anake consultou, refere-se que David e Sally foram também eles gaseados em Sobibór no dia 16 de Julho de 1943, quando o comboio ali chegou. A mulher de David, cunhada de Marcus, chamada Branco, e o filho mais novo do casal, Joël, de alcunha Jopie, tinham já sido deportados de Westerbork para leste, um mês antes. Marcus refere este facto na carta. Não sabia, é claro, para onde os haviam levado nem o que fora feito deles. Não sabia que eles haviam sido mortos em Sobibór. Não sabia que ele próprio ia morrer no mesmo lugar.

Estou sentado num banco de jardim. Ia a caminho do monumento da Mila 18, sentei-me aqui. Fiz há pouco o teste da covid no laboratório. Transpiro. Não me resta muita lucidez, estou a bebê-la em grandes goles. Devia poupá-la. Sinto-me como aquelas lâmpadas que começam a bruxulear antes de se fundirem de vez. Crepitam como moscas electrocutadas, e a luz estremece. Reúno as últimas energias, escrevo um *email* ao Tiago. Agendo o envio para amanhã, às dezanove horas. A essa hora, já tudo estará decidido.

«O esquecimento é muito importante. Apagarmos da memória os pormenores das coisas más que nos sucederam, das crueldades privadas que sofremos, é talvez indispensável para continuarmos a viver enquanto indivíduos, para nos continuarmos a levantar da cama todas as manhãs e percorrermos as horas do dia como se os nossos gestos fossem coisas inofensivas. Mas, enquanto comunidade, não nos podemos dar ao luxo de esquecer. Se nos esquecermos do passado, tudo o que acontece à nossa volta parecerá uma charada, ou então um desafio de futebol entre clubes rivais, cujos adeptos já nem fazem ideia porque é que se detestam. Provavelmente, nunca fizeram. Por toda a Europa, a memória viva do Holocausto e dos massacres de Katyn vai morrer em breve. Se ficarem apenas os museus, os "lugares de memória", se a memória não der lugar a um saber histórico, partilhado, sólido, emotivo, a Europa será a breve trecho o mesmo que eu próprio serei dentro de pouco tempo. Um lugar de ausência, um vazio. Um lugar de irrelevância. Um lugar onde não se sabe ao certo para que serviam as placas esmaltadas com os nomes de família inscritos que os judeus holandeses trouxeram consigo na viagem para a morte. Se não percebermos exactamente para que serviam, as placas esmaltadas não passam de meros adornos numa vitrina. Decorativos, inúteis. Um lugar onde as chaves das casas dos deportados de ontem não nos fazem lembrar as chaves das casas dos deportados de hoje. Um lugar onde vemos uma carta afixada num museu, a carta de despedida de um homem que foi gaseado ali mesmo, naquele terreno, mas, a menos que saibamos neerlandês, não a conseguimos ler, não entendemos o que ali está escrito, porque a carta não foi traduzida. Como se o conteúdo da carta fosse indiferente, irrelevante, apenas importasse a emoção causada pela carta enquanto objecto. Um lugar de culpa, de remorso, de amor, mas em que essas emoções pairam no vazio, tão difusas quanto violentas, desligadas da terra, desligadas das datas, dos nomes, das vidas que se perderam. Desligadas das vidas que se continuam a perder, das injustiças que perduram, dos crimes do presente que são filhos dos crimes do passado. Exprimir as emoções faz muito bem ao indivíduo, é salutar, é libertador. Faz-me bem escrever-te isto enquanto ainda sou capaz, Tiago. Dizer-te que sofro, que não posso mais, que não entendo o que me está a acontecer. Mas reduzir o passado colectivo a uma tempestade de emoções, não assentes num conhecimento rigoroso e empenhado, é construir uma comunidade que se limita a aflorar a superfície dos acontecimentos históricos sem os entender, sem os usar como chave para decifrar o presente, sem fazer deles um barómetro, um mapa do horror. Aquilo que nos salva enquanto indivíduos poderá condenar-nos enquanto comunidade. Mais do que o deslumbramento, a indignação, a culpa, o perdão, o que faz falta é saber muito bem o que aconteceu. Quando soubermos muito bem o que aconteceu, e só então, podemos deslumbrar-nos, indignar-nos, atribuir culpas, perdoar. E entender o que acontece hoje. Os nazis queriam um mundo sem a memória do Holocausto, sem a História do Holocausto. Os Soviéticos queriam um mundo sem a memória de Katyn, sem a História de Katyn. Uns e outros queriam um mundo em que certas vítimas não tinham direito de cidadania. Em que somente o nome de certas vítimas era sagrado. O fim da memória sem que esta dê lugar à História é o triunfo do totalitarismo em todas as suas formas. Quando eu perder a memória, avô, todas as emoções que despertas em mim terão desaparecido para sempre. São já, na sua essência, intransmissíveis. Só ficará o teu papel na História, por insignificante que seja, se alguém se tiver dado ao trabalho de o investigar e passar a escrito. É a ti que confio esta tarefa, Tiago.»

Agora, enquanto ainda sou capaz, tenho de traduzir a carta de Marcus Hamme. O esforço que fiz hoje foi muito grande. Amanhã talvez já não consiga. Daqui a duas horas talvez já não consiga. Rapo os últimos restos da minha memória e da minha consciência e da minha capacidade de unir os pontos e de associar significantes e significados, como quem rapa uma embalagem de iogurte com uma colher, e ponho-me a traduzir. Traduzo a carta de Marcus Hamme como se escrevesse uma carta para ti, Amália. É esta a única despedida de que sou capaz. Perdoa-me mais esta traição. Falta um dia.

En route 13 Julho 1943

Querida Too,

Toda a minha correspondência anterior para ti foi enviada do campo e, portanto, eu via-me obrigado a cumprir as regras. Desta vez, no entanto, escrevo-te em viagem, porque a grande jornada começou, e espero que esta carta te chegue às mãos.

Já antes te escrevi que me recuso a dizer-te adeus. Só nos resta manter a cabeça erguida e ter esperança no nosso reencontro. Foram muitos anos de vida em comum, passámos momentos muito felizes, e essas memórias são para mim um grande alento. É uma pena que tudo tenha acabado assim. Se ao menos nos tivéssemos defendido melhor naquela manhã de domingo, o desfecho talvez tivesse sido outro. Infelizmente, estava escrito que as coisas se passariam assim, e se ao menos tu e as bichanas ficarem sãs e salvas, teremos preservado o mais importante. Tantas famílias foram dilaceradas. A Branco e o Jopie foram levados há já quatro semanas, embora tivessem recebido um sperr *especial, mas ninguém quis saber. E o mesmo aconteceu a cinquenta outras famílias.*

Deixa-me agora explicar-te algumas coisas sobre o campo. É mais fácil um homem sozinho governar-se aqui do que uma mulher com filhos pequenos. Consegue-se dormir bastante bem nas camas, são três beliches sobrepostos, como num navio. Obviamente, quem nos calha como vizinhos é uma questão de sorte, mas não me posso queixar a esse respeito. Quanto à comida, dão-nos meio pão e um naco de manteiga, mais uma concha bem cheia de caldo ou de sopa, uma vez por dia. Às vezes, servem uma segunda refeição quente. Também nos têm dado queijo e compota, e ainda tomate, pepinos e cenouras cruas. Na caserna 72, para onde fui mais tarde, o Ullman era o chefe e a Sien Niekerk, a irmã da Ro, trabalhava na cozinha. A higiene é razoável, pude tomar um duche, as casas de banho não são lá muito asseadas, mas nada disso tem grande importância. De manhã, acordamos às seis horas, vestimo-nos, às sete há a chamada e, em seguida, todos os homens com menos de sessenta anos e todas as mulheres com menos de trinta e cinco têm de ir trabalhar até às seis e meia da tarde, o que inclui pausa de uma hora para o almoço. Ao fim da primeira manhã, aborreci-me desta faxina e, desde então, passei os dias a preguiçar pelo campo tanto quanto me foi possível. Pedi que me passassem uma declaração por causa do meu pé, já que estou impossibilitado de executar trabalhos pesados, e, em seguida, ofereci-me para fazer umas quantas vezes os turnos de vigia nocturna das casernas, das dez às duas ou das duas às seis. Não esperavas que eu fosse capaz, pois não?! Assim, podemos dormir quanto tempo quisermos durante o dia. Além do mais, mantive-me em contacto, tanto quanto possível, com o [...], que aqui trabalha. Iam atribuir-me um sperr, *mas esta semana chegaram novas ordens. Cerca de metade dos prisioneiros do campo tem de partir, o que deitou por terra as minhas hipóteses. Se ao menos nos tivessem fornecido um* Ausweis, *a ti ou a mim, que me permitisse ficar... Desdobrei-me de imediato em diligências, mas em vão. As pessoas com visto de entrada na Palestina ou com carimbos especiais, como o David, são autorizadas a ficar. A família Boers também, mas não se sabe ao certo como serão as coisas doravante.*

Se por acaso vieres aqui parar, coisa que, obviamente, espero com todas as forças que não suceda, peço-te que tentes contactar de imediato as pessoas conhecidas, como os Boers, o Ullman, o Van Dijk (de Roterdão), o Spanjer Sénior, o Hartog, a moça Zuiden, o David, seja quem for. Nesse caso, deves pedir de imediato que te internem no hospital. A Sr.ª Swaan ainda lá está, assim como a tia Jetje. Agora, no entanto, também deportam regularmente os doentes. Terás de pedir conselho o mais depressa possível sobre o melhor modo de proceder. No entanto, tudo isto não passa de teoria, é claro, porque espero que nunca venhas para este lugar. Porém, se tal acontecer, peço-te que encares a situação com coragem. Para quê lamentarmo-nos, se não serve de nada?

O que mais me entristeceu foi ver a família Koopman levada daqui. O Hartog estava novamente doente, mas não quiseram saber. O Lou Bouman e a mulher foram também nesse transporte. Obviamente, foi agradável ver chegar o David e o Sally e o A. Levisson. Como chegam regularmente pessoas de Amesterdão, somos informados das últimas novidades. Só é pena não me terem entregado as tuas encomendas, mas as remessas de fora de Amesterdão só podem ser distribuídas por intermédio do Conselho Judaico.

Agora, minha querida, vamos aventurar-nos rumo ao desconhecido, como tantos fizeram antes de nós. E isto enquanto a guerra prossegue. No entanto, se puder acalentar a esperança de a minha família sobreviver a todas estas provações, sentirei um grande alívio. Quanto ao resto, julgo ser escusado descrever-te o que sinto por ti e os meus pensamentos a teu respeito. Acima de tudo, agradece a todas as pessoas adoráveis que tanto te ajudaram, que tanto nos ajudaram! Adeus, Schatje, *sê forte e pensa no futuro, que será magnífico. Adeus, querida, havemos de nos reencontrar em breve. Um abraço apertado e um beijo do teu...*

P. S.: É muito pior do que eu pensava. O David, o Sally, a Millie, a Griet, o Tommie, todos partem também.

15

O esforço o esforço para acompanhar a conversa do Ignacy e do Marcin para comunicar com a Ineke para não perder a compostagem enquanto me faziam o teste da covid para traduzir a carta de Marcus Hamme tudo isso me estilhaçou ela escondeu-se atrás do balcão perguntou-me se estava doente. «Não, só estou cansado.» Conheço este lugar. «Não está só cansado.» Um arco verde. As pernas trouxeram-me aqui. O esforço que fiz para ela não chamar ninguém. Todo transpirado. Uma pirâmide de pedra com nomes gravados. O cão corre para trás e para diante. Não lhes perguntei pel'*Os Quatro do Blindado e o Seu Cão*. Esqueci-me. Eles não me perguntaram se sou judeu. Os nomes gravados na pedra. «Que lugar é este, Tiago?» «Mas em que cidade estás tu agora?» «Que lugar é este que te estou a mostrar?» Há lixo pelo chão. Tão suave a zaragatoa no nariz zaragatoa zarabatana zaratustra ela meteu-a até ao fundo mas tão suave. «Um homem muito cansado.» Se pudesse abraçá-la beijá-la beijar-lhe as mãos de fada. O cão vem ter comigo está uma mulher atrás do monte. «Está aí alguém a quem possas passar o telefone?» Há uns dias quando aqui estive não havia lixo nenhum. Duas mulheres. «Não te preocupes. Eu sinto-me bem.» Uma lata de cerveja vazia outra espalmada nos degraus. Papéis. Não consigo ler isto. Trazem aqui os cães para cagar. Tantos papéis espalhados. «Que horas são?» O Bogumil a que horas é? *Czterej pancerni i pies*. Isto fixei. Não lhes falei de ti avô. «Vai receber um código no telemóvel para abrir o certificado.» Os cães são dois. Querem brincar comigo. Os cães cagam em cima dos mortos. Querem que eu lhes atire uma coisa qualquer para irem buscar. Uma garrafa de *Schweppes* limão caída junto à pirâmide. «Qaros 2001 Carlos 2021». Um nazi meridional um nazi latino. «Não telefones à Amália, eu estou bem. Peço-te.» «Mas quando é que voltas para casa?» Esta garrafa serviu de cinzeiro. «Quando é o teu voo?» Um Rudolph Valentino nazi. Vêm para aqui beber álcool. Não entendo o que esta gaja diz. «Castle Inn, if you please.» «Ah, obrigado, é meu, sim.» «Where are you going? You must pay. It's twenty-one zlotys.» «Isso não é a Mila 18?» Deixam os cães correr por aqui. «Descobre-se sempre mais qualquer coisa. Vais mais descontraído e não te deixas ofuscar pela novidade.» Conversam a segurar as trelas. «Tens a certeza de que o lixo não estava aí no outro dia?» O cão não me larga a porta não abre o Bogumil a que horas é? Outra vez sangue na roupa. As trelas baloiçam sem os cães na ponta. Não acertei no caixote do lixo afinal. Mandam-me um código para o telemóvel para eu abrir a porta. «Don't you hear me? You must pay! Twenty-one zlotys!» «Não digas nada à Amália, Tiago. Não lhe telefones, não a aflijas.» Tantos papéis pelo chão todos sujos. Outra lata de cerveja. Acertei na cabeça do Mordechai Anielewicz. «Olá! Cá está você de volta, hem? E que tal? Gostou de Lublin?» Adeta ela chama-se Adeta é a camponesa. «Desta vez é só uma noite, certo?» Adeta tenho a certeza. «Hoje fica no quarto romano, o Quarto Pompeia, não faça essa cara, não tinha percebido da outra vez? Este hotel é temático, é um hotel de charme, são vinte e dois quartos, vinte e dois *designers* diferentes, venha venha que eu mostro-lhe venha comigo eu levo-lhe a mala não me diga que não tinha percebido, da outra vez ficou no Quarto Vinho sim o Quarto Vinho este é o Quarto Napoleão papel de parede com abelhas poltrona com patas de leão este é o Alice cartas de jogar pintadas no tecto uma cama de dossel a Alice a mostrar as mamas cabelo curto o Chopin está ocupado não lho posso mostrar este é o Expresso do Oriente este é o Quarto Mourisco uma mesinha baixa com tampo de vidro e lá dentro uma camada de areia e seixos a fingir um deserto qualquer em miniatura e este é o seu o Pompeia verde dourado mas o que é que tem nas mãos [...] a caixa de primeiros-socorros lá abaixo [...] vai sair assim [...] caiu? Andou à [...] remédio caseiro que a minha mãe me ensinou [...] meta-se aí [...] dispa-se eu não olho [...] nem pense nisso [...] olhe que eu chamo a polícia se teima em [...] chega, se quer ajuda tem de se portar bem [...] pronto já está [...] ninguém lhe faz mal se [...] prometo que não [...] muito alta assim a transpirar [...] vai ver que fica [...] deite-se para trás [...] dorme bem aqui

16

Tinhas um gravador de bobinas de fita, avô. Deste-nos a ouvir as gravações do método Assimil, para aprendermos os rudimentos do francês e do inglês. Era um aparelho amarelo-torrado, de baquelite, com botões coloridos, uma tampa de plástico transparente para cobrir as duas bobinas que rodavam lado a lado enquanto a fita castanha ia passando pela ranhura, desenrolando-se de um lado para se enrolar do outro. Os botões emitiam um estalo agressivo quando eram premidos, a fita guinchava, estridente, quando a fazíamos avançar ou recuar a grande velocidade, depois soltava um «ai» lancinante quando carregávamos no botão de parar, deixando-nos sempre admirados por não se ter rompido, era tudo muito mecânico, pressentíamos rodas dentadas e carretos dentro do gravador, peças a encaixar-se e a desencaixar-se. Não havia colunas sonoras, as vozes brotavam das frestas nos flancos do aparelho. As lições de francês e de inglês eram em forma de diálogos sobre situações do dia-a-dia e acabavam muitas vezes com uma canção. Havia hiatos, silêncios para repetirmos as frases. Gravaste uma conversa comigo e com a Leonor numa bobina virgem, já depois do 25 de Abril, em 1975, pouco antes de morreres. Há pouco tempo, a Leonor conseguiu, junto de uma amiga com contactos na RTP, que gravassem o conteúdo desta fita em suporte digital. Ouço de novo a gravação no portátil.

Simulo um noticiário televisivo, aos gritos:

«Alô, alô, noticiário nacional. Ontem à noite houve doze comícios em Lisboa, de maneira que acabaram por esbarrar e houve um grande conflito. Chegaram a usar matracas, e muita gente foi parar ao hospital. Ta-ta-ta-ta!»

A Leonor entrevista-te, tenta passar-te rasteiras. Furtas-te com elegância, em tom trocista, falsamente pomposo. Pareces não te levar muito a sério.

Leonor: «Já comprou títulos do Tesouro para a reconstrução nacional?»

Tu: «Não, ainda não. Tenho de ver as linhas com que me posso coser, não ando propriamente cheio de dinheiro, de modo que não sei se terei o suficiente para comprar... compreende... esses títulos do Tesouro... Ouça lá, esses títulos quanto é que dão de juro?»

Leonor: «Dez por cento ao ano.»

Tu: «Dão dez por cento ao ano, mas isso é agora... e amanhã?»

Leonor: «Como é que eu sei quanto é que vão dar de juro amanhã?»

Tu: «Ah...»

Leonor: «O juro é sempre o mesmo.»

Tu: «Ah... é sempre o mesmo... Então, se é sempre o mesmo, não quero. Se fosse uma coisa que subisse com o custo de vida, eu cá até queria...»

Metade da gravação é gritaria, não se percebe nada. Exclamas, muito teatral: «Meus senhores, é preciso fazer uma reunião com cabeça, tronco e membros... Isto não pode ser, isto não pode ser, meus senhores!» Cantamos o *Frère Jacques* desafinadamente. A Leonor torna a entrevistar-te. Tornas a aparar os golpes com mestria, sem deixares de dar algumas estocadas no novo regime democrático:

Leonor: «Ouça lá... vai cumprir o serviço cívico?»

Tu: «O serviço cívico? Eu faço os meus serviços, mas não são serviços cívicos... quando tenho de fazer o serviço, vou à casa de banho.»

Leonor: «Não era a esse serviço que eu me referia. Não era bem a esse. Referia-me a trabalhar. Agora, como sabe, os MRPP não querem fazer o serviço cívico. Queria saber se você era desses.»

Tu: «Não senhor. Se eu tivesse nove anos a menos, ainda ia fazer esse serviço cívico. Assim, como tenho noventa e nove, estou quase a fazer cem anos, acho que já não sou capaz. De resto, agora, já me custa a mondar o trigo.»

Leonor: «Então, ouça lá, você pertence ao PCP?»

Tu: «Ao PCP? Eu não conheço essa gente. Eu conhecia a Lelé e a Gigi, agora o PCP não...»

Depois de gravares connosco aquela conversa, avô, pedimos-te que fizesses um desenho. Pedíamos-te sempre que fizesses um desenho, tu dizias sempre que sim. E fazias sempre o mesmo desenho, porque era o único que querias ou sabias fazer. A Tia Anica e o Sr. Manel, cada qual montado no seu burro. Ambos de chapéu, com os rostos de perfil e os troncos de frente, quais figuras egípcias, e os burros enfezados, com as patas demasiado curtas, sem chegarem a tocar no chão, como se tanto a Tia Anica como o Sr. Manel caminhassem pelo seu pé, com um burro entalado entre as pernas. E depois, em fundo, três coqueiros de troncos elegantes e folhas hirsutas. Debaixo das folhas assomavam uns quantos cocos. E no céu havia gaivotas estilizadas, que eram pequenos VV com as pontas recurvas. Acompanhávamos com toda a atenção cada um dos teus traços no papel. Agradava-nos saber o que ias desenhar. Em ti não havia surpresas, eras de uma previsibilidade tranquilizadora. Sem que se possa dizer que foste um grande viajante, a verdade é que, na tua juventude, eras um homem mais viajado do que a esmagadora maioria dos teus contemporâneos portugueses. E eras dotado de uma cultura livresca muito superior à média, num país ainda cheio, nos anos 30 e 40, de analfabetos. Mas, apesar da viagem à Alemanha e da leitura dos romances de Simon Templar, «o Santo», em inglês, que compunham uma parcela importante da tua biblioteca, apesar disso, quando os teus netos te pediam que desses largas à tua imaginação e fizesses um desenho, retomavas sempre aquelas figuras de um Portugal rural e bisonho, o mundo da tua infância e adolescência, que se cristalizara no teu espírito em imagens de um curioso éden. A Tia Anica e o Sr. Manel, disformes e grotescos como bonecos de feira, narigudos, inapelavelmente feios, acompanhados de uns quantos coqueiros incongruentes. Para nos dizeres que te sentias velho, a imagem que te ocorreu foi queixares-te de que já não eras capaz de mondar o trigo. Chegaste a mondar o trigo em rapaz, avô, antes de vires para a cidade e te empenhares na tua luta titânica contra o bolchevismo e a internacional judaica? Duvido. O imaginário agrícola, a sucessão inalterável dos trabalhos do campo, constituía uma espécie de paraíso perdido, um lugar sem vício, uma eterna infância. Como todos os lugares de pureza mitificada, era também um lugar de horror. Para designar um dos seus maiores massacres, os teus ídolos, os nazis, lançaram mão do vocabulário dos trabalhos agrícolas: «Operação Festa das Colheitas».

Se tivesses vivido mais dez ou quinze anos, ter-te-ias encarregado da minha iniciação sexual, avô? Uma vez, num raro momento em que abriu o coração, a avó Adélia contou à Leonor: «Da primeira vez que encontrei cabelos loiros de mulher presos nas costas do assento do carro do Adriano, fiquei para morrer. Nem queria acreditar. Eram de uma fúfia qualquer...» Ter-me-ias apresentado a uma das tuas «fúfias», para usar a expressão da avó, tendo-lhe dado instruções prévias para me tirar a virgindade? Ter-te-ias inteirado discretamente junto dela, mais tarde, acerca do meu desempenho? Não me parece que frequentasses prostitutas, eram apenas mulheres a quem naquele tempo se chamava «fáceis». Neste quarto dourado e verde onde não sei como vim parar, penso no que havia de comum entre ti, a avó Adélia, a minha mãe e o meu pai. Qual era o traço que vos unia a todos. Era o medo. O pavor de ser confundido com aqueles que vocês achavam inferiores, mas com quem, lá no íntimo, sabiam ter tanta coisa em comum. Uma enorme insegurança, que vos obrigava a traçar constantemente a linha divisória, que vos fazia verbalizar a cada passo a vossa superioridade, de uma maneira mais ou menos disfarçada, mais ou menos crua, consoante os recursos de cada um. A superioridade dos homens sobre as mulheres. Dos homens viris sobre os impotentes, sobre os efeminados. Das esposas legítimas sobre as «fúfias». Dos fidalgos sobre os pés-descalços. Das patroas sobre as criadas. Dos intelectuais sobre os «pequenos-burgueses». Dos brancos sobre os negros. Se entre os traços principais do nazismo se contavam a aversão ao outro e uma espécie de darwinismo social implacável, o direito do mais forte à liberdade levado às últimas consequências, então havia em todos vocês qualquer coisa de nazi. Todos vocês albergavam no vosso seio o ovo da serpente. Mas, de todos vocês, tu, avô, eras o mais subtil, eras o que melhor conseguia disfarçar o medo da contaminação. É o que eu recordo de ti, pelo menos. Ao contrário do nosso pai, não temias o caos de que as crianças são portadoras, a turbulência que fervilhava em mim e na Leonor, os teus netos. Na conversa que gravaste connosco, pareces genuinamente um garoto como nós. De todos vocês, eras o que tinha mais amor para dar. Foi por isso que me espantou tanto descobrir que eras, afinal, o mais radical de todos. Eras o que tinha mais medo. Eras o mais inseguro. Tenho tanto medo do que a Alzheimer me vai fazer. Tenho tanto medo de me matar. Tenho tanto medo de te deixar, Amália. Tenho de escolher qual destes medos é o menor. Gostava que tu, avô, ou o meu pai ou a minha mãe me tivessem ensinado a não ter medo. Será que se ensina? Marcus Hamme, num comboio a caminho do desconhecido, sem saber se tornará a ver a mulher e as filhas, sem saber o que o espera, não tem medo. Ou, se o tem, arranja forças para não o mostrar. Gostava tanto de ter aprendido esta força com alguém. Já amanhece. Faltam algumas horas. É tarde de mais para aprender.

17

Chegou o dia de decidir é domingo tenho o voo à uma da tarde arrasto a mala pelo empedrado não posso adiar mais sopra um vento frio parece que vai chover há polícias aos pares há esfíngicos leões de pedra percorridos por suturas crivados de ferimentos de bala que foram calafetados com argamassa só me falta fazer uma coisa uma incumbência que impus a mim próprio com remendos de pedra nos quartos traseiros vi o percurso no *Google Maps* quarenta minutos a pé chegou o dia da minha talvez morte não posso adiar mais há uma grande lápide na fachada de uma igreja só me falta executar um gesto composta por fragmentos um gesto final como o mapa de uma cidade lacustre percorrida por canais. É cedo acordei muito cedo tudo são sinais tudo são indícios enquanto acordar cedo é porque está tudo bem mas agora já não tenho tanta certeza as lojas estão fechadas os cafés estão fechados as cadeiras e as mesas das esplanadas ainda empilhadas presas com correntes e cadeados há polícias aos pares há gralhas descaradamente necrófagas vorazmente omnívoras sabem que nunca passarão fome comprei *Soplica* tenho os comprimidos só me falta a coragem só me falta o pretexto final a gota a gota que faz transbordar o copo a gota que mata a última nesga de esperança recebi um *email* do Bogumil não abri não li só li as primeiras palavras da mensagem que se conseguem ler no *Gmail* «Dear Paulo, Yesterday as scheduled I was at the cafe at 5pm, but you failed to...» talvez seja esta a gota a gota mais uma coisa que me aconteceu e que nunca me tinha acontecido mais um degrau na escada que desce desce desce faltar a um encontro sem querer e não me lembrar de nada nem sequer do esquecimento as horas os rostos as vozes tudo reduzido a uma pasta a carne assada da infância cheia de nervo impossível de engolir mastigávamos aquela borracha até a cuspirmos em bolas que atirávamos à socapa para trás do frigorífico o tempo as formas tudo misturado tudo indistinguível.

«Rita, mandei-te um documento *Word* por *email*, uma carta. É a tradução de uma carta que encontrei aqui. Se eu hoje perder o voo, peço-te um favor, imprime e dá à tua mãe quando estiveres com ela. Não estou a contar perder o voo, mas nunca se sabe. Ainda preciso de fazer uma coisa importante, deixei para a última, costumo ser mais organizado, eu sei. Em princípio, vai correr tudo bem. Mas faz o que te peço. Promete que entregas a carta à tua mãe. Ontem à noite a Noor contou-te a história do avô dela? A história da fuga em 1948, do exílio no Líbano? Gostava muito de ouvir, mas agora não dá, não tenho tempo. Talvez depois. Sim, pensei no que me disseste sobre a tua curta, percebo o que queres. Percebo perfeitamente. É bem capaz de ser a única saída para mim. Mas ainda não decidi. Ainda não sei ao certo o que vou fazer. Logo te direi. Adeus, um beijo. Dá um beijo à Camila, ela não me atendeu o telefone. Agora tenho de ir.»

Tudo coisas recuperadas dos escombros da cidade e laboriosamente reconstituídas como peças de *puzzles* a três dimensões ou como cartas rasgadas aos bocados por mãos raivosas que alguém resgatou do cesto de papéis e colou com infinita paciência para desvendar a verdade ali contida ali escondida nas fachadas das casas e dos palácios e das igrejas há lápides de pedra escritas em polaco de que não entendo uma só palavra que contêm sempre o ano de 1944 e que terminam sempre com o ano de 1945 ou 1946 ou 1950 ou assim por diante a data da destruição a data da reconstrução uma segunda vida um renascer das cinzas um começar de novo só possível para os objectos de pedra e cal e mármore talvez.

A.D.
1891
SOPLICA®
CYTRYNA·MIĘTA
Połączenie orzeźwiających cytryn
z aromatyczną miętą
500 ml
B.Kasprowicz
28% vol.

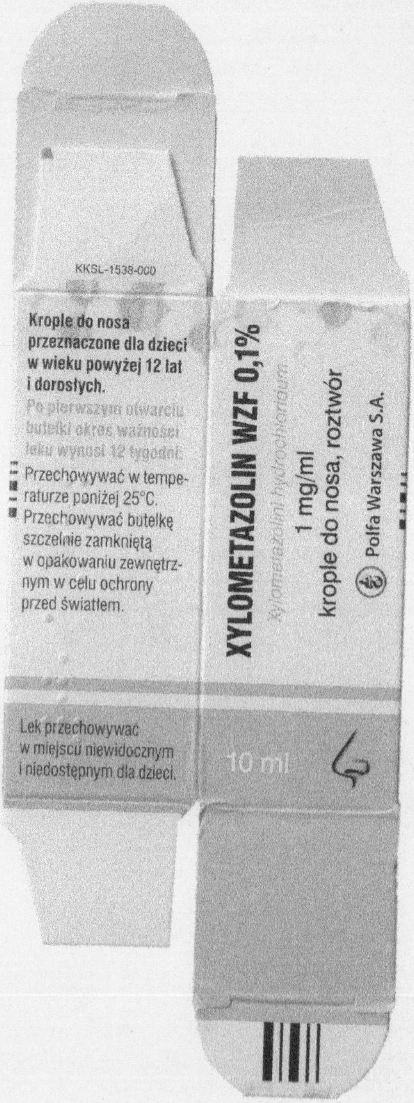

«Então, como estás hoje? Sentes-te bem? É hoje que regressas, certo? Ontem andei a fazer umas pesquisas por causa daquelas placas esmaltadas que viste no Museu de Sobibór. Já resolvi o mistério. Encontrei um artigo científico de um dos arqueólogos que fizeram as escavações no campo há uns anos. Sabes o que era aquilo? Eram placas para identificar as caixas de correio nas casas de família, aqui na Holanda. O facto de os judeus holandeses as terem levado é importante. Quer dizer que tinham esperança de ir para um lugar onde lhes fosse dada uma casa digna desse nome, uma casa com uma caixa de correio. Tinham esperança de que o Leste, esse lugar nebuloso e assustador, fosse uma terra onde pudessem trabalhar, viver, escrever cartas e recebê-las. Claro que não fazia sentido nenhum serem placas para identificar malas, como te disse o gajo do museu, o esmaltado é frágil, partiam-se logo todas. Vou continuar a pesquisar, a ver se descubro quem foi ao certo o tal "M. Nunes Vaz", mas é óbvio que era um descendente de portugueses fugidos à Inquisição. Vais escrever sobre isto tudo, não vais? Acho que esta história das placas é uma excelente maneira de começares o teu texto, o teu romance, o teu artigo… não sei o que queres fazer com isto tudo que me mandaste. Tens de ser tu a escrever, já te disse. Prometo que te ajudo no que for preciso. Conta comigo. Vais mandar-me um *email* ainda hoje, mais tarde? Certo, eu leio e depois falamos. Repito: pega nesta história das placas para começares. Confirma-se o que Lanzmann escreveu: os museus instituem o esquecimento, tanto como instituem a memória. Usa esta frase como epígrafe. Eu arranjo-te a citação exacta e a fonte, fica descansado. O importante é que escrevas.»

Todos os objectos me parecem decisivos todas as imagens são despedidas todos os desenlaces são veredictos todos os passos pesam todos os gestos me devolvem um reflexo o futuro dantes um passageiro clandestino dos dias satura agora tudo rouba-me a leveza descuidada e confiante de outrora Copérnico sentado na sua cadeira o Sol e os planetas metálicos brilham a seus pés iluminados pelos raios do Sol genuíno que acaba de nascer tenho de virar à direita na próxima esquina ploc ploc devo tomar os comprimidos todos de uma vez ou aos poucos? Devia ter pesquisado devia ter procurado um romance em que o herói se suicide assim um relato uma descrição do suicídio de um artista qualquer actor escritor pintor com álcool e barbitúricos tanta gente já se matou deste modo num filme que vi em miúdo obrigaram a pessoa a vomitar e deram-lhe estalos na cara para não adormecer era uma mulher quem a salvou foi um homem passou-lhe o braço por cima do ombro agarrou-a pela cintura disse-lhe tens de caminhar comigo anda vamos lá tens de caminhar peço-te pôs-se a andar para trás e para diante no apartamento a arrastá-la à ilharga ela era muito bela e os pés roçavam-lhe pelo chão as pernas flácidas inertes e claro que não podia morrer porque como disse uma vez uma amiga poeta nos sonhos e nos filmes não morre ninguém o melhor é tomar os comprimidos aos poucos dois ou três de cada vez viro à direita na próxima.

«O meu voo chega às quatro da tarde, amor. Vais-me esperar? Diz que sim. Que roupa vais usar? O que eu quiser? Eu é que escolho? (Tenho de cumprir o ritual à risca até ao fim.) É sempre o mesmo, já sabes. Aquelas sandálias douradas de salto alto. Aquele vestido vermelho, decotado. Sim, aquele de cetim, com florzinhas estampadas, que tem uma racha de lado. (Parecido com aquele que a Kendra Lulu usa, naquele vídeo de que gosto tanto.) Sem cuecas, claro. (Acabámos por não fazer amor enquanto eu aqui estive.) E põe um risco nos olhos para mim, bem grosso. Ninguém vai saber que não tens cuecas, ninguém vai reparar. Só eu vou saber. Combinado? Prometes? Depois, no carro, a caminho de casa, descalças-te e pões os pés em cima da consola, certo? Como de costume. Sim, como de costume. Está tudo bem. (Mentir, mentir sempre.) Até logo.»

O número 62 é já aqui ulica Zlota há pombos a arrulhar há papéis que o vento arrasta pelo chão há uma ambulância ao longe o restaurante ucraniano está fechado claro ainda é cedo oh não o portão de acesso ao interior do quarteirão também está fechado trancado à chave de certeza hoje é domingo como é que não pensei nisto não se pode entrar e agora e agora ah que alívio afinal o batente da direita está aberto o portão pareceu-me fechado porque me aproximei junto à parede uma questão de perspectiva cruzo a passagem cá está o troço do muro do gueto cá está a *ginkgo* de folhas em leque a *gingko* a *ginkgo* não sei não sei.

Pára, Carlos, pára. Cravo as unhas da mão esquerda na palma da mão direita, dói tanto, só mais um pouco, como Rutger Hauer a cravar o prego na palma da mão para aguentar mais um pouco, só mais um pouco. O que vieste aqui fazer? Vim por tua causa, avô. Vim deixar aqui no muro o seixo que apanhei do chão, em Treblinka. Para virar a página, avô. Uma vez, no Museu do Aljube, na apresentação de um livro, uma idosa pediu a palavra e contou que o pai fora preso político, tinha sido encarcerado no Aljube quando ela tinha catorze anos e cumprira cinco anos de prisão no Aljube, em Caxias e em Peniche. E depois emocionou-se

e disse: «Eu às vezes tenho medo das minhas memórias.» E outra mulher pediu a palavra e disse: «É importante sabermos de onde vêm os cadáveres, mas não podemos ficar com eles dentro de nós.» Foste a única luz da minha infância, avô. Foste o meu avô nazi, o Holocausto aconteceu também por tua culpa, deste-lhe um ínfimo empurrão. Tenho muita, muita pena de que tenhas morrido tão cedo. Gostava de ter falado contigo sobre o perigo amarelo que ameaça a Europa, sobre Hitler, gostava de ter discordado de ti, gostava de ter discutido contigo até te fazer perder a calma. Gostava de me ter zangado contigo por causa do nazismo e do Holocausto e de me ter reconciliado mais tarde, muitos anos depois, talvez. Gostava de te ter feito sentir culpado, de ter despertado em ti um grande remorso, mesmo que não o mostrasses, mesmo que conseguisses disfarçar. E gostava de ter partilhado contigo o pequeno nazi que há em mim, gostava de te dizer que não estás só, nunca estiveste só, percebo perfeitamente aquilo que te embriagou, aquilo que te fez sonhar. Mas já não é possível, não estás aqui. A culpa não pode morrer solteira, é o que se costuma dizer, mas tu não te casaste com a tua culpa, deixaste-a no altar, à tua espera, até hoje. E não há ninguém para casar com ela. Vou deixar aqui o seixo de Treblinka para encerrar esse capítulo, para executar em teu lugar o gesto que te caberia a ti executar, o gesto que nunca te ocorreria executar, um pedido de perdão a Marcus Hamme, um pedido de perdão a Said Saidam pelo horror que soltaste no mundo, o horror a que deste forma, que tornaste concebível. Um pedido de perdão que me purifique, que me dê limpidez e clarividência. Tenho uma decisão importante para tomar, sabes, uma decisão muito importante, a mais importante de todas. Não posso esperar mais, tenho andado a adiar, a protelar, mas agora chegou o momento. E quero executar este gesto como quem deixa tudo arrumado antes de partir para uma longa viagem. Tirei o som do telemóvel, tantas chamadas perdidas, a Hélia escreveu-me «Onde estás? Tudo bem?», fotografo a árvore, mando-lhe a fotografia,

TRAVEL SAFER
Antigen & PCR COVID-19 tests
Looking to get a COVID-19 test with no hassle and queues?
Avoid the queue - book now!
+48 531 904 284
Open everyday from 14:00 - 20:00
Chmielna 2 street, Warsaw
SCAN ME TO GET DIRECTIONS
Rapid test in 15 minutes

porque é preciso fazer tudo como deve ser até ao fim. «De novo junto à jinko, no muro do gueto.»

Onde está o seixo? Guardei-o no bolso das calças, do lado esquerdo. Carteira, esferográfica, lenços de papel, onde está o seixo? Há tralha nas varandas, cadeiras de plástico velhas, queimadas do sol. Apanhei o seixo da terra em Treblinka, junto à travessa de betão, quando me sentei, lembro-me perfeitamente. Passaporte, caderno de viagem, porta-moedas, mas onde está o seixo? Estendais de armar dobrados. Porra, não acredito nisto. Na mala, devo ter guardado o seixo na mala, não me lembro de nada, mas devo ter guardado o seixo na mala, bolsas de fora, envelope com zlotys, carregador do telemóvel, há recantos, enfio os dedos, abro a mala, fivelas, fechos de correr. Recipientes de plástico para molas da roupa, um miúdo ri-se, não percebo de que varanda vem o riso. Não é possível, não pode ser, começo a tirar a roupa de dentro da mala, os livros, os sacos de plástico, peúgas sujas, o estojo de banho, espalho tudo pelo chão, passa uma tipa lá ao fundo, fica a olhar, vai-se embora. Há luz no apartamento cujo quintal dá para o muro. Vasculho os recantos, as pregas, os esconderijos da mala, da mochila, da bolsa do portátil, do estojo da máquina fotográfica, não é possível, perdi o seixo de Treblinka, a verdade é que Marcus Hamme morreu em Sobibór, devia ter trazido um seixo de Sobibór, ouço o barulho de uma colher a tocar num pires de porcelana e a mexer o líquido numa chávena. «*Ginkgo biloba*. Associo à memória, já te disse.» Era vermelho-escuro, quase roxo, lembro-me tão bem como se o tivesse fotografado, sentei-me na travessa de betão, vi-o ali caído, apanhei-o, meti-o no bolso. «Porquê? Por ser tão antiga?» O tilintar da colher calou-se. A roupa espalhada pelo chão. Um gato olha para mim de trás de uma vidraça, um gato branco perplexo com manchas castanhas e pretas, um gato interessado, intrigado, envidraçado. O caderno de viagem caído, aberto, esventrado de vez. «Sim, mas principalmente por causa do extracto que se toma para conservar a memória.» Tinha de estar no bolso esquerdo das calças, andei com o seixo no bolso esquerdo das calças estes dias todos, tinha de estar. «Biloba Forte, 100 miligramas. Devias tomar. Da Pharma Nord. Um comprimido por dia.» Mas não está aqui, porra, não está aqui, esvazio o bolso outra vez, deito tudo para o chão. Olha a esferográfica *Bic*, avô, está toda esfolada, o plástico transparente parece embaciado, foi o seixo que fez isto, a roçar contra a esferográfica, a chocalhar no bolso enquanto eu caminhava, eis a prova, sou agora um detective de trazer por casa de mim mesmo, eis a prova de que trouxe o seixo comigo dias a fio. Deitei-o fora sem querer, não sei quando nem como, tinha pedrinhas agarradas, parecia vidro moído, ploc, deitei-o fora sem saber como nem quando, perdi-o, perdi-lhe o rasto. «Devias tomar, eu já tomo. Com a nossa idade, é fundamental.» Já todos sabem o que se passa comigo, já todos acompanham a minha queda com interesse e aflição, todos me querem ajudar, não sei se é possível alguém ajudar-me. Deitei fora o seixo de Treblinka que recolhera com este fito bem preciso em mente, mais uma gota de água a fazer transbordar o copo, mais um degrau na escada que desce desce desce. Avô, não consigo fazer o que me trouxe a este lugar, não consigo virar a página da memória, do perdão, do sentimento, não consigo abrir caminho à História emotiva que ponha fim ao massacre, não consigo executar o gesto que te cabia a ti, não consigo reparar o mal que fizeste.

O meu porta-chaves caído no chão. Uma fita comprida, daquelas coloridas, de pôr ao pescoço, uma argola de metal na ponta e, enfiadas na argola, a chave da porta do prédio, a chave da caixa do correio, a chave do apartamento. Tiro da argola a chave de casa, desenfio-a, vou rodando até que se solta, pouso-a numa das reentrâncias do muro, junto dos seixos que outros visitantes aqui deixaram, outros perdões, outras homenagens, outras memórias. A chave do meu apartamento em Lisboa, a chave da casa de Marcus Hamme em Amesterdão, a chave da casa de Said Saidam algures na Palestina.

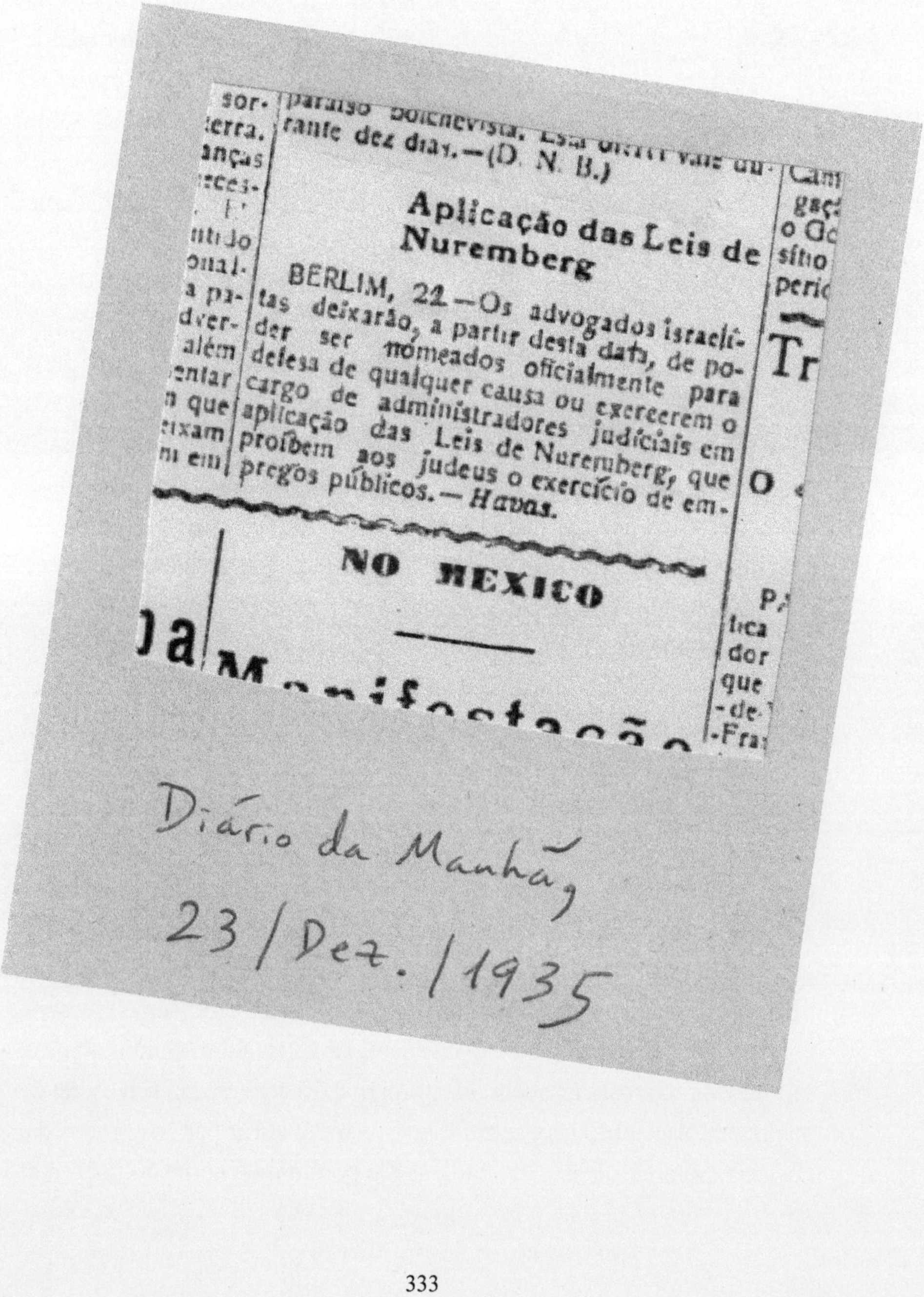

rante dez dias. — (D. N. B.)

Aplicação das Leis de Nuremberg

BERLIM, 22 — Os advogados israelitas deixarão, a partir desta data, de poder ser nomeados oficialmente para defesa de qualquer causa ou exercerem o cargo de administradores judiciais em aplicação das Leis de Nuremberg, que proíbem aos judeus o exercício de empregos públicos. — *Havas.*

NO MEXICO

Diário da Manhã
23/Dez./1935

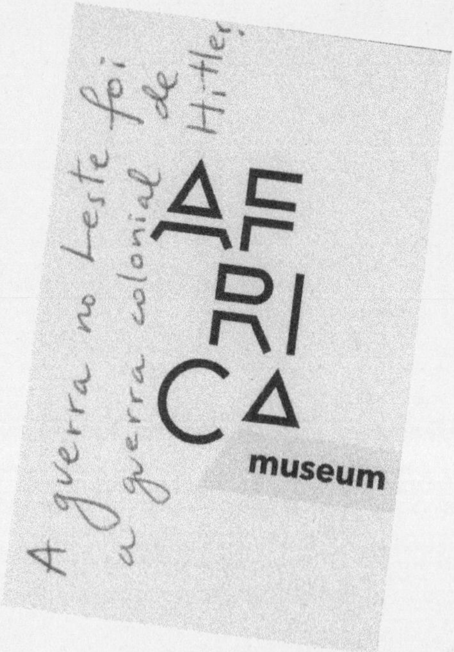

Afasto-me, abandono este lugar, abandono a rua Zlota, deixo tudo para trás, aos pés do muro, tudo espalhado pelo chão, a roupa, os papéis, a mala de viagem, o computador portátil, os livros, *Vozes sob a Cinza*, a tua brochura sobre a Juventude Hitleriana a esfarelar-se em sangue seco, trago apenas a mochila com a *Soplica* e os comprimidos, a carteira, o passaporte, o certificado da covid que pedi à Anita para me imprimir, o cartão de embarque. Caminho pela Jana Pawla II, a estação central de comboios é lá ao fundo, há ali uma praça de táxis, de certeza. O vagão chocalha, a caminho do Leste, estás deitado nas tábuas, avô, tão direito, parece que engoliste uma bengala, tão sereno, imperturbável, no meio das tuas vítimas. E o meu pai, aqui a meu lado, diz palavras sem nexo, meto-lhe a colher de sopa na boca e a sopa escorre-lhe pelo canto dos lábios e não tenho guardanapo para lhe limpar o queixo. Tenho de escolher qual dos dois serei. Tenho de escolher quem vou trair. Os outros ou eu próprio. Lá adiante, eis os táxis em fila. Posso sentar-me no banco de trás do táxi, pedir ao homem que me leve ao aeroporto. Ainda dá tempo, ainda posso apanhar o voo. Estás à minha espera, Amália, vais esperar-me ao aeroporto com o vestido estampado, sem cuecas, vais descalçar-te no carro, a caminho de casa. A Rita irá ter connosco a Lisboa, fará o seu filme sobre mim, salvando-me, talvez. Salvando o que ainda é possível salvar, filmando a minha morte, o meu fim, como a Maya Deren, sem som, sem voz, sem palavras, porque eu já não serei capaz de falar. O meu nome é sagrado, o meu rosto também. Deixarei que o Tiago me ajude a escrever qualquer coisa sobre isto, sobre ti, avô, para te atirar para os braços da História. Será ele a escrever, não eu. Ele porá o meu nome no texto por

Jesus † Maria † Josef † Anna †

„Ihr seid zwar traurig, aber ich werde Euch wiedersehen, und Euer Herz wird sich freuen!"

Gedenket in christlicher Liebe
des gefallenen Kriegers
Hubert Reinertz
Grenadier in einem Inf.-Regt.

Der Verstorbene war geboren am 17. Jan. 1915 als Sohn der Eheleute Leonard Reinertz und Anna Limbourg.
Bei den schweren Abwehrkämpfen in Olchowez nordwestlich Newel fiel er am 12. März 1944. So folgte er seinem Bruder Hermann der ebenfalls im Osten am 25. Nov. 1942 sein Leben ließ.
Froh und glücklich verbrachte er seine Jugendzeit. Seinen Eltern war er ein vorbildlicher Sohn, seinen Geschwistern ein liebevoller Bruder, im Kriege ein tapferer Soldat und guter Kamerad.
Er fand im fernen Land ein allzufrühes Grab.
Der gütige Gott gebe ihm nach so schwerem

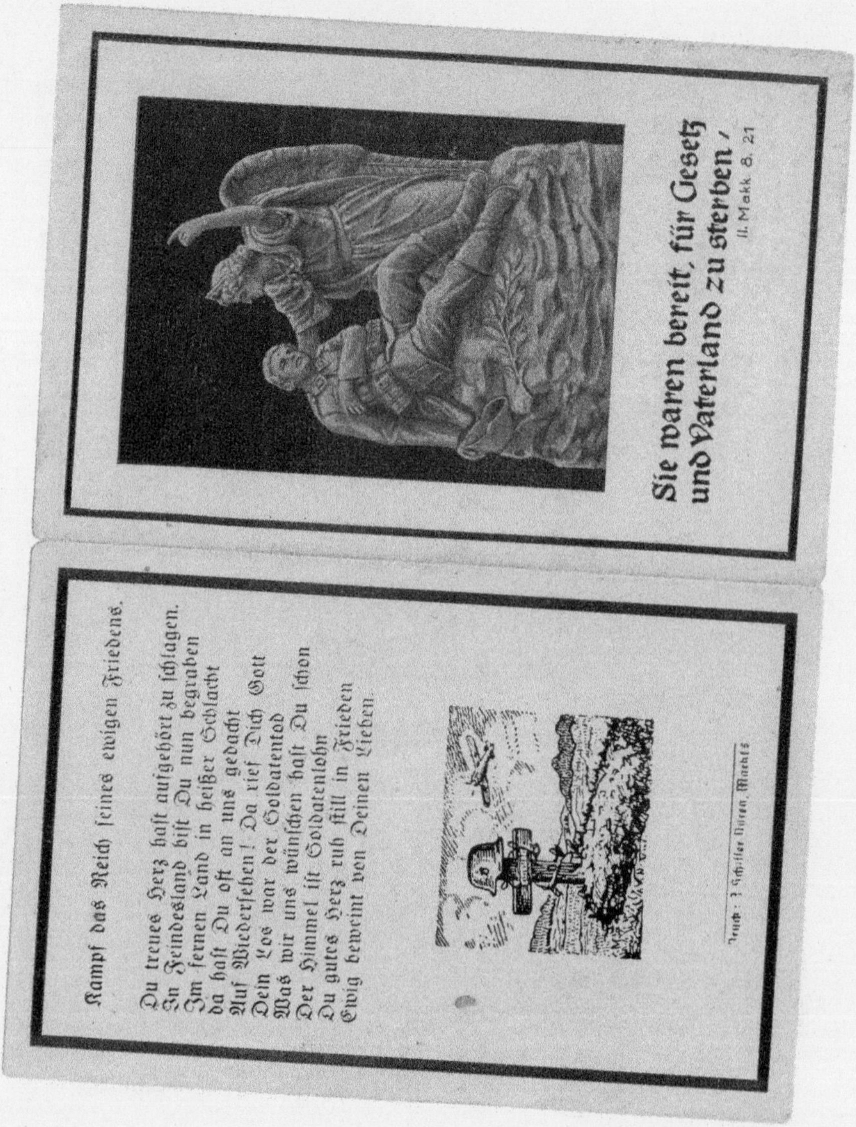
Kampf das Reich seines ewigen Friedens.
Du treues Herz hast aufgehört zu schlagen.
In Feindesland bist Du nun begraben
Im fernen Land in heißer Schlacht
da hast Du oft an uns gedacht
Auf Wiedersehen! Da rief Dich Gott
Dein Los war der Soldatentod
Was wir uns wünschen hast Du schon
Der Himmel ist Soldatenlohn
Du gutes Herz ruh still in Frieden
Ewig beweint von Deinen Lieben.
Sie waren bereit, für Gesetz und Vaterland zu sterben!
II. Makk 8, 21

caridade. E deixarei que a sopa me escorra pelo queixo, com a boca à banda. Os outros olharão para mim e não saberão o que se passa no meu íntimo, não saberão se estou assustado, furioso, resignado ou cheio de dores. Ou então peço ao taxista que atravesse a cidade e me leve de volta para o Castle Inn. A Adreta arrenda-me um quarto, de certeza. O Expresso do Oriente, acanhado, duas camas lado a lado, a sugerir vagamente uma carruagem-cama. O Expresso do Oriente nunca passou em Varsóvia, mas que importa? A História vai sendo reescrita e reinventada ao sabor das conveniências, ao sabor dos gostos. Mentir, mentir sempre. Esquecer para continuar a viver. Tomarei os comprimidos aos poucos, dois ou três de cada vez. Posso gritar à vontade, ninguém virá bater à porta. Ninguém virá encharcar-me o rosto com água fria, ninguém me dará estalos na cara, ninguém virá pegar-me pelo braço e obrigar-me a caminhar para trás e para diante, para não adormecer. E o polícia ou o socorrista polaco, vendo-me estendido de boca aberta, dirá: «Vai assim.» Lerás a carta de Marcus Hamme, Amália, e compreenderás tudo. Julgo ser escusado descrever-te o que sinto por ti e os meus pensamentos a teu respeito. Foram estas as palavras dele para a mulher, não é verdade? São estas as minhas palavras para ti. Ainda não sei o que fazer. Quando entrar no táxi, logo decido. Caminho em frente, sacudido pelos pequenos tornados que se formam no sopé dos arranha-céus em construção. Desenhavas a Tia Anica e o Sr. Manel, sempre iguais, a cavalo nos seus burros, acrescentavas três coqueiros e meia dúzia de gaivotas estilizadas, avô. Vejo o teu rosto lá adiante, a única luz da minha infância. O gueto de Varsóvia era enorme, o gueto de Varsóvia era minúsculo. A Faixa de Gaza é enorme, a Faixa de Gaza é minúscula. És tão bonita, Amália. És tão minha amiga. Marcus Hamme teve muito medo, mas fez-se forte, avô. Abro a porta do primeiro táxi da fila. Sento-me no banco traseiro. O motorista volta-se para mim e parece esboçar um sorriso. Agora, tenho mesmo de decidir.

FIM